À PROPOS DE L'AUTRICE

Née au Canada, diplômée de littérature anglaise avant d'être admise au barreau de Nouvelle-Ecosse, Pamela Callow a été consultante en stratégie d'entreprise avant de tout lâcher pour ses premières amours, l'écriture. C'est à la fois dans les affaires criminelles qui ont eu lieu aux Etats-Unis et dans sa propre expérience du monde de la grande entreprise qu'elle a puisé l'inspiration d'une série de thrillers sombres et saisissants dans laquelle elle met en scène Kate Lange, une avocate trentenaire. Le parti pris très réaliste, aussi bien dans la manière de mener l'enquête que de disséquer les relations humaines, a été dès ses débuts salué par la critique. Pamela Callow vit à Halifax avec son mari et ses deux enfants.

Une femme dans la tourmente

PAMELA CALLOW

Une femme dans la tourmente

Traduction française de

BARBARA VERSINI

HARLEQUIN

Titre original :
DAMAGED

Ce roman a déjà été publié en 2012.

HARPERCOLLINS FRANCE
83-85, boulevard Vincent-Auriol, 75646 PARIS CEDEX 13
Service Lectrices — Tél. : 01 45 82 47 47 - www.harlequin.fr
ISBN 978-2-2804-6292-1

Composé et édité par HarperCollins France.
Imprimé en février 2022 par CPI Black Print (Barcelone)
en utilisant 100% d'électricité renouvelable.
Dépôt légal : mars 2022.

FSC www.fsc.org MIXTE Papier issu de sources responsables FSC® C159065

Pour limiter l'empreinte environnementale de ses livres, HarperCollins France s'engage à n'utiliser que du papier fabriqué à partir de bois provenant de forêts gérées durablement et de manière responsable.

A ma mère, la défunte Inge Luzie Callow,
qui a toujours cru en moi.
A mon mari et à mes filles, qui m'ont
accompagnée tout au long de ce chemin.

1

Vendredi 27 avril, 17 heures

Le printemps, à Halifax, n'était pas réputé pour ses journées ensoleillées ni pour la douceur de son atmosphère. Pas plus que le cabinet juridique Lyons-MacGrath-Barrett ne l'était pour son ambiance chaleureuse.

Kate Lange s'accorda une pause de deux minutes et jeta un coup d'œil par la fenêtre de son bureau. A travers la fine pluie qui recouvrait les carreaux, la longue file de voitures qui ondulait sur Lower Water Street paraissait floue. Les embouteillages du vendredi soir ne faisaient que commencer.

Elle baissa de nouveau le nez vers son bureau en acajou, et fit un effort pour se concentrer sur le protocole d'accord de divorce ouvert devant elle — le quatrième de la semaine, le vingt-septième depuis qu'elle avait rejoint LMB. Elle ne put réprimer une grimace. L'ironie de la situation était tout de même cruelle ! Elle avait quitté Marshall & Associates parce qu'elle en avait assez des procédures de divorce, et voilà qu'ici, on ne lui confiait rien d'autre.

Un coup bref frappé à la porte la tira de sa rêverie.

Son cœur s'accéléra aussitôt.

Randall Barrett. Le directeur associé. En personne.

Il l'inondait de dossiers insipides, mais elle ne l'avait encore jamais rencontré, pas même lors de ses entretiens d'embauche. Elle le soupçonnait de la battre froid parce qu'elle avait été fiancée à Ethan Drake.

Ethan était inspecteur de la criminelle. Deux ans plus tôt, on l'avait chargé de l'enquête sur la mort d'une patiente du Dr Don Clarkson, un vieil ami et ancien partenaire de foot de Barrett. Clarkson était accusé d'avoir euthanasié sa patiente pour abréger ses souffrances, et il s'était défendu en invoquant une erreur de dosage. L'autopsie n'ayant pas permis de trancher, tout avait reposé sur le témoignage du jeune fils de la patiente : selon lui, le médecin avait déclaré que sa mère « ne souffrirait plus ». Randall Barrett était persuadé qu'Ethan avait influencé le fils pour lui soutirer cette déclaration.

Don Clarkson s'était ruiné en avocats pour sa défense, mais cela ne l'avait pas empêché d'être déclaré coupable. Randall Barrett était entré dans l'arène au moment du pourvoi en appel, mais en dépit de ses tentatives pour convaincre la cour d'appel d'un vice de procédure, les juges avaient confirmé la première décision, à deux contre un.

Depuis, Randall Barrett et Ethan Drake se haïssaient cordialement.

Kate se leva en lissant sa jupe.

— Bonjour, monsieur Barrett, dit-elle en souriant.

Elle se félicita de porter le tailleur qu'elle s'était offert avec son dernier salaire. Elle avait longuement hésité entre la tuyauterie de sa cuisine et ce vêtement strict à la Jackie Onassis. Le tailleur lui plaisait trop. Il l'avait emporté. La première nuit, en entendant grincer les tuyaux, elle avait amèrement regretté cette folie. Mais elle n'avait pas tenté de rendre le tailleur. Elle avait appris depuis longtemps qu'on devait assumer ses choix, dans la vie.

Le beau costume gris de Randall Barrett venait d'effacer tous ses regrets. Cet élégant tailleur l'aiderait peut-être à convaincre Barrett que le nom de Kate Lange méritait de figurer sur le papier à lettres à en-tête de LMB.

Pour l'instant, elle n'y figurait pas. Elle était encore en période d'essai.

Barrett lui adressa un grand sourire qui découvrait des dents carnassières, et ne la mit pas du tout à l'aise.

— Appelez-moi Randall, je vous en prie, dit-il en haussant un sourcil. Puis-je entrer ?

Elle se raidit et rougit.

— Bien entendu.

Il fit un pas en avant, et l'espace du bureau fut brusquement saturé par sa présence virile.

« Bon sang..., songea-t-elle. Je comprends maintenant pourquoi toutes les femmes de LMB piquent un fard quand on prononce son nom ! »

Il s'arrêta devant son bureau, et elle remarqua l'enveloppe Kraft coincée sous son bras. Avec ses talons, elle était presque aussi grande que lui, mais il avait tant de charisme qu'elle se sentit toute petite. Il avait aussi des yeux très bleus qui plongeaient droit dans les siens.

Randall était célèbre pour son esprit vif autant que pour son éloquence. Elle avait beaucoup à apprendre de lui. Encore fallait-il qu'il lui en donne l'occasion.

Il passa lentement en revue les piles de dossiers accumulés sur le bureau, s'arrêtant sur celui qui était ouvert devant elle.

— Vous avez beaucoup de travail ? demanda-t-il.

Elle flaira un piège. Répondre « non » revenait à accepter des heures supplémentaires, non rémunérées, cela allait de soi. Répondre « oui » revenait à passer pour quelqu'un que la tâche rebutait.

— On n'a jamais trop de travail, dit-elle prudemment.

Il haussa de nouveau l'un de ses sourcils blonds.

— En effet, approuva-t-il.

Puis il posa ostensiblement l'enveloppe sur le bureau.

— Vous avez une nouvelle cliente. Elle vous attend dans le hall.

Elle ne s'était pas trompée, il était donc venu la tester. Elle ouvrit l'enveloppe, le cœur battant. Elle avait beau savoir que Randall Barrett n'allait pas lui apporter le procès du siècle, elle ne put s'empêcher d'espérer qu'il lui offrait enfin la chance de prouver qu'elle avait assez d'envergure pour traiter autre chose que des affaires familiales.

Dans l'enveloppe, le dossier ne contenait qu'une feuille de papier sur laquelle on avait hâtivement gribouillé, au stylo noir : « Marian MacAdam, demande de garde d'enfant ».

Elle referma la chemise avec des gestes lents et la sensation d'être au bord de la catastrophe. Pas de doute, Randall avait décidé de la cantonner au ghetto des affaires familiales. John Lyons, l'associé de Randall, l'homme qui l'avait engagée, lui avait parlé d'une période de probation. Mais cette période n'aurait jamais de fin si Randall ne lui confiait aucun dossier touchant le droit des assurances ou des affaires.

Elle rencontra alors son regard. Il la fixait froidement, avec une pointe d'ironie dans les yeux. Qu'il aille au diable ! Il savait parfaitement qu'elle était furieuse, et cette idée l'amusait, de toute évidence…

Elle fit le tour du bureau et croisa les bras.

— Ma période d'essai se termine dans deux mois, dit-elle d'un ton ferme.

Un petit sourire étira les lèvres de Randall. Il lui tourna le dos et poussa la porte du bureau, qu'il lui tint. La cliente attendait dans le hall, et il l'invitait à la rejoindre.

Elle comprit que son absence de réponse était destinée à l'intimider et passa devant lui, car il était trop galant pour marcher devant une dame, même s'il était aussi du genre à devancer tout le monde par inclination naturelle.

— Quand John Lyons m'a *embauchée*, lança-t-elle par-dessus son épaule, en insistant sur le mot « embauchée ».

Randall eut un imperceptible froncement de sourcils, mais attendit la suite.

— Il m'a assuré que je serais rattachée à une section chargée des contentieux civils, poursuivit-elle en continuant à avancer dans le couloir.

— John n'avait pas autorité pour vous promettre une chose pareille, répondit-il posément, tout en venant se placer à sa hauteur.

Elle espéra que son expression ne trahissait pas sa déception. Peu après son arrivée à LMB, elle avait commencé à soupçonner que John n'avait pas autant de pouvoir qu'il le lui avait laissé entendre, mais elle fut tout de même surprise que Randall se permette de le dénigrer si tranquillement.

— Pourquoi m'avez-vous engagée, dans ce cas ?

— Nous avons signé uniquement pour une période d'essai, répondit-il d'une voix douce.

Elle n'était pas encore engagée, il le lui faisait remarquer. L'estomac de Kate se noua.

— Cette période doit nous permettre de situer et d'évaluer vos qualités, ajouta-t-il.

— Je croyais que c'était déjà fait avec le dossier Robertson, rétorqua-t-elle.

Elle avait gagné l'affaire Robertson contre LMB — le combat de David contre Goliath —, et son travail avait tellement impressionné John Lyons qu'il lui avait proposé de rejoindre leur équipe.

— C'est vrai que John a beaucoup apprécié la manière dont vous avez traité ce dossier. Mais on ne juge pas quelqu'un sur une seule affaire. Nous sommes un des plus importants cabinets d'avocats de la ville, ne l'oubliez pas.

Traduction : elle jouait maintenant dans la cour des grands, et elle devait prouver qu'elle avait toutes les compétences requises.

Ils approchaient de la porte vitrée donnant dans le hall. Elle s'arrêta et se tourna vers lui.

— Si vous ne me donnez que des affaires familiales à traiter, vous ne saurez jamais si je suis capable d'autre chose, fit-elle remarquer.

— Vous aurez votre chance, Kate, assura Randall en lui tenant la porte. Faites du bon travail et vous serez récompensée.

Il posa sur elle un regard ambigu. Un regard de séducteur.

Elle ne songea pas une seconde qu'elle pouvait lui plaire. Il testait sur elle son pouvoir, comme il le faisait sur les autres femmes.

Il n'était pas son genre — trop prétentieux, trop sûr de lui, trop arrogant, trop paternaliste —, mais elle dut reconnaître qu'elle ne restait pas insensible à son charme, et en fut agacée.

Elle passa devant lui et entra dans le couloir menant à l'aire d'accueil du hall d'entrée. La porte de verre se referma. Il ne l'avait pas suivie.

Elle poussa alors un profond soupir. En période d'essai, elle ne se trouvait pas en position de force. Elle ne pouvait rien exiger. Elle ferait donc de son mieux, comme il le lui avait conseillé, en attendant qu'on daigne la remarquer.

2

Une femme se leva en la voyant approcher.

— Madame MacAdam ? demanda Kate.

Elle fut surprise de se trouver face à une octogénaire. Mme MacAdam avait dépassé les soixante-dix ans et cela se voyait, même si son superbe manteau couleur caramel faisait merveille pour dissimuler son dos voûté. Kate aurait volontiers parié qu'elle conduisait une Audi ou une Mercedes, la voiture obligée pour une femme d'un certain standing, du moins à Halifax.

— Oui, répondit Mme MacAdam.

Une expression indécise passa subrepticement sur le visage de cette dernière. Sans doute la trouvait-elle trop jeune…

Kate lui adressa un sourire qui se voulait rassurant.

— Je suis Kate Lange, dit-elle en lui tendant la main.

Marian MacAdam referma sur cette main des doigts déformés par l'arthrose, mais étonnamment doux et chauds.

— Mon bureau se trouve par là, ajouta Kate en lui ouvrant la porte de verre.

Elles empruntèrent ensemble le couloir et Kate s'efforça de marcher lentement, tout parlant de la pluie et du beau temps pour meubler la conversation. Marian MacAdam acquiesçait et répondait à peine, sans doute pour économiser son souffle. Quand elles arrivèrent devant la porte du bureau de Kate, elle haletait.

— Asseyez-vous, madame MacAdam, je vous en prie.

Mme MacAdam s'installa dans le fauteuil bleu réservé aux visiteurs, puis elle jeta un regard circulaire sur les piles de livres et les diplômes accrochés au mur, s'attardant sur la photo du chien de Kate.

Kate alla s'asseoir derrière son bureau.

— J'ai cru comprendre que vous désiriez un avis au sujet d'un problème de garde d'enfant ? demanda-t-elle.

Elle espérait que Randall avait mal compris, parce que si cette dame avait un problème de garde d'enfant, ça ne pouvait concerner que l'un de ses petits-enfants. Et Kate ne voulait surtout pas d'un dossier aussi sensible.

— Oui, répondit Mme MacAdam sur un ton de défi. Je souhaite réclamer la garde de ma petite-fille.

« Merci, Randall Barrett, pour le cadeau empoisonné… »

— Je vois, déclara posément Kate. Est-ce que votre petite-fille vit avec l'un ou l'autre de ses parents ?

Marian MacAdam marqua un temps d'hésitation.

— Lisa vit avec ma belle-fille. Mon fils a quitté le domicile conjugal il y a deux ans. Le divorce a été prononcé voilà un an.

Kate prenait déjà des notes.

— Quel est l'âge de l'enfant ?

— Quinze ans.

— Quinze ans ?

Kate cessa d'écrire et leva vers sa cliente un regard interrogateur.

— Et que souhaite-t-elle ?

— Elle souhaite rester avec sa mère, je suppose.

Kate reposa son stylo.

— Dans ce cas, pourquoi réclamer sa garde ?

Marian MacAdam se pencha en avant.

— Parce que sa mère la délaisse. Elle travaille trop. La plupart du temps, elle ne sait pas ce que fait Lisa, ni où elle est.

L'indignation plissait sa bouche et la peau flasque de sa mâchoire. Elle était, en cet instant, l'image même de la désapprobation.

Mais Kate ne s'en émut pas. Les clients qui réclamaient la garde d'un enfant étaient toujours persuadés du bien-fondé de leur démarche. Kate écoutait avec résignation leurs diatribes, puis elle s'efforçait de les calmer et de les consoler, tout en leur exposant les problèmes légaux qu'ils auraient à affronter — et en songeant avec angoisse à ceux qui attendaient dans le hall.

Elle avait déjà son avis sur l'affaire MacAdam. La mère de Lisa travaillait peut-être trop, en effet, mais c'était parce qu'elle avait besoin d'argent pour élever sa fille. Sans doute le père ne lui donnait-il rien, ou pas grand-chose. De nos jours, de nombreux pères n'assumaient pas leurs responsabilités. Le fils de Marian MacAdam était peut-être de ceux-là.

Elles allaient avoir du mal à s'entendre.

— Madame MacAdam, les juges n'aiment pas séparer les enfants de leurs parents. Pour obtenir gain de cause, il faudrait que vous puissiez prouver qu'il y a négligence, que l'enfant est malheureux ou en danger...

Elle connaissait par cœur cette tirade, qu'elle débitait plusieurs fois par jour. Et maintenant, c'était le moment de la question décisive.

— Est-ce le cas de Lisa ?

Marian MacAdam détourna le regard.

— Négligée, pas vraiment, non... Le mot est un peu fort. Elle ne manque de rien. Mais on peut dire qu'elle est malheureuse, oui. Et sans doute en danger.

— Madame MacAdam, pour la loi, ces termes

recouvrent des faits précis. Il faudra démontrer que Lisa souffre d'anxiété ou de dépression, qu'elle adopte des attitudes de repli ou un comportement autodestructeur.

Kate n'ignorait pas que chez une adolescente, la souffrance psychique était parfois difficile à déceler et prenait des formes insidieuses. Une mère stressée et surmenée pouvait ne rien soupçonner jusqu'à ce que l'impensable se produise.

— Je pense qu'elle se drogue, murmura Marian MacAdam.

Kate s'adossa à son siège.

— Vous le pensez, ou vous en êtes sûre ?

Marian MacAdam secoua la tête.

— Je n'ai pas de preuves, juste des soupçons. Elle a parfois un comportement fantasque. Par exemple, vous l'invitez à déjeuner et elle ne vient pas, ce genre de choses…

— En avez-vous parlé à ses parents ?

— Sa mère affirme que Lisa n'a pas de problèmes. Quant à Lisa, bien entendu, elle nie tout en bloc.

La voix de Marian MacAdam se durcit.

— Ce qui arrange sa mère, bien entendu.

Kate sentit une vague de sympathie pour l'ex-belle-fille de Marian MacAdam. Il ne devait pas être facile d'affronter la désapprobation d'une belle-mère, quand on élevait seule son enfant.

— Avez-vous essayé d'aborder le sujet avec votre fils ? Il pourrait peut-être intervenir ?

Marian MacAdam fit la moue.

— Mon fils n'a pas la moindre influence sur son ex-femme. De plus, il est tout le temps en déplacement. Il est consultant en stratégie d'entreprise et travaille pour une grosse société.

— On peut donc dire que Lisa est élevée par sa mère ?

Marian MacAdam acquiesça.

— Oui. Laquelle travaille encore plus que mon fils.

Kate songea à sa propre mère, qui avait dû cumuler deux emplois.

— Et que fait-elle ?

— Elle est juge d'instruction.

— Juge ? répéta Kate en essayant de dissimuler sa surprise et son angoisse.

Elle avait déjà dressé dans sa tête le tableau d'une femme isolée et démunie.

— Et à quelle cour siège-t-elle ?

— A la chambre criminelle et pénale. Je suppose que vous la connaissez. Elle s'appelle Hope Carson. Elle voit défiler toute la racaille.

La voix de Marian MacAdam était pleine de supériorité et de mépris. *La racaille…* Le père de Kate avait fait partie de cette « racaille » qui défilait devant la justice — pour reprendre les mots de cette charmante vieille dame. Il avait entraîné dans sa chute toute sa famille. Kate s'était battue pendant seize ans pour remonter la pente et gagner le respect des autres.

En tant qu'avocate, elle avait eu affaire à la juge Carson une fois, à ses débuts, et elle n'avait pas gardé un bon souvenir de leur rencontre. Cette femme se montrait sèche et impatiente. Particulièrement désagréable.

Et voilà que sa belle-mère voulait entamer une procédure contre elle — procédure qui exigerait de démontrer que les parents de Lisa, et notamment sa mère, ne remplissaient pas correctement leur rôle d'éducateurs. Une juge traînée en justice par saon ex-belle-mère… Les journalistes allaient se déchaîner sur cette affaire. La bataille promettait d'être rude. On ne parlerait que de cela au barreau de Halifax, dans les médias, et aussi au cabinet.

Kate en avait d'avance des sueurs froides. Accepter cette affaire, c'était mettre le pied dans les sables mouvants. Elle pouvait dire adieu à sa carrière.

Il y avait bien une solution intermédiaire. Une solution qui lui éviterait de se mettre en avant, du moins dans un premier temps.

— Madame MacAdam, si vous êtes persuadée que votre petite-fille est en danger, le mieux serait d'en informer les services de la Protection de l'Enfance. En tant qu'avocate, mon devoir serait de leur transmettre le dossier.

Marian MacAdam sursauta.

— Non ! Il s'agit d'une affaire privée qui ne doit pas sortir de la famille. C'est pour cela que je suis venue vous trouver. Je ne veux pas avoir recours aux organismes officiels.

— Il ne s'agit plus d'une affaire privée, dès que le bien-être d'un enfant est en jeu.

— Je ne veux pas qu'une avocate intervienne auprès des services sociaux pour signaler le cas de ma petite-fille ! protesta Mme MacAdam.

Elle s'exprimait sur le ton autoritaire et capricieux d'une femme habituée à obtenir ce qu'elle voulait, mais son désarroi n'échappa nullement à Kate.

— Dans ce cas, vous devriez le faire, vous…

Une lueur de consternation passa dans le regard de la vieille femme.

— Non, je ne peux pas.

Puis elle ajouta, sur un ton qui en disait long :

— Je ne suis sûre de rien, je n'ai que de vagues soupçons.

Elle mentait, c'était manifeste.

— Soupçons qui vous ont tout de même poussée à envisager de réclamer la garde de Lisa.

Marian MacAdam se tortilla sur sa chaise.

— J'ai peut-être exagéré, murmura-t-elle.

Voilà qu'elle faisait discrètement machine arrière, à présent. Kate jeta un regard en coin du côté du petit réveil argenté posé près de son téléphone. Il était 18 h 5. Leur entretien ne déboucherait sur rien de concret. A présent, sa cliente nuancerait toutes ses réponses de « peut-être » et de « sans doute ».

— Je voudrais simplement obliger la mère de l'enfant à réagir.

Puisqu'elle se moquait d'elle, Kate décida de ne plus prendre de gants.

— Madame MacAdam, avez-vous oui ou non la preuve que votre petite-fille fait usage de drogues ?

Le regard de Marian MacAdam alla se poser sur la photo du chien de Kate.

— Non. Je n'ai jamais trouvé de drogue dans ses affaires. Et elle n'est jamais venue chez moi dans un état « second ».

— Est-ce qu'il lui arrive de voler de l'argent ?

— Non.

— De découcher ?

— Je l'ignore. Elle ne dort jamais chez moi.

— Et ses amis ? Ils sont du genre à se droguer ?

— Je l'ignore. Elle n'a pas beaucoup d'amis et je ne les connais pas tous.

— Dans ce cas, qu'est-ce qui peut vous faire penser qu'elle se drogue ?

Marian MacAdam tritura son alliance, un anneau serti de diamants, puis elle laissa retomber ses mains sur ses genoux.

— Elle est parfois censée dîner chez moi et elle ne vient pas, murmura-t-elle.

Une adolescente décommandant un dîner chez sa grand-mère... Il n'y avait pas de quoi fouetter un chat.

— Et elle vous prévient ?

— Elle appelle pour dire qu'elle est en train de travailler en bibliothèque... Ce genre d'excuses... Mais j'ai la sensation qu'elle me ment.

Kate reposa son stylo.

— Madame MacAdam, je ne vous cache pas que votre affaire se présente mal. Avant tout, je vous le répète, les juges n'aiment pas retirer les enfants à leurs parents. De plus, votre fils serait mis en cause. La cour se demanderait pourquoi il n'intervient pas.

Marian MacAdam ne répondit pas tout de suite et jeta de nouveau un regard du côté de la photo d'Alaska. Puisait-elle du réconfort dans la contemplation de son chien ?

— Puis-je, oui ou non, entamer une procédure pour réclamer la garde de cet enfant ? demanda-t-elle finalement.

— Vous le pouvez, mais vous n'aurez pas de grandes chances de gagner.

Le visage de Marian MacAdam se ferma.

— Je croyais que vous m'aideriez, mais il est évident que vous n'en avez pas l'intention.

Sur ces mots, elle prit son sac et se leva. Ses chevilles enflées débordaient de ses chaussures vernies.

— Madame MacAdam, je serais ravie de vous aider, mais pour monter un dossier digne de ce nom, il faudrait prouver que votre petite-fille fait usage de drogues. Les services de la Protection de l'Enfance pourraient vous aider à collecter des éléments. Ils sont habilités à mener des enquêtes dans ce domaine.

— Non, je les collecterai moi-même.

Elle se tourna vers la porte et Kate se précipita pour la lui ouvrir et tenir le battant. Le bâtiment était quasiment désert, à cette heure-là, et elles ne croisèrent personne jusqu'à l'ascenseur. La déception la vieille femme mettait

Kate mal à l'aise. Et quand elle songeait à Lisa, cette adolescente qui était peut-être en difficulté, elle n'avait pas la conscience tranquille.

Elles avaient rejoint le hall d'entrée et Kate regarda défiler les numéros d'étages affichés par l'ascenseur. Quatorze. Quinze. Marian MacAdam allait bientôt disparaître derrière les portes coulissantes de la cabine. Elle inspira profondément. Elle ne pouvait pas la laisser partir sans une dernière tentative.

— Madame MacAdam, les services de la Protection de l'Enfance savent se montrer discrets, murmura-t-elle.

Marian MacAdam se raidit.

— L'intervention d'un travailleur social, discret ou pas, risquerait de traumatiser Lisa. De plus, si je la signalais aux services sociaux, elle m'en voudrait et refuserait catégoriquement de vivre avec moi.

L'ascenseur afficha le numéro vingt et s'ouvrit. Marian MacAdam entra dans la cabine tapissée de miroirs et se tourna vers Kate.

— Si je suis venue vous trouver, c'est justement pour éviter l'intervention des services sociaux, mademoiselle Lange.

Kate eut le temps de voir des larmes dans les yeux bleus de la vieille femme. Puis la porte de l'ascenseur se referma.

3

L'ascenseur s'éloignait et Kate, déprimée, regardait défiler les étages. La semaine se terminait mal. Elle finit par se détourner et quitta le hall d'accueil à grands pas. Marian MacAdam l'avait quittée en la laissant seule avec ses doutes.

Devait-elle ou non contacter les services sociaux à propos de Lisa ? Elle ne pouvait tout de même pas appeler pour signaler qu'une adolescente ne se présentait pas à l'heure chez sa grand-mère qui l'invitait à dîner ! C'était risible. Il en fallait beaucoup plus pour qu'on retire à une mère la garde de sa fille.

Décidément, ce n'était pas possible. En alertant les services sociaux, elle ne ferait que se couvrir de ridicule et s'attirer les foudres de Randall.

Elle se dépêcha de regagner son bureau. Les couloirs étaient vides et silencieux, éclairés par les seules veilleuses. Officiellement, la journée de travail était terminée. Sauf pour quelques abeilles plus diligentes que les autres, qui avaient compris que plus elles s'activeraient dans la ruche, plus leur miel serait sucré.

Après un regard morne du côté de sa pile de dossiers, Kate fit demi-tour vers le coin-café, à l'autre bout du couloir. La cafetière chauffait sur son socle depuis plusieurs heures et la mixture qu'elle contenait avait probablement un goût infect, mais tant pis, elle avait besoin d'énergie. Le luxe d'un bon café, ce serait pour une autre fois.

Elle se servit et retourna dans son bureau. Elle s'installa dans son fauteuil et se débarrassa de ses chaussures, puis tenta de se concentrer sur la procédure de divorce à laquelle Randall l'avait arrachée en frappant à sa porte. Mais la vision harcelante des yeux bleus et humides de Marian MacAdam l'empêchait de lire.

Le téléphone sonna, dérangeant le silence. Elle jeta un coup d'œil à son petit réveil argenté. 18 h 56. Autrefois, un coup de fil à cette heure-ci, un vendredi soir, aurait signifié un rendez-vous. Elle n'avait plus d'amoureux, personne à voir le week-end. Qui pouvait bien l'appeler à une heure pareille ?

Elle attrapa le récepteur, avant que ça sonne une deuxième fois.

— Kate ?

Elle reconnut la voix et la diction châtiée de John Lyons, et fut aussitôt sur ses gardes. Elle n'avait pas eu affaire à lui depuis des semaines. Il s'était manifesté une fois ou deux pour lui demander si tout allait bien, mais jamais pour lui proposer un dossier. Et ça n'était pas bon signe.

— Bonsoir, John, dit-elle, la main crispée sur le récepteur.

— Je sais qu'il est tard.

Il avait décidément une voix très agréable. Chaude et posée. Une voix de gentleman. Les doigts qui tenaient le récepteur se détendirent.

— Vous avez des projets pour ce soir, ou vous pouvez passer à mon bureau ?

Elle n'avait plus de projets le week-end depuis qu'elle avait mis fin à sa relation avec Ethan, le soir du réveillon du nouvel an, à 0 h 34 précises. Sept jours et trois heures après qu'il eut glissé une bague à son annulaire avec un baiser. Cent dix-sept jours, déjà. Elle en tenait précisément le compte. Il y avait un trait pour chacun de ces jours sur le mur de son cœur.

John Lyons savait-il qu'elle avait rompu ses fiançailles ? Et si oui, en connaissait-il la raison ?

— Je peux venir, répondit-elle.

Elle reposa le combiné du téléphone et plongea la main dans un tiroir, celui où elle rangeait la bouteille de Maalox dont elle but quelques gorgées, en plissant le nez. Voilà qui l'aiderait à tenir le coup jusqu'au dîner. Puis elle se repoudra à la hâte, tout en constatant qu'elle avait les traits tirés — un peu trop, pour une femme de trente et un ans. Le responsable, c'était Alaska. Ce damné chien l'avait conquise en moins d'une semaine… En ce moment, il l'attendait à la maison. Une bouffée de culpabilité la submergea. Elle referma son poudrier d'un coup sec et refoula sa culpabilité. En période d'essai, on ne disait pas non à l'un de ses patrons, même un vendredi soir. Plus tard, quand elle aurait signé un contrat de travail, elle pourrait se permettre d'avoir des exigences. En attendant, il fallait être patiente.

En traversant le long couloir jalonné de cabines du côté du mur intérieur, et de larges bureaux du côté fenêtres, elle put constater que Rebecca Manning était déjà partie, et fut soulagée que cette peste ne la voie pas se diriger vers le bureau de John un vendredi soir.

« Certains disent que John Lyons t'a engagée parce que tu lui plais », lui avait lancé Rebecca trois semaines plus tôt, dans les toilettes pour dames. Kate avait mis ce ragot sur le compte de la jalousie. Dans un cabinet comme LMB, on ne voyait pas d'un bon œil l'arrivée d'une nouvelle, qui risquait de bousculer la hiérarchie.

Mais chaque fois qu'on lui confiait un dossier relevant des affaires familiales, Kate ne pouvait s'empêcher de songer à ce que lui avait dit Rebecca. Peut-être Randall la cantonnait-il à ce domaine subalterne parce qu'il pensait que John l'avait choisie pour des raisons qui n'avaient rien de professionnel.

Elle eut un sursaut de révolte. Elle s'était battue pour arriver jusque-là, elle n'avait pas l'intention de se laisser couler par deux salauds qui n'avaient rien à lui reprocher ! Si Randall Barrett haïssait Ethan Drake et s'il prêtait des intentions lubriques à John Lyons, ça ne la concernait pas. Elle montrerait à Randall qu'elle méritait sa place. Mieux que ça : il se féliciterait bientôt de la compter parmi les avocats de LMB.

Elle dédaigna l'ascenseur et, prise d'un regain d'énergie et de détermination, elle grimpa en courant l'escalier séparant l'étage des employés de ceux des associés. La porte de John Lyons était entrouverte. Elle frappa légèrement. Il se racla la gorge avant de répondre.

— Entrez, dit-il.

Son bureau, qui occupait un coin du bâtiment, était fait pour en imposer. Les grandes baies vitrées offraient une vue époustouflante du port de Halifax, sur les eaux sombres qui, en ce moment, se confondaient au loin avec le ciel lourd. Deux fauteuils de style Reine Anne étaient posés sur un tapis persan devant le grand bureau en acajou — mobilier qui convenait parfaitement à l'associé principal de LMB. Il trônait derrière le large plateau, et Kate remarqua que sa chemise bleue était impeccable en dépit de l'heure tardive. Il portait une cravate rayée prune et gris aux nuances irisées. Une fois de plus, elle fut frappée par la masse argentée de ses cheveux. Passé la cinquantaine, peu d'hommes pouvaient s'enorgueillir d'une telle tignasse. La sienne était épaisse, légèrement ondulée, et soulignait à merveille son front haut et aristocratique.

Elle jeta un regard en coin du côté du dossier ouvert sur son bureau. Sur l'un des documents, elle avisa un petit triangle bleu pâle. Une affaire de droit civil… Un petit frémissement la parcourut.

— Bonsoir, Kate, dit John en se levant.

Il désigna d'un geste les deux fauteuils.

— Je vous en prie, asseyez-vous.

— Merci, répondit-elle en lui adressant un sourire.

Il attendit qu'elle soit installée pour se rasseoir. Il était décidément d'une extrême courtoisie.

— Comment ça se passe, pour vous ? demanda-t-il. Ça fait longtemps que nous n'avons pas fait le point.

Il se pencha en avant, posant sur elle un regard gris et attentionné.

Elle croisa les jambes.

— On peut dire que je ne manque pas de travail, répondit-elle sobrement.

Il acquiesça.

— Est-ce que Randall vous a confié des dossiers intéressants ?

Elle haussa les épaules.

— Tout dépend de ce qu'on entend par là, répondit-elle d'un ton pincé. Je suis cantonnée pour l'instant aux affaires familiales.

Elle n'allait pas faire semblant, avec lui. Elle espérait simplement qu'il ne s'apercevrait pas à quel point le nom de Randall Barrett la mettait mal à l'aise. Le Maalox lui pesait déjà sur l'estomac.

Son interlocuteur la jaugea du regard.

— Je sais que le droit familial n'est pas votre tasse de thé, mais il faut parfois accepter des sacrifices, dans la vie, pour aller de l'avant.

Elle le dévisagea. Il ne savait pas à qui il s'adressait, visiblement... Elle avait financé ses études en multipliant les petits boulots sans intérêt. Elle fut un peu agacée qu'il ose lui faire la morale avec tant de condescendance.

— Vous n'imaginez pas à quel point je partage cette opinion, répondit-elle d'un ton vaguement ironique. Mais je croyais que nous avions passé un accord, quand vous m'avez offert une place ici.

— Cet accord est toujours valable. Mais nous avons aussi de jeunes recrues que nous devons ménager. Certains sont là depuis plus d'un an...

L'estomac de Kate se noua, mais elle demeura impassible.

— Et Randall pense qu'avec toutes les heures supplémentaires qu'ils ont effectuées durant leurs stages ou leur période d'essai, nous devons faire de leur avancement notre priorité.

Le message était on ne peut plus explicite : Randall considérait qu'elle n'avait pas encore gagné ses galons à LMB. Il y avait aussi un autre message, plus subtil. Un message qu'elle avait déjà décrypté, avec les sourires froids et polis qu'on lui adressait près de la machine à café ou dans l'ascenseur. LMB était un club très privé. Pour y entrer, il fallait faire ses preuves.

A l'université, elle n'avait malheureusement pas fait d'étincelles, notamment en deuxième année, année critique à l'issue de laquelle les grandes sociétés recrutaient leurs clercs. Elle avait dû travailler pour subsister et payer les soins de sa mère malade, laquelle avait finalement succombé à trop d'années de chagrin, à trop de travail, et à une maladie cardiaque.

Elle avait obtenu son diplôme avec des notes correctes, qui ne lui avaient malheureusement pas donné accès aux stages les plus intéressants ou les mieux rémunérés. Elle aurait voulu des dossiers ardus, des défis à relever, de quoi mordre à pleines dents, de quoi prétendre à une grande carrière. Elle visait un montant à six chiffres sur son chèque de fin de mois, et une place sur les bancs de la magistrature.

Avec son premier employeur, Marshall & Associates, elle n'avait pas pris le chemin le plus court pour une grande carrière. Le cabinet Marshall était plein à craquer de meubles anciens que Madeline Marshall chinait durant ses week-ends à Mahone Bay. Les locaux avaient un côté familial et rassurant qui convenait aux clients qui franchissaient la porte, mais le bureau de Kate était une ancienne salle de bains, et il en avait conservé les odeurs, ce qui l'obligeait à garder la fenêtre ouverte, même en hiver, et à porter des caleçons longs sous son tailleur-pantalon.

Son entrée chez LMB était un premier pas vers la réussite. Elle s'était montrée docile, jusque-là, et elle avait traité avec diligence les dossiers qu'on lui confiait, mais le moment était venu de faire savoir à ces messieurs qu'elle n'entendait pas attendre indéfiniment son tour.

— Je n'ai eu en main que des affaires familiales, fit-elle sèchement remarquer. Comment jugerez-vous de mes capacités à traiter autre chose, si vous ne me laissez pas essayer ?

John croisa posément les mains en soupirant. Kate eut la certitude qu'il prenait la mesure de sa frustration.

— Je viens justement d'en parler avec Randall, reconnut-il. Et je suis d'accord avec vous. Vous travaillez ici depuis quatre mois et nous n'avons rien à vous reprocher. Il n'y a aucune raison de vous cantonner au droit familial.

Il baissa la voix avant de poursuivre.

— Il serait temps de vous mettre à l'épreuve dans un autre secteur.

Un sentiment de triomphe l'envahit, au point qu'elle

en rougit de plaisir. Sa joie, en revanche, fut mitigée. Il n'était pas bon que ses patrons soient en désaccord à son sujet. Elle voulait faire partie de l'équipe, être intégrée, se sentir bien à l'abri derrière les murs de LMB. Pas être considérée comme une pomme de discorde.

Dans les couloirs, on murmurait que John et Randall s'étaient disputé le poste de directeur l'année précédente. Randall avait, paraît-il, gagné avec plusieurs longueurs. A en juger par l'assurance détendue qu'il avait manifestée un peu plus tôt avec elle, c'était probablement vrai. De nouveau, Kate étudia le visage de John. Il avait les traits tirés. Il faisait partie des fondateurs de cette société, et cette défaite avait dû l'humilier.

John se pencha en avant et posa sur elle un regard intense.

— Kate, je voudrais que vous m'aidiez à traiter un dossier. Vous savez sans doute déjà que nous comptons la société TransTissue parmi nos clients.

Le cœur de Kate s'accéléra. Enfin, ça y était ! On lui offrait sa chance. Elle ouvrit aussitôt le calepin qu'elle avait apporté.

— TransTissue fabrique des implants et des produits chirurgicaux, c'est bien ça ?

La question visait à montrer à John Lyons qu'elle s'était renseignée sur LMB et ses clients. Il avait beau être un lion sur le déclin, il était le seul à la soutenir, et elle tenait à lui donner le meilleur d'elle-même.

Il eut un petit sourire. Il avait compris, et il approuvait.

— C'est exact, dit-il. TransTissue est basé à Toronto, mais il y a dix-huit mois, ils ont ouvert une usine, si l'on peut dire, à Halifax.

Kate acquiesça.

— J'ai lu ça dans les journaux, oui.

— Ils ont créé deux cents emplois de techniciens

qualifiés, et ce n'est qu'un début, poursuivit John sur le ton d'un père fier de sa progéniture.

Il ramassa le document marqué du triangle bleu pâle.

— J'ai ici une plainte déposée contre TransTissue ce matin. Le plaignant est un homme, Brad Gallivant, âgé de trente-trois ans. Il prétend avoir contracté une hépatite C par contamination d'un de leurs produits.

Il lui tendit le document, qu'elle lut avec intérêt et application. Le client accusait TransTissue de négligence. John se mit à tambouriner sur son bureau en attendant qu'elle termine.

— Que s'est-il passé exactement ? demanda-t-elle.

— Il a subi une arthroscopie du genou au cours de laquelle on lui a appliqué un produit pour combler un trou dans un cartilage. Quelques mois plus tard, il a découvert qu'il était positif au test de l'hépatite C.

— Et il est donc persuadé d'avoir contracté cette hépatite au cours de l'intervention ?

— Oui, répondit John en refermant le dossier. Bien entendu, TransTissue affirme que ses produits répondent à tous les critères d'hygiène et d'asepsie.

— Mais les produits de ce genre sont faits de matière inerte, n'est-ce pas ?

Elle tapota ses lèvres avec son stylo. Elle entrevoyait déjà une ligne de défense. Elle se réjouissait d'avance à l'idée de construire une plaidoirie qui ne tournerait pas autour d'un problème de garde d'enfants.

— On ne pourrait pas chercher la cause de la contamination du côté d'une transfusion sanguine ou du mode de vie du plaignant ? insista-t-elle.

— C'est ce que pense notre client, répondit John avec un éclat amusé et indulgent dans le regard. Mais c'est un peu plus complexe que ça, Kate… Les produits fabriqués par TransTissue ne sont pas de la matière inerte.

Elle rougit. Elle aurait dû pourtant le savoir…

— C'est vrai, reconnut-elle. Ils sont fabriqués à partir de cellules.

Elle traçait déjà mentalement les grands axes de sa défense. Il faudrait prouver que les procédures de fabrication avaient été suivies à la lettre par TransTissue et qu'aucune infection n'avait pu être transmise par les techniciens de laboratoire.

— Non, corrigea John. Pas des cellules vivantes. Pas exactement. La matière première qui sert à leur produit est prélevée sur…

Il marqua un temps de pause et eut un petit sourire.

— Sur des cadavres.

— Des cadavres ?

Elle leva les yeux vers lui.

— Ils prélèvent sur des cadavres pour fabriquer des produits qui vont servir lors d'interventions chirurgicales ?

John paraissait ravi de son petit effet. De nouveau, il sourit.

— Oui. Leurs produits servent pour la chirurgie dentaire, la neurochirurgie, la chirurgie orthopédique. Je pense notamment aux prothèses de la hanche et au remplacement de ligaments, les plus courantes, mais la liste est longue.

— Pouah ! s'exclama Kate avec une grimace.

Elle se promit de ménager ses articulations et de ne plus porter que des chaussures de sport.

— Mais où prennent-ils leur matière première ?

John lui jeta un drôle de regard et elle ajouta vivement.

— Je veux dire, sur quels cadavres ?

— Il existe des sociétés de courtage chargées de répertorier des donneurs et de collecter des tissus, exactement comme pour les dons d'organes. Ce sont ces sociétés qui approvisionnent TransTissue.

Il prit un air songeur.

— A partir d'un seul corps, on peut prélever de quoi aider pas mal de gens.

Il se leva et fit le tour de son bureau pour lui tendre le dossier.

— Jetez un coup d'œil à ça et dites-moi ce que vous en pensez.

— Il vous faut ça pour quand ? demanda-t-elle en se levant.

Il sourit.

— TransTissue est un client important. J'attends votre rapport préliminaire lundi matin sur mon bureau.

4

Kate traversa en courant le parking à niveaux où elle avait garé sa voiture. Déjà 20 h 35. Alaska devait mourir de faim et tourner en rond. Elle jeta son porte-documents sur le siège arrière de sa berline Toyota, et se dépêcha de démarrer. Les mains agrippées au volant, elle manœuvra à travers les étages du parking pour rejoindre la rue.

Il faisait déjà nuit, mais les gens de Halifax étaient tout de même de sortie. Apparemment, le temps glacial ne suffisait pas à faire baisser la fièvre du week-end. A chaque coin de rue, elle craignait d'écraser un étudiant ivre qui fêtait la fin des examens. Elle traversa donc le centre-ville avec une extrême prudence et les nerfs en pelote. Puis elle remonta Spring Garden Road, une rue animée aux belles devantures illuminées, où elle évita plusieurs fois de justesse des piétons insouciants. Mais bon sang, ils en avaient tous assez de vivre, ce soir, ou quoi ?

Après le carrefour de South Park Street, elle put enfin respirer. Elle était presque arrivée. Elle vivait en bordure de l'université Hollis, au sud de la ville, dans un quartier verdoyant de vieilles maisons centenaires.

Une fine bruine coulait déjà sur le pare-brise. Il n'allait pas tarder à pleuvoir. Elle espéra qu'elle aurait le temps de sortir avec Alaska avant l'averse. C'était déjà pénible d'avoir un tapis de poils blancs dans toute la maison, mais quand ce tapis était humide et sentait le chien, cela devenait carrément catastrophique.

Cinq minutes plus tard, elle entrait dans sa rue, puis dans son allée. Elle avait oublié de remplacer la veilleuse du porche qui avait grillé, et la maison paraissait enveloppée d'un sombre linceul. Un réverbère éclairait les branches dénudées d'un grand érable, qui s'agitaient devant les fenêtres du premier étage.

Une angoisse sourde et familière lui serra le ventre. En été, quand il ferait nuit moins tôt et que les arbres seraient verts, l'impression serait différente.

Cette maison aurait dû constituer le symbole de sa réussite... Pourquoi ne parvenait-elle pas à se sentir heureuse en rentrant chez elle ? Furieuse contre elle-même, elle ouvrit la portière de sa voiture. La grande maison la dominait, presque menaçante. Une ombre remua devant la fenêtre du salon.

Elle attrapa son porte-documents et remonta l'allée. Des grattements furieux sur le plancher l'accueillirent quand elle ouvrit la lourde porte de chêne.

— Salut, toi !

Tout en poussant un gémissement excité, Alaska, son husky blanc, se jeta sur elle. Depuis qu'il était là, elle avait au moins l'impression d'être attendue.

Elle s'agenouilla pour enfouir son visage dans sa fourrure. Il lui lécha la main en remerciement, puis se mit à tourner en rond dans le couloir. A première vue, il n'avait pas fait trop de dégâts, pour une fois. Il avait une prédilection pour le papier-toilette et les magazines de décoration qu'il mettait en lambeaux. Elle le suivit dans la cuisine et fit la grimace en découvrant une flaque sur le carrelage.

Elle s'empressa de la faire disparaître en l'épongeant avec une serpillière, tout en regrettant de ne pas pouvoir se débarrasser aussi facilement de sa culpabilité. A présent qu'elle allait devoir travailler sur le dossier TransTissue, les soirées comme celle-ci seraient plus nombreuses. Comment faire, avec ce chien qui l'avait déjà adoptée ? Il leva vers elle des yeux bleus reconnaissants, et elle se sentit encore plus coupable. Elle le gratta alors derrière les oreilles.

— Allons faire un tour, proposa-t-elle.

Il remua la queue avec un enthousiasme communicatif. Les plaisirs simples de son chien étaient devenus les siens en moins d'une semaine.

— Donne-moi quand même une minute ! lui cria-t-elle tout en grimpant le vieil escalier en noyer.

Elle quitta son beau tailleur, qu'elle abandonna sur le lit, et enfila à la hâte un survêtement et une veste de pluie doublée en polaire. Alaska s'impatientait au bas de l'escalier et le manifesta en gémissant.

— Me voilà, annonça-t-elle en descendant les marches quatre à quatre.

Elle attrapa au passage la dernière pomme de la coupe à fruits et passa sa laisse à Alaska, qui bondissait maintenant de joie.

— On fait juste le tour du pâté de maisons, le prévint-elle en franchissant le seuil. Il faut aussi penser à manger.

La queue d'Alaska lui répondit qu'il était d'accord.

Elle résista à l'envie de mettre sa capuche pour se protéger de la légère bruine.

Tu as choisi de vivre ici, il faut t'habituer. Tu n'as plus besoin de te cacher.

Tout son être aspirait à disparaître sous cette capuche, mais elle refusa de céder aux vieux réflexes de protection. Surtout pas aujourd'hui. On venait de lui offrir la chance qu'elle attendait depuis si longtemps. Une chance de grimper aux barreaux de cette échelle qui avait été si longtemps hors de sa portée.

Pas question de se laisser tirer vers le bas.

La soudaine impulsion qui l'avait poussée à acquérir cette maison, située dans son ancien quartier, venait-elle du besoin d'affronter son passé ? Elle préférait ne pas trop se pencher sur cette question, qui aurait probablement intéressé un thérapeute. Sur le moment, elle avait vécu sa décision comme un défi lancé à la face du monde. Une déclaration d'indépendance. Une manière de prouver à Ethan qu'elle n'avait pas honte de ses origines. Ce n'était qu'après la vente aux enchères qu'elle s'était mise à réfléchir. Même après vingt ans, il restait peut-être dans cette rue d'anciens voisins qui la reconnaîtraient…

Alaska s'arrêta pour renifler la bouche d'incendie et elle en profita pour inspirer l'air humide du printemps, tout en observant les maisons qui bordaient la rue. La pénombre camouflait les porches délabrés et la peinture écaillée des façades.

Le quartier avait été habité par des familles, mais aujourd'hui, il ne restait plus que des retraités qui louaient parfois quelques chambres à des étudiants. La première fois qu'elle était revenue, elle avait eu un serrement de cœur en songeant aux trottoirs autrefois jonchés de vélos et de cordes à sauter — tout en étant soulagée de ne pas replonger dans l'atmosphère de son enfance.

Son estomac se mit à gargouiller. La caféine absorbée au bureau ne faisait plus effet. Elle avait faim et elle sentait peser la fatigue de la journée.

— Viens, mon chien… Rentrons. J'ai l'estomac dans les talons.

Ethan Drake ne pouvait s'empêcher de jeter des regards en coin à la fine enveloppe posée près de lui sur le siège du passager.

Il tourna à gauche, puis ralentit en fronçant les sourcils. Mais pourquoi donc Kate avait-elle décidé de revenir s'installer ici ? Cette question ne cessait de le tracasser. Et du même coup, la sensation qu'il ne savait décidément rien d'elle, qu'il ne l'avait jamais comprise.

Il n'eut aucun mal à trouver sa maison, qui se trouvait à l'entrée de la rue. Il reconnut sa voiture garée dans l'allée. Parfait. Elle était là. Il dut s'avouer qu'il était heureux de constater qu'elle n'avait nulle part où aller un vendredi soir — c'est-à-dire pas de rendez-vous galant.

Il arrêta sa Jeep et prit l'enveloppe qu'il fourra dans sa poche.

Pas de précipitation. Du calme.

C'était plus facile à dire qu'à faire. A présent qu'il se trouvait devant chez elle, il se sentait fébrile. Il avait hâte de la voir. Hâte de l'entendre dire qu'elle s'était trompée. Hâte de lire dans ses yeux qu'elle regrettait. Hâte d'apprendre qu'elle non plus ne comprenait pas comment cela avait pu se terminer si mal entre eux.

Hâte d'obtenir l'explication qu'il méritait.

Et si elle refuse de te la donner ?

Il décida d'ignorer ses doutes et grimpa en courant les marches du porche. Celui-ci n'était pas éclairé. La lampe avait grillé, probablement, et cela l'inquiéta — réflexe de flic. Il se promit de lui faire remarquer qu'elle devait la remplacer au plus vite.

Tiens, d'ailleurs, cela lui fournirait une excuse.

Je passais par là et j'ai remarqué que ton porche n'était pas éclairé, et...

Il secoua la tête.

Ne la prends pas pour une idiote !

Son pouls s'accéléra. Allait-elle l'inviter à entrer, ou lui claquer la porte au nez ?

Il avait été dur avec elle, mais bon sang, qui ne l'aurait pas été, à sa place ? Ils avaient vécu sur un petit nuage, il l'avait demandée en mariage, il lui avait offert la bague de sa grand-mère en guise de bague de fiançailles, et elle, elle lui avait lâché une bombe à la figure. Le traditionnel *Ce n'est qu'un au revoir* du réveillon avait pris pour lui une tout autre signification, ce soir-là. Pour eux, ce n'était peut-être pas qu'un au revoir…

Il se passa la main dans les cheveux, prit une profonde inspiration et appuya sur la sonnette.

Silence.

Il sonna de nouveau.

Rien.

La sonnette ne fonctionnait pas. Kate avait décidément besoin d'un coup de main pour le bricolage. S'ils avaient été ensemble, il aurait depuis longtemps réparé tout ça… Mais à quoi bon y penser ?

Il jeta un coup d'œil par la vitre rectangulaire de la porte. Il y avait de la lumière dans le fond.

Il frappa au battant.

Pas de mouvement à l'intérieur.

Mais où pouvait-elle bien être ? Il colla son visage à la vitre opacifiée par le temps et la bruine.

Kate n'était pas là, de toute évidence. Et si elle n'était pas là, ça ne pouvait signifier qu'une chose : un bellâtre l'avait invitée au restaurant, et lui, l'imbécile, il faisait le pied de grue devant la porte de sa maison, dans le froid et sous la pluie. Avec cette maudite enveloppe dans la poche.

Il avait préparé en pure perte sa petite mise en scène. Sortir l'enveloppe de sa poche, puis prétendre avoir retrouvé l'objet chez lui, sous le canapé, par hasard, puis s'être dit qu'elle en avait sûrement besoin...

Elle avait le chic pour lui couper l'herbe sous le pied !

Il fit volte-face et redescendit deux par deux les marches du porche.

Il était au bout de l'allée, quand un grand chien se jeta sur lui.

Il fit un bond en arrière.

— Alaska ! cria une voix, tandis qu'une main tirait fébrilement sur la laisse.

— Kate ?

Depuis quand avait-elle un chien ? Cette découverte lui transperça le cœur.

Elle ne l'avait jamais appelé.

Elle n'avait pas éprouvé le besoin de s'excuser ou de prendre de ses nouvelles.

Elle était partie en le laissant ramasser la bague, qu'elle avait abandonnée sur le parquet de la maison de Bob MacDonald.

Elle avait rejoint le camp de l'ennemi en allant travailler chez LMB.

Elle s'était acheté une maison.

Et voilà, maintenant, qu'elle avait pris un chien pour lui tenir compagnie. Elle l'avait remplacé par un chien ! La preuve était faite qu'il ne représentait vraiment rien pour elle.

Les pattes antérieures du chien — ou plutôt ses griffes — étaient toujours plantées sur son torse. Ethan fixa les yeux bleu clair de l'animal et fit un effort pour ravaler sa colère.

— Laisse-moi, le chien, dit-il en le repoussant.

Celui-ci se mit à bondir joyeusement autour de lui. Kate s'approcha.

— Ethan ? demanda-t-elle avec, dans la voix, un tremblement qui trahissait son émotion.

Le brouillard posait des perles d'eau dans ses cheveux, ses yeux brillaient d'une lueur ambre. Le cœur d'Ethan fit un bond. Il avait tort de s'émouvoir. Elle était probablement agacée par sa visite.

— Qu'est-ce que tu… ?

Le chien fourra son museau dans l'entrejambe d'Ethan.

— Alaska ! hurla Kate en tirant sur la laisse.

Le chien obéit et alla lever la patte un peu plus loin, contre un réverbère. Un gracieux arc liquide brilla sous la lumière.

— Super ! commenta Ethan.

S'il n'avait pas été si furieux, il aurait pu en rire. Ce chien venait de résumer d'une façon magistrale sa relation avec Kate. Il prit aussitôt la bête en grippe.

— Tu l'as trouvé où, celui-là ? Dans un refuge pour chiens délinquants ?

5

Kate ne s'attendait pas le moins du monde à voir Ethan, et elle demeura quelques secondes sous le choc, submergée par la culpabilité, la nostalgie, le ressentiment. Une foule de questions se bousculaient dans son crâne.

Pourquoi donc l'attendait-il devant chez elle ? Sur son trottoir ? Sous la pluie ?

Ils ne s'étaient pas vus depuis des semaines. Pourquoi débarquait-il chez elle à l'improviste ?

Mais son cœur, lui, ne s'interrogeait pas. Il s'affolait, comme un animal apeuré qui cherche un endroit où se réfugier.

Malheureusement, il n'en trouvait pas. Ethan prenait tant de place qu'il occupait jusqu'aux recoins les plus secrets de son cœur — y compris celui où elle se retranchait quand la vie devenait trop dure, celui qu'elle avait presque exclusivement occupé depuis la mort d'Imogen, et dont il s'était employé à la déloger six mois plus tôt.

Elle parvint tout de même à desserrer les lèvres.

— Désolée… D'habitude, il est plutôt calme avec les étrangers.

Alaska n'était là que depuis une semaine, et elle n'avait jamais eu l'occasion de l'observer avec des étrangers. Pourquoi se sentait-elle toujours obligée de dissimuler la vérité, avec Ethan ?

Il posa sur elle un regard impénétrable.

— Il s'est peut-être trompé de personne, fit-il remarquer. Tout le monde peut se tromper.

Faisait-il allusion à ses propres erreurs, et cherchait-il à lui faire comprendre qu'il en éprouvait des regrets ? Elle le dévisagea, tâchant de deviner à sa mine ce qu'il pouvait bien lui vouloir. Mais tout ce qu'elle put déduire de l'observation, ce fut qu'il était beaucoup trop séduisant ! L'humidité frisait légèrement ses cheveux noirs. Le col relevé de sa veste encadrait sa mâchoire. Elle ne put s'empêcher de chercher du regard la jolie petite cicatrice, bien nette, au niveau du menton, qu'elle avait si souvent caressée du bout des doigts et que sa barbe mal rasée lui dissimulait.

Elle le trouva tout de même changé. Sa bouche avait pris un pli dur et déterminé. Son regard aussi était différent, mais elle n'aurait pas su dire en quoi.

Il se tenait raide comme la justice, pas du tout comme à son habitude, mais plutôt comme quelqu'un qui est sur la défensive. Elle en déduisit qu'il était au courant de son embauche chez LMB.

Evidemment, il le prenait mal, et c'était légitime. Non contente de lui avoir jeté sa bague à la figure, son ex-fiancée avait rejoint le camp de l'ennemi, celui de Randall Barrett.

C'était probablement Vicky qui l'avait mis au courant.

Kate revit l'expression de Vicky le soir du réveillon, ses yeux trop bleus et trop brillants. Elle avait fait mine de se résigner, quand Ethan l'avait quittée, puis quand il l'avait remplacée par Kate. Mais ce soir-là, elle avait dévoilé son jeu.

Pendant que Kate buvait tranquillement un verre avec les autres invités, elle avait profité de ce qu'Ethan montait à l'étage pour le prendre à part et le féliciter de ses fiançailles avec la fille de Dick Lange, un escroc notoire.

Ethan avait très mal pris cette révélation. Il avait exigé que Kate s'explique. Il lui avait demandé si elle avait l'intention de laisser leurs enfants rendre visite à leur grand-père en prison. Le père de Kate n'était plus en prison, mais pour Ethan, il serait toujours un type infréquentable.

Au sujet de sa sœur, Imogen, Ethan n'avait pas dit grand-chose, mais son regard avait parlé pour lui.

Vicky avait tenté de suivre Kate quand elle était sortie dans la nuit glaciale. Pour s'excuser, peut-être… Mais Kate avait refusé de l'écouter. Vicky Moffatt allait devoir assumer seule les conséquences de ses actions. Comme tout le monde.

— Comment ça va, pour toi ? demanda Ethan pour rompre le silence qui se prolongeait un peu trop.

— Ça va, répondit Kate en hochant la tête. Je me suis acheté une maison.

Il regarda du côté de la maison, sans un mot, et inspecta la façade.

Elle espéra qu'il ne remarquerait pas le bois vermoulu de la rambarde du porche et la moustiquaire déchirée de l'une des fenêtres de la chambre. Et, surtout, qu'il ne réfléchirait pas au fait qu'elle s'était installée dans le quartier de son enfance.

— Félicitations, dit-il en se tournant de nouveau vers elle.

Elle détestait ces yeux de lynx qui la transperçaient sans rien révéler.

— Tu as toujours voulu une maison comme celle-ci… C'est bien dans ce quartier que tu vivais autrefois, n'est-ce pas ?

Et zut… Vicky n'avait manifestement négligé aucun détail, dans ses révélations.

— Oui, répondit-elle en repoussant une mèche humide qui lui retombait sur le visage.

Elle songea avec désespoir que ses cheveux trempés devaient ressembler à des algues, puis elle s'en voulut de penser à sa coiffure. Ethan n'était sûrement pas venu pour lui faire la cour, mais pour se venger.

— Et tu as pris un chien, ajouta-t-il. Je croyais que tu ne voulais pas d'attaches.

Cette fois, il n'y avait pas à s'y tromper, le ton était amer.

Elle haussa le menton.

— Je n'ai jamais dit que je ne voulais pas d'attaches, rétorqua-t-elle.

— Tu as dit que tu ne voulais dépendre de personne.

Il ne précisa pas qu'elle avait ajouté, ce soir-là, qu'elle ne voulait surtout pas dépendre de lui.

— Eh bien oui, j'ai dit ça… Mais ce n'est pas la même chose.

— Si, objecta-t-il en croisant les bras sur la poitrine. C'est la même chose.

Il cherchait donc l'affrontement.

La douleur qu'elle avait refoulée jusque-là remonta à la surface. Toutes les réponses qu'elle avait accumulées et longuement répétées depuis cette nuit où il l'avait humiliée se mirent à hurler dans son crâne.

Mais elle n'ouvrit pas la bouche. Elle préférait oublier. Ils avaient suffisamment souffert comme ça.

Elle haussa les épaules, et tâcha d'affecter un air dégagé.

— Je n'ai pas « pris » Alaska, c'est lui qui m'a trouvée.

— Il t'a trouvée ? demanda Ethan en plissant les yeux. Et où ça ? Au parc ?

Il se tut, brusquement, comme s'il regrettait déjà ses

mots. Elle eut l'impression qu'il les aurait ravalés, s'il avait pu.

Au parc... Là où ils s'étaient rencontrés. Un jour où le soleil perçait à travers les pins, sur le chemin de gravier. Elle s'était baissée pour renouer son lacet, le front couvert de sueur, le souffle court, après avoir grimpé en courant Serpentine Hill. Il était juste derrière elle. Elle l'avait remarqué plus bas, déjà, près du bord de mer. Elle avait aussi constaté qu'il la remarquait. Leurs regards s'étaient croisés. Et cela avait suffi pour qu'il transforme à jamais sa vie, pour qu'elle bascule dans une dimension dont elle n'avait encore jamais soupçonné l'existence, une dimension si pleine de promesses qu'elle en avait eu le vertige.

— Non, répondit-elle en faisant un effort surhumain pour surmonter le nœud qu'elle avait dans la gorge. Il vivait dans cette maison, avec la précédente propriétaire, une vieille femme. Quand elle est morte, c'est sa nièce qui l'a recueilli, mais il s'est sauvé et il est revenu ici. Je l'ai trouvé un soir en rentrant, assis sur le porche. J'ai fini par l'adopter. Il est là depuis une semaine.

La pluie lui dégoulinait dans le cou et elle se sentit soudain transpercée par l'humidité — et aussi par une grande lassitude. Qu'est-ce qu'Ethan était donc venu faire ici ? Il ne voyait pas que plus rien n'était possible entre eux ? Ils s'étaient dit trop de choses, ils étaient allés trop loin. Ils ne pouvaient pas revenir en arrière. La fragile confiance qu'ils avaient bâtie en six mois de passion avait été trop durement ébranlée.

— Je dois rentrer, dit-elle en commençant à remonter l'allée.

Le chien se mit à trottiner autour d'elle.

— Je préfère que tu ne reviennes pas, lança-t-elle par-dessus son épaule.

— Attends ! protesta Ethan. Je suis désolé. Je n'étais pas venu ici pour te faire des reproches.

— Vraiment ? demanda-t-elle sans chercher à dissimuler son amertume.

Il plongea la main dans sa poche et en tira l'enveloppe.

— J'ai retrouvé ça, l'autre soir, et j'ai pensé que tu serais contente de le récupérer…

Quelque chose tomba de l'enveloppe. Quelque chose de brillant…

Elle en eut le souffle coupé. Un anneau doré luisait sur le trottoir mouillé.

Ethan poussa un juron et se baissa pour le ramasser. Le pouls de Kate s'accéléra quand il le lui tendit dans sa paume ouverte. Il s'agissait d'un anneau de boucle d'oreille qu'elle avait égaré chez lui, au cours de leurs ébats, quelques semaines avant leur séparation.

Elle fit un effort pour respirer lentement, tout en espérant qu'Ethan n'avait pas remarqué l'expression de son visage quand elle avait reconnu l'anneau.

Elle avança lentement la main pour le prendre. Il suivit des yeux son geste. Il avait probablement deviné qu'elle faisait de son mieux pour ne pas effleurer sa peau.

— Merci, dit-elle.

Elle glissa l'anneau dans sa poche, tout en se jurant de le jeter à la poubelle dès qu'elle serait rentrée.

— C'est gentil d'avoir fait l'effort de me le rapporter.

De nouveau, elle fit quelques pas en direction de la maison.

— Kate, attends…

Elle s'arrêta, la main sur la hanche, les doigts crispés sur la laisse d'Alaska.

— Nous devons parler, murmura-t-il d'un ton suppliant.

Il jeta un coup d'œil du côté de sa maison. De toute évidence, il attendait qu'elle l'invite à entrer.

Elle repoussa une mèche trempée en la coinçant derrière son oreille.

— Je ne veux pas parler avec toi, murmura-t-elle. Il me semble que nous n'en avons que trop dit.

Elle ne voulait pas déverser tout son passé sur ce trottoir.

Ethan croisa alors les bras.

— Justement, c'est ça, le problème, fit-il remarquer.

— Ça... quoi ?

— Tu penses que nous en avons trop dit, mais tu n'as rien dit.

— Parce qu'il n'y avait rien à dire.

— Je veux des réponses, Kate. Je veux savoir pourquoi tu ne m'avais pas parlé de ton père.

Il plongea ses yeux dans les siens, et elle lut dans son regard qu'il se sentait en droit de lui demander des comptes. Il ne manquait pas de culot, tout de même !

— Vicky s'en est chargée, il me semble, fit-elle observer dans un ricanement.

Ethan serra les dents.

— Si je l'ai appris par elle, c'est justement parce que tu n'avais pas jugé utile de me mettre au courant. Pourquoi m'avoir caché que ton père avait fait de la prison ?

Sa voix se durcit.

— Et pourquoi ne m'avoir rien dit, non plus, au sujet de ta sœur ?

Le poids qui pesait sur le cœur de Kate devint plus lourd. Ethan faisait remonter à la surface des émotions qu'elle contenait depuis quinze ans, au prix d'un immense effort.

— Je n'ai pas cherché à...

Elle se tut aussitôt. A quoi bon nier l'évidence ?

— Je n'ai pas trouvé le bon moment, soupira-t-elle.

— Tu n'as pas trouvé le bon moment ? En six mois, tu n'as pas trouvé le bon moment ?

— Je sais…

Elle avait voulu lui parler. Tout lui révéler. Mais chaque fois qu'elle avait ouvert la bouche pour aborder le sujet, il l'avait fait taire en l'embrassant.

Lui non plus n'avait pas eu envie de crever ce nuage flou et romantique dans lequel ils avaient enveloppé leur passé et leur présent. Mais il ne voulait pas le reconnaître. Il préférait manifestement la rendre responsable de tout.

Ses doigts étranglés par la laisse commençaient à s'engourdir. Elle aurait bien voulu qu'il soit aussi facile d'engourdir ses sentiments.

— Tu avais l'intention de me le dire quand ? reprit Ethan d'un ton mauvais. Après la cérémonie du mariage ?

Cette fois, il allait trop loin.

— Tu crois que j'ai sciemment dissimulé ces informations pour que tu m'épouses ?

Elle revit le moment où il lui avait offert sa bague de fiançailles — un bijou de famille qui avait appartenu à sa grand-mère, lui avait-il dit. Le souvenir lui fit terriblement mal.

Elle avait réussi à lui dire oui à travers ses larmes. Puis elle avait passé les jours suivants à se torturer, terrifiée à l'idée qu'il risquait de la rejeter si elle lui parlait de son passé.

Cette fois, ce fut lui qui détourna le regard.

— Ce n'est pas ce que je voulais dire.

— Vraiment ? J'avais cru comprendre.

— Tu avais prévu de me parler ? demanda-t-il de nouveau.

— Je ne sais pas ! répondit-elle avec irritation. Je ne savais pas !

Alerté, Alaska se mit à gronder.

— Je crois que j'attendais le bon moment.

Tout cela avait été si nouveau pour elle… Elle s'était

laissé emporter par cette passion soudaine et dévorante... Emporter par l'adoration qu'il lui manifestait... Par son amour de la vie, qui donnait à tout ce qu'il touchait un goût fort et épicé.

Comment aurait-elle pu trouver le bon moment pour évoquer les horreurs du passé ?

— Tu aurais dû me le dire, c'est tout, objecta-t-il.

Le ton brusque de sa voix la ramena brutalement au présent.

— Je savais que ça gâcherait tout entre nous, avoua-t-elle d'un ton pitoyable.

Et elle ne s'était pas trompée.

— Ce qui a tout gâché, c'est que tu m'as menti, rétorqua-t-il sèchement.

— Je ne t'ai jamais menti, protesta-t-elle en recroquevillant un peu plus ses doigts.

— Tu m'as menti par omission.

Elle contempla d'un air résigné cet homme qui était devenu son avocat à charge, après avoir été son amant...

Elle sentit battre un pouls au niveau de sa tempe.

— Tu n'aurais jamais été capable d'assumer une femme dont le père avait été condamné pour escroquerie, dit-elle.

Il croisa les bras.

— Il ne s'agit pas que de ton père, Kate.

Une bouffée de rage l'envahit. Décidément, il ne respectait rien. Il piétinait son douloureux jardin secret sans le moindre scrupule.

— Et de quoi d'autre ?

— De ta sœur.

Elle le défia du regard.

— Vicky n'a rien trouvé à ce sujet, dans vos archives ?

Le visage d'Ethan se ferma. Il faisait visiblement un effort pour contenir sa colère.

— Pourquoi cherches-tu à compliquer les choses ? J'ai simplement besoin de savoir ce qui s'est passé.

— Tu penses que si je ne t'en ai pas parlé, ça signifie que je suis coupable, c'est ça ?

— Je suis bien obligé de me poser la question.

— Tu sais quoi, Ethan ? J'en ai marre que tu t'adresses à moi comme si j'étais l'un de tes suspects !

— Et moi j'en ai marre que tu me prennes pour un idiot. J'aurais fini par découvrir la vérité, d'une façon ou d'une autre, avec ou sans Vicky.

— Ne me fais pas la morale. Tu n'as aucune idée de ce que j'ai dû surmonter.

Elle tira sur la laisse d'Alaska et commença à monter les marches du porche.

— Tu as raison ! cria-t-il. Je n'en ai pas la moindre idée, parce que tu ne m'en as pas informé.

Elle s'arrêta net. Elle n'avait pas eu le courage de lui dire la vérité quatre mois plus tôt, mais aujourd'hui… Aujourd'hui, il allait l'entendre. Il allait savoir qu'il avait de la chance d'être débarrassé d'elle. Elle se tourna vers lui.

— C'est la vérité que tu veux ?

— Oui, répondit-il doucement.

— Très bien. Si tu tiens absolument à ce que j'ouvre la boîte de Pandore…

Elle inspira profondément.

— Je vais l'ouvrir, murmura-t-elle en s'efforçant de prendre un ton neutre.

Elle le regarda droit dans les yeux.

— Quand j'avais seize ans, j'ai tué ma sœur.

Il tressaillit.

— D'après les procès-verbaux, tu conduisais et vous avez eu un accident.

— Je roulais trop vite. Je l'ai tuée.

C'était aussi simple et brutal que ça. Le temps d'un battement de cils. Une vie fauchée.

— Tu es content, à présent ?

Elle n'attendit pas la réponse. Il avait réclamé la vérité, il l'avait. Il allait maintenant devoir se débrouiller pour s'en accommoder. Elle fourragea dans sa poche pour en sortir ses clés, sans lâcher la laisse.

— Kate, je suis désolé, murmura-t-il.

Mais la phrase sonnait creux.

— Ça m'étonnerait, rétorqua-t-elle. Tu as obtenu ce que tu étais venu chercher. A présent, va-t'en.

— Kate...

— Va-t'en !

Elle introduisit la clé dans la serrure, évitant de le regarder. Elle l'entendit marcher dans l'allée. Puis la portière de sa voiture claqua et le moteur se mit en route.

Elle poussa alors la porte. Le battant humide résista, puis céda brusquement, et elle fut projetée en avant, dans l'entrée.

— Merde !

Alaska fila dans la cuisine, laissant les traces boueuses de ses pattes et traînant sa laisse derrière lui. Kate se retrouva seule, avec sa silhouette qui lui faisait face depuis le vieux miroir. Des yeux cernés de mascara la contemplaient. Elle se détourna et s'empressa de rejoindre Alaska.

Il faisait le va-et-vient devant ses gamelles et poussa un gémissement impatient en la voyant approcher. Elle ramassa son bol d'eau et s'en renversa sur les doigts.

— Merde ! jura-t-elle de nouveau.

En se détournant, elle heurta le bol contre le comptoir. L'eau éclaboussa son T-shirt.

— Merde et merde !

Ses doigts tremblaient. Elle s'appuya au comptoir, la

tête baissée, et s'obligea à respirer lentement, jusqu'à ce que sa colère s'apaise.

Drôle de soirée… Et drôle de manière de fêter son avancement et la nouvelle affaire qui lui était confiée.

Elle ouvrit les yeux en soupirant. Alaska, toujours posté près de sa gamelle de nourriture, l'observait en silence.

— Désolée, mon chien, lui dit-elle d'un ton las. Tu es vraiment patient… Mais je ferai plus attention à toi, je te le promets.

Elle attrapa le sac de croquettes dans le buffet, tout en regrettant de n'avoir pas su maîtriser sa colère devant Ethan. Alaska eut droit à une double ration qu'il dévora goulûment.

Elle n'avait pas faim, mais il fallait bien manger. De plus, la bouteille de vin posée sur le comptoir lui faisait de l'œil. Si elle buvait l'estomac vide, elle risquait de finir ivre morte.

Elle enfourna le dernier plat de lasagnes dans le micro-ondes, tout en soupirant à l'idée de devoir faire les courses le lendemain. Elle avait hâte de prendre un bain et de se mettre au lit.

Alaska donna un dernier coup de langue au fond de sa gamelle, puis se mit à faire des va-et-vient devant la porte de la cuisine donnant sur l'extérieur. Dès qu'elle lui ouvrit, il sortit en courant dans le jardin. Il adorait y rôder, renifler les arbustes, chasser les chats qui osaient s'aventurer sur son territoire. Il en avait l'habitude, et elle ne se sentait pas obligée de le surveiller. Elle se détourna donc et se servit un verre de vin.

Le micro-ondes sonna, et elle sortit son dîner du four. Les pâtes lui parurent molles et le rouge de la sauce artificiel. Le fromage du dessus était encore filandreux, pas assez fondu.

C'est alors qu'un aboiement furieux déchira l'air.

Kate ne put s'empêcher de sursauter. Le plateau, dans ses mains, s'inclina brusquement et le plat de pâtes glissa au sol, lui arrachant un nouveau juron.

Alaska aboya de nouveau.

— Alaska ?

Mais qu'est-ce qui lui prenait ?

Enjambant le plat de pâtes, Kate ouvrit la porte.

Alaska était assis sous la lumière du porche et des gouttelettes d'eau brillaient dans sa fourrure. Il grognait en découvrant ses dents, les oreilles dressées et frémissantes.

Elle suivit son regard, et se figea instantanément.

Une silhouette encapuchonnée se glissait hors du jardin.

Lorsqu'elle sortit sur le porche, le bois vermoulu craqua sous ses pieds. Alaska se dressa d'un bond, prêt à la suivre. Mais vu qu'elle était en chaussettes, que le sol était mouillé et couvert de mousse, elle glissa et tomba à genoux. Le temps de se relever, elle avait recouvré ses esprits. Elle n'allait tout de même pas se lancer toute seule à la poursuite de cet intrus ? C'était à la police de s'en charger. Et de toute façon, il était trop tard. La silhouette avait disparu.

Elle balaya le jardin du regard. La rue était déserte. Silencieuse. Sombre. Etant donné qu'il pleuvait à torrents, les empreintes de pas de l'homme seraient effacées. Elle resta là, les bras croisés sur le ventre, les yeux rivés sur l'endroit où elle avait aperçu la silhouette.

Alaska vint se coller à elle, et elle le flatta du plat de la main.

— Tu es un bon chien…

Elle regretta que sa maison ne soit pas équipée d'un système d'alarme et se promit d'en acheter un dès qu'elle pourrait. Mais il fallait d'abord réparer le toit qui fuyait et la plomberie de la cuisine.

Elle retourna à l'intérieur, en faisant rentrer Alaska,

lequel se précipita sur le plat de lasagnes qu'il avala en quelques coups de langue. De toute façon, elle n'avait plus du tout faim. La peur lui avait noué l'estomac.

Ethan était probablement rentré chez lui, à cette heure-ci. Il n'habitait pas loin. Si elle l'appelait, il viendrait pour s'assurer que tout allait bien. Réflexe de flic.

Mais elle ne voulait pas solliciter Ethan. Il ne le méritait pas.

Elle déglutit et composa le 911.

Le standardiste décrocha à la première sonnerie.

— Je voudrais signaler une intrusion dans mon jardin, dit-elle.

6

Lundi 30 avril, 6 h 21

Kate suivait des yeux Alaska, qui trottinait devant elle sur l'herbe trempée de Point Pleasant.

Situé sur la péninsule de Halifax, le parc Point Pleasant était encadré à l'ouest par le port, et à l'est par le Northwest Arm. D'ici l'été, le long bras de mer serait encombré de dériveurs et de yachts, et aussi de bateaux charriant les nombreux touristes désireux d'admirer les propriétés étagées du célèbre vieux quartier.

Kate accéléra l'allure. Bon sang, ce que c'était difficile de se motiver pour courir ! Aujourd'hui, elle n'avait pas envie de faire des efforts. Et pourtant, il le fallait. Ne serait-ce que pour se sortir Ethan de la tête. Elle s'était réveillée, le samedi matin, avec une atroce migraine, en pensant à l'intrus qui s'était introduit dans son jardin, à sa déclaration à la police, à la visite d'Ethan. Pour la première fois depuis des mois, elle avait annulé son footing du samedi, puis bâclé celui du dimanche, qui n'avait pas réussi à la laver de ses soucis. Ensuite, elle avait eu un mal fou à se concentrer sur le dossier TransTissue, à passer les faits en revue, à gribouiller quelques notes destinées à John Lyons. Cet effort lui avait coûté cher. Aujourd'hui, lundi matin, elle se sentait épuisée.

Quand elle songeait qu'elle devait être à LMB dans moins de deux heures et épater John Lyons avec ce dossier, elle en voulait d'autant plus à Ethan de sa visite surprise. Il l'avait empêchée de travailler sur l'affaire la plus importante de sa carrière. Pire, il l'avait replongée dans son passé.

Il prétendait être venu pour réclamer des réponses, mais il mentait. Il était venu pour se venger et l'humilier.

Kate accéléra l'allure. Ses pas résonnaient maintenant à un rythme furieux. Elle songeait à toutes les fois où elle avait suivi ce chemin en compagnie d'Ethan.

Ils avaient vécu des moments magiques, qu'elle aurait préféré ne pas ternir en lui racontant les sordides détails de son passé, mais lui, il était incapable de comprendre et l'avait obligée à tout révéler. Pour lui, il y avait le bien d'un côté et le mal de l'autre. Pour elle, seule la mort se trouvait du côté du mal. Le reste, elle le situait dans une zone d'ombre, entre les deux.

Dans la grisaille du petit matin, les ancres géantes du mémorial aux marins lui parurent menaçantes, plus encore que la masse sombre de l'océan. Alaska les contourna, puis se mit à courir sur l'étendue d'herbe verte en direction du vieux fort de pierre. Il tombait en ruine, la terre et la végétation l'avaient envahi, mais il n'avait rien perdu de sa dignité et rappelait aux passants les luttes et les souffrances du passé.

Elle non plus n'avait pas oublié les souffrances du passé. Elle s'en souvenait chaque fois qu'elle regardait un calendrier et qu'elle voyait approcher la date fatidique.

Celle d'un anniversaire qui partageait sa vie en deux périodes de quinze ans. Avant et après. Avant la mort d'Imogen. Et après.

Une rafale de vent humide et frais lui balaya le visage, la tirant de sa rêverie. Elle jeta un coup d'œil du côté de l'horizon. Un banc de brume stagnait sous le soleil levant et s'étendait autour des sapins de l'île MacNab. Dans une heure, il flotterait au-dessus des eaux, dissimulant les bouées et les perfides rochers Hen and Chickens, qui écrasaient encore des navires entre leurs mâchoires. Les longs hurlements des cornes de brume retentiraient. Elle les préférait aux stridentes sirènes modernes qui vous transperçaient les tympans.

Mais elle n'avait pas envie de les entendre aujourd'hui. Pas envie qu'on lui rappelle que le brouillard épais de son enfance était sur le point de s'abattre sur elle. Que le fantôme de sa sœur la poursuivait.

Pourtant, il était bien là. En même temps que celui d'une autre enfant de quinze ans pour laquelle elle n'avait sans doute pas fait ce qu'il fallait. Une enfant qu'elle ne connaissait pas, mais qui se droguait, peut-être... Elle songea à cette nuit où elle avait trouvé Imogen assise sur un porche, avec un rasoir, un miroir, une traînée de poudre blanche.

Le soir où elle l'avait tuée.

Elle était arrivée à l'endroit où l'allée se divisait en deux fourches grimpant la colline. Elle prit celle de gauche, la plus escarpée, pour sa pénitence. Elle avançait à un rythme régulier, droit devant elle, en frappant le sol. Tandis qu'Alaska se permettait des détours par les bois pour chasser les écureuils, elle devait lutter pour progresser.

Elle songea avec tristesse qu'elle avait lutté toute sa vie. Pour tout. Pour gagner le respect des autres. Pour qu'on cesse de lui faire du mal. Pour qu'on la laisse tranquille. Pour réussir.

Surtout pour réussir. Parce que la réussite sociale était la clé de tout.

Elle avait tout misé sur cette revanche.

LMB était la voie royale pour la carrière qu'elle désirait, et TransTissue le billet qui lui permettrait enfin de monter dans le train de la réussite. Elle devait se concentrer sur ce dossier pour lequel John Lyons attendait du concret, du solide. Le reste était secondaire. Marian MacAdam passait après TransTissue. D'ailleurs, Mme MacAdam lui avait assuré qu'elle s'arrangerait pour trouver des preuves de ce qu'elle avançait.

Mais comment une vieille femme de quatre-vingts ans allait-elle s'y prendre pour rassembler des éléments prouvant que sa petite-fille se droguait ?

Elle se posait encore la question en franchissant les grilles du parc, tandis qu'Alaska trottinait à ses côtés. La sueur trempait le dos de son T-shirt. Au diable cette Mme MacAdam qui l'obsédait ! Dès qu'elle arriverait au bureau, elle enverrait à John Lyons son compte rendu sur l'affaire TransTissue. Ensuite, elle appellerait Marian MacAdam pour l'obliger à contacter au plus vite les autorités compétentes pour leur faire part de ses soupçons.

Et tant pis si Randall Barrett n'était pas content. Après tout, c'était lui qui lui avait confié cette cliente.

Le téléphone sonna sur le bureau. Il était 8 h 55. Kate décrocha. Elle venait de laisser un message à Marian MacAdam. Elle s'attendit donc à entendre sa voix au bout du fil.

— Allô ?

— Kate, c'est Mark.

Mark Boynton. Du service du droit du travail… Elle se raidit.

Il se racla la gorge.

— Je sais que ça va vous prendre un peu de court,

mais j'ai besoin de quelqu'un pour m'assister aujourd'hui pendant une audience. Vous seriez disponible ?

Le cœur de Kate fit un bond.

— Oui, bien sûr.

— Parfait. Rejoignez-moi tout de suite dans mon bureau. Je veux faire le point avec vous avant le début de l'audience.

Elle reposa le récepteur, puis attrapa au vol son porte-documents et son manteau.

Tandis qu'elle traversait le couloir, en se retenant pour ne pas sautiller de joie, elle songea qu'elle ne devait pas oublier de rappeler Marian MacAdam.

L'audition s'était bien passée. Très bien, même. Mark avait été content d'elle.

— Vous réagissez vite, lui avait-il dit, tout en dévorant le sandwich de sa pause-déjeuner.

— Je suis prête à réagir chaque fois que vous me ferez signe, avait-elle répondu, espérant l'avoir suffisamment impressionné pour qu'il intercède en sa faveur.

Elle avait hâte de sortir une bonne fois pour toutes du ghetto des affaires familiales.

Quand elle regagna son bureau, il était presque 18 heures. Elle vérifia aussitôt son répondeur téléphonique et sa messagerie internet. Pas de nouvelles de Marian MacAdam.

Elle en fut presque soulagée. Elle se sentait épuisée, et elle avait envie de rentrer chez elle à une heure décente. Pour une fois, elle ne trouverait peut-être pas de flaque d'urine dans la cuisine.

De toute façon, un jour de plus ou de moins ne

changerait pas grand-chose. Les rouages de la justice tournaient si lentement…

Le cas de la petite-fille de Marian MacAdam pouvait attendre le lendemain.

7

Il fit le tour du bâtiment avec sa berline gris métallisé et s'arrêta devant l'entrée de service.

Il n'y avait sûrement personne à cette heure de la nuit, mais on n'était jamais trop prudent.

A travers le pare-brise, il leva de nouveau les yeux pour regarder du côté des étages. Les ascenseurs extérieurs étaient immobiles, tels des coquillages abandonnés par leurs occupants. Au loin, des grues se dressaient, figées sous les lumières de la ville, comme de vieux dinosaures, enveloppées d'un halo blanc qui adoucissait leurs contours.

Cette lumière trop vive l'aveuglait. Il dut plisser les yeux.

Se glissant hors de la voiture, il referma doucement sa portière, puis avança à pas feutrés jusqu'au coffre. Son pouls s'accéléra.

Il s'arrêta net en entendant du bruit et scruta la façade du vieil immeuble défraîchi. Toujours pas de lumière aux fenêtres. Est-ce qu'il y avait quelqu'un, là-haut ? Quelqu'un qui l'observait derrière ces carreaux obscurs ? Il tenta de percer la profondeur des recoins sombres de la rue. Pas facile, avec ces réverbères qui l'aveuglaient, et cette zone blanche qui bordait son champ de vision. Il plissa de nouveau les yeux. Là ! Quelque chose avait bougé.

Il se détendit et un sourire étira ses lèvres.

Un rat… Ce n'était qu'un rat.

Le rat passa lentement devant la porte, puis il disparut. Ce beau quartier était infesté de rats. C'était sans doute dû à la proximité de l'eau. D'ailleurs, il ne s'en plaignait pas. Il aimait les rats. Les rats lui avaient longtemps servi de sujets d'expérience, et il leur en gardait une certaine reconnaissance.

Un cliquetis le fit sursauter. Il jeta un regard autour de lui. Encore le rat, qui fouillait dans une poubelle, près du bâtiment.

Il s'efforça de calmer sa respiration.

Le moment était venu de se concentrer. Il ouvrit le coffre, et la veilleuse éclaira son trésor. Son œuvre.

Il était doué. Extrêmement doué. Beaucoup plus qu'on ne le pensait.

Il plongea alors la main dans le coffre. Ses mains gantées lui parurent floues près de la masse sombre du revers de ses manches. Il battit des paupières, mais la lueur blanche persista. Peu importait. Le moment était venu. Bientôt, ses efforts seraient pleinement récompensés. Et rien ne viendrait gâcher son plaisir.

Il ouvrit lentement le sac en plastique — si lentement qu'il entendit à peine le frottement des dents de la glissière. Il passa une main sous la nuque de la fille, l'autre sous son bassin.

Elle était facile à soulever, et son petit corps tenait aisément dans ses bras. Il jeta de nouveau un regard méfiant autour de lui. L'usine à grains était déserte, mais le quartier, lui, était habité.

Les immeubles étaient silencieux, comme s'ils retenaient leur souffle le temps qu'il accomplisse son œuvre. Comme s'ils veillaient sur lui. Courbé sur son petit fardeau, il se dépêcha de rejoindre l'enceinte de l'usine, en laissant derrière lui quatre fines traînées de sang, bien distinctes.

Parfait. Ainsi, on la trouverait facilement.

Il l'allongea au sol et la contempla une dernière fois. Ses yeux vides fixaient le ciel sombre. Son visage était détendu, sous l'effet de la drogue. Son corps était magnifique, un chef-d'œuvre, grâce à lui, à ses mains exceptionnelles.

Et dire qu'on l'avait autrefois traité de fou, de malade, de bon à rien !

Ne pense pas à ça maintenant. Ne gâche pas ce moment.

Il serra les poings pour empêcher les souvenirs d'envahir sa conscience, et ses ongles se plantèrent dans ses paumes. Mais c'était trop tard.

Il se débat furieusement. Il a quinze ans, mais au fond de lui, un petit garçon est toujours tapi, et en ce moment, ce petit garçon se recroqueville dans sa grande carcasse d'adolescent.

— Tu n'es qu'un minable, halète son frère en le repoussant.

Il tombe à ses pieds.

— Ne touche plus jamais à mes affaires, tu as compris ?

Il ferme les yeux. C'est plus qu'il n'en peut supporter. Tout cela est injuste. Quand Tim lui a montré le scalpel qu'il avait gagné en participant à un concours de science, il n'a pas pu se retenir. Il a toujours rêvé d'un couteau comme celui-là. Il en a eu presque mal, tellement il le convoitait. Ce petit instrument si fin qui permet de découper avec tant de précision… Il le voulait. Il voulait être ce couteau. Se fondre en lui. Puis surprendre tout le monde avec sa précision.

Il roule sur lui-même pour s'éloigner des jambes de Tim et se recroqueville. Un jour, il leur montrera de quoi il est capable. Un jour…

Il l'avait fait. Il avait montré à sa mère que son grand frère n'était pas le seul surdoué de la famille.

Un grondement fit soudain trembler l'air, l'arrachant à ses réminiscences. Un train passait, mais il ne s'en inquiéta pas et ôta du plat de la main les brindilles coincées dans les cheveux noirs de la fille. Puis il se redressa pour mieux admirer son travail.

Pas un défaut. Les articulations étaient nettes et propres. Aucun tendon déchiré ne pendait. Aucun muscle. Tout avait été sectionné proprement. Il ne restait que l'os de l'articulation et un peu de chair.

Il acquiesça d'un air satisfait. Elle était parfaite. Ses petits seins formaient un triangle avec le V de son sexe. Il préférait les très jeunes filles parce que leur corps n'était pas encore abîmé. Sous la peau, on trouvait des muscles fermes et des os solides.

Les cavités articulaires de ses épaules et de ses hanches luisaient d'humidité dans le noir, le sang coagulé était comme un rappel de l'existence de ses bras et de ses jambes.

Il fit un effort pour calmer son excitation. Combien de temps les légistes mettraient-ils à remarquer le petit message qu'il avait gravé dans la cavité glénoïdale ?

8

Mardi 1er mai, 6 h 25

La Jeep d'Ethan dépassa lentement les voitures qui roulaient au ralenti devant l'usine à grains, sans doute celles des employés. Un agent leur faisait signe de circuler, mais les conducteurs sortaient la tête pour tenter de voir ce qui se passait de l'autre côté du cordon jaune. Quelques-uns sirotaient un café, d'autres manifestaient leur exaspération, d'autres encore parlaient au téléphone.

Ethan soupira. La nouvelle allait se répandre comme une traînée de poudre.

Heureusement, le cadavre n'était pas visible depuis la rue…

Ethan avait reçu un coup de fil du sergent Deb Ferguson, vingt-huit minutes plus tôt.

— Homicide dans le périmètre de l'usine à grains, lui avait-elle annoncé. Le gardien de nuit vient d'appeler.

Ethan avait fait basculer ses jambes en dehors du lit, tout en jetant un coup d'œil à son réveil. Il était 5 h 55 et il avait à peine dormi. Il se couchait trop tard. La nuit, il passait en revue les deux cents chaînes du câble pour tromper son insomnie. Un comble, pour quelqu'un qui n'aimait pas la télévision.

— On envoie la camionnette du labo, avait poursuivi Deb.

La camionnette du labo… C'était du sérieux, apparemment.

— Tu es chargé de l'enquête, avait-elle ajouté.

Puis elle s'était tue, et il s'était demandé si elle espérait des remerciements. Cela faisait des mois qu'il attendait qu'on lui confie de nouveau une enquête. Depuis l'affaire Clarkson, depuis que Randall Barrett avait réclamé une enquête interne en l'accusant d'avoir influencé un témoin, on le tenait à l'écart des affaires importantes.

— Entendu, avait-il dit en essayant de conserver un ton neutre.

Mais il n'avait pas pu dissimuler sa satisfaction. Enfin, on le remettait en selle !

— La scène du crime est sécurisée ? avait-il demandé en se levant.

— On s'en occupe. Le sergent de patrouille l'isole avec le cordon jaune. Je lui ai dit d'englober toute la zone de l'usine à grains. On n'a pas besoin d'une nouvelle affaire Surette.

Ethan avait fait la grimace à la mention de l'affaire Surette : un agent inexpérimenté avait mal délimité la zone à sécuriser, et des douilles de balles avaient été retrouvées par un gamin, lequel les avait emmenées à l'école pour les montrer à ses copains. C'était son professeur qui avait prévenu la police.

— Je serai là dans une demi-heure, avait-il dit, tout en se dirigeant vers la salle de bains.

Deb avait de nouveau marqué un temps de pause.

— C'est moche, Ethan, je te préviens.

Sa voix angoissée avait achevé de tirer Ethan des brumes du sommeil.

— Vraiment ?

— Oui. C'est une gamine. Mutilée.

— Merde…

Les médias allaient se jeter là-dessus comme sur une proie.

— Dis au sergent de patrouille de s'assurer que la zone est bien bouclée, avait-il grommelé.

En atteignant la barrière qui entourait l'usine à grains — une simple chaîne —, il aperçut de loin les blouses blanches des experts de la section identification. Ils se trouvaient à l'intérieur du périmètre délimité par le cordon jaune et le passaient déjà au peigne fin, appareils photo en main, posant çà et là des repères. Il arrêta sa Jeep derrière une camionnette portant le logo de la police scientifique, ouvrit la portière, et sauta de son siège. La camionnette paraissait vide, mais Ethan savait qu'à l'intérieur, on s'y agitait comme dans une ruche. Walker avait probablement déjà branché les ordinateurs.

Le soleil se levait à peine et l'horizon rougeoyait, sanglant, comme pour annoncer la découverte d'un cadavre. *Ciel rouge le matin inquiète le marin…*

Ethan se répéta machinalement ce vers d'une comptine enfantine, tout en se demandant pourquoi il l'obsédait. Puis il comprit… Le ciel annonçait la pluie. Il se frotta la mâchoire avec la main qui tenait le gobelet et renversa du café sur ses doigts. Les gars du labo avaient intérêt à travailler vite, s'ils ne voulaient pas que la pluie emporte les indices.

L'officier de patrouille en poste devant la porte était un jeune homme fraîchement sorti de l'école de police. Il affectait un air stoïque, mais il était tout pâle. Il avait dû être le premier à arriver sur les lieux, et c'était sans doute aussi la première fois qu'il lui était donné de voir la victime d'un homicide.

— Inspecteur Drake, brigade criminelle, déclara Ethan en montrant son badge.

Le jeune homme jeta un rapide regard sur le badge et ouvrit la porte.

— L'inspecteur Riley m'a demandé de la prévenir de votre arrivée.

Ethan acquiesça.

Riley était l'inspecteur qui dirigeait la section des identifications. Elle menait ses hommes de main de maître et avait l'œil sur tout. Avec elle, on ne gâchait pas les indices. A part le légiste, elle n'autorisait personne à circuler dans le périmètre d'une scène de crime tant qu'elle et ses hommes n'avaient pas terminé. Elle ne tolérait aucune exception à cette règle.

Elle l'avait vu, et lui fit signe de ne pas avancer. C'était un tout petit bout de femme, mais une athlète accomplie qui pratiquait le triathlon. A elle seule, elle avait plus d'endurance que toute une classe de l'école de police.

Elle vint à sa rencontre.

Quand elle s'arrêta devant lui, il fut surpris de la détresse qu'il lut dans son regard. Il la côtoyait depuis cinq ans, et jamais elle n'avait manifesté la moindre émotion devant un cadavre.

— Ce n'est pas beau à voir, annonça-t-elle en plongeant son regard noisette dans le sien. La victime avait entre quinze et dix-huit ans. La mort remonte à plusieurs heures. C'est le veilleur de nuit qui l'a trouvée.

Elle croisa les bras avant de poursuivre.

— Il va probablement se faire virer… Il a avoué s'être endormi. Apparemment, il était coutumier du fait.

— Il a dormi combien de temps ?

— D'après lui, pas plus de vingt minutes, aux alentours de 2 heures du matin. Mais il n'a plus l'âge de passer des nuits blanches, je pense qu'il a dormi plus longtemps que ça.

— A quelle heure a-t-il découvert la victime ?

— A 5 h 40. Il a immédiatement appelé la police. Il était sous le choc.

Un muscle de sa mâchoire tressaillit.

— En plus d'être un endormi, il n'a pas de cerveau. Il a couru sur des traces de pneus laissées par l'assassin. On ne peut plus rien en faire, à cause de lui.

— Il n'y en a vraiment pas d'autres ?

Il posait la question de manière purement formelle : la mine de Riley lui avait déjà donné la réponse.

— Pour l'instant, nous n'avons pas d'autres traces. Ni d'autres indices.

Il la fixa attentivement.

— Rien d'autre ?

— Rien. La victime était nue, Ethan. Pas de vêtements, pas de papiers, aucune fibre.

Tout allait donc reposer sur l'autopsie.

— Qui est le légiste ? demanda Ethan.

— Guthro.

Il se détendit.

— C'est bien. Il trouvera quelque chose. Sous les ongles, c'est rare qu'il n'y ait pas de...

— Personne ne t'a prévenu ? coupa Riley. Elle a été démembrée...

Le cœur d'Ethan fit un bond.

— Deb m'avait parlé de mutilation...

— Plus de bras et plus de jambes.

— Merde..., murmura-t-il. Et vous n'avez pas retrouvé les membres ?

— Pas encore, répondit-elle d'un ton sec.

Ses hommes allaient fouiller chaque recoin du

périmètre, creuser le moindre centimètre de terre, Ethan n'en douta pas.

— Elle n'a pas été tuée ici ? demanda-t-il.

Riley secoua la tête.

— Cette scène de crime est tellement propre que tu pourrais y inviter la reine d'Angleterre à prendre le thé. La fille a été tuée ailleurs, ça ne fait aucun doute.

— Merde…

Il jeta un regard de l'autre côté du cordon jaune.

Une jeune fille inconnue démembrée… Une scène de crime aussi propre qu'un salon de thé… La pluie qui allait bientôt effacer les indices.

Ça s'annonçait plutôt mal.

9

Mardi 1er mai, 9 heures

Marian MacAdam ouvrit la porte de son appartement et tira son sac à roulettes à l'intérieur. Elle n'aimait pas cet endroit trop calme où elle s'était installée trois ans plus tôt, après la mort de Roy. Elle avait du mal à s'y sentir chez elle. Elle ne s'était absentée que trois jours, mais l'appartement sentait déjà le renfermé. Quand elle ouvrit la porte-fenêtre donnant sur le balcon pour aérer, l'air humide la fit frissonner. Elle commençait à regretter d'être rentrée.

Elle avait passé le week-end à St Margaret Bay, dans le petit cottage qu'elle y possédait. Avant son désastreux entretien avec Kate Lange, elle avait décidé de préparer une chambre pour Lisa et de lui proposer d'inviter là-bas des amis pendant l'été. Elle s'était même renseignée sur les horaires et les tarifs des cours de voile.

Sa conversation avec Kate Lange avait entamé son optimisme, mais elle n'avait pas pour autant renoncé à son projet. Elle avait passé trois jours à dresser une liste des tâches à accomplir pour le service de nettoyage, à laver les draps, à remplir les placards.

La veille, elle s'était promenée sur la jetée. En dépit des températures printanières, elle avait trouvé le vent glacial. Elle avait longuement regardé la mer et le brouillard qui tombait lentement sur les îles, en songeant à sa vie passée avec Roy. Il lui manquait… Elle aurait voulu lui parler de sa rencontre avec Kate Lange. Cette idiote n'avait rien compris. Rien écouté. Elle ne l'avait pas aidée. Appeler les services sociaux était ce qu'on pouvait faire de pire pour Lisa.

N'est-ce pas ?

Sur le moment, elle en avait eu la certitude. Puis le doute s'était emparé d'elle, peu à peu, comme le brouillard s'était emparé des îles.

Aussi, quand son amie Margaret l'avait appelée pour lui proposer de déjeuner le mardi avec elle, elle avait accepté avec empressement. Elle avait besoin de compagnie pour cesser de ruminer les mêmes pensées, même si elle n'était pas encore certaine d'avoir envie de se confier à Margaret.

Le cottage lui avait semblé soupirer de soulagement quand elle avait refermé la porte en partant. Elle s'était engagée sur la route de la baie. Le vent soufflait fort, il faisait sombre, il y avait du brouillard. Elle n'avait pas mis la radio, comme à son habitude, et avait préféré le silence pour mieux se concentrer sur la conduite. Elle ne l'aurait jamais avoué à personne, mais elle se sentait décalée au volant d'une voiture. Les gens roulaient trop vite. Il lui arrivait de sursauter quand on la doublait. D'ailleurs, tout allait trop vite pour elle.

C'était la troisième fois en deux semaines que la directrice du lycée appelait. Hope reposa le récepteur et regarda fixement ses mains. Elle serra lentement les poings, puis ouvrit les doigts, les paumes bien à plat sur son bureau, et inspira profondément. Elle ouvrait une séance dans cinq minutes, et il lui fallait absolument recouvrer son calme d'ici là. Mais ce n'était pas facile. Cette idiote l'avait déstabilisée, avec son agressivité et ses insinuations.

— Avez-vous écouté les nouvelles du matin ? avait-elle demandé.

Oui, elle les avait écoutées. Il y avait eu un homicide à l'extrémité sud de la ville. La famille de la victime n'était pas encore prévenue et la police avait refusé toute déclaration, mais des témoins assuraient qu'il s'agissait d'une prostituée.

Au début, Hope s'était demandé pourquoi la directrice évoquait cette affaire avec elle. Puis, soudain, elle avait compris. Et ça l'avait indignée. Cette femme avait un sacré culot ! Pour qui se prenait-elle ? Une directrice... Tu parles ! Elle n'était que la principale d'une petite école privée.

— Quel est le rapport entre ce fait divers et l'absentéisme de ma fille ? avait-elle rétorqué d'une voix glaciale.

Mme McInnes avait marqué un temps de pause, durant lequel Hope avait jubilé intérieurement. Jubilation que Mme McInnes avait eu tôt fait de tempérer.

— Ça pourrait en avoir un si votre fille a recommencé à se droguer.

— Elle ne se drogue pas, avait protesté Hope. Vous n'avez jamais pu prouver qu'elle se droguait.

— Il me semble que son absentéisme est déjà une preuve, avait répondu Mme McInnes d'une voix douce. Que fait-elle, d'après vous, quand elle n'est pas en cours ?

— Sa grand-mère la surveille, avait-elle répondu sèchement.

— Je vois... En attendant, elle ne peut pas continuer comme ça. Elle doit se plier au règlement, comme tout le monde.

— Je vais régler le problème. Lisa sera en cours demain.

— Très bien. Peut-être pourrions-nous nous rencontrer pour parler un peu plus sérieusement du problème en question ?

— Ma secrétaire vous appellera, avait-elle lâché avant de raccrocher.

Il lui restait maintenant un coup de fil à passer. Il lui en coûtait, mais elle n'avait pas le choix.

Le téléphone sonna, rompant le silence. Marian ne put s'empêcher de sursauter. Elle était perdue dans ses pensées, en train de réfléchir aux messages de Kate Lange. Cette jeune avocate zélée insistait pour lui parler, sûrement pour lui conseiller de s'en remettre aux services sociaux. Mais Marian voulait demander conseil à Margaret avant de mettre le pied dans ces eaux troubles.

Le téléphone sonna de nouveau.

La main de Marian resta suspendue au-dessus du récepteur. Si c'était Kate Lange, elle ne se sentait pas capable de lui parler maintenant.

Le téléphone sonna une troisième fois. Elle hésita. Peut-être était-ce Margaret ? Il valait mieux répondre, après tout… Elle décrocha.

— Marian…

Son cœur fit un bond lorsqu'elle reconnut la voix à l'autre bout du fil.

— Oui ?

Pourquoi Hope l'appelait-elle ? Avait-elle appris qu'elle s'était adressée à un avocat pour réclamer la garde de Lisa ?

— Je n'ai pas beaucoup de temps, commença Hope. Je dois siéger au tribunal dans quelques minutes… Je voulais juste vérifier que Lisa était bien avec vous.

Une boule d'angoisse se mit à gonfler dans le ventre de Marian.

— Je n'ai pas vu Lisa depuis une semaine, répondit-elle.

— Elle m'a dit hier qu'elle devait dîner chez vous. Comme elle n'est pas rentrée, j'ai supposé qu'elle était restée dormir…

— Non. Je n'étais pas ici, mais au cottage.

— Et Lisa le savait ?

— Oui.

— Lisa n'est pas rentrée hier soir, d'après ce que je comprends ?

— Non.

Le cœur de Marian s'affola. Elle inspira profondément.

— Où peut-elle être, d'après toi ?

— Je n'en sais rien. La directrice de son lycée m'a prévenue il y a cinq minutes de son absence.

La voix de Hope était calme et posée, mais Marian n'en fut pas étonnée. Hope ne perdait jamais son sang-froid. Elle restait de glace en toute circonstance.

— Nous savons toutes les deux que ça lui est déjà arrivé, poursuivit Hope. Elle doit être avec des copains.

Marian entendit murmurer dans le bureau de Hope. On venait probablement la chercher.

— Je dois y aller, reprit Hope d'une voix précipitée. Je suspendrai l'audience à 10 h 45 et j'en profiterai pour vous rappeler. En attendant, je vous demande d'essayer de contacter ses amis, pour vous renseigner.

— Oui, entendu…, répondit Marian. Mais tu…

Elle se tut. A l'autre bout du fil, il n'y avait plus que la tonalité. Hope avait raccroché.

Marian reposa le récepteur et, l'estomac noué, se précipita vers son bureau pour prendre son carnet d'adresses. Où était donc passée Lisa ? Et pourquoi Hope ne s'était-elle pas inquiétée plus tôt de son absence ?

Elle ouvrit son répertoire.

Kate referma la porte et alla s'installer derrière son bureau. Il était déjà 10 h 25, mais on se serait plutôt cru en fin de journée. Dehors, il ne cessait de pleuvoir. Tout était gris et sombre.

Elle décrocha son téléphone et composa une fois de plus le numéro de Marian MacAdam. Quelque chose lui disait que celle-ci avait décidé d'ignorer ses messages. Mais elle ne pouvait plus attendre. La radio avait annoncé ce matin un homicide et, depuis, un sentiment d'urgence la tenaillait. Elle avait envie d'agir avant que Lisa ne subisse le même sort que la prostituée retrouvée morte.

— Allô ? fit la voix essoufflée de Marian MacAdam.

— Bonjour, madame, je suis Kate Lange, du cabinet Lyons-McGrath-Barrett, annonça Kate tout en fixant le numéro des services sociaux qu'elle avait préparé pour elle.

Elle espéra que la vieille dame accepterait de leur téléphoner sans se faire prier, et qu'elle ne serait pas obligée d'en passer par un ultimatum.

— Oui… Vous m'appelez à propos de Lisa, je suppose.

Kate s'était attendue à ce que Marian manifeste de l'agacement, voire du dédain, mais elle avait une voix angoissée, presque suppliante.

— Je voulais revenir sur notre conversation de vendredi, commença-t-elle prudemment. Il me semble que…

— Je n'ai pas vu Lisa depuis notre conversation, coupa Marian MacAdam. En fait, sa mère et moi, nous ne savons pas où elle se trouve.

— Depuis quand ?

— Sa mère ne l'a plus vue depuis hier matin. Lisa a prétendu qu'elle dînait chez moi hier soir, mais c'était un mensonge. Elle savait que je n'y étais pas.

— Ne vous inquiétez pas trop, je suis sûre qu'elle va très bien, répondit Kate d'un ton qui se voulait rassurant. Elle doit être chez une amie.

Elle aussi avait plus d'une fois découché, à l'âge de Lisa. Lisa était probablement chez une amie, bien au chaud, en train de surfer sur Facebook.

— J'ai appelé tous ses amis. Personne ne sait rien à son sujet.

Le cœur de Kate s'accéléra. D'après les journalistes, la jeune femme assassinée était une prostituée, mais la police n'avait encore rien confirmé. Et si…

— Et hier soir, personne ne l'a vue non plus ?

— Non. Ses camarades de classe n'ont eu aucun contact avec elle depuis plusieurs jours, répondit Marian MacAdam d'une voix lamentable.

Kate essuya ses paumes moites sur sa jupe.

— Vous avez prévenu la police ?

— Non.

— Il faut le faire.

— Je préfère attendre l'appel de Hope. Elle est en pleine audience, elle doit me contacter vers 10 h 45.

— Marian…

Kate hésita. Puis elle décida de se lancer. De toute façon, il n'y avait pas moyen d'aborder ce sujet en se montrant délicate.

— Avez-vous écouté la radio ce matin ?

— Non, répondit Marian MacAdam. Pourquoi cette question ?

— On a retrouvé le corps d'une jeune fille. D'après des témoins, il s'agirait d'une prostituée, mais…

— Si c'est une prostituée, ce n'est pas Lisa ! protesta Marian MacAdam. Lisa n'est pas une prostituée.

— Je le sais, répliqua Kate d'une voix douce.

Elle ne voulait pas bousculer la pauvre femme, mais

il fallait bien, cependant, qu'elle lui fasse comprendre l'urgence de la situation.

— La police n'a pas encore confirmé ce détail, reprit-elle. Aussi, je pense que… Je pense que vous devriez appeler la police pour signaler la disparition de votre petite-fille.

— J'attendrai d'avoir parlé à sa mère.

Marian MacAdam refusait de toute évidence d'envisager le pire. Kate jeta un coup d'œil à sa montre. Il était 10 h 33. Mme Carson n'allait pas tarder à se manifester.

— Très bien, dit-elle. Quand vous aurez Hope Carson au téléphone, dites-lui bien qu'il faut qu'elle prévienne la police et que si elle ne le fait pas, c'est votre avocat qui s'en chargera.

Elle raccrocha, la conscience enfin en paix. Elle avait bien fait d'appeler Marian MacAdam.

Pourtant, une petite voix lui disait qu'elle s'était peut-être décidée trop tard.

Vingt minutes plus tard, Marian la rappela pour lui apprendre que Mme Carson n'avait toujours pas de nouvelles de sa fille. Elle refusait pourtant de signaler sa disparition à la police. Elle l'avait simplement chargée d'enquêter auprès d'anciens amis de Lisa.

— C'est une perte de temps, gémit Marian MacAdam. Lisa n'a plus de contacts avec eux depuis plusieurs années.

— Mais pourquoi refuse-t-elle de s'en remettre à la police ?

On venait de découvrir le cadavre d'une jeune inconnue. C'était tout de même inconcevable qu'une juge qui avait tous les jours affaire à des criminels ne s'inquiète pas davantage de la disparition de sa fille !

— Parce qu'il lui faudrait avouer qu'elle n'a aucune

idée de l'endroit où elle se trouve, répondit Marian MacAdam d'un ton amer. Elle ne se tournera vers la police qu'en dernier recours.

— Ce n'est pas le moment de s'occuper du qu'en-dira-t-on. Si Lisa n'est pas…

Kate s'interrompit en entendant le sanglot étouffé de Marian.

— Je suis désolée, mais on vient d'assassiner une jeune fille. Si Lisa reste introuvable, il faut le signaler.

Elle prit son stylo.

— J'ai besoin d'une description précise que je transmettrai à la police.

Marian la lui fit, d'une voix de mourante.

— Vous me préviendrez dès que vous en saurez plus au sujet de la victime ?

— Oui, coupa Kate. C'est promis.

— J'ai l'impression d'être en plein cauchemar, murmura la vieille femme.

Kate comprenait ce qu'elle ressentait. Elle aussi avait cru vivre un cauchemar, quinze ans plus tôt.

Elle raccrocha sans plus attendre et composa le numéro d'Ethan.

— Inspecteur Drake, répondit-il d'une voix tendue.

— Ethan, c'est Kate.

— Seigneur…

Il ne chercha pas à dissimuler sa colère.

— Ce n'est pas le bon moment, Kate. J'ai une sale enquête sur les bras.

— Je n'appelle pas au sujet de ce qui s'est passé vendredi, s'empressa-t-elle de préciser. Je voulais te parler de la prostituée retrouvée morte ce matin. C'est elle, ta sale enquête ?

— J'enquête en effet sur un homicide, mais qui a dit que la victime était une prostituée ?

— Les journalistes.

— Ils racontent n'importe quoi, comme d'habitude. On n'est sûrs de rien.

Le cœur de Kate tressauta. S'il ne s'agissait pas d'une prostituée, alors… Il pouvait s'agir de Lisa. Elle prit le temps d'inspirer profondément.

— Ethan… La petite-fille d'une de mes clientes a disparu depuis hier.

— Son nom ?

La voix d'Ethan s'était durcie.

— Lisa MacAdam.

— Tu aurais une description ?

— Quinze ans, un mètre soixante-quatre, cinquante-deux kilos, brune avec une mèche blonde…

— Il y a un moyen de joindre la famille ? demanda Ethan.

Kate déglutit péniblement et serra le téléphone contre sa joue.

— C'est elle ?

— On dirait bien, finit par répondre Ethan.

Il y avait dans sa voix un étrange mélange d'excitation et d'abattement.

— Qui sont ses parents ? insista-t-il.

— Robert MacAdam et… Ethan… Sa mère est la juge Hope Carson.

Il y eut un moment de silence.

— Putain ! murmura Ethan au bout de quelques secondes. On pensait que c'était une gosse qui vivait dans la rue. Une fugueuse.

— Non, pas une fugueuse, juste une enfant délaissée…

— Kate, je dois raccrocher. Il faut que je m'occupe de prévenir les parents et que je leur demande de venir identifier le corps.

— Je comprends.

— Merci pour le tuyau, au passage...

Ethan marqua un temps d'hésitation.

— Je suis désolé pour ta cliente...

— Moi aussi, répondit Kate.

Elle raccrocha, puis décrocha aussitôt. Il lui fallait maintenant annoncer la nouvelle à Marian MacAdam.

La vieille femme se montra digne et parla peu.

— C'est Lisa, n'est-ce pas ? murmura-t-elle d'une voix chevrotante d'émotion.

— La police va demander à Mme Carson de venir identifier le corps, répondit doucement Kate.

Marian étouffa un sanglot.

— Je vois... Il faut que je prévienne Rob, mon fils. Il est en ce moment à Singapour et...

Un nouveau sanglot l'empêcha de poursuivre, puis le téléphone n'émit plus qu'un son strident. Elle avait raccroché.

Kate attrapa son sac et sortit dans le couloir, qu'elle traversa en courant, pour une fois sans se préoccuper de la curiosité de ses collègues. Elle était tellement perturbée qu'elle se trompa d'étage, dans le parking, et dut monter une volée de marches pour retrouver sa voiture. Une fois installée, elle s'accorda quelques secondes de répit, la tête sur le volant.

Elle regrettait de ne pas avoir suivi son instinct, d'avoir laissé Marian MacAdam la persuader de ne rien faire. Elle n'avait pas voulu bousculer sa cliente, ni prendre le risque de contacter pour rien les services sociaux. Elle avait eu peur de faire des remous, de se mettre Randall Barrett à dos.

Elle avait été lâche. Si lâche qu'elle en rougissait de honte. Mais c'était trop tard.

10

Mardi 1er mai, 11 heures

L'usine à grains bourdonnait d'énergie contenue. Les employés municipaux avaient été autorisés à entrer pour dresser une tente au-dessus de la zone délimitée par le cordon jaune, afin de protéger la scène du crime de la pluie et des journalistes quasi hystériques — l'un d'eux avait été surpris, suspendu d'une main à un balcon et tenant de l'autre son téléobjectif.

Et si la victime était la fille d'un juge, la situation allait encore empirer. Sur le front d'Ethan, des gouttes de sueur froide se mêlèrent aux gouttes de pluie. Il tapa à la porte de la camionnette du labo et ouvrit.

Ferguson était penchée par-dessus l'épaule de Walker et examinait avec lui une photo du cou de la victime. Elle se redressa en voyant entrer Ethan.

— Tu as du nouveau ? demanda-t-elle.

La quarantaine et de taille moyenne, Ferguson était bien charpentée, avec un visage de femme de la campagne. Chaque fois qu'il la voyait, Ethan ne pouvait s'empêcher de penser à une vachère écossaise. En moins commode.

Il poussa un gros soupir.

— On a une piste, pour la victime.

Walker fit pivoter son fauteuil pour se tourner vers lui. Ferguson plissa les yeux.

— Et… ?

— Ce serait la fille de la juge Carson.

— Seigneur…, murmura doucement Walker.

— Comme tu dis…

— Tu la tiens d'où, cette piste ?

Ethan regarda Ferguson droit dans les yeux.

— De Kate Lange.

Walker haussa les sourcils et fit pivoter son fauteuil vers l'ordinateur, sans un mot.

— Qu'est-ce que Kate a à voir avec cette affaire ? demanda sèchement Ferguson.

— Une de ses clientes lui a signalé la disparition de sa petite-fille. Cette cliente se trouve être la grand-mère d'une certaine Lisa MacAdam, fille de la juge Carson. La description de la gamine correspond à celle de notre inconnue.

— Sa cliente est donc la mère de la juge Carson ? demanda Ferguson.

Ethan prit un air contrit. Il n'avait pas pensé à demander à Kate des précisions sur les liens de parenté de sa cliente avec la juge.

Il se sentit rougir et songea que Ferguson l'avait sûrement remarqué.

— Je ne sais pas. Sa mère ou sa belle-mère.

— Et pourquoi cette femme consulte-t-elle un avocat ?

Ethan soupira. Décidément, il n'avait plus toute sa tête.

— Je n'en sais rien. Mais je vais me renseigner.

Ferguson lui jeta un regard apitoyé.

— Contacte la juge Carson et demande-lui si sa fille a disparu.

Il était midi passé. Ferguson avait convoqué tout le monde pour une rapide mise au point. Ethan entra dans la salle de réunion, où la tension était palpable.

Il balaya du regard les visages autour de la table. Tout le monde se posait la même question. Leur victime était-elle, oui ou non, la fille de la juge Carson ?

— Tu as eu la juge au téléphone ? demanda Ferguson.

Elle se tenait debout, près d'un tableau blanc sur lequel figurait un schéma de la scène du crime.

Ethan secoua la tête.

— J'ai laissé un message. Elle était en pleine audience.

— Si elle s'inquiétait vraiment au sujet de sa fille, elle aurait ajourné son audience et prévenu la police, fit remarquer Lamond.

Ethan haussa les épaules.

— Ce n'est pas vraiment son genre, murmura-t-il.

Il était heureux de retrouver son équipe au complet. Ils étaient soudés, et faisaient du bon travail ensemble.

— Quelqu'un veut commencer ? dit-il.

Ils firent leur rapport l'un après l'autre. Les membres de la victime n'avaient pas été retrouvés. C'était le fait le plus marquant.

— Le tueur a dû les conserver comme trophées, grommela Lamond.

— Nous n'avons rien, intervint Walker. Absolument rien pour démarrer.

Il marqua un temps de pause.

— Nous devrions peut-être appeler Vicky. Elle n'oublie jamais un visage. Si nous avons déjà eu affaire à cette fille, elle s'en souviendra.

Ethan lui jeta un regard aigu en se demandant si c'était de la provocation. Mais Walker lui adressa un sourire contrit. Il ne faisait que son boulot. Tout le monde savait que Vicky avait une mémoire d'éléphant, et qu'il aurait été stupide de se passer de son aide.

— Très bien, dit-il. Si la victime n'est pas la fille de la juge Carson, nous appellerons Vicky.

— J'ai trouvé un témoin, annonça Redding. Il s'agit de Shonda Bryant, qui assure avoir aperçu une fille correspondant à la description de notre victime, hier soir vers 22 heures, sur Gottingen Street.

— Et que faisait-elle ?

— D'après Shonda, elle venait acheter de l'ecstasy, elle n'avait plus de fric et s'apprêtait à rentrer chez elle.

— Le tueur a donc pu l'attirer dans sa voiture pour lui proposer de l'ecstasy, murmura Lamond.

— Sous ecstasy, il était facile de l'étrangler.

— Elle a été étranglée, c'est certain ? demanda Redding.

— Oui. Son visage était couvert de pétéchies.

Les pétéchies étaient de petites taches de couleur rouge, un signe hémorragique causé par le manque d'oxygénation des cellules.

— Etranglée sous ecstasy, c'est une hypothèse qui se tient, fit remarquer Ferguson. On peut partir de là, en attendant les résultats de l'autopsie.

Ethan se tourna vers Redding.

— Cette Shonda Bryant, elle connaissait la victime ?

— Elle m'a dit qu'elle ne la connaissait que de vue. Je suis sûr qu'elle mentait, mais je n'ai pas réussi à lui faire cracher le morceau.

Redding haussa ses épaules d'ancien basketteur.

— Qui lui a fourni son ecstasy ?

— Shonda prétend qu'il s'agirait d'un type nommé Darrell, mais j'ai plutôt l'impression que c'était elle, le dealer. Mais évidemment, elle ne va pas nous le dire.

— Allons la chercher pour l'interroger, ça la convaincra peut-être de nous dire tout ce qu'elle sait. Il faut aussi penser à prévenir les filles qui traînent sur Agricola Street et leur conseiller la prudence.

Le téléphone sonna. Tout le monde se figea et regarda Ethan.

Il se précipita vers le bureau qui se trouvait à l'autre bout de la pièce et chercha fébrilement de quoi noter, tout en décrochant.

— Inspecteur Drake, de la brigade criminelle.

— Ici Mme Carson. Vous m'avez laissé un message.

Ethan prit le temps d'inspirer avant de répondre.

— Oui, votre honneur. Nous enquêtons sur le meurtre d'une jeune fille.

— J'en ai entendu parler à la radio, mais…

Il y eut un temps de silence.

— C'est Lisa ? demanda tout bas la juge.

— Nous l'ignorons. Nous n'avons pas identifié la victime.

— Dans ce cas, pourquoi me contacter ?

— Nous avons été avertis de la disparition de votre fille.

Il y eut un temps de silence. Comme si son interlocutrice encaissait le choc.

— Par qui ? demanda-t-elle.

— Désolé, mais je ne peux pas vous le dire.

Il se racla la gorge.

— Pourriez-vous me donner une description de votre fille ? demanda-t-il d'une voix douce.

— Elle a quinze ans, elle mesure un mètre soixante-cinq, elle a les cheveux bruns…

De nouveau, Mme Carson marqua un temps de pause.

— Avec une ridicule… Avec une mèche blonde sur le devant. Elle a une cicatrice sur l'avant-bras gauche.

Ils ne pouvaient pas vérifier la cicatrice, mais pour le reste, la description correspondait. Ethan échangea un regard avec Lamond et hocha la tête. Lamond ferma les yeux et se signa.

— Votre honneur…, murmura Ethan.

Sa voix s'enroua et il dut se racler la gorge. Bon sang… Jamais il ne s'était jamais trouvé dans une situation aussi délicate.

— J'ai le regret de vous informer que cette description correspond à celle de notre victime. Je vais vous demander de venir à la morgue pour identifier le corps…

— Comment est-elle morte ?

— Il s'agit d'un homicide.

— Pas de généralités, inspecteur. Des faits. Je vous demande une réponse précise et détaillée.

Il reconnut le ton dur et autoritaire qu'elle utilisait pour impressionner les témoins qui se présentaient à la barre.

Il fit un effort pour prendre le dessus.

— Tant que vous n'avez pas identifié la victime, je n'ai pas à vous fournir la moindre précision.

Il l'entendit inspirer, mais elle se tut. Elle savait mieux que personne qu'il ne pouvait pas divulguer les détails de la scène du crime.

— Très bien, lâcha-t-elle enfin. Je serai à la morgue dans vingt-cinq minutes.

— Je vous y retrouve, dit-il.

Lorsqu'elle eut raccroché, il ne put réprimer un soupir de soulagement.

— Bon sang ! s'exclama Lamond. Je n'aurais pas voulu être à sa place. Elle a réagi comment ?

Ethan secoua la tête.

— Elle est restée très calme. Impossible de savoir comment elle le prend.

La juge Carson avait la réputation de ne jamais se départir de son sang-froid.

Mais si la victime était sa fille, les choses allaient peut-être changer. Ils avaient intérêt à retrouver le meurtrier.

Et dans cette pièce, tout le monde le savait.

La tension grimpa aussitôt d'un cran.

— Brown, tu t'occupes du mandat pour fouiller l'usine, dit Ferguson. Et soigne-le. Je ne voudrais pas que Carson trouve un vice de forme dans la procédure.

— J'y vais de ce pas, répondit Brown.

Ferguson referma d'un coup sec le dossier posé devant elle et sortit de la pièce pour rejoindre son box. Ethan sut, sans avoir besoin de le vérifier, que Walker suivait du regard sa longue et fine silhouette.

— Préviens-moi quand c'est fait, Brown, lança Redding.

— J'en ai pour une vingtaine de minutes, répondit-elle sans se retourner.

— Viens, Lamond, dit Ethan. Il ne faut pas faire attendre la juge Carson.

Ils durent remplir d'interminables formulaires pour obtenir la clé du tiroir contenant le corps de Lisa, puis, enfin, la clé en poche, ils sortirent et prirent une voiture banalisée. Onze minutes plus tard, ils se garaient devant la morgue. Ethan tenait à être sur place avant la juge. Ils poussaient la porte principale quand la voiture de Carson entra dans le parking.

— Je suis venue directement, dit-elle tout en traversant la rue dans leur direction.

Elle portait un élégant imperméable blanc cassé, avec une ceinture. Il pleuvait dru. Quand elle arriva à leur hauteur, elle avait déjà deux auréoles au niveau des épaules et les cheveux trempés — état qui ne convenait pas à sa stricte coupe au carré. De loin, son pas assuré avait fait illusion, mais de près, Ethan fut frappé par sa pâleur et sa mine défaite.

Il lui ouvrit la porte et elle entra précipitamment pour

se mettre à l'abri. Lamond les suivit. Ferguson avait chargé ce pauvre Lamond du rôle de médiateur familial, mais c'était avant de savoir qu'il aurait affaire à Hope Carson. Avec elle, ils ne pouvaient se permettre le moindre faux pas, et ils ne seraient pas trop de deux. Ethan appréciait beaucoup Lamond, mais ce dernier était nouveau dans son poste. Il venait de la brigade des mœurs.

— Votre honneur, voici l'inspecteur Constable Lamond, chargé de la communication avec la famille dans cette affaire, dit Ethan.

Lamond fit un pas en avant et posa sur Mme Carson un regard empreint de sympathie.

— Je suis désolé, je…

Elle lui intima le silence d'un geste de la main, sans même se tourner vers lui.

— Allons-y, murmura-t-elle.

Lamond n'insista pas.

Ils signèrent leur entrée, puis prirent le chemin des locaux réservés à la police. Les talons de Mme Carson résonnaient sur le sol carrelé. Elle ne disait rien. Elle regardait droit devant elle, les yeux fixes, la bouche pincée, mais son corps vibrait de tension contenue.

Quand ils se présentèrent devant les doubles portes d'acier, Ethan était en sueur. Il devait la préparer à ce qu'elle allait trouver, et ce n'était pas facile. Un agent leur présenta le registre pour signature, puis il les conduisit jusqu'à la salle sécurisée.

Ethan se tourna vers Mme Carson. Elle regardait fixement du côté de la vitre, vers la pièce vide.

— Votre honneur, je dois vous prévenir…

Elle se raidit et attendit la suite en continuant à fixer la pièce à travers la vitre. Il aurait préféré qu'elle se tourne vers lui. Il sentit peser sur lui le regard de Lamond.

— La victime a été démembrée, murmura-t-il après s'être raclé la gorge.

Elle devint pâle comme une morte. Il se rapprocha, insensiblement, prêt à la soutenir.

— Avant ou après le décès ? demanda-t-elle au bout de quelques secondes.

— Nous ne le saurons qu'après l'autopsie, qui aura lieu un peu plus tard dans la journée, répondit doucement Ethan.

Mme Carson battit des paupières.

— Comment est-elle morte, d'après vous ?

Il avait refusé de répondre à la question, au téléphone, mais à présent, l'esquive aurait été déplacée, puisque Mme Carson reconnaîtrait les signes de pétéchies sur le cadavre.

— On l'a étranglée, probablement.

Il se détourna, avant qu'elle ne lui pose d'autres questions.

— Je dois passer de l'autre côté pour ouvrir le compartiment, dit-il.

— Je viens avec vous, dit-elle en lui emboîtant le pas.

Lamond se précipita derrière eux. La scène aurait pu être comique. Mais Ethan n'avait pas envie de rire.

— Je suis désolé, madame, mais vous devez rester ici, derrière cette vitre, avec l'inspecteur Lamond.

Il jeta un regard entendu à Lamond, qui vint se poster près de la porte, histoire de montrer à Mme Carson qu'elle ne la franchirait pas.

— Nous approcherons la civière pour que vous puissiez bien voir, assura Ethan en montrant la vitre.

Mme Carson pinça les lèvres.

— Je ne fais que respecter la procédure, insista Ethan. Personne ne doit approcher le corps, cela pour éviter toute destruction de preuves.

— Je sais, dit-elle en se détournant. Faites votre travail.

Il referma la porte derrière lui et entra dans la pièce sécurisée où se trouvaient les compartiments. L'assistante du légiste lui désigna celui qui contenait la jeune fille, puis lui laissa le soin de l'ouvrir, avant de glisser le corps sur une civière qu'elle poussa jusqu'à la vitre.

Ethan serra les dents. Il avait accompli ce rituel une bonne cinquantaine de fois, mais il ne s'y habituait pas. C'était atroce de dévoiler à une famille le corps d'un homme au visage défiguré, celui d'une femme violée et poignardée, celui d'un enfant battu à mort.

Mais de telles horreurs se produisaient régulièrement.

Et il en avait encore pour vingt ans à endurer ça.

Mme Carson n'avait pas bougé. A présent, elle fixait le sac qui enveloppait le corps, qu'elle balaya du regard, comme si elle tentait d'interpréter la forme qu'elle devinait. Puis elle serra les poings.

— Vous êtes prête ?

Elle se redressa et fit un pas en avant pour se rapprocher de la vitre, tout en jetant par-dessus son épaule un regard d'avertissement à Lamond. Celui-ci comprit et resta en arrière.

Elle acquiesça.

— Allez-y, répondit-elle sèchement.

Ethan adressa un signe de tête à l'assistante du légiste, qui défit la fermeture pour découvrir le visage du cadavre.

Il y eut quelques secondes de silence, durant lesquelles Mme Carson observa attentivement le visage.

— C'est elle, murmura-t-elle enfin.

— Vous en êtes certaine ?

— Oui, répondit-elle en se détournant.

Ce fut tout. Elle ne sanglota pas. Elle ne hurla pas de désespoir en découvrant les marques rouges sur le cou de son enfant. Elle ne demanda pas à voir le reste du corps.

Ethan laissa l'assistante refermer le sac, rouler la civière près du compartiment, remettre le corps en place. Puis il referma à clé et rejoignit Mme Carson, qui attendait dans la salle de présentation, devant la porte, près de Lamond.

La pièce parut brusquement trop petite à Ethan pour les contenir tous les trois. Elle était chargée d'électricité, autant que de colère et de désespoir.

Et sans doute, aussi, de culpabilité.

Mme Carson sortit sans un mot et marcha vers l'ascenseur. Ethan la suivit, et Lamond leur emboîta le pas.

— Nous cherchons à reconstituer l'emploi du temps des dernières heures de Lisa. Nous aurons quelques questions à vous poser.

Elle continua à marcher et répondit sans se retourner.

— Je dois passer quelques coups de fil et prendre des dispositions pour ajourner le procès que je présidais aujourd'hui. Je vous retrouve au poste de police dans une demi-heure.

Ethan observa son profil encadré par les lignes strictes de sa coupe. Elle avait quelque chose d'une panthère. Cette expression intense... Cette démarche féline, souple et puissante...

— Je préfère que nous nous retrouvions chez vous, dit-il. Nous devons de toute façon fouiller la chambre de Lisa. Avec une équipe de la police scientifique.

Elle parut sur le point de refuser, puis elle soupira.

— Présentez-vous avec un mandat. Inspecteur, j'ai malheureusement très peu de choses à vous dire. J'ignore où se trouvait Lisa hier et ce qu'elle a fait. J'ai travaillé toute la journée.

Elle sortit sur ces mots et Ethan suivit des yeux sa silhouette avalée par la pluie. Près de lui, Lamond émit un long sifflement.

— Elle est coriace, commenta-t-il.

Ethan ne dit rien. Impossible de deviner ce qui se passait dans la tête de cette femme. Ils en sauraient peut-être davantage après l'avoir interrogée.

Une fois dans la voiture, il appela Ferguson en prenant la précaution d'utiliser son portable, et pas la radio du véhicule. Il y avait sûrement des tas de petits malins branchés sur leur fréquence pour suivre la progression de l'enquête.

— C'est fait, dit-il. Nous avons l'identité de la victime. Il s'agit bien de Lisa MacAdam, la fille de la juge Carson.

— Seigneur…, murmura Ferguson.

— Brown a le mandat ?

— Oui. Je vais lui demander de le faxer tout de suite.

— Envoie Redding chez Carson. Je le voudrais avec moi pour fouiller la chambre de Lisa avec Lamond.

— C'est entendu. Ethan…

Elle marqua un temps d'hésitation, mais il n'eut pas de mal à deviner ce qui allait suivre. Un muscle tressaillit sous son œil. Depuis l'affaire Clarkson, il entendait cette rengaine plusieurs fois par jour.

— Tu dois te montrer irréprochable. Nous avons besoin de la coopération de Carson.

11

Mardi 1er mai, 14 heures

Ethan et Lamond retrouvèrent Redding devant l'immeuble de Mme Carson.

— Voici le mandat, dit Redding en leur tendant un papier. Brown l'a vérifié et revérifié, il est en règle.

Ethan prit tout de même le temps de le lire attentivement. Mais Brown avait fait du bon travail. Tout y était. Pour l'instant, le mandat concernait uniquement la chambre de Lisa. Ils en demanderaient un autre pour le reste de l'appartement s'ils le jugeaient nécessaire, en fonction de ce qu'ils auraient trouvé.

Lamond regarda autour de lui et siffla d'admiration.

— La classe ! fit-il remarquer.

— En effet.

Mme Carson habitait l'une des résidences les plus luxueuses de la ville, et Ethan se demanda où elle trouvait l'argent pour s'offrir un appartement de ce standing. Les juges étaient payés par le gouvernement et gagnaient souvent moins que les avocats.

A travers la porte de verre, ils prirent le temps d'admirer le hall d'entrée — le sol recouvert d'un marbre jaune moucheté, la table à pied central ornée d'un bouquet de fleurs exotiques, les grands miroirs aux cadres dorés qui jalonnaient le mur couleur crème.

Ethan décrocha l'Interphone et composa le numéro de Mme Carson. Un son aigu leur annonça qu'elle venait de leur ouvrir. Redding poussa la porte avant qu'elle se referme.

— Vraiment la classe, murmura de nouveau Lamond, d'un ton vaguement angoissé.

Il songeait probablement que Mme Carson allait le considérer comme quantité négligeable et regrettait déjà son rôle de chargé de liaison.

Bienvenue dans la section des homicides, mon gars, songea Ethan.

L'ascenseur s'ouvrit sur une cabine tapissée de miroirs. Décidément, c'était la classe, comme disait Lamond. Ethan se tourna vers ses collègues.

— Lamond, Redding, fouillez les tiroirs, les armoires, sous le lit, dans les peluches, partout. Si Lisa tenait un journal, lisez-le entièrement. Regardez aussi ses cahiers de classe, son profil Facebook, sa liste de contacts MSN. On doit tout passer au crible. N'oubliez pas de mettre sous plastique et d'étiqueter tout ce que vous emporterez. Il ne faudrait pas qu'on nous refuse des indices parce qu'ils n'ont pas été correctement manipulés.

L'ascenseur grimpait vers l'étage des Carson. Ils étaient bientôt arrivés.

— Je resterai avec elle pour la questionner sur l'emploi du temps de sa fille, poursuivit-il. Si vous avez besoin de moi, n'hésitez pas à m'appeler.

Ils acquiescèrent. Quand l'identité de Lisa serait divulguée à la presse, l'affaire allait de toute évidence faire les gros titres. Ils avaient intérêt à se montrer efficaces.

Ils sortirent au onzième étage et gagnèrent le fond du couloir, vers la porte d'acajou de l'appartement. En refermant la main sur le heurtoir en forme de tête de lion, Ethan eut l'impression que la bête lui jetait un regard d'avertissement.

Hope Carson leur ouvrit la porte. Ethan s'était attendu à ce qu'elle apparaisse en tenue de combat : tailleur strict, talons hauts, cheveux impeccablement brossés.

Mais elle sortait visiblement de la douche et ne s'était même pas séché les cheveux. Et elle ne portait pas un tailleur, mais un jean et un fin col roulé de soie noire, qui épousait discrètement la forme de sa poitrine.

Son regard brun fauve, en revanche, exprimait le défi, comme il l'avait prévu.

— Madame Carson, voici le mandat, dit-il en le lui tendant.

Elle le lut attentivement, comme si c'était la première fois qu'elle avait en main un tel document, en le tenant à bout de bras, les sourcils légèrement froncés. Puis elle le lui rendit et recula pour les laisser entrer.

Ethan franchit le seuil, tout en se préparant mentalement à l'interrogatoire, qui promettait d'être des plus délicats. Redding et Lamond lui emboîtèrent le pas, avec tout leur attirail — sacs à indices et appareils photo — que Mme Carson regarda fixement.

— C'est à l'étage, dit-elle en agitant la main vers le haut. Ma chambre, c'est celle de gauche. La sienne se trouve à droite.

Ethan remarqua qu'elle évitait de prononcer le prénom de sa fille. Comme à la morgue. « C'est elle », avait-elle dit. Et non « C'est Lisa », ou « C'est ma fille ».

— Asseyons-nous, inspecteur Drake, dit-elle en le conduisant vers le salon en contrebas.

Un grand canapé blanc en L garni de coussins en fourrure faisait face à la baie vitrée. Elle s'y installa. Sa silhouette vêtue de noir se détachait singulièrement sur le cuir blanc.

Ethan regarda posément autour de lui.

A l'opposé du salon se trouvait une cuisine, petite, mais bien équipée et d'une remarquable netteté. Rien ne traînait. Pas un verre, pas une assiette. Ethan songea à sa cuisine, aux herbes fraîches qui poussaient sur le rebord de sa fenêtre, à la machine à espresso et à la machine à pâtes qui encombraient le comptoir. Mme Carson ne devait pas beaucoup s'activer aux fourneaux, sinon pour enfourner dans le micro-ondes ce qu'elle se faisait livrer par un traiteur chinois.

D'ailleurs, tout l'appartement était froid et trop bien rangé.

Où étaient les vêtements qui auraient dû traîner un peu partout, les savates abandonnées d'un coup de pied négligent, les magazines, les livres de classe, le maquillage, le MP3 — bref, toute la panoplie qui marquait d'ordinaire la présence d'une adolescente dans une maison ?

Il déposa son calepin sur le lisse plateau de la table basse en ciment et verre, sur lequel rien ne traînait non plus. Pas plus que sur le manteau de cheminée en granit. Pas même une photo encadrée.

C'était à se demander si Mme Carson habitait vraiment cet appartement, ou si elle ne faisait qu'y passer pour savoir si sa fille allait bien.

— Qu'avez-vous trouvé sur la scène du crime ? demanda-t-elle posément.

Ethan s'adossa au canapé. Son interlocutrice se comportait exactement comme il l'avait prévu : elle cherchait à mener l'entretien. Elle posait des questions auxquelles elle savait qu'il n'avait pas le droit de répondre.

— Notre équipe travaille encore sur place, répondit-il d'un ton évasif.

— Mais vous avez probablement déjà des éléments, non ?

Il la regarda droit dans les yeux.

— En effet, nous en avons, mentit-il.

— A-t-elle été tuée sur place, à l'usine ?

— Je ne suis pas autorisé à en parler à ce stade de l'enquête.

Elle tressaillit.

— Pour l'amour du ciel..., murmura-t-elle.

Elle allait argumenter, mais il la prit de vitesse.

— Pourriez-vous me faire un compte rendu des activités de Lisa dans la journée d'hier ? Nous essayons d'établir son emploi du temps.

Mme Carson ferma les yeux. Elle paraissait prodigieusement agacée par son attitude, mais il ne s'en inquiéta pas. Ils avaient un tueur fou dans la nature, et le plus important était de le coincer.

Elle ouvrit enfin les yeux et posa sur lui un regard décidé.

— Je n'ai pas la moindre idée de ce qu'elle a pu faire hier, avoua-t-elle.

— Elle n'était pas au lycée ?

— Si, sans doute.

— Que faisait-elle, généralement, après les cours ?

— Elle passait parfois chez sa grand-mère, répondit Mme Carson d'un ton morne. Vous devriez l'appeler. Son nom est Marian MacAdam.

— Vous pourriez me communiquer son numéro de téléphone ?

Elle le lui dicta, sans se départir de son ton égal.

— Lisa m'avait dit qu'elle dînerait chez sa grand-mère hier soir, mais hier, Marian n'était pas en ville. Je l'ai appris ce matin, en l'appelant.

— Lisa le savait ?

— D'après Marian, oui.

— Elle vous a donc menti ?

Il la fixa en guettant sa réaction.

Mais son visage ne manifesta rien de particulier, et elle se contenta de hausser les épaules.

— Apparemment.

— Et vous savez où elle est allée ?

— Non. Je dîne rarement chez moi, inspecteur. Lisa avait l'habitude de se débrouiller et je ne m'en inquiétais pas. Elle mangeait chez sa grand-mère, ou elle se préparait quelque chose ici. Parfois, elle dînait dehors avec des amis.

Ethan imagina l'adolescente rentrant dans un appartement vide et sortant du congélateur un plat surgelé à glisser dans le micro-ondes.

— Mais vous savez tout de même à quelle heure elle rentrait ?

— Entre 21 heures et 22 heures, le plus souvent. Parfois plus tard.

Cette gamine de quinze ans était donc livrée à elle-même tous les soirs. Excepté quand elle se rendait chez sa grand-mère.

Il n'avait pas l'intention de juger la mère assise en face de lui, mais il ne put s'empêcher d'avoir pitié de l'enfant. Il s'efforça pourtant de conserver un ton neutre.

— Est-ce que votre fille se droguait ?

Mme Carson baissa les yeux vers ses mains. Des mains carrées, puissantes, efficaces. Une petite entaille encore rosée barrait l'un de ses pouces.

Elle mit quelques secondes à se décider à lever les yeux.

— Ce que je vais dire ne sera pas porté au dossier, n'est-ce pas ?

Il ne fut pas surpris par cette requête. Les gens n'appréciaient pas que leurs négligences soient consignées par écrit dans un rapport de police.

— Votre fille a été victime d'un homicide, fit-il remarquer d'un ton sec. Toute information peut se révéler utile. Je dois tout mentionner, pour ne pas risquer de laisser passer un élément important.

Il se sentit un peu ridicule d'expliquer cela à une juge qui le savait mieux que personne, mais elle ne lui laissait pas le choix.

Elle le dévisagea avec tant d'intensité qu'il eut l'impression que son regard lui brûlait le visage. Elle avait tenté de faire pression sur lui, de l'intimider, mais sa tactique ne fonctionnait pas, et elle l'avait compris. Elle soupesait à présent les options qui lui restaient.

— Ma fille avait quelques problèmes, dit-elle enfin d'un ton égal. Elle avait de mauvaises fréquentations. Elle s'est droguée à une période, mais elle avait arrêté.

— Comment savez-vous qu'elle ne se droguait plus ? demanda-t-il.

Elle venait d'admettre que Lisa restait seule tous les soirs, et elle prétendait être certaine qu'elle ne se droguait plus ? Il avait des doutes à ce sujet.

— Je ne lui donnais plus d'argent. De plus, je l'avais prévenue que je l'enverrais ailleurs si je trouvais encore de la drogue dans ses affaires.

— Ailleurs ? C'est-à-dire ?

Le regard de Mme Carson se durcit.

— Dans un internat.

— Et elle ne voulait pas aller dans un internat ? s'étonna Ethan.

Il lui semblait que dans un internat, au moins, elle aurait eu de la compagnie et des repas à heure fixe.

Une grimace déforma la bouche de son interlocutrice.

— Non. Elle prétendait ne pas vouloir s'éloigner de sa grand-mère.

— Je comprends...

Il comprenait surtout que la pauvre Lisa avait dû se sentir bien seule.

— Vous pensez donc que votre fille ne se droguait plus.

— C'est cela.

— L'un de nos agents a pourtant trouvé un témoin qui pense avoir vu Lisa vers 20 heures, hier soir. Elle s'achetait de l'ecstasy.

— Mais c'est impossible... Je vous ai dit qu'elle n'avait pas d'argent. Pas un sou ! Je lui avais complètement coupé les vivres.

Mme Carson passa une main lasse dans ses cheveux.

— A moins que...

— A moins que ?

— Sa grand-mère a pu se laisser attendrir et lui donner un peu d'argent de poche.

Ethan prit note.

— Je vous ai dit de passer cela sous silence, protesta Mme Carson en tendant le bras vers le calepin.

Ethan posa sa main à plat sur la page.

— S'il vous plaît, ne m'obligez pas à vous poursuivre pour obstruction à la justice.

Elle poussa un petit soupir surpris et indigné mais, dans ses yeux fauves, Ethan crut déceler une lueur de désespoir.

Il se leva.

— Je vous remercie de votre coopération, dit-il.

Elle se leva également.

— Si cette information parvient jusqu'à la presse, vous me le paierez cher. J'y veillerai personnellement, inspecteur.

Elle le fixa d'un regard fiévreux.

— Et je pense que vous n'avez pas besoin de ça…

Elle tentait de se décharger sur lui de sa culpabilité, mais il ne mordit pas à l'hameçon. Il avait parfaitement entendu et compris. Mme Carson pensait d'abord à sa carrière qu'il fallait protéger. Arrêter le meurtrier de sa fille ne venait qu'en second.

Ils n'avaient pas les mêmes priorités.

12

Mardi 1er mai, 16 heures

Chaque fois qu'Ethan s'engageait dans le long couloir des sous-sols de l'hôpital général de Halifax, le mot « boyaux » lui venait à l'esprit. Sans doute son subconscient le préparait-il à ce qui allait suivre.

Il jeta un regard en coin du côté de Lamond.

— Tu te sens d'attaque ?

Lamond l'avait surpris en demandant à assister à l'autopsie. Il avait accepté parce que c'était un excellent moyen de le faire entrer de plain-pied dans l'enquête.

Le jeune inspecteur acquiesça, et Ethan eut presque envie de rire devant son expression atterrée.

— C'est ta première, hein ? demanda-t-il.

— Oui, répondit Lamond. Mais ça ira. J'ai l'habitude d'étriper des poissons.

Ethan se souvint d'avoir fait la même comparaison, mais c'était avant de savoir ce qu'était une autopsie. Lamond refuserait probablement d'écouter ses conseils, mais il décida de lui en donner tout de même.

— Place-toi suffisamment près pour y voir, mais pas trop. Méfie-toi, l'odeur est parfois difficile à supporter. Et arrange-toi pour être à proximité d'une poubelle, tu pourrais en avoir besoin.

Ils se trouvaient au bout du couloir, devant les lourdes portes battantes, celles qui portaient la pancarte « Morgue ». Ils les franchirent et avancèrent jusqu'à une autre porte, plus discrète, avec une pancarte plus petite : « Salle d'autopsie ». Avant de la pousser, Ethan jeta son gobelet vide. Puis il entra et prit une des blouses en papier tissé pliées sur l'étagère en métal, près de la porte. Lamond hésita sur le seuil.

Ethan lui jeta un regard impatient, tout en enfilant les manches de la blouse.

— N'oublie pas que nous ne devons pas contaminer les indices : donc, tu ne touches à rien. A part ça, il faut que tu saches que le sang peut gicler. J'espère que tu ne portes pas tes plus belles chaussures.

Il ramassa sa mallette.

— Quoique… Aujourd'hui… Je ne pense pas que nous ayons à craindre les giclées de sang.

Lamond s'empressa d'enfiler lui aussi une blouse et le suivit sans un mot, avec les deux pans verts qui flottaient dans son dos.

Un petit groupe était déjà rassemblé autour de la table d'autopsie. L'assistante du légiste venait de sortir le sac contenant le corps pour le poser sur le plateau métallique. Un membre de la police scientifique réglait son appareil photo.

Le légiste, le Dr Guthro, regarda Ethan par-dessus ses lunettes cerclées de fer et lui sourit.

— Pile à l'heure, dit-il avec un léger accent des Caraïbes.

Il avait une voix chaleureuse qui résonnait agréablement dans la pièce froide, mais son visage était sombre.

— C'est vraiment une sale affaire, inspecteur, commenta-t-il.

Ethan acquiesça.

— A qui le dites-vous ! soupira-t-il.

— Vous l'avez identifiée ? demanda le Dr Guthro.

— Oui. Elle s'appelait Lisa MacAdam. Elle avait quinze ans, elle était lycéenne dans un établissement privé. Et enfin, détail qui a son importance, elle était la fille de la juge Hope Carson.

— Bon sang ! s'exclama le Dr Guthro.

Comme tous les légistes, Guthro était un homme blasé, mais il parut tout de même choqué.

— J'avais cru comprendre que la victime était une prostituée et une droguée. Comment un truc pareil a-t-il pu arriver à la fille d'une juge ?

— Bonne question. Pour l'instant, la scène du crime ne nous a pas apporté beaucoup de réponses.

— D'après ce que m'a dit l'expert de la police scientifique, vous n'avez trouvé ni vêtement ni objet personnel ?

Ethan secoua la tête.

— En effet, nous n'avons rien trouvé.

Il jeta un coup œil au sac contenant le cadavre, lequel n'avait évidemment pas la forme habituelle.

— Nous n'avons pas non plus retrouvé ses bras et ses jambes.

— Elle n'a pas été tuée là où elle a été découverte, je crois ? demanda Guthro en prenant son porte-bloc à pinces.

— Exact… Nous comptons beaucoup sur l'autopsie…

Il leur fallait impérativement une piste. Le brouillard était tombé sur le site de l'usine, ce qui ne facilitait pas les recherches. L'équipe des experts n'avait absolument rien découvert. Ils avaient affaire, hélas ! à un tueur aussi prudent qu'intelligent.

Le Dr Guthro jeta de nouveau un regard à Ethan par-dessus ses lunettes à double foyer.

— Je ne pense pas que je pourrai vous fournir des empreintes, dit-il.

— Des empreintes ? intervint Lamond. Mais les mains de la victime ne…

Ethan fronça les sourcils et lui coupa la parole avant qu'il ne dise une bêtise.

— Le Dr Guthro parle d'empreintes qui pourraient être celles du tueur. Sur le corps.

Lamond rougit.

— Je ne savais pas qu'on pouvait relever des empreintes sur un corps.

Le Dr Guthro acquiesça.

— Ce n'est pas facile, en effet… Les empreintes, sur un corps, s'effacent une heure ou deux après le décès. Pour notre victime, c'est déjà trop tard.

Ethan tâcha de dissimuler sa déception. Il savait déjà que la jeune fille était morte depuis trop longtemps pour qu'ils puissent relever des empreintes sur son corps, mais il avait espéré que le Dr Guthro accomplirait un miracle. Quand on n'avait plus rien à quoi se raccrocher…

— A quelle heure estimez-vous le décès ?

Le Dr Guthro consulta de nouveau son porte-bloc.

— La température extérieure était stable toute la nuit… Nous avons estimé la mort aux alentours de 23 heures.

Il reposa le porte-bloc et ôta ses lunettes.

— Je vous propose de commencer, dit-il.

Son assistante ouvrit le sac. Aussitôt, l'odeur de la mort emplit les narines d'Ethan. Il jeta un regard en coin du côté de Lamond, lequel écarquilla les yeux.

Sans doute trouvait-il que c'était pire que du poisson.

Le Dr Guthro se pencha sur le corps et inspira longuement, plusieurs fois.

— Le corps ne dégage aucun relent de cyanure, commenta-t-il dans son Dictaphone.

Il prit son appareil photo et fit le tour du corps pour le prendre sous plusieurs angles.

— Ça ne va pas être facile, murmura-t-il. Pas de vêtements et pas de membres… C'est bien dommage. Je trouve souvent des indices sous les ongles.

Ethan contempla le tronc de Lisa. Sans l'expression enfantine de son visage, on aurait pu la prendre pour un mannequin de cire. Il regarda fixement sa mèche blonde, ce signe de sa révolte d'adolescente.

— Pas de blessures apparentes sur le torse, reprit le Dr Guthro en se penchant de nouveau sur Lisa. Par contre, les marques sur le cou semblent indiquer qu'elle a été étranglée.

Il montra une fine ligne rouge entourée d'une zone tuméfiée.

— On dirait qu'il s'est servi d'un lien, fit remarquer Ethan.

— Je confirme, répondit le Dr Guthro. Mais pas seulement. Il l'a ensuite étranglée de ses mains.

— Elle est morte étouffée ?

Le Dr Guthro acquiesça.

— C'est probable. Vous voyez les pétéchies ?

Il désigna du doigt les petites taches rouges qui marbraient le cou de la victime.

— Elle en a aussi autour de la bouche et…

Il tira sur sa paupière inférieure, pour vérifier le blanc de son œil.

— Et dans les yeux.

Il prit une compresse stérile et s'en servit pour tamponner doucement la marque rouge du cou. Puis il glissa la compresse dans un sac en plastique, auquel il apposa une étiquette mentionnant le nom de la victime, ainsi que l'heure et la date du prélèvement.

— Avec un peu de chance, il y aura des résidus qui nous renseigneront sur le lien, murmura-t-il.

— Espérons-le, soupira Ethan.

Le Dr Guthro fit encore plusieurs fois le tour du cadavre, en l'examinant attentivement. L'expert le suivit en prenant des photos. Puis l'assistante plaça le buste sur un côté et ils recommencèrent leur inspection. Et ensuite de l'autre côté, pour le même rituel.

Mais rien… Rien. Absolument rien. Pas la moindre fibre, pas une trace. Ethan ne put s'empêcher de secouer la tête. Rien sur la scène du crime. Rien sur le corps. Il tenta d'ignorer la boule d'angoisse qui se formait dans son ventre.

— Voyons si nous pouvons trouver quelque chose dans les cheveux, reprit le Dr Guthro d'un ton qui se voulait encourageant.

Il saisit un petit peigne noir, qu'il passa méthodiquement dans les cheveux de Lisa.

— Ah! s'exclama-t-il tout à coup en attrapant une pince.

Le pouls d'Ethan s'accéléra. A l'extrémité de la pince, il y avait un fil de quelques millimètres de long.

— Voilà qui pourrait nous être utile, marmonna Guthro.

— Nous l'espérons tous, commenta Lamond dans un souffle.

Le Dr Guthro laissa tomber la fibre dans un sac plastique qu'il étiqueta avec autant de précision que le premier.

— Cet échantillon peut provenir de chez elle, fit remarquer Ethan d'un ton prudent.

Le légiste acquiesça.

— Le labo vous aidera à le déterminer, dit-il.

A présent, les cheveux bien peignés de Lisa encadraient sagement son visage. Il en ramassa un avec sa pince et le mit dans un sac.

— Est-ce qu'elle s'est défendue ? demanda Ethan.

Le Dr Guthro secoua lentement la tête.

— Je ne pense pas. Rien ne penche en faveur de cette hypothèse. Pas de blessures, pas d'égratignures, pas de sang.

Ethan fronça les sourcils. Si elle ne s'était pas débattue, cela signifiait qu'elle connaissait son agresseur, ou que celui-ci l'avait droguée.

— Vous ferez des analyses pour déterminer si elle a pris de l'ecstasy ou autre chose ?

— On ne va négliger aucune piste, mais vous savez aussi bien que moi que si elle a pris de l'ecstasy, il n'y a déjà plus aucune trace dans son organisme.

L'ecstasy était la drogue préférée des violeurs parce qu'elle n'était plus détectable au bout de douze heures. De plus, la victime ne conservait que des bribes de souvenirs de ce qui s'était passé sous l'effet du produit.

— Vous aurez tout de même vos analyses, promit Guthro.

Ethan le regarda utiliser d'autres compresses stériles pour tamponner la bouche et les articulations de la jeune fille. Il ne restait plus à espérer qu'ils trouveraient sur ces compresses les éléments qui leur échappaient à l'œil nu — des cellules, du sperme, de la salive…

Le Dr Guthro fit un signe à son assistante, qui retourna la jeune fille sur le ventre.

— Lividités dans la région lombaire et au niveau des fesses, dit-il dans son Dictaphone.

— Qu'est-ce que ça signifie, « lividité » ? murmura Lamond.

— Ça désigne les endroits où le sang s'est accumulé, répondit sèchement Ethan. Les endroits épargnés par la pression. Ceux qui ne touchaient pas le sol, si tu préfères.

Lamond avait intérêt à se réveiller et à potasser son manuel, au lieu de lire des magazines idiots. Il était à la criminelle, à présent, et il était temps qu'il se mette au courant.

Le Dr Guthro se tourna Ethan.

— Elle était couchée, quand vous l'avez trouvée ?

— Oui, répondit Ethan.

De nouveau, il fixa la jeune fille allongée sur la table métallique. Lisa, quinze ans, élève d'un lycée privé, issue d'un milieu aisé, habitant dans une résidence de luxe. Ses vertèbres saillaient sous sa peau. Elle paraissait si fragile… Il aurait voulu poser sur elle une couverture.

Le moment était mal choisi pour faire de la sensiblerie. Il ne devait surtout pas penser à la victime comme à un être humain. Plus il travaillait à la criminelle, plus il avait du mal à conserver la distance nécessaire. Il aurait dû s'endurcir, au fil des années et des enquêtes, mais c'était tout le contraire qui se produisait.

L'assistante saisit Lisa par la taille pour la replacer sur le dos et prit un mètre mesureur.

— Quatre-vingt-dix-neuf centimètres, annonça-t-elle.

Puis elle jeta un coup œil à la balance de la table.

— Et trente-cinq kilos huit.

Il y eut un long silence, rompu uniquement par le crissement de la craie. Dans le cas de Lisa, ces chiffres ne signifiaient pas grand-chose.

Le Dr Guthro introduisit un tampon dans la bouche du cadavre. Ethan fut soulagé que le légiste ne soit pas obligé de forcer l'ouverture. Il avait dû, un jour, déplier la main d'une morte pour prendre ses empreintes digitales et n'avait pas oublié le bruit sinistre de ses os. Depuis, il avait la nausée quand quelqu'un faisait craquer ses doigts devant lui.

Le Dr Guthro passa son peigne dans les poils pubiens de Lisa et en retira un cheveu qu'il déposa dans un sac. Puis il prit un long tampon. Ethan dut faire un effort pour ne pas détourner le regard quand il s'en servit pour prélever de la muqueuse génitale. Il songea que cette jeune fille de quinze ans aurait été horriblement gênée qu'un groupe d'hommes en blouse verte examine avec autant d'attention et d'indifférence ses organes sexuels. Il serra les dents. Bon sang ! Il devait absolument cesser de se mettre dans la peau de la victime. Elle était morte. Elle ne ressentait plus rien. L'important, à présent, était de se concentrer sur les indices pour retrouver le salaud qui avait fait ça et le lui faire payer.

Il observa Lamond à la dérobée. Le jeune inspecteur se dandinait insensiblement d'un pied sur l'autre, le regard rivé sur les mains expertes du médecin légiste. Il était de plus en plus rouge. Ethan s'en étonna. Après tout, Lamond venait de la brigade des mœurs… Mais sans doute n'avait-il jamais assisté à une telle scène. Il s'était contenté de lire des rapports et des comptes rendus de viol.

— Pas de signe de pénétration dans les régions vaginale ou anale, annonça le médecin. Je peux même vous dire qu'elle était vierge.

— Vierge ? s'étonna Ethan.

— Putain de merde ! s'exclama Lamond.

Puis il se tut, l'air contrit.

— Apparemment, elle ne collait pas complètement au tableau de l'adolescente rebelle, fit remarquer le Dr Guthro avec un regard songeur.

— En effet, reconnut Ethan.

La découverte de la virginité de Lisa réveilla son instinct protecteur. Il fourra ses mains dans ses poches et songea à sa sœur, qui avait dû lui demander de cesser d'effrayer ses petits copains, déclarant qu'elle n'avait nul besoin d'un garde du corps.

Lisa aussi avait cru pouvoir se passer d'un garde du corps.

Il était soulagé de savoir qu'elle n'avait pas été violée. Même si cela les privait d'une source possible d'échantillons ADN du tueur. Ils étaient au moins renseignés sur son profil : l'homme n'était pas un prédateur sexuel.

Le Dr Guthro s'intéressait à présent à l'un des trous béants sous les hanches de Lisa. Il repoussa délicatement la peau pour mettre à nu l'os qui brilla sous les lampes. Il passa ensuite à l'articulation de l'épaule — ou plutôt à ce qu'il en restait.

Pendant quelques minutes, il fit le va-et-vient entre les hanches et les épaules, sans dire un mot.

— Je pense que ses bras et ses jambes ont été sectionnés avec une scie à os, commenta-t-il enfin.

— Une scie à os ?

— Oui, une scie comme celle-ci, ajouta-t-il en soulevant une petite scie électrique posée sur un plateau.

Ethan songea qu'elle n'était pas très différente de celle qu'il avait sur son établi.

— C'est compliqué de s'en procurer une ? demanda-t-il.

Le Dr Guthro fit la moue.

— Non. Tous les hôpitaux en possèdent et ça ne doit pas être difficile à voler.

Il replaça la peau sur l'os de la hanche.

— Mais par contre, c'est délicat à manier, ajouta-t-il d'un air songeur.

Il désigna du doigt l'os fin qui dépassait.

— Vous voyez, ça ? C'est du très beau travail. Celui qui tenait la scie savait s'en servir et il savait aussi comment sectionner proprement une articulation.

Ethan le regarda fixement.

— Vous voulez dire qu'il serait médecin ?

Le Dr Guthro acquiesça.

— Ou qu'il est calé en anatomie. Il n'a commis qu'une petite maladresse.

Il désigna l'épaule droite de Lisa. Ethan se pencha pour mieux voir. En effet, de près, on distinguait comme une aspérité au niveau de l'os.

— C'est la scie qui a dérapé ? demanda-t-il.

Le Dr Guthro s'empara d'une loupe et l'approcha de l'épaule. Ethan se pencha de nouveau, pour regarder à travers.

— On dirait deux traits encadrant un cercle, fit-il remarquer. Et…

Il se tut et s'approcha encore. Puis il se redressa et échangea avec le médecin un regard incrédule.

— Ce sont des lettres, murmura-t-il.

Le Dr Guthro acquiesça.

— Il me semble, oui…

Il pointa la première marque du doigt.

— Celle-ci ressemble à un L.

— La suivante à un O, renchérit Ethan.

— Et ensuite il y a encore un L, conclut le médecin.

— L.O.L ?

— Ses initiales ? proposa Lamond.

— Possible. Ou une abréviation.

Il y eut quelques minutes de silence. Puis Ethan regarda Lamond droit dans les yeux.

— Lol. « Laught Out Loud ».

— Seigneur…, murmura Lamond.

— Le tueur nous laisse un message, commenta Ethan. Il nous envoie nous faire foutre.

Ils n'avaient pas affaire à un criminel ordinaire emporté par un coup de folie. Au contraire. L'homme qui avait tué Lisa, et qui l'avait démembrée, avait agi avec le plus grand sang-froid.

Ils avaient affaire à un psychopathe.

— Avec quoi a-t-il gravé ce message ? demanda Ethan au Dr Guthro.

— Avec un scalpel, probablement, répondit Guthro après avoir de nouveau examiné l'os.

Il rajusta son masque opératoire.

— Passons à l'examen interne, à présent.

L'assistante souleva légèrement le buste de Lisa et plaça sous elle un cube en caoutchouc. Le Dr Guthro pratiqua une longue incision au niveau du torse et, aussitôt, une odeur de pourri s'ajouta à celles qui flottaient déjà dans la pièce. Ethan lutta contre la nausée.

Lamond recula discrètement de quelques pas pour se rapprocher d'une poubelle.

La cage thoracique de Lisa fut fermement écartée par les mains expertes du Dr Guthro, puis celui-ci introduisit une aiguille sous la clavicule de Lisa.

— Je ne me donne pas la peine de chercher au niveau de l'aine, grommela-t-il comme pour lui-même. De toute façon, il ne lui reste plus beaucoup de sang.

Il retira un peu de sang pour les tests de toxicologie, et pour l'analyse ADN, qui devait confirmer légalement l'identité du cadavre. Puis il sectionna les veines et les artères qui entouraient le cœur et l'ôta pour le peser. Il enleva ensuite les poumons, qu'il examina rapidement.

— Apparemment, elle ne fumait pas, dit-il.

Puis il passa aux organes abdominaux.

Quand il ouvrit l'estomac, Ethan se campa sur ses deux jambes et serra les dents. L'odeur était épouvantable. Un rapide regard du côté de Lamond lui apprit que le malheureux n'en menait pas large. En d'autres circonstances, sa mine aurait même pu prêter à rire.

— D'après le contenu de l'estomac, son dernier repas remonte à hier soir, vers 18 heures, fit remarquer Guthro.

Il scruta l'épais liquide malodorant.

— Apparemment, elle aurait mangé des frites et un hamburger.

Ça, c'était pour Lamond. Ethan retint un sourire. Lamond se nourrissait presque exclusivement de hamburgers. C'était à se demander comment il faisait pour conserver sa ligne. En le voyant filer vers la porte, courbé en deux, Ethan songea que cette autopsie l'avait peut-être guéri de ses mauvaises habitudes alimentaires.

— Rien d'anormal, poursuivit Guthro sans se préoccuper de la sortie précipitée de l'inspecteur.

Il plongea les mains dans la cavité abdominale du cadavre.

— Pas de signe de blessure interne ni d'overdose, annonça-t-il.

Il sortit le reste des organes et laissa une cavité vide rappelant vaguement la carapace d'un homard, puis il traça du bout de son scalpel une longue ligne verticale sur le cou et écarta la peau.

— Ecrasement de l'os hyoïde, annonça-t-il. Ce qui confirme le décès par strangulation.

Il jeta un coup d'œil à Ethan.

— Mais nous chercherons tout de même des signes de traumatismes au niveau du cerveau.

L'assistante ôta le bloc de mousse de sous le dos de Lisa et le glissa sous son crâne. Le Dr Guthro alla se placer derrière la tête et découpa le cuir chevelu, d'une oreille à l'autre. Puis il le décolla et le replia sur son visage, découvrant la boîte crânienne. Les cheveux de Lisa recouvraient maintenant son visage. Ethan dut de nouveau faire un effort pour fixer la scène avec détachement. *Oublie qu'elle était une adolescente de quinze ans. Oublie qu'elle avait une mère et une grand-mère.* Mais il détourna les yeux quand Guthro mit la scie en marche.

Quand il n'entendit plus rien, il ramena son regard

sur le cadavre. Le Dr Guthro avait découpé une sorte de couvercle pour mettre le cerveau à nu.

— Pas de signe d'hémorragie sous-durale, annonça-t-il.

Il sectionna le cordon spinal et retira le cerveau qui fit un bruit mouillé. Ethan tressaillit. Comme les autres organes, le cerveau fut pesé et étiqueté.

Guthro avait terminé. Il contourna la table pour rejoindre Ethan et fit descendre son masque.

— Voilà, dit-il. C'est fini pour aujourd'hui. Nous aurons les résultats des tests toxicologiques d'ici demain.

Ethan ramassa son porte-documents. Il avait hâte de sortir à l'air libre.

— Merci, docteur, dit-il.

— J'espère que nous en tirerons quelque chose, murmura le médecin.

Ethan acquiesça.

— Moi aussi.

Tout en ôtant sa blouse, il jeta un dernier regard du côté de la table d'autopsie. L'assistante replaçait les organes dans l'abdomen, tandis que Guthro préparait une aiguille.

Ethan s'attarda quelques secondes. Recoudre le cadavre était le travail de l'assistante, mais Guthro avait l'habitude de s'en charger.

Lamond attendait dans le couloir. Il accueillit Ethan avec un sourire contrit.

— Désolé, dit-il. Ça ne se reproduira pas.

— J'en suis certain, répondit Ethan en lui donnant une grande tape dans le dos. Allons manger, à présent. Je t'offre un hamburger.

13

Ethan jeta un coup d'œil à sa montre tout en se garant dans le parking du poste de police. Il était 21 h 8. Il avait des brûlures d'estomac. Il avait voulu faire le malin en invitant Lamond à manger un hamburger. A présent, il en payait le prix.

Dès qu'il entra avec Lamond dans la salle de réunion, Redding se précipita vers eux.

— Drake, Lamond, la grand-mère de la victime est là. Elle vous attend depuis une heure. Elle veut vous parler.

— Où est-elle ? demanda Lamond en se raidissant.

D'abord Mme Carson, à présent la grand-mère de Lisa. On voyait qu'il n'en menait pas large.

— Dans la salle réservée aux familles et aux enfants.

Il s'agissait d'une pièce qui servait aux interrogatoires, mais meublée de quelques fauteuils et d'une table basse, pas comme l'autre, celle dans laquelle ils emmenaient les criminels, où ne se trouvaient que des chaises et pas de table — car rien ne devait s'interposer entre un policier et le suspect qu'il interrogeait.

— Ecoute, Lamond, dit Ethan. Je sais que tu es chargé de la liaison avec la famille, mais je crois qu'il vaudrait mieux que je m'occupe de la grand-mère. Je voudrais comparer ses déclarations à celles de la juge Carson.

Lamond hésita. Il n'avait pas envie de perdre une si

belle occasion de prouver sa valeur. Mais Ethan avait raison. Il était mieux placé que lui pour interroger la belle-mère de Mme Carson, et il ne servait à rien d'y aller à deux.

— Pendant ce temps, essaye de joindre le père de Lisa, proposa Ethan.

Lamond acquiesça.

— C'est d'accord.

Ethan frappa doucement à la porte de la pièce où patientait Mme MacAdam, puis poussa le battant. Elle était installée sur le canapé. Devant elle, sur la table basse, il y avait une boîte de mouchoirs en papier et une tasse de thé à laquelle elle n'avait pas touché.

Ethan avança vers elle.

— Madame MacAdam, je suis l'inspecteur Drake.

Ils se serrèrent la main. Elle avait des doigts inertes et glacés.

Ethan prit un fauteuil en face d'elle.

— Madame MacAdam, votre petite-fille a été victime d'un crime affreux, dit-il.

Elle acquiesça et des larmes perlèrent à ses yeux.

— Je sais que c'est un moment pénible, s'empressa-t-il d'ajouter. Mais je vais vous demander de faire de votre mieux pour répondre à mes questions. Nous devons arrêter au plus vite le meurtrier.

Marian MacAdam s'éclaircit la gorge.

— Bien sûr, murmura-t-elle d'une voix étonnamment ferme.

Il commença par les questions de routine. Les réponses de Marian MacAdam confirmèrent les déclarations de sa belle-fille. Lisa était la plupart du temps livrée à elle-même. Marian avait tenté de l'entourer en l'invitant régulièrement chez elle.

— Mais je ne pouvais pas lui proposer de dîner tous les soirs chez moi… J'avais d'autres obligations et…

Elle se tut et rougit.

— Des amies à voir, mon club de bridge… Enfin, une vie sociale… De plus, je n'osais pas trop l'accaparer… Après tout, c'était sa mère qui en avait la garde. C'est pour ça que…

— Oui ? insista-t-il, alors qu'elle marquait un temps d'hésitation.

Elle fit la moue avant de poursuivre.

— Vous finirez probablement par le découvrir, alors autant que je vous le dise… Je me faisais du souci pour Lisa. Elle avait parfois un comportement étrange. Elle se décommandait au dernier moment. De plus…

Elle baissa les yeux vers ses mains croisées.

— Je crois qu'elle me volait de l'argent.

— Pour s'acheter de la drogue ?

Cette question, pourtant abrupte, parut la soulager autant que la surprendre.

— Oui, soupira-t-elle. Elle s'était tournée vers la drogue après la séparation de ses parents, puis elle avait arrêté, du moins à ma connaissance. Mais il y a quelques mois, j'ai eu l'impression qu'elle avait recommencé.

— Et pourquoi, d'après vous ?

Mme MacAdam secoua la tête.

— Je n'en ai pas la moindre idée… Elle était si secrète… Si lunatique. Elle s'était identifiée à ce mouvement rebelle… Vous voyez ce que je veux dire… Avec sa mèche blonde et son tatouage.

Ethan se pencha en avant.

— Elle portait un tatouage ? Où ça ?

— Sur la cheville.

Madame MacAdam secoua de nouveau la tête.

— Elle avait menti au tatoueur sur son âge, et il

n'avait pas réclamé de pièce d'identité. Je lui avais dit que c'était dangereux et qu'elle pouvait attraper toutes sortes de maladies graves, mais elle ne m'a pas écoutée, bien entendu. Vous savez comment sont les adolescents… Ils se croient éternels.

De nouveau, des larmes brillèrent dans ses yeux.

— A quoi ressemblait ce tatouage ?

— C'était un personnage de dessin animé. Un chien.

Ses lèvres tremblèrent.

— Elle l'avait surnommé Rufus.

Elle battit des paupières. Mais Ethan ne voulait pas se laisser gagner par son émotion. Il se hâta de changer de sujet.

— Lui donniez-vous de l'argent de poche ?

— Non. Mais sa mère lui en donnait.

Il s'arrêta alors d'écrire et leva des yeux interrogateurs vers la vieille femme. Mme Carson avait affirmé qu'elle ne donnait pas d'argent à sa fille et qu'elle soupçonnait sa grand-mère de le faire en cachette. L'une des deux mentait. Mais pourquoi ?

Mme MacAdam tritura lentement le mouchoir en papier qu'elle tenait dans les mains.

— Je lui avais pourtant dit que Lisa risquait de s'en servir pour se procurer de la drogue, mais elle non plus ne voulait pas de mes conseils. Elle m'a répondu qu'il fallait bien que sa fille ait de quoi s'acheter à manger.

Elle se pencha et s'appuya sur ses coudes.

— Je serai franche avec vous, inspecteur. Je ne me suis pas beaucoup intéressée à Lisa quand elle était petite, mais au moment du divorce, j'ai compris que je devais entrer dans sa vie. Savez-vous qu'elle ne prenait jamais un repas digne de ce nom en dehors de chez moi ?

La grand-mère paraissait fragile et désorientée, mais elle avait manifestement toute sa tête.

— Avez-vous proposé à Hope Carson de prendre sa fille chez vous ?

Mme MacAdam fit la grimace.

— Hope n'aurait jamais accepté. Elle aurait eu trop peur que les gens ne la considèrent comme une mère indigne.

— Et qu'avez-vous fait, concrètement, pour aider votre petite-fille ?

Mme MacAdam fixa le mur derrière lui, avec une expression mélancolique.

— Au début, j'ai pensé qu'il suffirait de l'inviter régulièrement.

Elle posa sur lui un regard implorant, qui quémandait l'indulgence.

— Puis il m'a semblé qu'elle se droguait de nouveau... Je savais qu'il était inutile d'en parler à sa mère, qui n'aurait rien fait pour régler le problème. Elle ne voulait pas d'une fille en désintoxication, alors qu'elle était sur le point d'être nommée à la Cour suprême.

Ethan tressaillit. Hope Carson briguait un poste à la Cour suprême ?

— Et donc, qu'avez-vous fait ?

Elle se raidit.

— J'ai consulté un avocat.

Sa belle-fille n'avait pas dû apprécier. Si elle était au courant...

— Il s'agissait de Kate Lange, c'est ça ?

Elle acquiesça.

— Oui.

Il commençait à avoir une vision un peu plus claire du tableau. Quand la juge apprendrait ça, elle allait piquer une crise.

— Et ?

Mme MacAdam enroula son mouchoir autour de son index.

— Elle m'a dit que c'était mal parti pour moi. Que les juges n'aimaient pas enlever les enfants à leurs parents.

Il prit note. Il allait devoir interroger Kate, ce dont il se serait bien passé.

Marian MacAdam continuait à malmener son mouchoir.

— J'avais entendu dire beaucoup de bien du cabinet Lyons-McGrath-Barrett, mais je crois que Mlle Lange ne m'a pas donné de bons conseils.

Il se pencha en avant.

— C'est-à-dire ?

— D'après elle, je ne pouvais rien entreprendre tant que je n'étais pas en mesure d'apporter de preuves que Lisa se droguait.

— Et elle vous a conseillée sur la manière d'obtenir ces preuves ?

Il la regarda fixement, tout en se demandant si Kate avait pleinement assumé ses responsabilités d'avocate.

Les yeux de Marian MacAdam se posèrent sur son mouchoir.

— Elle m'a dit que je pouvais appeler les services de Protection de l'Enfance, mais je lui ai répondu que je n'avais pas assez d'éléments pour ça…

— Et vous en aviez ?

— Je… Non… Je n'avais que de vagues impressions…

De nouveau, elle chercha du regard l'approbation d'Ethan. Les proches des victimes se sentaient souvent coupables, et cela ne l'attendrissait plus. Pourtant, Mme MacAdam réussit à éveiller sa pitié. Cette femme n'aurait plus jamais une nuit de sommeil digne de ce nom.

— Alors, je n'ai pas osé me manifester, murmura-t-elle. Je me suis dit qu'on ne m'écouterait pas sur la base d'une impression.

Elle n'avait pas tort. Les services sociaux agissaient rarement sans preuves. Pas comme la police, qui suivait son instinct. Les « impressions », comme disait Mme MacAdam, avaient souvent aidé à résoudre des affaires criminelles.

— Et votre avocate ? insista-t-il.

Il évitait de prononcer le nom de Kate.

— A-t-elle proposé de contacter elle-même les services sociaux ?

Elle secoua la tête.

— Je lui ai demandé de s'abstenir. Je voulais que ça reste en famille.

— Pourquoi ?

— Je craignais de blesser Lisa. Je craignais qu'elle ne refuse de vivre avec moi, si je m'y prenais de cette manière.

— Vous aviez peur de ne pas obtenir sa garde.

Elle baissa la tête.

— Oui.

Elle se tut et des larmes roulèrent sur ses joues, mais il comprit qu'ils pensaient la même chose. A présent, elle avait définitivement perdu Lisa.

— Nous devons trouver le coupable, déclara Ethan d'un ton ferme, lorsque Mme MacAdam eut ravalé un sanglot.

Il refusait de se laisser gagner par l'abattement de cette femme et d'écouter son chagrin. Elle aurait tout le temps — tout le reste de sa vie — pour se lamenter. Pour l'instant, il ne devait penser qu'à une chose : lui soutirer le maximum de renseignements avant que la douleur ne lui brouille l'esprit.

— Il faudrait établir son emploi du temps d'hier soir, reprit-il.

Elle acquiesça, la tête toujours baissée, et ferma les yeux pendant quelques instants. Puis elle s'essuya les joues avec son mouchoir, qu'elle fourra dans sa manche avant de se redresser.

— Je ne vous serai pas d'une grande utilité, dit-elle. Je n'étais pas en ville, hier soir, mais à mon cottage.

Elle lui fit tout de même part du peu qu'elle savait, d'un ton morne et résigné. Ethan prit note, puis referma son calepin. Il était maintenant 22 h 7. Ils étaient tous deux à bout de forces.

— Merci d'être venue jusqu'ici, madame MacAdam, dit-il en se levant.

— Est-ce que je peux la voir ? demanda-t-elle.

Il ramassa son dossier.

— C'est à sa mère d'en décider.

La réponse fit venir les larmes aux yeux de Mme MacAdam.

— C'est bien ce que je craignais, murmura-t-elle.

Elle se leva et se dirigea vers la porte. Sous son beau manteau couleur caramel, son corps paraissait rabougri. Il la guida à travers les bureaux, jusqu'à l'entrée, sans qu'ils échangent un mot.

— Vous êtes protégée par un système d'alarme, madame MacAdam ? demanda-t-il doucement.

Elle lui parut soudain terriblement fragile. Il avait l'impression qu'une chiquenaude sur le bras aurait suffi à la faire tomber en morceaux.

— J'habite un appartement, inspecteur. Et l'immeuble est parfaitement sécurisé.

Il acquiesça.

— Dans ce cas, soyez prudente, n'ouvrez pas à n'importe qui.

Lisa était la fille d'un juge. Et qui plus est, celle de la juge Carson. Sa mère avait dû condamner pas mal de criminels qui chercheraient peut-être à profiter du drame pour se venger.

14

Mercredi 2 mai, 6 heures

A travers les volets, le soleil levant diffusait une lumière froide et bleutée dans la chambre. Kate n'avait pas réussi à trouver le sommeil. Elle venait de passer la nuit à ressasser son sentiment de culpabilité.

Elle finit par repousser les couvertures et se leva. Alaska connaissait le rituel et comprit aussitôt qu'ils allaient bientôt sortir. Quand il trottina vers elle pour venir fourrer sa truffe dans sa main, ses griffes sur le plancher résonnèrent dans la pièce silencieuse. Kate le flatta entre les oreilles.

— Tu es mon unique rayon de soleil, en ce moment, mon chien, murmura-t-elle tristement.

Elle descendit avec lui au rez-de-chaussée et alla chercher le journal sur le pas de sa porte.

Elle le ramassa, s'attendant au pire. Son cœur s'arrêta de battre.

LA FILLE D'UN JUGE DÉMEMBRÉE

Sur la photo en noir et blanc qui illustrait le titre, le visage sévère de Mme Carson semblait la fixer d'un œil accusateur.

Ethan avait dormi quatre heures, mais il avait l'impression de n'avoir pas fermé l'œil. Il en était à son troisième café. Lorsqu'il se gara sur le parking de la police, l'air était frais et humide, plein de promesses. Il fit descendre sa vitre et inspira profondément. Au loin, il apercevait le port de Halifax. Bleu, étincelant, magnifique.

Certaines choses résistaient donc à la souillure, en dépit de l'horreur qu'il côtoyait chaque jour. Il en fut réconforté et espéra qu'il garderait toujours cette capacité de s'émerveiller.

Ramassant le journal, il vérifia l'heure à la pendule du tableau de bord : 7 h 38. Cela lui laissait tout juste le temps de lire le journal avant la réunion du matin.

Il se doutait que l'affaire faisait les gros titres. Depuis la veille, le téléphone ne cessait de sonner. Le journaliste du *Halifax Post's*, avec le cynisme qui le caractérisait, lui avait posé des questions très précises, dans l'intention manifeste de fournir à ses lecteurs des détails salaces.

Pourtant, en découvrant la phrase imprimée en gras, au centre de la première page, il tressaillit :

LA FILLE D'UN JUGE DÉMEMBRÉE.

Il songea à Mme Carson ouvrant son journal. Elle allait être dévastée… Mais comment savoir, avec elle ? Elle éprouverait peut-être une secrète satisfaction à l'idée de faire la une.

Il ne cessait de songer à leur entretien de la veille. Elle ne lui avait pas semblé abattue. Bien entendu, le sang-froid avec lequel elle avait appris la nouvelle ne la désignait pas forcément comme coupable. A l'annonce d'une mort violente, certains restaient sous le choc et ne parvenaient pas à exprimer leur douleur : celle-ci enflait lentement et se manifestait quand on ne l'attendait plus. Mme Carson éclaterait peut-être en sanglots dans quelques mois, en fixant le crâne rasé d'un Hell's Angels comparaissant devant elle. Il suffirait sans doute qu'il ait un chien tatoué sur le cuir chevelu pour qu'elle prenne conscience qu'elle avait perdu sa fille à jamais.

Mais tout de même…

Depuis que Marian MacAdam lui avait appris que la juge Carson briguait une place à la Cour suprême, il se posait beaucoup de questions. Les juges de cette haute instance étaient choisis pour leur sagacité et leur probité. Pour la sagacité, Hope Carson ne craignait personne. Mais pour la probité, si l'on se fiait à la manière dont elle s'était occupée de sa fille, on pouvait raisonnablement douter. Est-ce que le fait d'avoir une fille en cure de désintoxication et une belle-mère qui réclamait la garde de celle-ci aurait suffi à l'empêcher d'accéder à la Cour suprême ? Sans doute que oui. Un juge de la Cour suprême ne pouvait se permettre de traîner derrière elle ce genre de casseroles.

Ethan se posait donc une question : jusqu'où Hope Carson était-elle capable d'aller pour satisfaire son ambition ?

D'après Marian MacAdam, elle n'aurait pas hésité à sacrifier le bien-être de sa fille à sa carrière. Mais aurait-elle été capable de la tuer, puis de la démembrer pour orienter la police vers un psychopathe ?

Bien sûr, il était difficile de croire qu'un juge — ou tout simplement une mère — puisse commettre une telle atrocité.

Et c'était justement pourquoi Mme Carson se serait permis de le faire, si réellement elle était prête à tout.

Il s'efforça de passer en revue les informations qu'il avait retirées de leur entrevue. Peu de chose, en vérité. Elle s'était montrée vague sur bien des points. Une image de ses mains passa devant ses yeux. Des mains puissantes et carrées. Avec un doigt blessé.

Ethan termina son muffin et but une gorgée de café, puis sortit de la voiture, son gobelet en main.

Mme Carson figurait désormais officiellement sur la liste de ses suspects.

Il poussa la porte d'entrée du bâtiment abritant les bureaux de la police, se servit de son badge pour franchir l'entrée sécurisée, et s'engagea dans le long couloir du rez-de-chaussée. En portant son gobelet de café à sa bouche, il se rendit compte qu'il était vide. Il le jeta au passage dans une poubelle, tout en jurant entre ses dents.

Ferguson était postée devant le tableau blanc de la salle de réunion, en train de noter quelque chose. Ethan alla s'asseoir près de Lamond. Ferguson jeta un dernier coup d'œil au plan de la scène du crime, puis elle se tourna vers le groupe.

— Bon…, dit-elle en soupirant. Les médias s'emploient déjà à semer la panique, donc nous n'avons pas le choix. Walker et Lamond, vous serez chargés d'interroger les prostituées et les gamines qui traînent dans les rues. D'après la grand-mère de Lisa, la gosse avait recommencé à se droguer depuis plusieurs mois. A vous de trouver qui lui vendait sa came, quand et où. Qui elle fréquentait. Et qui aurait pu avoir une raison de lui vouloir du mal.

Elle se tourna alors vers Ethan. Il savait déjà ce qu'elle attendait de lui : ils en avaient parlé le matin même, au téléphone.

— Je suis chargé d'enquêter sur les criminels condamnés par Carson au cours de sa carrière, expliqua-t-il au reste de l'équipe. Certains veulent peut-être se venger d'elle.

Il aurait préféré rester sur le terrain, à chercher des pistes et des indices, plutôt que de traquer d'anciens prisonniers derrière son ordinateur. Ferguson lui avait confié cette tâche ingrate parce qu'il était le meilleur pour ça. En tant que chef d'équipe, il devait donner l'exemple et sacrifier son ego à l'intérêt général.

Il se leva alors en repoussant sa chaise.

— Tout le monde sait ce qu'il a à faire ?

Les hommes acquiescèrent. Ethan se dirigea vers la porte.

— On se retrouve ici à 17 heures pour faire le point.

Ferguson le rattrapa dans le couloir.

— Ethan…

Elle baissa la voix.

— J'ai demandé à l'un des hommes de faire quelques vérifications à propos de Kate.

— Tu as fait ça ? s'exclama-t-il d'un ton outragé.

Elle le fixa calmement. Il prit le temps de respirer. Elle avait raison : l'intérêt général passait avant tout. L'enquête devait avancer.

— Et qu'est-ce que ça a donné ? reprit-il posément.

— Vendredi soir, elle a appelé la police pour signaler un intrus dans son jardin.

Le pouls d'Ethan s'accéléra. Kate avait signalé un intrus ? Mais pourquoi ne l'avait-elle pas appelé ?

— A quelle heure ? demanda-t-il.

Sa voix rauque trahissait son émotion. Il déglutit péniblement.

— A quelle heure a-t-elle signalé cet intrus ? reprit-il.

— Vers 21 h 50.

C'était juste après son départ. Elle n'avait pas voulu qu'il revienne…

Elle est passée à autre chose, mon vieux, songea-t-il.

Elle était peut-être passée à autre chose, mais pas lui.

Vendredi soir, il avait dû ravaler sa fierté pour aller frapper à sa porte. Il avait espéré qu'elle se jetterait dans ses bras en s'excusant. En lui assurant que Vicky l'avait mal jugée. Qu'elle était bien la femme dont il était tombé amoureux.

Mais les choses ne s'étaient pas du tout passées ainsi. Elle l'avait pris de haut, au contraire.

Il n'avait pas eu de chance, en tombant amoureux d'une avocate. Les avocats étaient les champions de la dissimulation et de l'argumentation. Ils se battaient pour leurs clients, pas pour la justice. La justice, ils s'en fichaient. Ethan devenait fou de rage chaque fois que l'un d'eux évoquait un vice de forme pour permettre à un criminel de se promener en liberté.

Vendredi, Kate avait réagi comme l'avocate qu'elle était : elle avait cherché à lui prouver que c'était lui le coupable. Mais ce n'était pas lui qui avait passé sous silence l'existence d'une famille peu recommandable. Ce n'était pas son père à lui qui était un joueur invétéré. Ce n'était pas lui qui avait tué sa sœur dans un accident de voiture parce qu'il roulait trop vite.

— Nous allons devoir l'interroger, Ethan, reprit Ferguson.

— Entendu.

Le regard de Ferguson devint plus intense.

— Et je ne veux pas que tu la préviennes.

— Elle est sur la liste des suspects ?

Ferguson secoua la tête.

— Pas du tout. Mais je tiens à ce qu'on respecte les procédures, dans cette affaire. J'irai. En personne. Avec Redding.

— Très bien.

Il serra contre lui son porte-bloc à pinces, affectant un air faussement indifférent.

— Je vais commencer ma chasse aux criminels, dit-il.

— Parfait.

Elle marqua un temps d'hésitation, puis le regarda droit dans les yeux.

— Si j'apprends quoi que ce soit d'intéressant, je te le ferai savoir, promit-elle.

Il la remercia d'un hochement de tête, puis tourna les talons et quitta la pièce. Il éprouvait le besoin d'être seul pour mettre de l'ordre dans ses idées.

Ferguson ne s'était pas trompée : il aurait volontiers prévenu Kate de la visite de ses collègues... Mais Ferguson venait de lui faire comprendre que Kate tenait à garder ses distances avec lui : ce n'était pas lui qu'elle avait appelé quand un intrus était entré dans son jardin. Le message était clair.

Et donc, lui aussi garderait ses distances et s'en tiendrait à la procédure officielle.

— Deux policiers sont là, annonça Liz. Ils veulent vous voir.

Kate leva posément le nez de son dossier. Elle ne partageait pas l'étonnement de sa secrétaire — une jolie poupée aux cheveux blond platine. Ces deux policiers, probablement des inspecteurs, venaient lui parler de Lisa. Elle allait enfin savoir ce qui lui était arrivé.

— Vous pouvez les faire entrer, dit-elle.

Elle referma le dossier qu'elle était en train d'étudier et sortit celui de Mme MacAdam. Elle avait soudain les mains moites. Selon ce que lui apprendraient ses visiteurs, elle se sentirait soulagée ou encore plus coupable. Elle prit une profonde inspiration.

Les deux inspecteurs, un homme et une femme, entrèrent.

Ils étaient plus vieux que ceux qui étaient passés chez elle le vendredi soir et habillés en civil. On avait donc pris la peine de lui envoyer deux vétérans, ce qui en disait long sur l'importance que la police accordait à cette démarche. Cette fois, elle fut tout de même un peu étonnée.

— Mademoiselle Lange, je suis l'inspecteur Ferguson, dit la femme en lui tendant la main.

Elle devait avoir dix ans de plus qu'elle, et un visage adouci par des taches de rousseur. Mais elle avait aussi une poigne de fer et un regard aussi froid que sa main.

— Et voici l'inspecteur Constable Redding, ajouta-t-elle en désignant l'homme qui l'accompagnait.

L'homme acquiesça en silence. Kate remarqua ses yeux mornes et injectés de sang.

— Asseyez-vous, inspecteurs, je vous en prie, dit-elle poliment.

Ses mains commençaient à transpirer, et elle les essuya furtivement sur sa jupe.

Les inspecteurs tirèrent les fauteuils qu'elle leur désignait, jusqu'à les placer directement en face d'elle. L'inspecteur Redding sortit un grand carnet de sa mallette et le posa sur ses genoux. Il fit cliqueter son stylo, ce que sa compagne parut interpréter comme le signal du départ.

— Mademoiselle Lange, savez-vous que la petite-fille d'une de vos clientes a été retrouvée morte mardi matin ? demanda-t-elle.

La fille d'un juge démembrée... Kate n'oublierait jamais cette horrible phrase.

— Oui, murmura-t-elle.

— Nous pensons qu'il s'agit d'un meurtre, reprit Ferguson.

— D'après le journal, elle aurait été...

Kate déglutit avant d'achever.

— Démembrée...

L'inspecteur Ferguson acquiesça.

— C'est exact.

— Savez-vous si elle était consciente quand...

Elle ne pouvait s'empêcher de frissonner chaque fois qu'elle songeait aux derniers instants de Lisa. L'assassin prenant la scie. Lisa gémissant de peur. Puis hurlant de douleur, pleurant, suppliant, appelant au secours sa mère, sa grand-mère, quelqu'un, n'importe qui... Combien de temps avait-elle mis à s'évanouir ?

Elle prit soudain conscience du regard aigu de l'inspecteur Redding et fit un effort pour revenir au présent.

L'inspecteur Ferguson secoua la tête, et Kate crut déceler dans ses yeux une étincelle de sympathie.

— Nous ne pouvons pas vous donner de détails, mademoiselle Lange.

Kate serra les points. Ils ne pouvaient pas donner de détails pour ne pas compromettre l'enquête, mais elle, elle avait besoin de savoir.

— Lisa a été aperçue dans la rue en compagnie de délinquants, le soir de sa mort, reprit Ferguson.

— Je vois...

L'inspecteur Ferguson la dévisagea intensément.

— La grand-mère de Lisa nous a confié qu'elle était récemment venue vous consulter pour demander conseil à propos de sa petite-fille. Elle envisageait de réclamer sa garde.

Kate inspira lentement, mais respirer ne pouvait suffire, hélas ! à chasser ses remords.

— C'est exact, inspecteur.

— Et que lui avez-vous conseillé ?

— Le secret professionnel m'interdit de vous confier les détails de l'entretien que j'ai eu avec ma cliente, répondit-elle.

L'inspecteur Ferguson haussa un sourcil, feignant la surprise.

— Je suppose que vous aviez une bonne raison de ne pas signaler Lisa aux services de protection de l'enfance, insista l'inspecteur.

Elle tentait maintenant de lui soutirer des informations par la ruse. Mais Kate ne mordit pas à l'hameçon. Pas question de lui exposer les raisons qui l'avaient poussée à se taire. Elle n'avouerait pas sa honte et ses remords à ces deux inconnus.

Comme elle ne répondait pas, l'inspecteur revint à la charge.

— Mais vous avez tout de même appelé la police hier matin, c'est bien ça ?

— Oui.

Un peu tard... La phrase résonna dans son esprit en même temps qu'elle la lisait dans les yeux de Ferguson.

— Et pourquoi ?

— Ma cliente venait de m'annoncer la disparition de sa petite-fille. Et comme j'avais entendu parler d'un meurtre à la radio... Je n'ai pas pu m'empêcher de faire le rapprochement.

— Et pourquoi ne pas avoir contacté les services de protection de l'enfance ?

Cette Ferguson était décidément tenace. Kate décida de lâcher un peu de lest.

— Sans vous révéler les détails de ma discussion avec Mme MacAdam, je peux vous dire que je n'avais pas suffisamment d'éléments en ma possession pour justifier un signalement.

L'argument était en théorie recevable. Seulement en théorie. Parce qu'en pratique, Kate n'arrivait pas à se pardonner de n'avoir rien fait.

L'inspecteur Redding plongea la main dans sa mallette

pour en tirer un document. Kate reconnut la déclaration qu'elle avait remplie le vendredi soir, à propos de l'intrusion dans son jardin.

— Vendredi soir, vous avez appelé la police pour signaler la présence d'un intrus dans votre jardin. On vous a envoyé une voiture de patrouille.

C'était la première fois qu'il ouvrait la bouche. Kate fut surprise par sa voix douce et pénétrante.

— Oui.

— Avez-vous donné une description précise de cet intrus ?

Elle secoua la tête.

— Non. Il s'agissait d'un homme, je pense, mais c'est tout ce que je peux dire. Plutôt grand... Il portait un manteau à capuche et me tournait le dos. Il est parti en courant avant que je puisse apercevoir son visage.

Mais il n'avait pas vraiment couru, maintenant qu'elle y repensait. Il était sorti tranquillement, par le chemin qu'il avait emprunté pour entrer, de toute évidence.

L'inspecteur Ferguson s'adossa à son siège.

— Vous avez eu une journée riche en émotions, vendredi, mademoiselle Lange. Vous chassez un intrus de votre jardin, au lieu de laisser la police s'en charger... Admettons. Et vous rencontrez une cliente dont la petite fille se fait assassiner.

— Oui.

— C'est tout de même une drôle de coïncidence.

— Oui, répondit Kate d'un ton peu convaincu.

Elle ne voyait pas le rapport entre les deux événements.

L'inspecteur Redding referma son carnet et fit cliqueter son stylo. L'entretien était terminé.

— Si vous vous souvenez de quoi que ce soit qui pourrait nous aider dans notre enquête, voici mon numéro...

Il la dévisagea avant de lui tendre sa carte.

— Barricadez-vous, mademoiselle Lange. Avec ce tueur qui rôde en ville, tout le monde doit se montrer prudent.

Elle se leva pour les raccompagner, puis retourna s'asseoir dans son fauteuil. Ils ne lui avaient rien dit. Elle avait besoin de savoir si Lisa avait souffert.

Il ne lui restait plus, maintenant, qu'un moyen de se renseigner.

Ethan se laisserait-il attendrir, et accepterait-il de lui répondre ?

Sans doute pas, car il ne l'avait pas prévenue de la visite de ces deux inspecteurs. De toute évidence, il prenait ses distances.

Elle ferma les yeux et pressa ses pouces sur ses tempes.

15

Jeudi 3 mai, 16 heures

— Ce n'est pas comme ça que nous travaillons chez LMB, déclara Randall tout en prenant le dossier que lui tendait Kate.

Il l'ouvrit, et ses yeux tombèrent sur le nom de Marian MacAdam, écrit de sa main. Bon sang, mais pourquoi donc ne s'était-il pas souvenu qu'elle était la belle-mère de la juge Carson ?

Il survola les notes de Kate, remarquant au passage son écriture posée. Elle lui avait remis le dossier avec une lueur de colère et de défi dans le regard. Elle était moins bien habillée que l'autre jour, sa peau était plus terne que de coutume, et elle avait les traits tirés. Mais c'étaient surtout ses yeux qui la trahissaient : elle était sur la défensive.

Souhaitant éviter le conflit, il tenta une approche par la douceur.

— J'ai commis l'erreur de vous confier le dossier MacAdam, mais elle ne m'avait pas informé de ses liens de parenté avec la juge Carson.

— J'avoue que je me suis demandé si vous saviez, commenta sèchement Kate. De toute façon, là n'est pas la question. Elle n'aurait pas pu obtenir la garde de sa petite-fille. Elle manquait d'éléments.

— Je vois...

Il se tut quelques secondes. Il se sentait démuni devant son attitude bravache et ne comprenait pas pourquoi. Elle n'était pourtant qu'une jeune employée en période d'essai.

— Ecoutez, Kate..., reprit-il en se passant la main dans les cheveux. Je ne mets pas vos compétences en doute, et je suis persuadé que vous avez bien conseillé votre cliente.

Elle détourna le regard. Il comprit qu'elle était tenaillée par la culpabilité, mais décida de ne pas en tenir compte.

— Je n'ai donc rien à vous reprocher de ce côté-là, poursuivit-il. En revanche, je considère que vous ne vous êtes pas comportée correctement vis-à-vis de LMB. Vous auriez dû venir me trouver, et m'avertir que le traitement de ce dossier vous plaçait dans une position délicate.

Elle se redressa et le fixa, la tête haute, avec un regard clair qui semblait plonger au plus profond de lui, ce qui l'agaça prodigieusement.

— Mais il n'y avait pas de dossier, justement, protesta-t-elle.

Il fit un effort pour conserver son calme. Elle devait comprendre qu'elle travaillait dans une équipe, et il ne pouvait tolérer son attitude.

— Je crois que vous ne comprenez pas, murmura-t-il.

Elle se redressa, comme si elle avait reçu une gifle, et il se réjouit intérieurement de constater qu'il avait enfin prise sur elle.

— Vous travaillez pour l'un des meilleurs cabinets d'avocats de Halifax. Vous n'êtes plus dans un petit bureau avec deux personnes. Vous devez veiller à notre réputation.

— J'ai pensé à la réputation de LMB, vous pouvez me croire, dit-elle en baissant les yeux.

Puis elle leva de nouveau vers lui un regard brillant d'une détermination farouche. Elle ne voulait manifestement pas lui montrer à quel point cette affaire la perturbait. Il allait devoir user de toute sa diplomatie pour percer sa cuirasse.

— Pourquoi n'êtes-vous pas venue chercher conseil auprès de moi ? reprit-il d'une voix douce.

— Parce que j'ai jugé qu'il n'y avait pas matière à s'inquiéter, rétorqua-t-elle.

Elle ne précisa pas qu'elle ne se serait sûrement pas tournée vers lui pour demander conseil, mais il le lut dans son regard.

Et cela lui fit mal.

— Une cliente vous confie qu'elle sent sa petite-fille en danger au point d'envisager de réclamer sa garde, et vous ne jugez pas utile de faire un signalement aux autorités compétentes ?

A ces mots, elle pâlit.

— Je n'avais rien pour étayer un tel signalement. Mme MacAdam se fondait uniquement sur des impressions.

— Lui avez-vous dit que les services de Protection de l'Enfance étaient habilités à mener une enquête qui aurait pu confirmer ou infirmer ces impressions ?

— Oui, murmura-t-elle tout bas. Je le lui ai dit.

— C'est donc que vous jugiez le cas digne d'être signalé. Pourquoi ne l'avez-vous pas fait ?

— Je n'étais pas certaine que ce soit approprié.

Elle détourna les yeux du côté de la fenêtre ; il sut néanmoins qu'elle ne regardait pas au-dehors, mais en elle-même.

Il attendit quelques secondes, le temps de la laisser réfléchir à ses motivations.

— Mme MacAdam tenait à ce que cette affaire reste en famille, dit-elle enfin. Elle disait que si les services sociaux s'en mêlaient, sa petite-fille lui en voudrait et refuserait de vivre avec elle.

— Mais Kate, ces arguments ne sont pas recevables. Si vous jugiez que cet enfant était en danger, il était de votre devoir de la signaler.

— Je sais ! lança-t-elle, exaspérée, en le foudroyant du regard. Mais tout ce que Mme MacAdam reprochait à sa petite-fille, c'était d'arriver en retard chez elle quand elle l'invitait à dîner.

— Etes-vous certaine qu'elle ne vous a rien caché ?

De nouveau, Kate détourna le regard.

— Non. Je ne suis certaine de rien. Quand j'ai parlé des services sociaux, elle est devenue nerveuse. Il est possible qu'elle ne m'ait pas dit tout ce qu'elle savait.

— Et vous n'avez pas insisté pour la faire parler. En revanche, vous étiez suffisamment inquiète pour appeler la police quand…

— Comment le savez-vous ? coupa-t-elle.

Elle le contempla fixement. Ses joues avaient légèrement rougi.

— Je l'ai appris par les services sociaux.

Elle tressaillit.

Lui aussi avait été surpris de leur appel. Il lui avait fallu tout son sang-froid pour répondre posément qu'il ferait son enquête, mais qu'il avait toute confiance en sa jeune associée.

Elle se renversa contre le dossier de son fauteuil.

— Ils vous ont appelé ?

— Oui. Ils veulent s'assurer que vous n'avez pas commis de faute professionnelle. Mme MacAdam a déclaré à la police qu'elle savait que sa petite-fille s'était droguée, par le passé.

— Seigneur…, murmura-t-elle.

Elle devint si pâle qu'il faillit se lever pour aller la réconforter, mais il se retint. Il n'avait pas le droit de se laisser attendrir. Il devait avant tout penser à la réputation de LMB, juger objectivement cette fragile jeune femme rongée par la culpabilité, sévir si elle avait commis une faute professionnelle.

— Et que leur avez-vous répondu ? demanda-t-elle sèchement, tout en se redressant.

— Que j'allais en parler avec vous et les rappeler.

— Je vois, dit-elle en le dévisageant intensément.

Il y eut un long silence.

— Et qu'allez-vous leur dire ? demanda-t-elle enfin.

— Que vous avez correctement estimé la situation, au regard des éléments qu'on vous avait présentés.

Elle se détendit un peu.

— Mais ils voudront peut-être se faire une opinion par eux-mêmes, ajouta-t-il.

— Je comprends.

— Sachez que je suis prêt à vous soutenir.

Elle en eut les larmes aux yeux. Il fut de nouveau submergé par le désir de la réconforter. De la serrer contre lui. De sentir ses longs cils contre ses joues.

Il n'aurait plus manqué que ça…

Il se cala contre le dossier de son fauteuil, et elle détourna le regard.

— Merci, murmura-t-elle en se levant.

— Je n'en ai pas terminé, dit-il.

Elle se rassit, sagement, en évitant son regard. Elle était un peu moins pâle qu'en entrant. Selon toute vraisemblance, elle avait dû se torturer durant tout le week-end.

Il savait pourquoi, mais il n'avait pas l'intention de le lui dire. Il n'ignorait rien de son passé — son père emprisonné, l'accident de voiture qui avait tué sa sœur.

C'était en partie pour cette raison qu'il n'avait pas vu d'un bon œil son embauche par John. Ça, et le fait qu'il soupçonnait John de s'intéresser à elle pour des raisons autres que professionnelles. Il prit le temps de la dévisager. Y avait-il anguille sous roche, entre ces deux-là ? Kate avait travaillé dur pour s'en sortir, et à ce titre, elle méritait le respect. Mais John était marié, et lui, Randall Barrett, ne voulait pas de liaisons adultères dans sa société. Kate le savait probablement. Et elle savait aussi pourquoi. Tout le monde, ici, était au courant de ses déboires conjugaux.

Elle le fixait avec un regard intense et, de nouveau, il fut attendri par sa jeunesse et sa fragilité. Mais il devait se montrer ferme.

— Mme Carson veut savoir pourquoi son ex-belle-mère est venue consulter un avocat à propos de Lisa, dit-il.

Il marqua un temps de pause.

— Et elle est furieuse que vous ayez prévenu la police de la disparition de sa fille.

— Mais comment est-elle au courant ? murmura-t-elle.

— Par Marian MacAdam.

Kate lui jeta un regard éperdu. Elle se sentit d'abord trahie, puis elle comprit que Mme MacAdam n'était pas de taille à résister à sa terrible belle-fille.

— Je pense qu'il serait plus juste de dire que la juge lui a soutiré l'information, corrigea-t-elle.

— C'est possible. Et maintenant, c'est à nous qu'elle cherche à soutirer des informations.

Kate inspira.

— Elle doit pourtant savoir que nous ne divulguerons rien.

— Sa fille est morte, Kate, fit doucement remarquer Randall. Et elle apprend que sa belle-mère complotait dans son dos avec des avocats. Elle se doute que c'était pour réclamer sa garde, voyez-vous. Elle veut des réponses, et on peut la comprendre. Tout le monde en ferait autant, à sa place.

— Je crois surtout qu'elle a quelque chose à se reprocher, rétorqua sèchement Kate.

Mais elle dut se rendre compte que la phrase pouvait être mal interprétée, et se hâta de rectifier.

— Ce que je veux dire, c'est que Mme MacAdam m'a laissé entendre que sa belle-fille ne s'occupait pas correctement de Lisa. Si c'était le cas, elle doit se sentir coupable.

— C'est possible, commenta sobrement Randall. Et c'est sans doute pourquoi elle cherche à se rattraper, maintenant que sa fille est morte.

Il soupira.

— Je dois vous prévenir que la juge Carson veut votre peau, Kate. En appelant la police avant elle, vous l'avez montrée du doigt comme une mère indigne.

— J'étais très inquiète au sujet de Lisa.

— Je sais. Mais votre intervention a souligné sa propre inaction.

Les yeux transparents de Kate cherchèrent de nouveau les siens. Que découvrirait-il, en les sondant ?

— Et que dois-je faire, pour me protéger ? demanda-t-elle posément.

Elle sollicitait son avis, à présent : cela signifiait qu'il avait réussi à briser au moins une première ligne de défense. Il désirait à tout prix gagner sa confiance. Mais pourquoi était-ce si important, à ses yeux ?

— Pour l'instant, vous ne pouvez rien faire. Mais si Mme MacAdam se présente de nouveau, tenez-moi au courant, nous aviserons ensemble.

— Je n'y manquerai pas, promit-elle.

Elle remua sur sa chaise, et il sentit qu'elle avait hâte de partir.

Il se leva alors pour s'approcher d'elle.

— Kate, vous êtes dans une situation extrêmement délicate et je me sens un peu responsable. Croyez bien que j'en suis désolé.

— Ce n'est rien…

Elle se leva précipitamment et se pencha au-dessus du bureau pour reprendre son dossier. Il remarqua que sa jupe moulait délicatement ses fesses.

Il tressaillit et se hâta de ramener son regard à hauteur de son visage, juste au moment où elle se redressait.

Elle se tourna vers la porte. Elle allait sortir.

— Vous savez, contrairement à ce que pensent beaucoup de gens dans cette société, je ne suis pas né avec une cuillère en argent dans la bouche, dit-il.

Elle s'arrêta net et il comprit qu'il l'avait touchée, cette fois. Elle songeait probablement, avec une sorte d'étonnement amusé, qu'il n'était pas si intraitable qu'il en avait l'air. Il en profita pour pousser un peu son avantage.

— Je n'ai jamais connu mon père, précisa-t-il.

Il la vit aussitôt se raidir.

— Ma mère travaillait dans une banque dont elle a gravi peu à peu les échelons. Elle m'a élevé seule. Elle m'obligeait à lire Shakespeare.

Elle sourit, à peine, mais il l'interpréta comme un encouragement à poursuivre.

— J'ai obtenu une bourse pour l'université de Hollis, puis pour Harvard. Je crois que la suite, vous la connaissez.

— En effet… Je sais que vous avez une carrière impressionnante.

Elle posa sa main sur la poignée de la porte et lui jeta un regard par-dessus son épaule.

— Moi aussi, je voudrais faire une belle carrière, murmura-t-elle.

— Vous réussirez, Kate. Vous avez déjà fait un long chemin... Mais si vous voulez un conseil : évitez de vous faire des ennemis.

Il la fixa intensément avant de poursuivre.

— Et si vous en avez, ne faites jamais de prisonniers.

Elle le fixa à son tour d'un air impénétrable, durant quelques secondes, puis sortit sans un mot.

Il ne pouvait détacher ses yeux du seuil du bureau. Kate Lange avait l'étoffe d'une grande avocate.

Elle réussirait.

A condition d'éviter les ennuis.

Et pour l'instant, entre le meurtre de Lisa, l'enquête des services sociaux, et la haine que lui vouait Hope Carson, elle était mal partie.

Kate ne savait plus où elle en était.

En s'asseyant en face de Randall Barrett, elle s'était revue à l'école primaire, perchée sur une chaise trop haute, dans le bureau du sévère M. Ginley, le jour où il lui avait expliqué qu'une petite fille comme il faut ne mettait pas de boules de neige dans les pantalons des garçons.

Sauf que M. Ginley, un homme d'une cinquantaine d'années, chauve et corpulent, qui sentait l'après-rasage à plein nez, n'était pas aussi séduisant que Randall Barrett.

Ni aussi brillant.

Randall Barrett avait fait ses études à Harvard, et il avait décroché un stage à la Cour suprême du Canada dès la fin de son cursus. Il avait eu un début de carrière fulgurant, puis son divorce avait terni sa réputation. Il était rentré à Halifax, sans doute pour fuir les ragots, mais les journaux à scandale l'avaient poursuivi. Ils avaient fourni un compte rendu détaillé de sa situation financière, plutôt enviable au demeurant, tout en expliquant que la femme adultère qu'il venait de quitter n'avait pu supporter qu'il passe son temps à travailler. Elle l'avait trompé avec l'un de ses confrères. On ne trompait pas un homme intelligent, riche et séduisant, sans une bonne raison. L'ex-Mme Barrett avait sûrement eu les siennes.

Kate dut s'avouer que Randall la troublait. Et cela l'agaça au plus haut point.

Quand il l'avait appelée dans son bureau, elle avait cru que c'était pour lui signifier la fin de sa période d'essai. Un cabinet d'avocats, surtout un cabinet comme LMB, n'avait pas besoin d'une employée qui se faisait remarquer par la police et les services sociaux. C'est sur la défensive qu'elle était montée à l'étage. En se promettant de ne pas lui montrer à quel point elle avait besoin que quelqu'un — n'importe qui — l'aide à soulager sa conscience.

Mais il ne l'avait pas renvoyée et lui avait même promis son soutien. Le regard bienveillant qu'il lui avait lancé avant qu'elle ne sorte de son bureau avait même failli la faire craquer. Cela n'avait duré qu'une seconde, un bref instant qui l'avait laissée abasourdie et honteuse de sa faiblesse.

Elle avait eu envie d'enfouir son visage contre lui, de respirer l'odeur fraîche du coton de sa chemise, de le mouiller de ses larmes tièdes.

Il aurait su la réconforter. Elle en était certaine.

Mais qu'est-ce qui t'arrive? se dit-elle soudain. Ce type est ton patron, bon sang! On ne couche pas avec son patron. Il te briserait le cœur et ta carrière serait fichue. Tu serais perdante sur tous les tableaux.

Elle était arrivée dans son bureau. Elle claqua la porte derrière elle.

Il n'est pas amoureux de toi, que je sache!

Cette pensée, qui aurait dû la laisser indifférente, lui fut étrangement désagréable.

Il n'est pas amoureux de toi, et Ethan ne t'aime plus.

Elle se sentit soudain en proie au plus extrême désarroi. Elle aurait eu besoin de se sentir épaulée, consolée, qu'on l'aide à oublier qu'une jeune fille était peut-être morte par sa faute.

Elle se laissa tomber dans son fauteuil et enfouit sa tête dans ses mains.

Quelque part, tout au fond d'elle-même, elle savait que la tendresse d'un homme aurait été impuissante à soulager sa culpabilité. Elle avait commis une terrible faute, et n'avait aucun moyen de la réparer.

16

Samedi 15 mai, peu avant 13 heures

Une longue file de voitures était garée dans la rue de la cathédrale St Mark. Les camionnettes des chaînes télévisées avaient déjà monopolisé les meilleures places de parking, et l'on voyait de loin briller leurs antennes satellites sous la lumière humide du printemps.

Kate jeta un coup d'œil à sa montre et accéléra le pas. Le service religieux de l'enterrement de Lisa MacAdam commençait dans douze minutes. Elle se félicita d'être venue à pied. En voiture, elle aurait eu toutes les peines du monde à se garer, et surtout, elle se serait retrouvée prise dans un embouteillage au moment de partir.

Ses pas sourds résonnaient sur le pavé, au rythme des battements de son cœur. Elle était terrorisée par la perspective de s'asseoir bientôt sur un banc d'église, face au cercueil de Lisa.

Mais elle lui devait bien ça.

Tous les magistrats de Halifax s'étaient déplacés, ainsi qu'un nombre impressionnant de camarades de classe de Lisa. Cela donnait une foule étrange et disparate. Des rapaces noirs en costume passaient devant des adolescentes agglutinées se tenant par la main ou par les épaules. Kate fut un peu surprise qu'elles soient si nombreuses. Lisa avait été plutôt une solitaire… Ces gamines étaient-elles vraiment bouleversées, ou simplement perturbées parce qu'un monstre avait souillé leur innocence à travers celle de Lisa ?

Les camarades de Gennie aussi, étaient venues nombreuses à son enterrement. Kate était passée devant elles en espérant que l'une d'elles aurait un geste de consolation. Mais aucune n'avait bougé. Elles s'étaient contentées de la suivre des yeux. Certaines avec un regard de pitié. D'autres avec une expression désapprobatrice. Les adolescentes d'aujourd'hui ne savaient rien d'elle, ni du rôle qu'elle avait peut-être joué dans la mort de Lisa, et pourtant elle se hâta de les dépasser, la tête basse. Exactement comme elle l'avait fait quinze ans plus tôt.

Une caméra filmait la foule. Plusieurs journalistes s'étaient mêlés au groupe, dissimulant discrètement leur micro dans le revers de leur veste. Ils se tenaient en retrait, mais on les sentait à l'affût, prêts à se jeter sur le premier qui serait prêt à s'épancher.

Kate n'était pas de ceux-là. Et elle n'en serait jamais.

Marian MacAdam s'installa sur un banc, près de son fils. Elle le sentit s'écarter légèrement d'elle et, comme chaque fois qu'il lui manifestait son hostilité, elle eut un pincement au cœur. Mais elle fit mine de ne rien avoir remarqué. Elle avait appris, au fil des ans, que plus elle quémandait son amour, plus il le lui refusait.

Elle n'avait jamais apprécié Hope, mais elle avait toujours pensé qu'elle serait la femme idéale pour Robert. Lui aussi l'avait cru, sans doute, vu qu'il l'avait épousée. Puis il avait changé d'avis. Deux ans plus tôt, il avait surpris tout le monde en quittant le domicile conjugal. Il n'avait pas hésité à laisser Lisa derrière lui. Marian espéra qu'il l'avait tout de même aimée, et que c'était son ambition qui l'avait empêché de lui donner l'affection qu'une fille est en droit d'attendre d'un père.

Elle songea avec tristesse à toutes les fois où Lisa avait demandé à Rob de rentrer à Halifax pour assister à une fête d'école, à toutes les fois où elle l'avait supplié de l'emmener avec lui, à toutes les fois où elle s'était abstenue de réclamer parce qu'elle savait qu'il lui dirait non.

Elle se demandait parfois ce qu'elle avait fait à son fils pour qu'il abandonne sa propre enfant — sa chair et son sang.

Il contemplait le cercueil de Lisa d'un air hagard. Il paraissait perdu, comme la veille, quand on lui avait montré le corps à la morgue.

Hope s'était installée dans la rangée opposée à la leur. Elle ne les avait pas salués. Sans doute n'avait-elle pas remarqué leur arrivée. Elle ne voyait personne. Elle était seule. Elle regardait droit devant elle, le cercueil, elle aussi.

Ce cercueil qui contenait les restes d'une enfant que personne n'avait aimée suffisamment pour la sauver.

Marian ferma les yeux.

Kate franchit les lourdes portes de bois de la cathédrale et battit des paupières, le temps de s'accoutumer à la pénombre qui régnait à l'intérieur.

Plusieurs personnes s'étaient arrêtées dans l'entrée, comme si elles hésitaient à avancer. Devant Kate se trouvaient un couple — l'homme était chauve et la femme habillée avec goût —, et un homme seul, blond, qui se tenait sur le côté. Les deux hommes étaient en costume sombre et elle supposa qu'ils étaient des amis de Mme Carson. Le couple était plus âgé qu'elle d'une bonne dizaine d'années, mais l'homme blond plus jeune. Une jeune fille rousse — une adolescente trop maquillée aux yeux cernés — leur tendait le programme du livret de messe. Ils se décidèrent ensemble à le prendre et Kate les imita. A présent, ils s'apprêtaient à remonter ensemble l'allée centrale de la nef. Le vieux couple marcha en tête. Le jeune homme blond laissa poliment passer Kate devant lui.

Ils foulaient maintenant le tapis rouge qui avalait le bruit de leurs pas. Autour d'eux, les gens murmuraient, comme s'ils n'osaient pas se manifester bruyamment en présence de la jeune morte exposée au pied de l'autel. Mais la vie n'était jamais tout à fait silencieuse. On entendait le bruit des pages qu'ils tournaient, le froissement de leurs vêtements, leurs discrètes salutations.

Kate trouva un banc presque vide dans les premières rangées du fond et s'y installa. Il ne restait déjà presque plus de places. Les jeunes filles qui s'attardaient sur le parvis avaient intérêt à se dépêcher, si elles voulaient s'asseoir.

Elle baissa alors les yeux vers le programme.

La photo de Lisa s'affichait en première page et elle en eut le souffle coupé. Elle voyait pour la première fois son visage... Lisa avait ressemblé à n'importe qu'elle adolescente, à part, peut-être, l'expression triste de ses yeux.

Elle regretta de ne pas l'avoir rencontrée.

De ne pas l'avoir aidée.

A sa sœur aussi, autrefois, elle aurait bien voulu offrir une deuxième chance. Mais les secondes chances n'existaient pas.

Ethan se tenait debout, tout au fond de la cathédrale, dans la nef transversale. Le service était sur le point de commencer. Tout le monde était entré.

Ses yeux s'attardèrent quelques secondes sur les cheveux soyeux de Kate. Elle ne l'avait pas remarqué, mais lui, il l'avait tout de suite repérée. Il avait tressailli en la voyant hésiter sur le seuil. Elle portait une petite robe noire et une veste cintrée à la Audrey Hepburn qui flottait autour de ses hanches, et dont la couleur sombre faisait ressortir la pâleur de son visage. Comme toujours, elle était très peu maquillée, mais son rouge à lèvres, rose clair et nacré, évoquait l'intérieur d'un coquillage. Elle avait perdu du poids, depuis leur rupture ; il ne s'en était pas aperçu, la dernière fois, car elle portait un épais vêtement de pluie.

Elle avait marché en regardant droit devant elle et s'était glissée sur un banc dès qu'elle avait trouvé une place. Quelques minutes plus tard, elle avait été rejointe par un groupe de jeunes filles qui avaient échangé un regard déçu, sans doute parce qu'elles auraient préféré s'installer plus près de l'autel.

Il y avait au moins cinq cents personnes.

Et parmi elles, il l'espérait, l'assassin de Lisa.

Il était gonflé de contentement. Satisfait de lui. La semaine avait été excellente.

La météo ne s'était pas trompée : il avait plu. La fille avait été retrouvée le jour même.

Et en plus, il avait eu de la chance. Il était tombé sur la fille d'une juge. Il aimait à croire qu'il s'agissait d'un clin d'œil du destin, et l'interprétait comme le signe que justice lui serait bientôt rendue. Le Dr K. avait failli s'évanouir quand il l'avait appris.

Et aujourd'hui, c'était le clou, l'apothéose : il assistait à l'enterrement de sa victime, un plaisir auquel il avait droit pour la première fois.

Et c'était délicieux.

Il se chargeait de l'énergie de cette assistance endeuillée. Il se remplissait des effluves de son chagrin, de son état de choc, de son incrédulité.

Il jeta un coup d'œil de l'autre côté de l'allée, vers les trois charmantes jeunes filles qui pleurnichaient. Leur mascara coulait sur leurs joues rondes d'enfants. Deux d'entre elles avaient de jolis petits corps bien fermes. La troisième était une grosse. Il retint un soupir. Elle avait probablement des muscles flasques, mais il pouvait tout de même en apprendre quelque chose. Il se promit de s'en souvenir. Ne pas oublier totalement les grosses.

Il s'intéressa ensuite à la femme installée près de lui. Elle était super classe, sans doute avocate, d'après son allure. Elle lui avait tout de suite plu. Il l'avait suivie pour s'installer près d'elle, humant avec délices les effluves de lavande qu'elle laissait derrière elle. Il aurait parié qu'elle avait une musculature douce et efficace, une peau bien tendue sous sa petite robe noire.

Elle n'était pas tout à fait son style, mais elle aurait tout de même fait un bon sujet d'expérience. Et puis, s'il s'en prenait à elle, la communauté des juristes de Halifax se sentirait visée. Il dut reconnaître que c'était tentant et eut envie de rire. Puis il s'imagina en train d'éplucher le corps de la belle inconnue et lui jeta un regard en coin.

Une aura blanche entourait son visage, et il dut battre plusieurs fois des paupières pour la chasser.

La belle inconnue était pâle, mais il fut surtout frappé par ses yeux qui brillaient comme deux flaques de whisky chaud — ses pupilles avaient la couleur d'un grog au whisky. S'il décidait de l'aborder, il lui faudrait des lunettes pour affronter son regard. Un regard trop clair, trop profond, qui vous transperçait.

Il sentit son sang battre dans ses veines. Son sexe se durcit.

Stop. Pas de ça.

Il devait rester pur. Eviter la souillure.

Il ne voulait plus qu'on le traite de petit salaud dégueulasse. *Hein, maman ? Je ne suis pas un petit salaud dégueulasse…*

Il détourna le regard de la femme aux yeux whisky et continua à scruter la foule amassée dans la cathédrale.

Entre l'éloge funèbre et les hymnes, le service n'en finissait pas. Le prêtre prenait son temps pour faire ses adieux à Lisa, cette jeune fille qu'il avait sans doute baptisée quinze ans plus tôt et qu'il n'avait plus jamais revue depuis.

Kate ne put s'empêcher de penser que Lisa était née l'année où sa sœur était morte, un peu comme si une force cachée de l'univers s'était chargée de remplacer une vivante par une morte, afin de rétablir l'équilibre. Aujourd'hui, Lisa bouclait le cycle, disparaissant tragiquement à son tour l'année de ses quinze ans. Sans doute qu'en ce moment même naissait un bébé qui, lui aussi, ne passerait que quinze ans sur cette terre.

Seigneur… Il n'y avait donc aucun moyen de sortir de ce cercle vicieux ?

Mais le Seigneur ne daigna pas répondre.

Kate inclina la tête. Le programme du service était posé sur ses genoux. Elle ne l'avait pas ouvert, et les yeux de Lisa la fixaient toujours depuis la première page. Ils étaient noirs, profonds, frangés de longs cils. Tristes et provocateurs. Les yeux d'une enfant, presque d'une jeune femme, qui voulait vivre et exulter.

Comme ceux de Gennie, ce soir-là, sur le porche,

quand elle l'avait surprise en train de sniffer de la cocaïne. Plus tard, au moment où la voiture avait pris ce tournant qui devait être le dernier de sa vie, les yeux de Gennie s'étaient posés sur elle avec horreur. Et ensuite, c'était fini : les yeux de Gennie s'étaient figés pour toujours. Kate s'était souvent demandé pourquoi elle avait pu ouvrir la portière de la voiture et en sortir, tandis que le corps sans vie et ensanglanté de sa sœur restait coincé sur le siège.

D'après les experts, c'était une question d'impact, d'angle de choc, de vitesse. Mais Kate pensait surtout à son pied qui avait trop appuyé sur la pédale, une seconde de trop, parce qu'elle était en train d'expliquer à sa Gennie qu'elle devait cesser de fréquenter ses amis qui sniffaient de la coke sur le porche des maisons. Etait-ce la colère qui l'avait poussée à laisser son pied sur la pédale d'accélérateur, ou bien l'alcool qu'elle avait bu ? Elle n'avait jamais eu de réponse, et n'en aurait jamais.

Est-ce que Gennie avait souffert, avant de rendre l'âme ?

L'orgue entama un chant funèbre. Kate le reconnut et en eut les larmes aux yeux. La bile vint juste après.

Elle devait absolument sortir.

Elle jeta un regard affolé autour d'elle. Elle était coincée sur ce banc par les trois jeunes filles arrivées après elle, lesquelles sanglotaient maintenant en se tenant par les épaules. Les gens se levaient peu à peu, tout en rangeant le programme dans leur sac et en murmurant des phrases de circonstance, comme « C'était un très bel office ».

Kate se leva aussi. Elle se sentait oppressée, agressée par les odeurs de parfums et d'après-rasage, par l'eau de toilette bon marché que portait l'une des adolescentes. Son petit déjeuner cherchait à remonter et provoquait des haut-le-cœur.

Ethan était resté sur le côté, tandis que plusieurs de ses hommes s'étaient disséminés dans la cathédrale. Walker et Lamond avaient filmé tous ceux qui entraient, et ils surveillaient maintenant la sortie. Redding et Brown s'étaient chargés des véhicules et des plaques d'immatriculation. Ethan avait choisi ce poste d'observation, en retrait, parce qu'il lui permettait d'avoir une vue globale de l'assemblée et aussi une vue précise de Kate. Il l'avait plusieurs fois surprise à regarder fixement la photographie de Lisa MacAdam, avec une expression si triste et angoissée qu'il avait éprouvé pour elle un élan de sympathie.

Après tout, elle n'avait peut-être pas fait passer les intérêts de LMB avant ceux de Lisa MacAdam. Elle avait sans doute cru bien agir.

Le dernier accord de l'orgue — un accord nasillard et vibrant — venait de résonner. Le service était terminé.

Lorsque Kate se leva, il fut frappé par la pâleur de son visage, qui surmontait sa robe noire. Elle avait la mâchoire crispée et s'agrippait au banc devant elle.

Bon sang, elle paraissait sur le point de s'évanouir…

Sans plus attendre, il bondit.

La belle aux yeux couleur whisky avait la tête de quelqu'un qui aurait justement eu besoin d'un grog réconfortant.

Elle s'était levée et elle tremblait. Sa main était crispée sur le banc devant elle, si fort qu'on voyait saillir ses jolis tendons. Il ne put s'empêcher d'imaginer ses os blancs sous la fine couche de peau.

Allait-elle tomber dans les pommes ?

Si c'était le cas… A quoi bon résister… L'occasion

était trop belle. Il volerait à son secours, il l'emmènerait dehors, pour qu'elle respire, loin de la foule. Et ensuite…

Il tapota la poche de sa veste.

Parfait. Il avait ses lunettes.

La fortune souriait aux audacieux.

17

Pour sortir, Kate devait passer devant les trois adolescentes qui lui barraient l'accès à l'allée centrale. Elle se glissa devant la première en titubant. Voyant qu'elle avait l'air pressée, la deuxième s'empressa de ranger ses pieds sous le banc. Mais la troisième fille avait posé son sac à terre et Kate se prit les pieds dans la bride. Elle trébucha, puis tomba en avant, dans l'aile centrale. Du coin de l'œil, elle eut le temps de voir un élégant jeune homme blond en costume se précipiter vers elle, mais un autre homme intervint pour lui barrer le chemin.

— Kate ! dit Ethan en la prenant par le coude pour l'aider à se relever.

— Ethan ?

Son cœur monta, puis redescendit, processus qui aggrava sa nausée. Elle fit un effort pour se reprendre. Pas question de laisser voir à Ethan qu'elle était sur le point de s'évanouir — ou de vomir — après avoir assisté à l'enterrement d'une inconnue.

Les bancs commençaient à se vider. Elle chercha du regard le jeune homme blond, pour le remercier, mais il avait disparu.

Ethan l'entraîna vers la sortie.

— Ça va aller ? s'inquiéta-t-il.

— Oui.

Ça n'allait pas du tout, mais elle n'allait pas le lui avouer. Elle se sentait complètement désorientée, happée par cette marée humaine qui coulait autour d'elle, en direction de la porte, comme si tout le monde avait hâte de respirer un peu d'air frais. Elle sentait la sueur perler à son front. Elle tenta tout de même de repousser la main d'Ethan qui lui tenait le bras, mais il refusa de lâcher prise.

— Il faut que je te parle, dit-il en la poussant du côté d'une petite porte devant laquelle Lamond montait la garde.

Mais qu'est-ce qu'il faisait donc là ? Lui aussi parut surpris et ouvrit de grands yeux en la voyant.

— Attends, dit-elle à Ethan.

Lamond leur avait déjà ouvert la porte.

— Parlons plutôt dehors, non ? suggéra-t-elle.

— Je t'en prie, insista Ethan d'une voix angoissée. Nous n'avons pas beaucoup de temps.

Elle surprit le regard chaleureux de Lamond, qui semblait l'inviter à suivre Ethan.

— Comme tu voudras, soupira-t-elle.

Du moment qu'elle pouvait s'extraire de cette foule, c'était l'essentiel.

L'assistance quittait lentement la cathédrale, et Marian MacAdam savait que sa place aurait été près de la sortie, pour remercier tous ceux qui étaient venus dire adieu à Lisa.

Mais elle demeurait figée sur son banc. Elle ne sentait plus rien. Ni à l'intérieur ni à l'extérieur. Et quand elle se décida enfin à pousser sur ses pieds, elle se rendit compte qu'elle n'avait plus de jambes.

Elle vacilla.

Une main la rattrapa. Elle regarda fixement cette main blanche posée sur la laine noire de sa veste.

Elle reconnut celle de son fils et attendit qu'il l'ôte.

Mais il ne l'ôta pas, et la referma délicatement sur son coude pour la soutenir.

Elle leva vers lui un regard surpris.

Il plongea ses yeux dans les siens. Il pleurait. Les larmes coulaient sur ses joues pâles et mal rasées.

Alors, elle aussi, elle laissa enfin couler les siennes.

Quand Lamond avait refermé la porte derrière eux, Ethan et Kate avaient emprunté un escalier menant au sous-sol de la cathédrale.

L'air humide sentait le moisi, mais Kate respirait déjà mieux. Là, au moins, il faisait frais et sa nausée commençait à régresser. Elle en profita pour se dégager du bras d'Ethan, qui tenait toujours le sien.

Il fit mine de n'avoir rien remarqué et la guida jusqu'à une petite pièce qui servait de vestiaire, comme en témoignaient les portemanteaux alignés sur l'un des murs, sous une fresque — une scène champêtre représentant des agneaux et des canetons qui s'ébattaient dans l'herbe. Un sac « Dora l'exploratrice » gisait dans un coin, oublié.

Kate se tourna pour faire face à Ethan. Avec son costume noir et sa cravate bleu nuit, il était très chic, et plus beau que jamais. Elle en eut une bouffée de nostalgie. Il lui inspirait toujours du désir. Ce qui ne facilitait pas les choses.

— Je voudrais te parler, murmura-t-il.

Une sonnette d'alarme résonna dans le crâne de Kate. Le vendredi soir aussi, il avait prétendu vouloir lui parler, mais il n'avait fait que lui lancer des accusations au visage.

Elle n'était pas disposée à le laisser recommencer. L'attaque étant la meilleure des défenses, elle n'attendit pas.

— Ça tombe bien, moi aussi, je voulais te parler ! Pourquoi est-ce que tu m'as livrée aux loups ?

— Moi, je t'ai livrée aux loups ? demanda-t-il d'un ton où perçaient la surprise et la culpabilité.

— Oui. Aux loups. On est venu m'interroger à mon bureau et tu n'as pas daigné m'en avertir. Ce n'était pas très correct de ta part. Après tout, c'est grâce à mon appel que vous avez identifié si rapidement Lisa MacAdam.

Le visage d'Ethan se ferma. Elle l'avait blessé. Tant mieux.

— Et toi, pourquoi as-tu appelé une voiture de patrouille vendredi soir ? rétorqua-t-il.

Elle le contempla fixement.

— Parce que tu venais tout juste de me traiter de menteuse.

Il rougit.

— Je dois y aller, murmura-t-elle.

Elle sentait venir la migraine. Elle avait envie de rentrer chez elle et d'enfouir son visage dans la fourrure d'Alaska.

— Attends…, dit-il. J'ai des questions à te poser à propos de mon enquête.

— Je ne vois pas en quoi je pourrais t'aider.

— Est-ce que Marian MacAdam t'aurait dit quelque chose qui pourrait amener à soupçonner Mme Carson d'avoir tué sa fille ?

Elle crut qu'elle avait mal entendu.

— Tu… tu la soupçonnes d'avoir tué sa fille ?

Elle en eut la chair de poule et se frictionna les avant-bras pour se réchauffer.

— Elle est sur ma liste de suspects, rien de plus, se contenta de répondre Ethan.

— Mais pourquoi ?

Une mère ne pouvait pas commettre un crime aussi atroce ! Il déraisonnait.

— Je n'en sais rien. Une impression.

La migraine explosa dans le crâne de Kate.

— Mon code de déontologie m'interdit de révéler les détails de mon entretien avec Mme MacAdam, répondit-elle calmement.

Elle scruta le visage d'Ethan. Il avait les traits tirés, comme quelqu'un qui manque cruellement de sommeil. Il avait dû passer une semaine difficile.

— Tes questions, c'est à Marian MacAdam que tu dois les poser, ajouta-t-elle.

— Je l'ai rencontrée, mais elle ne m'a pas dit grand-chose de votre entretien, à part que tu as jugé qu'elle manquait d'éléments pour réclamer la garde de sa petite-fille. Pourrais-tu être plus précise sur ce point ?

— Non. Je ne peux pas. Je viens de te dire qu'il m'est interdit d'entrer dans les détails.

Le mouton qui gambadait au-dessus de la tête d'Ethan parut soudain trop joyeux à Kate. Trop insouciant, trop blanc, trop innocent. Inconscient de la présence du loup qui l'attendait quelque part au détour du chemin.

Ethan ne chercha pas à dissimuler sa frustration.

— Aurais-tu redoublé de prudence parce que la mère de Lisa est un juge ?

— Non.

— Dans ce cas, pourquoi n'as-tu pas alerté les services de protection de l'enfance ?

La question la prit par surprise et lui fit l'effet d'une morsure.

— Il me semble que cela relevait d'une obligation légale, précisa-t-il d'une voix douce.

— Tu crois que je l'ignore ?

Elle le fixa avant de poursuivre.

— Sur le moment, ça ne m'a pas semblé pertinent.

— Ce n'est pas l'avis des services en question.

— Où veux-tu en venir, Ethan ?

Cette attaque injuste avait réveillé sa culpabilité, et elle n'en avait pas besoin en ce moment.

— Tu sais très bien que je ne peux plus rien y changer, poursuivit-elle d'une voix lamentable. J'ai fait ce que je croyais devoir faire, même si je me suis trompée.

Il pinça les lèvres.

— Une jeune fille est morte.

Il soupira, avant d'achever :

— Et je pense que ce n'était pas inévitable.

Elle se sentit pâlir.

— Tu me rends responsable de sa mort ?

— Tu ne te sens pas du tout responsable ? rétorqua-t-il du tac au tac.

Sur le mur, l'agneau se figea.

— Tu es un salaud, lança-t-elle en détachant bien ses mots. Tu te prends pour un être supérieur et tu soupçonnes les autres du pire.

— C'est faux ! protesta-t-il.

— Oh que non ! répliqua-t-elle d'un ton amer.

A présent, elle donnait libre cours à son chagrin et sa colère.

— J'ai commis des erreurs, dans ma vie, reprit-elle. Et je les paye. Je les paye tous les jours, Ethan. Je n'ai pas besoin que tu m'accables avec tes leçons de morale.

— Je ne cherche pas à t'accabler.

— Tu me traites comme un suspect.

— Mais non…, protesta-t-il de nouveau.

— Tu m'interroges comme si j'avais commis un crime.

— Je voulais te donner une chance de t'amender, Kate.

— Une chance de m'amender ?

Décidément, il dépassait les bornes ! Elle n'allait pas se laisser manipuler sans réagir.

— Tu n'es qu'un salaud, répéta-t-elle en passant devant lui.

— Je n'en ai pas terminé avec toi, dit-il amèrement, tout en lui empoignant le bras.

Elle scruta son visage dur et mécontent : de toute évidence, il réglait avec elle des comptes qui n'avaient rien à voir avec Lisa.

— Laisse-moi tranquille ! s'écria-t-elle en dégageant son bras.

Il attrapa son autre bras et l'attira à lui.

— Je t'ai dit que je n'en avais pas terminé, gronda-t-il tout près de sa mâchoire.

Elle détourna le visage pour éviter sa bouche.

— Arrête, Ethan ! protesta-t-elle en le repoussant. Laisse-moi partir ou je crie.

— Je t'en supplie, Kate..., murmura-t-il d'un ton de désespéré. Je t'en supplie.

Elle entendit sa douleur et ce fut comme si une digue cédait en elle. Elle ferma les yeux. Elle sentait contre elle son torse chaud. La main qui lui broyait le bras relâcha sa pression. Les lèvres se firent plus douces contre sa joue et elle eut conscience qu'elles glissaient lentement le long de sa mâchoire. A la rencontre de sa bouche.

Elle en eut le souffle coupé. Elle aurait tant voulu goûter la douceur des lèvres d'Ethan.

Il glissa ses mains autour de sa taille et l'attira un peu plus vers lui.

— Non !

Elle n'avait pas le droit d'oublier tout ce qui les séparait pour quelques secondes de douceur.

— Ethan, s'il te plaît..., dit-elle en le repoussant.

Il tenta d'abord de résister, puis, comme elle insistait, il la lâcha.

— Je ne veux pas, reprit-elle.

Il se détourna légèrement et se passa la main dans les cheveux.

— Je ne sais pas ce qui m'a pris, murmura-t-il.

Elle remarqua qu'il ne s'excusait pas.

— Nous devons arrêter l'assassin de Lisa, dit-il. Il doit payer pour ce qu'il a fait.

Le visage de Lisa — un visage déformé par la souffrance —, passa fugitivement devant les yeux de Kate. Elle ferma les yeux tandis que son cœur s'emballait. De nouveau, elle se sentait submergée par le chagrin et la culpabilité. Elle fit néanmoins l'effort de respirer lentement.

— Si tu pouvais me dire ce que tu sais des relations que Mme Carson entretenait avec sa fille…

Elle croisa les bras sur son ventre.

— Je ne sais rien, je t'assure.

— Est-ce que je pourrais au moins consulter les notes que tu as prises pendant l'entretien avec la grand-mère ?

Il voulait manifestement s'assurer qu'elle n'avait laissé passer aucun élément significatif.

Elle se concentra pour se souvenir de la visite de Marian MacAdam. Sur le moment, rien ne lui avait paru important, mais en relisant ses notes aujourd'hui, à la lumière de ce qui s'était passé, peut-être trouverait-elle quelque chose. Elle regarda les agneaux blancs, au-dessus d'eux, et songea qu'ils ne méritaient pas la boucherie.

— Très bien, dit-elle enfin. Tu sais que je serais rayée du barreau, si ça venait à s'ébruiter ?

Le visage d'Ethan s'adoucit.

— Je n'en parlerai à personne, promit-il en allongeant un bras vers elle.

Comme elle reculait pour se mettre hors de sa portée, il suspendit son geste et laissa retomber sa main.

— Merci, dit-il seulement.

Elle ne voulait pas de sa gratitude. Pas après les coups de massue qu'il venait de lui asséner. Il s'en était pris à sa dignité, et elle était décidée à ne pas le lui pardonner.

— En retour, je vais aussi te demander quelque chose…

Il se raidit.

— Quoi donc ?

— Une information.

Il ne s'était pas attendu à cette riposte, et elle vit à son regard qu'il n'appréciait pas.

— Je t'écoute, dit-il d'un ton méfiant.

— Est-ce que Lisa a souffert ? murmura-t-elle.

— D'après le légiste, elle a été droguée, puis étranglée. Le tueur ne l'a démembrée qu'une fois morte.

— Elle a souffert ou non ? insista-t-elle.

— Il est probable qu'elle s'est à peine rendu compte de ce qui se passait.

Elle ferma les yeux quelques secondes. Elle n'avait plus la nausée.

Un portable sonna à ce moment.

Ils tâtèrent tous les deux leurs poches et un lourd silence tomba entre eux.

— C'est le mien, dit Ethan en ouvrant son téléphone. Drake.

Il écouta en silence.

— Très bien, j'arrive.

Il referma l'appareil et le remit dans sa poche.

— Ferguson veut passer en revue la liste des gens conviés à l'enterrement et visionner le film.

— Le film ?

— Oui, nous avons placé des caméras au-dessus de toutes les sorties. Nous espérons avoir filmé le tueur.

— Tu crois qu'il était là ? demanda-t-elle, tandis qu'un frisson lui parcourait le dos.

Ethan acquiesça.

— Je pense que oui. Ou plutôt je l'espère.

Elle grimpa l'escalier sombre, consciente de la large silhouette d'Ethan derrière elle. En haut, Lamond leur ouvrit la porte.

— Deb arrive, Ethan.

— Oui, je sais, elle vient de m'appeler.

Il se tourna vers Kate.

— J'ai besoin du paquet le plus vite possible, dit-il tout bas.

— Je te le prépare pour demain matin. Passe le chercher chez moi vers 10 heures.

— Merci, Kate.

Il y avait de la chaleur dans sa voix, mais elle ne se sentit pas réconfortée. Le regard qu'il avait posé sur elle, quelques instants plus tôt, dans ce sous-sol, avait été sans ambiguïté. Il la voyait comme une femme qui avait à présent deux mortes sur la conscience. D'abord sa sœur. Et maintenant Lisa.

— Tu devrais y aller, lui dit-il. Pas la peine que Ferguson nous voie ensemble.

Il la poussa gentiment dans le dos.

— Sors par la porte principale et ne te retourne pas.

Elle prit la direction de la sortie et ne s'arrêta qu'après avoir franchi le seuil. Tout en offrant son visage à la douceur du soleil, elle songea aux derniers mots d'Ethan : « Ne te retourne pas ».

Elle aurait bien voulu ne pas se retourner. Elle luttait depuis des années pour aller de l'avant. Mais le destin la forçait toujours à regarder en arrière. Elle était sans cesse rattrapée par les erreurs du passé.

18

Dimanche 6 mai, 12 h 2

Il s'était octroyé une petite sieste après les funérailles, et il se sentait tout ragaillardi.

Il alla prendre une bière dans le réfrigérateur. Le programme du service funéraire se trouvait sur sa table basse. Il le ramassa et contempla le visage de Lisa MacAdam. La photo n'était pas très bonne. Il l'avait trouvée mieux au naturel.

Il ferma les yeux et caressa le portrait du bout des doigts.

Le besoin était revenu. Plus fort que jamais. Et plus vite. Normalement, après une nuit passée dehors, il était épuisé, vidé, d'humeur maussade. Et ravi de retrouver sa petite vie paisible faite de routine.

Mais pas aujourd'hui.

Il but une longue rasade de bière.

C'était à cause de cet enterrement, et surtout de ces charmantes jeunes filles. Il revit leurs corps fermes et frais, leurs peaux lisses, leurs cheveux brillants — aussi brillants que ceux d'une poupée.

Il n'a que neuf ans et il a volé les poupées de sa petite voisine pour leur arracher les bras et les jambes.

Mais maintenant que la petite n'a plus de poupées,

il en cherche d'autres. Il les lui faut, alors il les vole au supermarché. C'est facile. Personne ne pense à surveiller un petit garçon de sept ans quand il passe devant le rayon des poupées.

Quand il en a terminé avec elles, il enterre dans les bois ce qui reste de leur corps. Il finit toujours par les cheveux. Il adore regarder tomber leur toison synthétique.

Les bras et les jambes, il les conserve sous son lit, dans une boîte à chaussures. Tous les soirs, avant de se coucher, il les sort de la boîte et les fourre sous ses draps. Il s'endort en caressant leur plastique souple et doux.

Peu à peu, il enrichit sa collection, jusqu'au jour où son frère Tim découvre la boîte.

— Mais tu es un malade ! s'exclame Tim en prenant dans sa main une pleine poignée de membres.

— N... N... Non ! N'y... n'y... n'y touche, p... pas.

— Si tu arrives à me l'interdire sans bégayer, je te les laisse, ricane Tim.

Mais quand il essaye de ne pas bégayer, il bégaye encore plus et Tim le sait.

Il contemple, impuissant, sa précieuse collection écrasée dans le grand poing de son frère.

— Dis-le ! ordonne Tim.

Il secoue la tête.

Tim le frappe avec une jambe.

Ça fait mal. Sa joue devient chaude et rouge. Mais la douleur, il s'en fiche. Il est fou de rage à l'idée qu'on abîme son trésor.

Il laisse exploser sa colère.

— Je... Je... Je vais te...

Tim éclate de rire.

— Tu vas me le faire payer ? ironise-t-il en pliant un bras en deux. Et comment ?

Il lâche les membres et les piétine.

— Oh ! j'ai peur ! gémit-il. Mon petit frère, celui qui joue à la poupée, va se fâcher.

Puis il abandonne les membres écrasés et sort de la chambre.

— Ne me fais pas rire, lance-t-il par-dessus son épaule avant de sortir.

Après la perte de sa collection, il se tourne vers des spécimens vivants — il chasse des rats, des chats de gouttière, des ratons laveurs — pour s'entraîner et développer son talent jusqu'à l'apothéose.

Son frère.

L'enterrement de Tim resterait pour toujours l'un des plus beaux jours de sa vie. Sa mère avait beaucoup pleuré sur la mort de ce fils tant aimé, le génie de leur pathétique famille.

« Le génie exige des sacrifices. » Combien de fois avait-il entendu cette phrase, quand tout le monde se privait pour payer les études de l'aîné, le surdoué ?

Lui, il était nul en tout. Sauf quand on lui mettait un couteau dans les mains. Là, il devenait un artiste. Un virtuose.

Son frère avait eu l'occasion de s'en rendre compte avant de mourir.

Il n'aurait plus jamais à supporter le rire méprisant de ce salaud de Tim.

Il termina sa bière et s'essuya la bouche du revers de la main. Quelques minutes plus tard, il était habillé.

Il ferma soigneusement à clé son appartement. Personne d'autre que lui n'avait le droit d'y pénétrer.

Il se glissa dans sa voiture et posa son porte-documents entre les deux sièges avant.

Il se sentait prêt.

Ethan prit la direction du chemin de Serpentine Hill, en modérant son allure. On était dimanche et il avait tout son temps. Aujourd'hui, le parc Point Pleasant était humide. Le pâle soleil qui avait brièvement éclairé l'enterrement de Lisa ne se montrait plus. L'air était frais. Une brise salutaire l'empêchait d'avoir chaud.

Il courait depuis une heure déjà et venait d'entamer le dernier kilomètre. Il espéra que cet effort suffirait à évacuer sa rage et sa frustration.

Ils avaient vérifié l'identité des gens présents aux funérailles de Lisa, et cela n'avait rien donné. Tout le monde avait une raison d'être là — amis de Lisa, collègues ou amis de sa mère, voisins, employés de la maison funéraire, journalistes.

Kate aussi était venue. Il ne s'était pas attendu à la voir et sa présence l'avait déstabilisé. Tout s'était mélangé dans son crâne comme dans un maudit kaléidoscope. C'était l'effet que produisait Kate sur lui. Près d'elle, il ne savait plus où il en était.

Il entamait maintenant son ascension. Ce chemin raide et battu par le vent lui vidait le cerveau comme rien d'autre. C'était là qu'il avait rencontré Kate, un jour où il courait, sans se douter que sa vie serait changée à jamais. Il avait suffi qu'il plonge dans son regard ambre pour être piégé.

La veille encore, quand il l'avait tenue contre lui, quand il avait senti ses seins s'écraser contre son torse, son souffle humide sur sa joue, il avait eu envie de coller ses lèvres sur les siennes.

Mais elle l'avait repoussé. Elle lui avait refusé cette consolation.

Elle avait manifestement une piètre opinion de lui. Elle prétendait qu'il croyait tout le monde capable du pire, mais elle se trompait. Pas tout le monde. Elle, il la savait capable du meilleur, mais il n'avait pas supporté d'apprendre qu'elle lui cachait son passé.

Ce mensonge le dévorait depuis cinq mois.

Il jeta un coup d'œil à sa montre. 8 h 57. Kate lui avait donné rendez-vous chez elle à 10 heures.

Le kaléidoscope lui parut soudain moins flou. Kate cherchait à se racheter. Tout n'était peut-être pas perdu, entre eux.

— Randall Barrett, dit-il en décrochant.

Qui pouvait donc l'appeler un dimanche matin à son bureau, à une heure pareille ?

— Randall, ici la juge Carson.

Si elle utilisait son titre pour se présenter, cela signifiait qu'elle était en colère. Et quand la juge Carson était en colère, mieux valait faire profil bas et filer aux abris. Randall l'avait appris à ses dépens dix-huit ans plus tôt. Il planta ses coudes sur son bureau, tout en se demandant comment il allait s'y prendre pour l'apaiser.

— Que puis-je pour toi, cette fois ?

L'enterrement de la veille avait dû l'éprouver. Lui aussi était éprouvé. Ce matin, il était venu travailler sur des dossiers urgents, comme tous les dimanches, mais il avait un mal fou à se concentrer sur son travail. Il pensait à sa propre fille. Il se réjouissait, pour une fois, qu'elle vive à Toronto avec sa mère.

— Cette fois ? répéta Hope Carson d'un ton amer. Parce que tu considères que tu as déjà fait quelque chose ?

Il accusa le coup.

— Je t'avais promis de me renseigner et c'est ce que j'ai fait.

— Et qu'as-tu découvert ? Que ma belle-mère avait le droit de se manifester auprès d'un avocat ?

Il ferma les paupières et l'image de Hope Carson vacilla devant ses yeux. Quand il pensait à elle, il ne la voyait pas dans son costume de juge, avec ses cheveux coupés au carré et ce sévère froncement de sourcils qui la caractérisait. Il préférait l'imaginer telle qu'il l'avait connue autrefois, dix-huit ans plus tôt, entrant en cours de droit, dans son manteau rouge, riant à gorge déployée avec une amie. A travers ses lunettes d'écaille, elle avait posé sur lui un regard de fauve, affamé, brillant d'intelligence.

Ils étaient sortis ensemble pendant trois mois. Il était tombé amoureux de sa force intérieure, de sa rudesse, de son âpreté.

Mais à l'époque, elle ne cherchait pas à s'investir dans une relation. Et surtout pas avec lui. Ils se ressemblaient trop. Ils étaient de la même trempe. Faits pour se déchirer.

Il avait depuis longtemps relégué cet épisode dans un coin reculé de sa mémoire. Pourquoi y pensait-il aujourd'hui ? Cela lui fut désagréable. Comme de remarquer qu'ils étaient tous deux célibataires.

— Tu as consulté le dossier de ton associée ? demanda-t-elle sèchement.

La question le ramena au présent. Elle avait prononcé le mot « associée » du bout des lèvres, avec un dégoût non dissimulé.

Il fronça les sourcils.

— Oui, et je n'ai rien trouvé de compromettant, répondit-il.

— Tu en es certain ?

— Oui.

Il revit le regard plein de défiance et de ressentiment que Kate lui avait lancé en lui tendant le dossier. Finalement, John Lyons ne s'était pas trompé en lui proposant une période d'essai. Elle était beaucoup plus solide et combative qu'il n'y paraissait au premier abord.

Elle ressemblait un peu à Hope.

— Ecoute, tout ce que je peux te dire, c'est que Kate a fait son travail.

— Et toi, tu as fait le tien ?

— Bien entendu.

— Tu trouves normal d'avoir confié ma belle-mère à une fille qui vient tout juste d'être embauchée chez vous, au lieu de la recevoir toi-même ?

Il comprit soudain ce qui la tracassait. Kate avait sûrement pris des notes détaillées de son entretien avec Marian MacAdam, et il restait donc une trace écrite mentionnant les inquiétudes de la grand-mère. S'il s'était occupé lui-même du dossier, il aurait tout de suite joué la carte de la prudence.

Il avait commis une grossière erreur en adressant Marian MacAdam à Kate. Pour être honnête, cela faisait plusieurs semaines qu'il s'évertuait à l'inonder de dossiers concernant les affaires familiales. Il ne voulait pas lui laisser le temps de s'occuper d'autre chose, histoire de montrer à John Lyons qui dirigeait ce cabinet.

— Je ne me souvenais pas qu'il s'agissait de ta belle-mère, dit-il d'un ton qui se voulait apaisant.

— Ne te fiche pas de moi, Randall ! Tu as fait une connerie, et c'est tout. Si le contenu de ce dossier s'ébruite, tout le monde pensera que ma fille est morte parce que je ne m'occupais pas d'elle.

Sa voix vacilla, mais elle se reprit.

— Je ne laisserai pas Marian gagner, cette fois, murmura-t-elle.

— Mais Marian n'a rien gagné du tout, protesta-t-il. Kate Lange lui a conseillé de ne pas entamer une action en justice. Elle a sauvé ta peau. Enfin… ta réputation.

Elle avait aussi sauvé LMB. Il s'était montré injuste avec elle en la rabrouant.

— Tout ça, c'est du bla-bla. Ma réputation, elle l'a piétinée en s'adressant à la police. Elle n'aurait jamais dû le faire. Je ne le lui pardonnerai jamais.

« Je crois surtout que c'est à toi, que tu ne pardonneras jamais... », songea fugitivement Randall.

— Je veux que tu t'assures que ce dossier ne sera pas utilisé contre moi.

La phrase resta suspendue entre eux, tandis qu'il fixait son diplôme accroché au mur devant lui. Ce qu'elle exigeait à mots couverts, c'était qu'il viole la déontologie de sa profession et son éthique personnelle. Sans parler de ce que cela signifiait vis-à-vis de Kate.

Il baissa la voix.

— Hope... Ne me demande pas ça...

— Je t'en prie..., insista-t-elle d'une voix émue.

Il ferma les yeux. Le dossier que Kate conservait dans son armoire laissait probablement entendre que la mère de Lisa avait été coupable de négligence. Il n'y avait pas un grand pas à franchir pour conclure qu'elle avait une part de responsabilité dans ce qui était arrivé.

— Randall, je te le demande comme un service, gémit-elle d'un ton sinistre.

Il n'aurait pas voulu être à sa place, et n'avait même pas envie de réfléchir à ce qu'elle traversait en ce moment. Tout ce qu'il savait, c'est qu'elle avait assez de problèmes ainsi, et qu'elle n'avait pas besoin que la ville entière jase sur son compte. D'autant qu'elle était pressentie pour un siège à la Cour suprême, d'après ce qu'il avait entendu dire.

— Très bien, c'est d'accord, dit-il enfin.

Il entendit un bruit étrange, comme un soupir ou un sanglot.

— Merci, murmura-t-elle.

Puis il n'y eut plus que la tonalité. Elle avait raccroché.

Il reposa le récepteur et le fixa pensivement pendant quelques minutes.

Puis il repoussa sa chaise et se leva. Le bureau de Kate était situé à l'étage du dessous.

A deux reprises, il fut sur le point de rebrousser chemin. Ce qu'il s'apprêtait à faire allait à l'encontre de tous ses principes. Puis il pensait à la fille de Hope, allongée dans un cercueil. A cette gamine qui avait eu une fin atroce. Comment un parent pouvait-il vivre avec l'idée qu'il n'avait pas su être auprès de son enfant au moment où celui-ci aurait eu le plus besoin de lui ? Hope souffrait. Elle avait besoin d'aide. Il songea à sa propre fille, qu'il savait heureuse dans sa jolie chambre bleue et verte de Toronto, entourée par ses peluches et par des gens qui l'aimaient. Il n'était pas superstitieux, mais il ne put s'empêcher de penser que l'acte charitable qu'il s'apprêtait à accomplir protégerait son enfant de la cruauté de la vie.

Il était arrivé dans le couloir menant au bureau de Kate. Il n'y avait aucun bruit, pas même la soufflerie de l'air conditionné que l'on arrêtait pendant le week-end. Il espérait presque qu'elle serait là, et que sa présence l'empêcherait d'accomplir son forfait.

Mais la pièce était vide. Il imagina Kate assise dans son fauteuil, penchée sur son dossier, ses longues jambes croisées au niveau des chevilles, appuyée sur ses coudes, posant sur lui un regard de reproche, avec ses invraisemblables yeux — des yeux qui lui faisaient battre le cœur.

Il fronça les sourcils. Elle lui plaisait un peu trop. Il ne savait pas comment c'était arrivé, mais le mal était fait. Il devait absolument y mettre un terme. Il ne pouvait pas se permettre une liaison avec une femme de

LMB — et surtout pas avec celle-ci, qui était la protégée de John Lyons.

Il devait s'arracher Kate Lange de l'esprit.

Il avança résolument vers son armoire à dossiers.

19

Kate n'arrivait pas à y croire. On était un dimanche, il n'était que 9 h 21, mais elle venait de reconnaître la Jaguar de Randall Barrett dans le parking. Ce type-là n'avait donc pas de vie en dehors de LMB ?

Elle se gara au deuxième sous-sol, dans le coin le plus reculé. Elle n'en avait que pour quelques minutes, mais elle ne voulait pas prendre le risque qu'il repère sa voiture, s'il repartait entretemps.

Elle prit l'ascenseur, s'arrêta à l'étage LMB où se trouvait son bureau, présenta sa carte magnétique pour entrer. Elle avait les mains moites d'angoisse.

En trouvant le couloir vide et silencieux, elle poussa un soupir de soulagement. Personne n'était venu ce matin, sauf, bien sûr, Randall Barrett, mais il était au-dessus et elle n'allait pas le croiser.

Elle se hâta de s'enfermer son bureau et se dirigea droit vers l'armoire. Le dossier Marian MacAdam était rangé à la lettre M. Elle n'eut aucun mal à le trouver. Mais quand elle l'ouvrit, elle le trouva vide. Il ne contenait plus que la feuille sur laquelle Barrett avait écrit de sa main : « Marian MacAdam, demande de garde d'enfant ».

Où était donc passé le reste ? Elle se mit à fouiller fébrilement, avec des doigts rendus malhabiles par la panique, dans le tas de dossiers, puis dans ses tiroirs. Rien. Ses notes avaient disparu.

A quand donc remontait la toute dernière fois qu'elle les avait eues en main ? C'était le jour de la visite des inspecteurs de police. Elle se revit en train de ranger le dossier après leur départ.

Elle ouvrit de nouveau son armoire et, cette fois, passa en revue le contenu de chaque dossier, dans le détail, pour vérifier qu'elle n'avait pas glissé les notes ailleurs, par erreur.

Mais non. Rien.

Elle se laissa tomber à quatre pattes pour regarder sous le bureau, sous l'armoire, sous le fauteuil, derrière les étagères.

Rien non plus.

Elle se leva et son regard tomba sur a pendule. Il était 10 h 3.

Non. 10 h 4.

Ethan était sûrement déjà chez elle, en train de se demander ce qu'elle fichait. Elle attrapa le dossier MacAdam, avec le nom qui se brouillait devant ses yeux, et sortit en courant pour regagner sa voiture. En roulant sur la rampe du parking, elle remarqua que la voiture de Randall n'y était plus.

Et brusquement, elle comprit.

Quelqu'un lui avait subtilisé ses notes.

Et ce quelqu'un ne pouvait être que Randall Barrett, le directeur de LMB, le seul à ne pas craindre les représailles que pouvait entraîner un tel acte.

Et si Barrett avait subtilisé le dossier, c'était pour protéger la juge Carson.

Il l'avait ni plus ni moins trahie. Sans se poser de questions.

Il savait aussi qu'elle ne se plaindrait de rien, de peur de perdre son emploi.

Quel lâche !

Mais il avait vu juste. Elle n'avait pas envie de mettre sa carrière dans la balance.

Son cœur se serra douloureusement. Pourquoi lui avait-il fait une chose pareille ? Lors de leur dernière entrevue, il lui avait manifesté de la sympathie, et elle avait même eu l'impression qu'il était sensible à son charme.

Et voilà qu'il était venu voler un dossier dans son bureau.

Elle se sentit flouée, blessée. Elle serra les dents et lutta contre le sentiment de désespoir qui l'envahissait.

Arrivant devant chez elle, elle pénétra dans son allée. Ethan attendait debout sur le porche, appuyé à une poutre. Il tenait un gobelet de café dans chaque main. Il lui adressa un petit sourire engageant.

Le ventre de Kate se noua d'angoisse.

— Salut ! lança-t-il.

Il venait de se doucher, comme en témoignaient ses cheveux encore humides. Son T-shirt moulait les muscles ronds de ses épaules.

Elle prit garde de ne pas le frôler en passant devant lui, et introduisit sa clé dans la serrure.

— Il ne fait pas chaud, dit-elle. Tu ferais bien d'entrer.

La sécheresse du ton parut le refroidir, et il la suivit sans un mot à l'intérieur. Alaska se précipita vers elle, pour quémander sa caresse de bienvenue. Elle le gratta derrière les oreilles.

— Ecoute..., commença-t-il d'un air embarrassé. Je suis désolé pour ce qui s'est passé hier. Je ne sais pas ce qui m'a pris...

— Ce n'est rien, j'ai déjà oublié, murmura-t-elle, même s'ils savaient tous les deux que ce n'était pas vrai.

Ethan lui tendit un café.

— Tiens, c'est pour toi.

— Merci.

Le silence s'installa entre eux, comme un grand trou noir de reproches, tandis qu'elle se demandait lequel des deux y basculerait le premier.

— Tu as apporté tes notes ? demanda Ethan.

Elle savait maintenant lequel.

— J'ai le dossier.

— Très bien, approuva-t-il d'un air satisfait, avant de boire une gorgée de café.

Puis il la regarda, comme s'il attendait.

Elle prit une profonde inspiration avant de se lancer.

— Les notes n'y sont plus, dit-elle.

Il la fixa avec perplexité.

— Elles n'y sont plus ? Que veux-tu dire par là ?

— Elles ne sont plus dans le dossier. Vois toi-même.

Elle lui tendit la chemise. Ethan l'ouvrit sans un mot. Puis il pinça les lèvres et leva vers elle des yeux interrogateurs.

— Où sont-elles passées ? demanda-t-il.

Elle secoua la tête.

— Je l'ignore. J'ai cherché partout. Dans mon armoire à dossiers, sous mon bureau, dans les tiroirs.

Elle se tut brusquement, se rendant compte que les détails ne servaient à rien.

— Je ne sais pas où elles sont, murmura-t-elle.

— Aurais-tu changé d'avis ? demanda-t-il d'un ton méfiant.

— Non. Je reviens du bureau, où j'étais allée les chercher.

— Tu ne les as pas détruites ?

— Non.

— Ni cachées ?

— Non.

— Ni confiées à quelqu'un d'autre ?

— Ethan, je viens de te dire que je ne sais pas où elles sont.

— Quelqu'un te les aurait volées ? demanda Ethan d'un ton sceptique.

— Je ne vois que ça, en effet.

— Et qui aurait pu faire une chose pareille, Kate ?

— Je l'ignore.

Il n'avait pas besoin de savoir qu'elle soupçonnait Randall. Cela ne le regardait pas.

— Comment ça, tu ne sais pas ? Tu dois tout de même bien avoir ta petite idée…

Elle but une gorgée de café. Il était trop chaud et lui brûla la langue.

— Non, je n'ai pas ma petite idée, mentit-elle.

Il étudia l'unique feuille du dossier, celle où Randall avait écrit de sa main le nom de Marian MacAdam.

— Ce n'est pas ton écriture, fit-il remarquer.

Elle détourna le regard.

— En effet.

— Qui t'a confié ce dossier ?

Elle hésita une seconde. Pas moyen d'éluder la question, malheureusement.

Ethan la fixait d'un air de plus en plus méfiant.

— Randall Barrett, répondit-elle d'un ton résigné.

Il referma le dossier d'un coup sec.

— Le salaud ! C'est lui qui a pris tes notes.

— On n'en sait rien, Ethan.

— C'est l'évidence, voyons !

— Je te rappelle qu'il m'avait confié le dossier.

Elle commençait à paniquer. Est-ce qu'Ethan avait l'intention d'aller trouver Randall pour lui demander des comptes ? Elle n'avait pas envie de réfléchir aux conséquences d'une telle démarche. Elle serait démasquée, renvoyée, elle perdrait son salaire et sa maison. Sa réputation serait fichue et sa carrière aussi. Tout ça parce qu'elle avait voulu soulager sa conscience en aidant Ethan dans cette enquête.

— Pourquoi le protèges-tu ? demanda-t-il d'un ton méfiant.

— Je ne le protège pas.

Il but une gorgée de café.

— Est-ce qu'il t'a fait des avances ?

— Tu es vraiment un crétin !

Le visage d'Ethan se ferma.

— Je comprends maintenant pourquoi il t'a engagée, ironisa-t-il.

— Ce n'est pas Randall qui m'a engagée, coupa-t-elle d'un ton tranchant.

Elle en avait assez que tout le monde sous-entende qu'on l'avait engagée chez LMB pour d'autres raisons que ses compétences professionnelles.

— C'est John Lyons. Il a voulu m'avoir dans son équipe parce qu'il trouvait que j'avais fait du bon travail dans l'affaire Clarkson. Il ne doute pas de mes compétences, *lui*.

— Et tu es contente de travailler pour lui, dans son cabinet de merde ?

— Je n'ai pas à justifier mes choix de carrière auprès de toi, rétorqua-t-elle en soutenant son regard.

— Quand on travaille pour une ordure, on est forcément éclaboussé par la merde qu'il remue. La preuve...

Il agita le dossier.

— Tu trouves ça correct ?

Elle croisa les bras.

— Tu m'avais demandé de te montrer mes notes... Il me semble que ça n'était pas très correct non plus.

Il pinça la bouche.

— Je cherche à coincer un assassin, Kate.

— Et donc, ça change tout ? Parce que c'est pour le bien ?

— En effet, ça change tout.

Il laissa tomber le dossier sur la table de l'entrée et ouvrit la porte donnant sur l'extérieur.

— Au revoir, dit-il sèchement.

Le ton appuyé laissait entendre qu'il s'agissait d'un adieu, qu'il ne remettrait plus les pieds chez elle.

Ethan avait presque rejoint sa voiture quand son téléphone portable sonna. Il attendit d'être installé derrière le volant pour répondre — et faire taire par la même occasion cette atroce sonnerie qui se répétait en boucle.

— Inspecteur Drake.

— Ethan, c'est Deb.

— Oui, Deb ? Je t'écoute.

Il fit démarrer son moteur. Il avait hâte de s'éloigner de la maison de Kate.

— Je suis en train de rassembler l'équipe, dit-elle d'une voix tendue. Nous avons une autre victime.

20

Lundi 7 mai, 9 heures

En arrivant au bureau, le lundi matin, Kate recommença à chercher les notes manquantes du dossier MacAdam. Elle croyait savoir, à présent, où elles étaient : cette nuit, elle s'était réveillée avec la certitude d'avoir oublié de fouiller dans la chemise contenant les affaires classées à la lettre N. Elle y avait sûrement placé les notes par erreur. Et même si elles n'y étaient pas et que Randall les avait prises, c'était probablement pour les photocopier, pour avoir de quoi répondre aux services sociaux, au cas où ils décideraient de mener une enquête.

Mais les notes ne se trouvaient pas à la lettre N. Bien sûr que non. Et Randall n'avait pas sûrement pas fait de photocopies. Il était temps qu'elle cesse de se bercer d'illusions.

L'un des dirigeants du plus grand cabinet d'avocats de Halifax avait subtilisé ses notes, détruit sa confiance, brisé ses espoirs. Tout cela en un seul geste.

Elle appuya son visage contre le métal froid de la porte de l'armoire.

Et pour couronner le tout, Ethan la soupçonnait de mentir pour se protéger, ou pour protéger Randall. Parce qu'il était persuadé qu'elle avait une liaison avec lui.

Cette dernière accusation était la pire de toutes. D'abord Rebecca Manning, ensuite Ethan. Les deux ne se gênaient pas pour insinuer qu'elle avait dû passer par le lit des patrons pour être engagée. Comme si ses compétences ne suffisaient pas ! Alors qu'elle avait travaillé d'arrache-pied sur des dizaines de dossiers insipides pour prouver qu'elle était digne de faire partie de l'équipe de LMB.

Sa ligne directe sonna. Elle jeta un coup d'œil à la pendule posée sur son bureau. Il était seulement 9 h 1 et, déjà, elle se sentait épuisée. La semaine commençait mal. D'ailleurs, elle n'avait pas l'impression d'être en début de semaine. Elle n'avait pas eu à proprement parler de week-end.

— Kate Lange, dit-elle.

— Mademoiselle Lange, Marian MacAdam à l'appareil.

Elle fut si surprise que ses jambes en flageolèrent. Elle se laissa tomber dans son fauteuil. Est-ce que Marian MacAdam était au courant, pour le vol du dossier ?

— Madame MacAdam, que puis-je faire pour vous ?

— Comme vous le savez sûrement, ma petite-fille a été enterrée samedi, répondit Marian MacAdam d'une voix lasse.

— Oui. J'y étais. C'était une cérémonie très émouvante.

— En effet. Mais ce n'est pas pour parler de cela que je vous appelle.

Elle appelait donc bien pour le dossier. Le cerveau de Kate passa en mode alerte rouge.

— Oui ?

— La nuit où Lisa a été tuée, elle est retournée dans ce...

Mme MacAdam s'interrompit et soupira.

— Elle était retournée dans cette rue où elle achetait de la drogue, reprit-elle.

— Oui, dit Kate. Je l'ai lu dans les journaux.

Le récepteur du téléphone lui paraissait soudain incroyablement frais, contre sa joue.

— Elle y a rencontré des amies. L'une d'elles est venue à ses funérailles. Une jeune fille noire. Elle s'appelle Shonda. Vous l'avez peut-être aperçue…

— Il me semble.

Il ne lui semblait rien du tout, en réalité. La foule de l'enterrement se perdait dans une sorte de brouillard dont émergeait seulement le visage d'Ethan.

— Evidemment, j'en veux à cette soi-disant amie d'avoir encouragé Lisa à se droguer, mais je ne la rends pas pour autant responsable de ce qui lui est arrivé.

Kate retint un soupir. « Responsable »… Tout le monde l'était un peu, dans cette affaire. Marian MacAdam parce qu'elle avait tenu à ce que l'affaire reste en famille. Hope Carson qui faisait passer sa carrière avant sa fille. Elle-même, pour avoir réagi trop tard…

— Shonda paraissait très touchée par la mort de Lisa, reprit Marian MacAdam.

— Nous le sommes tous, murmura doucement Kate.

— Elle avait quelque chose de précis à me dire, insista Marian MacAdam.

Kate inspira profondément. Où voulait donc en venir son interlocutrice ?

— D'après elle, d'autres jeunes filles auraient récemment disparu.

Le cœur de Kate fit un bond, mais elle s'efforça de conserver un ton dégagé.

— Vraiment ?

— Oui. Des filles qui vivaient plus ou moins dans la rue. Des fugueuses.

— Ceux qui vivent dans la rue changent souvent d'endroit, fit remarquer Kate.

— Oui, bien sûr. Mais il semble tout de même qu'il y ait quelque chose de louche.

— Elle a signalé ces disparitions à la police ?

— Oui, mais les policiers lui ont répondu qu'ils ne pouvaient pas faire grand-chose.

— Comment ça ? demanda Kate, étonnée.

Elle avait du mal à croire qu'Ethan et ses collègues aient choisi d'ignorer une piste.

— Il n'y a aucune preuve que ces filles aient été tuées. Et elles ont disparu depuis plusieurs mois.

— Leur disparition n'a donc sans doute aucun rapport avec ce qui est arrivé à Lisa.

— Peut-être. Mais j'ai dit à cette fille que je connaissais quelqu'un qui accepterait de mener une petite enquête.

— Vous lui avez dit ça ?

— Oui. J'ai pensé que vous seriez d'accord pour nous aider.

— Madame MacAdam, je serais ravie de vous rendre service, mais...

« Mais quoi ? se demanda-t-elle aussitôt. Tu as encore peur de te salir les mains ? Tu crains pour ta carrière ? »

Elle ferma les yeux. Elle était décidément rongée par la culpabilité. Marian MacAdam le savait et, de toute évidence, elle en jouait.

— Qu'attendez-vous de moi ? soupira-t-elle.

— Shonda n'est pas très à l'aise avec la police...

Marian MacAdam marqua une légère pause.

— Vous comprenez, elle vit dans la rue et...

Kate comprenait très bien. Quand on se trouvait du mauvais côté de la barrière, réclamer de l'aide aux autorités n'était pas une démarche naturelle.

— Vous pourriez peut-être l'interroger, suggéra timidement Marian MacAdam. Servir de lien entre la police et elle.

Un sourire amer étira la bouche de Kate. Marian MacAdam ne se doutait pas que personne, dans la police, ne voudrait d'elle comme intermédiaire.

— Je ne suis pas certaine que ce soit une bonne idée, murmura-t-elle en se frottant le front.

Elle chercha des prétextes pour refuser, mais elle se sentait redevable envers cette femme. Peut-être pouvait-elle au moins accepter de rencontrer cette Shonda, histoire de juger par elle-même si les inquiétudes de Marian MacAdam étaient fondées.

— Très bien, dit-elle enfin. Où puis-je la trouver ?

— Elle vit dans un petit appartement sur Gottingen Street. Je vais vous donner son numéro de téléphone.

Kate le nota.

— Je vous tiendrai au courant, promit-elle.

— Merci.

Elle eut l'impression d'avoir conclu un pacte avec le diable. Mais peut-être était-ce simplement un ange vengeur qui lui offrait une chance de rédemption.

Toute rédemption exigeant un sacrifice, elle s'apprêtait ni plus ni moins à mettre son emploi et sa carrière dans la balance. Si Randall Barrett apprenait qu'elle enquêtait sur l'affaire Lisa MacAdam, elle serait renvoyée. Elle perdrait tout, y compris son salaire et sa maison. Et elle aurait peu de chances de retrouver du travail dans un grand cabinet d'avocats.

Mais au moins, elle oserait de nouveau se regarder dans une glace.

Ils l'avaient identifiée rapidement, grâce à Vicky, qui s'était souvenue avoir déjà vu son visage. Elle ne s'était pas trompée. La fille avait un casier judiciaire.

— Elle s'appelle Krissie Burns, avait annoncé Ferguson dans la salle de réunion.

Il était 9 h 11. La pièce bourdonnait d'une intense animation. Tout le monde était dopé à l'adrénaline, comme chaque fois qu'une enquête faisait un bond en avant.

Redding donna une tape amicale sur l'épaule de Vicky. Elle se tenait près de Ferguson, ses cheveux tirés en queue-de-cheval. Ethan ne lui avait pas adressé la parole depuis le réveillon du nouvel an. Elle l'évitait. Elle avait fait plusieurs fois mine de ne pas le voir en le croisant dans un couloir.

Elle avait probablement honte de ce qu'elle avait fait, et elle n'avait pas tort.

Une femme dédaignée est plus à craindre que toutes les furies de l'enfer.

Mais tout de même... Il ne l'aurait jamais crue capable d'une telle bassesse. Elle lui avait toujours paru honnête, sensible, sincère, incapable de cruauté. Il ne put réprimer une grimace. Lui aussi s'était montré dur avec Kate, et à présent, il lui arrivait de le regretter. Il avait parfois l'impression de comprendre en quoi elle était coupable, puis il entrevoyait une autre facette de la situation et se mettait à douter de tout ce qu'il croyait savoir. Il n'arrivait pas à avoir les idées claires. Le manque de sommeil et l'abus de caféine n'arrangeaient rien.

— Son casier judiciaire est plus long que mon bras..., commença Vicky.

Son regard bleu de chine fit le tour de la table, évitant de s'arrêter sur Ethan. Il en fut un peu meurtri. Vicky et lui avaient eu de bons moments. Il avait toujours un petit coup au cœur en songeant aux gémissements qu'elle poussait quand il léchait avec applications ses longues cuisses musclées à la peau crémeuse.

Mais le sexe ne suffisait pas à souder un couple.

Quand elle lui avait proposé de s'installer avec lui, il s'était rendu compte qu'elle n'était pas la femme de sa vie. Il n'avait pas été facile de rompre avec elle, sachant qu'ils continueraient à se voir tous les jours dans le cadre professionnel. Mais elle avait assumé, en bon flic qu'elle était.

Jamais il ne l'aurait crue capable de cracher son venin le soir du réveillon, qui plus est devant toute la division. Ça n'avait pas fait de bien à sa réputation.

— Krissie Burns a été arrêtée à plusieurs reprises au cours des dernières années, poursuivit-elle. Elle volait et se prostituait pour payer ses doses.

Elle montra une feuille imprimée.

— Aux dernières nouvelles, elle n'avait pas d'adresse fixe et traînait pas mal sur Windmill Road et Agricola. Son protecteur était un certain Darrell LeBlanc. Son nom de prostituée, c'était Kristabel.

Vicky avait terminé. Elle se rassit et ferma son dossier.

— Merci, Vic, dit Ferguson. Nous avons déjà deux points communs entre nos deux victimes. Krissie faisait le tapin dans le secteur où Lisa se procurait de la drogue, et son corps a lui aussi été retrouvé dans la zone sud de la ville, cette fois dans le cimetière Camp Hill.

Ferguson fit une croix sur la carte accrochée près du tableau blanc, pour marquer l'emplacement où ils avaient trouvé la deuxième victime.

— La prochaine fois, il va nous l'enterrer, commenta Lamond d'un ton morose.

— Il a sûrement une bonne raison de se cantonner au sud de la ville, murmura Ethan. Il faut trouver laquelle.

— Il change d'endroit pour les corps, mais le scénario du meurtre reste le même, reprit Ferguson. Il étrangle les filles, puis il les démembre et les abandonne.

Elle ouvrit le rapport du légiste.

— Krissie a été étranglée avec un lien présentant une surface lisse, tout comme Lisa. Elle est morte aux environs de 1 h 50. Elle portait une marque permettant de l'identifier, un tatouage sur l'omoplate gauche. Un cœur rouge avec l'inscription : « Nous croyons au pouvoir du baiser ».

Cette précision fut saluée par des ricanements. Ferguson attendit que le silence revienne.

— Ses bras et ses jambes ont été découpés avec une scie à os et le tueur a gravé « LOL »...

Elle baissa les yeux vers ses notes.

—... dans la cavité glénoïdale de la victime.

— Comme pour Lisa, intervint Redding.

— Comme pour Lisa, confirma Ferguson.

Son regard fit le tour de la table.

— Ce type a de grands projets, murmura-t-elle.

— Des indices ? demanda Ethan.

Ferguson secoua la tête d'un air contrarié.

— Il a plu, cette nuit. Nous n'avons rien trouvé.

— Il est abonné à la chaîne météo, ma parole, grommela Lamond.

Ethan le dévisagea. Il venait de comprendre.

— Bon sang ! Il n'opère que lorsqu'il va pleuvoir. Comme ça, il est sûr de ne pas laisser de traces.

— Je crois que tu as raison, Ethan ! s'exclama Ferguson. Brown, tu vas surveiller la météo. Régulièrement. Au moins toutes les trois heures.

Le temps changeait brusquement, à Halifax. Surtout au printemps.

Ferguson jeta un coup d'œil à sa montre.

— Nous ferons de nouveau le point à midi. En attendant...

Elle soupira.

— Priez pour qu'il fasse beau.

21

Lundi 7 mai, 15 heures

Kate traversa le couloir en regardant droit devant elle. Dans l'état d'esprit où elle se trouvait, elle préférait éviter les contacts avec ses collègues. D'ailleurs elle n'aurait bientôt plus de collègues. On ne tarderait pas à lui montrer la sortie. Entre les services sociaux qui enquêtaient sur elle, les notes qui avaient disparu et le rendez-vous auquel elle se rendait, elle ne ferait pas long feu chez LMB.

Elle appuya sur le bouton d'appel de l'ascenseur. La porte s'ouvrit. Il y avait déjà quelqu'un dans la cabine.

Randall Barrett.

Il lui adressa un grand sourire.

Le pouls de Kate s'accéléra.

— Kate ! murmura Randall.

Elle lui trouva un air gêné, mais peut-être se faisait-elle des idées. Elle hésita. Elle n'avait aucune envie de s'enfermer avec lui dans une cabine pendant vingt étages.

— Vous descendez ? demanda-t-il d'un ton aimable, mais vaguement provocateur.

Elle scruta son visage et n'y décela pas la moindre culpabilité. Soit il était excellent comédien, soit ce n'était pas lui qui avait subtilisé les notes du dossier MacAdam.

Soit, dernière hypothèse, il était satisfait d'elle parce qu'elle n'avait pas pipé mot de cette disparition.

Elle se raidit.

— Oui, finit-elle par répondre.

Elle entra dans la cabine en prenant soin de se tenir le plus loin possible de lui, et appuya sur le bouton P1. Elle remarqua qu'il avait déjà sélectionné le rez-de-chaussée.

— Comment allez-vous, Kate ?

Elle se tourna vers lui. Il posait sur elle un regard plein de bienveillance.

— Je vais très bien, répondit-elle sèchement.

— John Lyons vous a parlé du dossier TransTissue ?

— Oui.

— Très bien, dit-il en se balançant en arrière. C'est une affaire intéressante que beaucoup, ici, auraient aimé traiter.

— Je le sais.

Elle comprit qu'il lui demandait de confirmer sa loyauté — en dépit de la trahison dont elle venait d'être victime —, et qu'il lui rappelait le pouvoir qu'il détenait sur elle.

Elle sonda son regard. Lui aussi la fixait intensément, et elle eut l'impression qu'il examinait la moindre parcelle de son âme. Elle n'aurait pu le jurer, mais il lui sembla tout de même déceler dans ses prunelles une lueur de remords.

— TransTissue est une affaire nouvelle et originale qui pourrait faire jurisprudence, insista-t-il.

— J'en ai parfaitement conscience.

Elle n'avait pas pensé une seule fois à TransTissue, pendant le week-end. Elle aurait dû le faire. Ce dossier pouvait lui permettre de sauver sa peau à LMB.

— C'est la chance que vous me réclamiez, Kate.

Il y avait comme un avertissement dans sa voix, et elle l'entendit clairement.

— Je compte sur vous pour faire du bon travail.

La sonnerie de l'ascenseur se fit entendre. Randall était arrivé.

— Et ne vous en faites pas au sujet des services sociaux, ajouta-t-il d'une voix douce, tandis que la porte s'ouvrait. J'ai réglé le problème. Ils ont conclu que vous aviez correctement agi.

Il lui lança un dernier regard, étrangement tendre, et sortit.

La porte se referma derrière lui.

Kate s'adossa à la paroi de la cabine. Ses jambes tremblaient, et elle s'efforça d'inspirer longuement.

Etait-ce réellement lui qui avait subtilisé ses notes ? Elle ne parvenait pas à en être convaincue.

La lueur de remords qu'elle avait cru lire dans son regard l'incitait désormais à croire que s'il l'avait fait, c'était malgré lui. Dans ce cas, pourquoi ? Ou pour le compte de qui ?

Quand l'ascenseur reprit sa descente vers le parking, elle eut la sensation qu'il l'emportait vers le terrier d'*Alice au pays des merveilles*.

Shonda sursauta en entendant frapper à la porte. Ce n'était pas le moment que les flics débarquent. Elle se précipita vers la fenêtre et tendit le cou pour regarder à travers les carreaux.

Ouf ! Pas de voiture de flics. Elle descendit l'escalier quatre à quatre et alla ouvrir.

Une femme la dévisageait.

— Shonda ?

Shonda fit un pas en arrière.

— Qui êtes-vous ?

— Je m'appelle Kate Lange.

La femme avait une voix douce et s'exprimait posément.

— C'est Marian MacAdam qui m'envoie. Elle m'a dit que je trouverais Shonda ici.

Marian MacAdam ? Qu'est-ce que c'était que ces conneries ?

Shonda inspira profondément.

— Pourquoi est-ce qu'elle vous a envoyée ici ? demanda-t-elle sèchement.

Kate Lange lui adressa un sourire chaleureux, presque amical. Shonda en fut touchée. Peu de gens lui souriaient avec une telle gentillesse.

— Je suis avocate, répondit Kate en lui tendant une carte.

Une très belle carte que Shonda déchiffra attentivement. Elle ne distinguait pas clairement les mots écrits en lettres bleues, mais il s'agissait probablement du nom et du prénom de la femme, car les mots commençaient par les lettres K et L.

— Marian MacAdam pense que je pourrais vous aider, poursuivit Kate Lange.

Shonda la dévisagea fixement. L'aider ? Cela faisait bien longtemps, depuis l'école primaire sans doute, que personne ne lui avait proposé de l'aider.

Elle hésita. Darrell allait piquer une crise, s'il apprenait qu'elle avait laissé entrer une avocate. Mais quand elle lui parlait de ses amies disparues, il l'envoyait promener. D'après lui, elle prenait trop de cachetons et n'avait plus les idées claires. La police aussi refusait de l'écouter. La seule qui lui avait prêté une oreille attentive, c'était cette vieille ringarde en tailleur noir, la grand-mère de Lisa — dont Lisa n'avait jamais dit que du bien.

Shonda eut une bouffée de nostalgie en songeant à la pauvre Lisa.

— D'accord, vous pouvez entrer, dit-elle à Kate.

L'avocate lui sourit, de nouveau, tout en faisant un pas à l'intérieur du couloir sombre. Shonda remit la chaîne sur la porte et la conduisit à l'étage. Depuis qu'elle dealait un peu, elle avait assez d'argent pour se payer son petit studio, juste au-dessus de celui de Darrell. Elle préférait ne pas partager la piaule des autres filles, qui ne cessaient de se chamailler et de lui piquer sa dope.

En faisant entrer chez elle cette dame si distinguée, elle eut soudain honte du matelas posé à même le sol, des draps défaits, de la pile de vaisselle sale entassée sur la table — près de la boîte où attendaient les petits sachets qu'elle était en train de compter quand la femme avait sonné.

Elle s'installa dans l'un des fauteuils en vinyle qu'elle avait trouvés récemment sur le trottoir. Il avait un gros trou au niveau de l'assise, mais c'était mieux que de ne pas avoir de fauteuil du tout. L'avocate prit place sur l'autre. Il branla quand elle croisa les jambes, mais elle ne parut pas s'en apercevoir et planta son pied dans le sol pour le stabiliser

— Vous connaissiez Lisa MacAdam ? demanda-t-elle.

Shonda décida de lui parler franchement. Pas la peine de lui raconter des conneries.

— Ouais.

— L'avez-vous vue le soir de sa mort ?

Shonda dut faire un effort pour soutenir le regard de l'avocate.

— Ouais.

L'avocate se pencha en avant.

— A quelle heure ?

Shonda croisa les bras.

— Ecoutez, j'ai déjà dit tout ce que je savais à la police.

— Je ne suis pas un flic, Shonda, dit Kate Lange avec une drôle de moue. Et j'essaye juste de comprendre ce qui s'est passé.

— J'ai vendu quelques cachets à Lisa et ensuite elle a été tuée.

Shonda haussa les épaules.

— Comme les autres, je suppose.

— Nous parlerons des autres ensuite, assura posément l'avocate. A quelle heure avez-vous vendu ces cachets à Lisa ?

— Vers 22 heures, répondit Shonda en haussant de nouveau les épaules. Il me semble… J'en suis pas certaine.

— Supposons qu'il était 22 heures. Que s'est-il passé ensuite ?

— Lisa a pris les cachetons et elle est partie avec des copines. Je sais qu'elles allaient chez quelqu'un.

— Et ? insista gentiment Kate.

Shonda nota au passage que l'avocate ne lui faisait pas la morale au sujet des cachets. Elle s'enfonça dans son fauteuil et se mit à tripoter le trou de son T-shirt.

— Je l'ai croisée plus tard dans la soirée. Elle était défoncée. Et seule.

— Que faisait-elle ?

— Elle rentrait chez elle à pied.

Elle était venue vers elle, et lui avait filé vingt dollars pour un dernier cachet. Ensuite, elle était partie en direction du sud.

— Et vous ne l'avez plus revue ?

Putain, elle avait encore beaucoup questions à lui poser ? Shonda avait du mal à se concentrer, elle n'était plus habituée à parler aussi longtemps…

— Ouais, c'est ça, grommela-t-elle. Ensuite, je l'ai plus revue.

— Parlez-moi des autres disparues, dit alors l'avocate.

Elle avait des yeux immenses, incroyablement lumineux, comme deux bassins d'eau claire. Des yeux d'enfant. Shonda n'était pas habituée à ce qu'on la regarde avec tant de douceur. Les filles qu'elle fréquentait avaient des yeux durs et éteints.

— Il y en a eu deux, murmura-t-elle.

— Depuis quand ?

Quand était-ce ? Shonda ne se souvenait plus très bien. Elle vivait au jour le jour. Elle se levait, elle mangeait, elle vendait un peu, elle se défonçait avant de sortir faire le tapin.

— C'est récent ? insista Kate. Ou bien ça remonte à plusieurs mois ?

Shonda secoua lentement la tête.

— Non, c'est pas récent. J'avais un peu plus de quinze ans quand Vangie a disparu.

— Et maintenant, vous avez quel âge ?

— Dix-sept.

Le visage de l'avocate afficha une expression étrange. Sans doute l'avait-elle crue plus vieille. Shonda se tassa dans son fauteuil.

— Donc, ça fait près de deux ans que vous avez constaté la disparition de Vangie ?

— Oui. Elle est montée dans une voiture avec un type et on l'a plus jamais revue.

Elle se souvenait de cette nuit comme si c'était hier. Vangie était venue se réfugier à l'appartement. Si elle avait su à quel point elle était défoncée, Shonda ne l'aurait jamais envoyée tapiner. Mais il faisait horriblement froid, il y avait du brouillard, l'humidité lui transperçait les os. Elle n'avait pas eu envie de passer une nuit de plus dehors, dans le noir et le froid.

Elle avait filé de la drogue à Vangie pour qu'elle sorte bosser à sa place, mais Vangie s'était écroulée sur le lit.

Quand Darrell l'avait trouvée, en arrivant, il avait eu un regard tellement mauvais qu'elle en avait eu la nausée, de trouille.

— Si elle ne sort pas, tu y vas, avait-il dit d'un ton mauvais.

Elle n'avait pas perdu de temps. Elle avait filé dans la chambre de Vangie, qu'elle avait trouvée agenouillée sur le sol, la tête sur le matelas. Elle tenait entre les doigts un tube de verre dans lequel il y avait un petit caillou.

— Vangie, il faut que tu bouges. Lève-toi.

Elle avait glissé son bras sous le ventre de Vangie pour la soulever.

Elle l'avait déjà vue complètement partie, mais jamais à ce point-là. Vangie avait chancelé. Puis tout son corps avait été secoué de spasmes. Mais elle n'avait pas protesté. Elle avait juste regardé par-dessus l'épaule de Shonda, sans dire un mot. D'habitude, le crack l'excitait. Elle se mettait à chanter et même à rire, parce qu'elle oubliait qu'elle devait cacher ses dents cassées.

Le portable de Darrell avait sonné et il était sorti de la pièce, tout en lui criant de foutre cette salope dehors, et en lui lançant un billet de dix dollars.

— T'inquiète. Elle va sortir.

Vangie s'appuyait sur elle. Elle avait été un peu écœurée par son odeur, mais elle avait eu pitié. Vangie était si petite et maigre, pas plus lourde qu'un oiseau…

Mais, merde, elle ne pouvait pas se payer le luxe de se faire du souci pour une défoncée au crack.

— Je suis un oiseau, avait murmuré Vangie.

— Tu es dingue, avait-elle répondu en ramassant le billet de dix dollars qu'elle avait fourré dans sa poche.

Puis elle avait soutenu Vangie, et elles étaient passées

ensemble devant le vieux canapé dont les taches étaient plus grosses que les fleurs de l'imprimé qui le recouvrait. Elles avaient atteint la porte. Vangie avait regardé autour d'elle comme si elle essayait de comprendre quelque chose.

Dehors, tout était calme. L'humidité enveloppait l'extrémité nord de la rue d'un linceul gris. Les conteneurs de la jetée sentaient l'huile et les algues pourries. Elle avait eu un haut-le-cœur.

Elle avait conduit Vangie jusqu'au coin de rue qu'elle occupait d'habitude. Il n'y avait personne. Toutes les autres avaient dû déjà partir avec des clients. Il fallait que Vangie rapporte quelque chose, sinon elles allaient dérouiller toutes les deux.

Une voiture descendait lentement la colline, dans leur direction. Elle avait été soulagée en la voyant. Vangie allait avoir son client. Et donc ramener des billets pour ce salaud de Darrell, qui passait sa nuit au chaud.

Elle avait appuyé Vangie contre la cabine téléphonique. Le brouillard s'accrochait aux mèches de sa grossière perruque. On aurait dit qu'elle avait la tête prise dans une toile d'araignée.

Vangie avait vraiment une tête de zombie et une bouche gercée absolument immonde. Aussi, elle avait fouillé dans sa poche pour en sortir un tube de rouge à lèvres et maquiller ces lèvres crevassées. En posant sa main sur la joue de Vangie, elle s'était inquiétée de la trouver glacée.

— Ça va, Vange ? avait-elle demandé.

Vangie avait avalé sa salive.

La bruine s'était transformée en pluie sous les phares de la voiture, comme si c'étaient eux qui commandaient aux éléments. La voiture s'était arrêtée à leur niveau.

Elle avait attendu que Vangie fasse son numéro,

qu'elle se tortille un peu devant le type, mais Vangie n'avait pas bougé.

— Viens, Vange, avait-elle dit.

L'homme avait fait descendre la vitre du passager.

— Vous bossez ou pas ? avait-il demandé.

Elle n'avait pas vu son visage, mais à la voix, elle avait senti son impatience.

— Ouais, avait-elle répondu.

Elle avait attrapé la main de Vangie avant que le type pose une autre question. Il avait ouvert la porte du passager et elle n'avait plus eu qu'à pousser Vangie à l'intérieur, puis à claquer la portière. La voiture avait démarré.

En la voyant s'éloigner, elle avait eu une drôle de sensation au creux de l'estomac. Quelque chose lui paraissait bizarre dans la manière dont ça c'était déroulé. Peut-être parce que Vangie avait pris trop de crack. Avait-elle bien fait de la laisser partir avec ce type ?

— Vous avez raconté ça à la police ? demanda Kate Lange.

Shonda fit un effort pour revenir au présent et se concentrer sur le visage de l'avocate. Kate Lange n'avait sûrement jamais eu à fuir la police. Pour une avocate, les flics étaient des copains, mais pour elle, ils étaient surtout synonymes d'emmerdements.

— Non.

Kate Lange ne parut pas surprise de sa réponse. Elle remua sur son fauteuil.

— Vous pourriez me décrire Vangie ?

— Elle était toute petite. Et elle faisait plus que son âge.

— Elle n'avait pas de signe particulier ? Une particularité qui aurait permis de l'identifier ?

— No...

Elle s'apprêtait à dire « non », mais elle s'arrêta net.

Elle venait de revoir Vangie en train d'enfiler ses putains de chaussures rouges et le tatouage sur sa cheville.

— Elle avait un tatouage. Un oiseau.

Kate Lange se pencha en avant, comme si ce détail l'intéressait.

— Quel genre d'oiseau ?

— Mais j'en sais rien, merde ! lança Shonda en tirant un peu plus sur le trou de son T-shirt.

Elle avait pourtant su, autrefois, le nom de cet oiseau.

— Un oiseau tout petit. Avec des ailes qui battent très vite.

— Un moineau ?

Shonda lui jeta un regard méprisant.

— Mais non, pas un moineau. Un oiseau qui plante son bec dans les fleurs.

— Un colibri ?

— Oui, un colibri.

Elles échangèrent un regard satisfait, puis Shonda baissa les yeux vers le trou de son T-shirt, qui s'était élargi.

— Il était très beau, murmura-t-elle. Orange et rouge.

Kate Lange le nota sur son calepin.

— Rien d'autre ?

Bon sang... Mais elle ne s'arrêtait donc jamais de poser des questions ?

— Non. Elle avait une sœur à laquelle elle tenait beaucoup, il me semble.

— Et la deuxième fille ?

Shonda sentait venir le manque. Il était temps qu'elle se fasse un shoot. Mais elle parvint tout de même à retrouver le nom qu'elle cherchait. Karen... Karen quelque chose. Karen devait passer quelques mois plus tôt pour lui acheter de la dope, mais elle n'était jamais venue. Sur le moment, elle était elle-même complètement défoncée et elle ne s'en était pas inquiétée.

— Karen. Karen aussi a disparu. On a vaguement supposé qu'elle était partie vers l'ouest.

Elle haussa les épaules.

— Finalement, les flics nous ont dit qu'elle était morte parce qu'elle avait pris de… Parce qu'elle avait passé la nuit dehors. Elle est morte de froid.

— Vous avez tenté d'alerter la police, mais personne ne vous a prise au sérieux, c'est ça ?

— J'ai parlé de Karen et de Vangie aux flics. Ils m'ont fait remplir une déclaration.

Elle se souvenait d'un formulaire compliqué — plein de lettres noires — qu'une femme l'avait aidée à remplir. Elle haussa de nouveau les épaules.

— Mais ils n'ont pas bougé le petit doigt. Et maintenant c'est Krissie qui a disparu.

— Krissie ?

— Oui. Une autre fille. Personne ne l'a vue depuis samedi soir. Mais elle s'absente parfois quelques jours pour aller rendre visite à sa mère, qui habite Cape Breton.

— Est-ce que vous avez prévenu la police, pour Krissie ?

— Je pensais le faire, mais j'hésitais encore…

Elle se mordit la lèvre. Il arrivait que Krissie se défonce grave, et elle était peut-être dans un coin, en train de récupérer, mais elle n'avait pas l'intention de le dire à cette avocate. Si les flics embarquaient Krissie à l'hôpital, elle ne le lui pardonnerait pas.

Kate Lange se leva.

— Merci de vous être confiée à moi, Shonda. Je vais voir ce que je peux faire pour ces filles. Vous connaissez leurs noms de famille ?

— Celui de Vangie, c'était…

Elle fouilla dans sa mémoire… Ce fut comme si elle remuait de la mélasse avec un bâton.

— White. Ou plutôt Wright. Et Krissie, Burns.

Elle fit la moue.

— Et Karen..., non, je regrette, je m'en souviens vraiment pas.

Kate Lange sortit l'une de ses jolies cartes de visite et y nota un numéro de téléphone.

— Voici ma ligne directe. Appelez-moi si ça vous revient.

Elle lui tendit la carte.

— Merci beaucoup, Shonda.

— Qu'est-ce que vous allez faire ?

— Je vais me procurer les formulaires que vous avez remplis et vérifier que la police n'a rien laissé passer d'important.

Elle jeta un coup d'œil autour d'elle.

— Vous avez le téléphone ?

Shonda se leva en tapotant sa poche.

— J'ai un portable.

Kate nota son numéro puis descendit au rez-de-chaussée. Shonda défit la chaîne de la porte et vérifia que la rue était vide avant d'ouvrir en grand.

— A plus tard, dit Kate en sortant.

Sur le trottoir, elle se retourna.

— Appelez-moi si vous avez d'autres inquiétudes, Shonda. Je ne demande pas mieux que de vous aider.

Vous ne pouvez pas. La réponse traversa l'esprit de Shonda, mais elle la garda pour elle. Elle éprouva le besoin de s'appuyer au chambranle de la porte. Il lui fallait une dose.

— Ouais, répondit-elle d'un air vague.

— Au revoir, Shonda.

Elle referma le battant et s'y adossa. Darrell n'allait pas tarder à rentrer. Elle avait intérêt à terminer les petits sachets.

22

Tout en écoutant la radio d'une oreille distraite, Kate roulait en direction de son bureau. Elle pensait à sa rencontre avec Shonda. C'était une brave fille. Elle s'inquiétait réellement de savoir ce qu'étaient devenues ses copines.

Elle s'efforça de passer froidement les faits en revue. La première fille, Vangie Wright, avait disparu près de deux ans plus tôt. Puis ç'avait été le tour d'une autre prostituée nommée Karen, laquelle était apparemment morte de froid, ce qui n'avait rien de surprenant quand on passait la nuit dehors au mois de février. La dernière, Krissie Burns, ne s'était plus montrée depuis trente-six heures. Les trois avaient des points communs : elles faisaient le trottoir dans le même quartier et consommaient du crack. Jusque-là, rien ne semblait indiquer qu'elles avaient pu être victimes d'un malade.

— Un flash spécial d'information, fit une voix flûtée dans la radio. Un tueur en série se promène dans les rues de Halifax.

La voix marqua un temps de pause, pour ménager un effet théâtral.

Kate secoua la tête. Les radios locales ne savaient plus quoi inventer pour faire grimper leur audimat.

— Hier, nous apprenions que la police avait retrouvé

le corps d'une jeune femme et que l'enquête s'orientait vers un acte criminel, reprit la voix d'un ton plus grave.

Kate en eut la chair de poule. Elle monta aussitôt le son.

— Aujourd'hui, la police a confirmé des similitudes entre les deux meurtres. C'est pourquoi l'enquête s'oriente vers un tueur en série.

Kate songea aussitôt à la prostituée dont Shonda venait de lui parler, celle qui avait disparu samedi soir.

Elle attendit la suite, le cœur battant.

— A présent, notre chronique sportive, enchaîna la journaliste.

— Merde…, murmura Kate.

Une fois dans son bureau, elle s'enferma pour consulter les sites d'informations, mais elle ne trouva rien de plus que ce qu'elle avait entendu.

Elle songea à appeler Ethan, mais se retint. La dernière fois, leur rencontre s'était très mal terminée. Mieux valait ne pas le relancer.

Restait le bureau de police.

Elle se mordit la lèvre. Mais qu'allait-elle leur dire ?

« Oui, c'est bien moi, l'avocate de la grand-mère de la première victime, celle qui vous a prévenus, mais quand c'était trop tard. Je suis aussi l'ex-fiancée de l'un de vos inspecteurs. Mais si, mais si, vous vous souvenez sûrement : celle qu'il a humiliée le soir du réveillon, devant toute sa division. J'appelle aujourd'hui parce que j'aurais peut-être un tuyau au sujet du dernier meurtre… »

Ils allaient adorer. Et Randall aussi. Son discret avertissement lui revint soudain à la mémoire. *Je compte sur vous pour faire du bon travail sur l'affaire TransTissue.* John n'allait pas tarder à la contacter pour lui dire ce qu'il pensait du premier compte rendu qu'elle lui avait remis. Depuis, elle avait délaissé le dossier. Un vent de panique la secoua. Elle voulait cette affaire. Et elle voulait faire du bon travail. Pas seulement pour que son nom figure sur le papier à en-tête de la société, mais pour se prouver à elle-même qu'elle était une avocate de valeur.

Elle ne pouvait pourtant pas jeter aux oubliettes ce que lui avait confié Shonda.

Si la deuxième victime était Krissie Burns, la police s'intéresserait sûrement aux déclarations de Shonda.

Elle décrocha son téléphone, l'angoisse au ventre.

Le téléphone d'Ethan sonna au moment où il quittait le parking d'un centre de réhabilitation. Il se sentait horriblement frustré. Depuis la découverte de la seconde victime, il était persuadé que la piste des anciens taulards ne le mènerait à rien. Ils n'avaient pas pu établir de lien entre Krissie Burns et la juge Carson. Le tueur choisissait probablement ses victimes au hasard parmi des prostituées et des droguées. Et lui, il perdait son temps à écumer les centres.

— Drake, dit-il dans le téléphone.

— C'est moi, Kate.

Sa voix était lasse.

Le cœur d'Ethan s'emballa. Sans doute ne faisait-il pas grand cas des beaux raisonnements de son cerveau qui tentaient de le convaincre que Kate n'était pas la femme qu'il lui fallait. Il se mordit la lèvre inférieure. Il ne voulait pas d'une femme qui ne cessait de le repousser et qui était passée dans le camp de Randall Barrett. Ses mains se crispèrent sur le volant.

— Bonjour, Kate, dit-il d'un ton qui se voulait professionnel. Tu as retrouvé ton dossier égaré ?

Il avait rayé la juge de sa liste de suspects et n'avait plus besoin des notes de Kate, mais il ne put résister au plaisir de lui rappeler qu'elle avait failli à une promesse.

— Non, répondit-elle.

Elle hésita avant de poursuivre.

— Mais j'ai des informations qui pourraient t'intéresser.

— Une seconde, coupa-t-il sèchement. Je conduis. Je vais prendre le temps de m'arrêter.

Il passait justement devant un petit supermarché et bifurqua dans le parking.

— Des informations qui auraient un rapport avec tes notes disparues ? reprit-il d'un ton railleur.

La petite seconde de silence qui suivit sa question lui appris que le coup avait porté, et il en tira une satisfaction perverse.

— J'ai reçu un coup de fil de la grand-mère de Lisa. Elle a été abordée le jour de l'enterrement par une prostituée, une certaine Shonda, qui prétend que d'autres filles ont disparu, dont l'une très récemment. Elle s'appellerait Krissie Burns.

— Krissie Burns ?

Il fut aussitôt sur le qui-vive. Krissie Burns. Leur victime numéro deux. Cette Shonda avait peut-être vu Krissie monter dans la voiture du tueur. Brusquement, il ne songea plus à se venger de Kate.

— Tu en es certaine ? demanda-t-il d'un ton fiévreux.

Elle marqua un temps de pause. Elle avait compris.

— Le corps qui vient d'être retrouvé, c'est celui de Krissie Burns ?

Il hésita. Il s'agissait d'une information confidentielle, mais Kate en savait aussi long que lui, voire plus.

— Oui. Nous recherchons sa famille.

— Comment l'avez-vous identifiée ?

— Elle avait déjà un casier judiciaire. Vicky l'a reconnue.

— Oh… Je vois.

Le ton en disait long. Et l'absence de commentaire encore plus. Eh oui, Vicky avait une excellente mémoire.

Elle s'était aussi souvenue du casier judiciaire du père de Kate…

— C'est grâce à elle que nous avons une piste, Kate, fit-il doucement remarquer.

— Oui, je comprends, répondit-elle sèchement.

— Est-ce que cette fille, Shonda, a parlé à la police ?

— Krissie s'absentait parfois pour rendre visite à sa mère à Cape Breton. Shonda attendait de voir si elle ne refaisait pas surface, avant d'aller trouver la police. Ethan, elle a aussi mentionné deux autres filles…

— Qui auraient disparu quand ?

— La première il y a près de deux ans, mais Shonda a rempli une déclaration à son sujet il y a peu de temps, quand elle a signalé la deuxième.

— Et elle n'a de nouvelles d'aucune des deux ? demanda-t-il d'un ton angoissé.

Près de deux ans… Est-ce que le tueur sévissait depuis si longtemps ?

— La deuxième a été retrouvée morte. De froid, d'après vos services.

Ethan soupira. Celle-là, au moins, n'était pas une des victimes de l'homme qu'ils recherchaient.

— Et la première ?

— Elle s'appelait Vangie Wright, et non, Shonda n'a plus eu de nouvelles. Mais la personne qui a pris sa déposition lui a dit que la disparition était trop ancienne pour qu'on puisse faire quoi que ce soit.

— C'est la vérité, surtout si elle vivait dans la rue. Et puis, rien ne dit que cette Vangie ait un rapport avec notre affaire.

Il regarda au-dehors, par la vitre de sa portière.

— Je vais confier ça à Vicky. Si quelqu'un peut retrouver la trace de cette fille, c'est bien elle.

Il y eut de nouveau un temps de silence.

— Tu pourras me tenir au courant ? demanda Kate.

Le message était clair. Il n'était pas question qu'elle s'adresse à Vicky.

— J'ai promis à Shonda de lui donner des nouvelles, ajouta-t-elle.

Il tressaillit.

— Tu veux dire que tu as déjà parlé à Shonda ? Je croyais que tu tenais toutes ces informations de la grand-mère de Lisa…

Il fit un effort pour ne pas s'énerver.

— Kate, il s'agit d'une enquête pour homicide. Nous ne pouvons pas tolérer que tu interroges des témoins potentiels. Tu sais très bien que les premiers interrogatoires sont les plus importants. Il faut laisser à des inspecteurs expérimentés le soin de s'en charger.

— Je suis désolée, murmura-t-elle.

Mais elle n'avait pas l'air désolée du tout. Quand elle avait une idée en tête, elle allait jusqu'au bout. Il avait admiré son opiniâtreté, naguère.

— Shonda s'était plainte auprès de Marian MacAdam que la police n'avait rien fait pour rechercher ses copines, se défendit-elle.

— Et vous l'avez crue ?

Il ne cherchait plus à dissimuler son agacement. Il manquait de sommeil, il avait deux meurtres sur les bras et aucune piste. Ce qui n'arrangeait guère son humeur.

— Tu penses que la police s'amuserait à ignorer son unique piste ? Tu nous prends pour une bande de demeurés ou quoi ?

— Ne sois pas ridicule ! protesta-t-elle.

— C'est Randall qui t'a chargée de jouer les détectives ?

C'était bien le style de ce salaud d'aller fourrer son nez dans une enquête de police. Il l'avait déjà fait. Et s'il savait qu'Ethan était chargé de celle-ci, il n'en était que plus désireux de semer la pagaille.

— Non, bien sûr que non.

— Alors pourquoi te mêles-tu de ce qui ne te regarde pas ?

Il l'entendit inspirer profondément.

— Tu n'as pas une très haute opinion de moi, n'est-ce pas ? murmura-t-elle.

Elle paraissait sérieusement blessée. Brusquement, il ne sut plus que penser. Sans doute cherchait-elle à bien faire. A faire pour les autres ce qu'elle n'avait pas fait pour Lisa.

— Ne te mets pas en travers de mon chemin, Kate, dit-il seulement. Nous avons affaire à un tueur psychopathe. Laisse agir la police. Et ne va plus voir cette Shonda.

Peu importaient ses raisons : il ne la laisserait pas compromettre une enquête de police. Deux jeunes filles étaient déjà mortes. Et il craignait qu'il n'y en ait d'autres. Il leva les yeux vers le ciel en priant pour qu'il ne pleuve pas.

— Je ne peux pas, je lui ai promis de…

Bon sang… Mais elle ne comprenait donc pas les enjeux de cette affaire !

— Merde, Kate… Ce type est dangereux !

— Je sais.

— Il faut nous laisser les coudées franches.

— Oui, mais je n'ai pas l'intention de…

Il poussa un soupir exaspéré.

— Tu viens de gâcher l'une de nos meilleures sources d'information en interrogeant Shonda avant nous, et maintenant, tu voudrais de nouveau la contacter pour partager avec elle des informations confidentielles. Ça pourrait changer le cours de notre enquête… Si le tueur nous échappait à cause de tes manœuvres stupides, tu ne te le pardonnerais pas !

Ce dernier argument porterait, il en était sûr.

Il y eut un temps de silence.

— Je croyais vraiment agir pour le mieux, dit-elle enfin d'une toute petite voix.

Il soupira de nouveau.

— Laisse ça à la police, Kate. A chacun son travail.

23

Un pick-up noir flambant neuf entra dans l'allée de Kate à 19 heures. Il était pile à l'heure ; c'était bon signe.

Elle était arrivée chez elle dix minutes plus tôt, le porte-documents bourré à craquer d'éléments relatifs au dossier TransTissue. Elle ne cessait de penser à sa dernière conversation téléphonique avec Ethan. Il avait raison, d'un certain point de vue, mais il ne comprenait pas ses motivations. Elle aussi cherchait à aider les gens, à empêcher que le tueur ne fasse d'autres victimes. Elle n'agissait pas uniquement pour soulager sa conscience, comme il semblait le croire.

La portière du pick-up s'ouvrit et un jeune homme qui ne devait pas avoir plus de vingt ans en descendit.

Wow ! Il lui sembla avoir déjà vu ce beau gosse, et elle se demanda où… Il était grand, blond, musclé, et remontait l'allée avec une démarche légèrement chaloupée. Elle s'éloigna précipitamment de la fenêtre du salon. Elle n'aurait pas voulu qu'il la surprenne en train de l'épier.

Alaska avait entendu le visiteur et bondissait pour manifester sa joie. Elle ne put s'empêcher de sourire. Décidément, les sentiments de ce chien étaient communicatifs. Elle aussi se sentait étrangement heureuse que ce jeune homme vienne briser sa solitude.

On frappa à la porte.

— Bonjour, dit le jeune homme.

Elle apprécia tout de suite son sourire franc et chaleureux.

— Je suis Finn Scott. Je travaille pour Doggie Do.

— Je suis Kate, dit-elle en ouvrant la porte en grand. Entrez, je vous prie.

Tout en franchissant le seuil, Finn la balaya d'un regard appréciateur. Elle ne put s'empêcher de rougir. C'était bon de se sentir regardée comme une femme, surtout après la claque qu'elle venait de prendre au téléphone avec Ethan.

Finn se tourna vers Alaska. Le chien remua la queue et renifla sa main. Rien que sa main, heureusement... Pas comme avec Ethan.

— Et voici Alaska, dont vous aurez à vous occuper, dit-elle à Finn avec un sourire plein de fierté.

Finn s'agenouilla et plongea son regard dans celui du chien. Puis il se redressa, indifférent aux poils blancs accrochés à son jean délavé. Alaska, déjà conquis, se frotta à ses jambes.

— Nous y allons dans une minute, Alaska, promit-il.

Il se tourna vers Kate.

— La première fois, je les sors seuls, pour qu'ils s'habituent à moi. Je lui présenterai les autres chiens dans un deuxième temps. Où est sa laisse ?

— La voici, dit Kate en la lui tendant.

Finn avait l'air de savoir s'y prendre avec les chiens ; il lui inspirait confiance. Elle lui avait posé au téléphone une série de questions pour s'assurer qu'il avait de l'expérience, tout en se sentant un peu honteuse de se donner tant de mal pour un animal de compagnie.

Finn sortit avec Alaska, qui se mit à trottiner sagement près de lui. Elle les suivit des yeux tandis qu'ils descendaient la rue côte à côte. Finn marchait d'un bon pas, en baissant de temps en temps la tête vers le chien, comme s'il lui parlait. Ils semblaient s'entendre à merveille. Puis ils disparurent.

Ils revinrent dix minutes plus tard et elle fut surprise de la complicité qui s'était déjà installée entre eux. Finn avait du métier, ça se voyait. Il savait se faire obéir en douceur.

— Je compte sur vous pour m'apprendre un truc ou deux, lui dit-elle en souriant. Avec moi, il ne cesse de tirer sur sa laisse.

— Il faut lui faire comprendre qui est le maître, répondit posément Finn. Tout passe par le langage du corps. Les épaules, d'abord. Je me tiens droit, mais je suis détendu.

Elle rougit, tout en se demandant s'il s'était aperçu qu'elle reluquait, depuis tout à l'heure, ses larges épaules musclées qui tendaient le tissu de son T-shirt.

Les mêmes épaules que Randall Barrett.

Zut ! Mais elle perdait la raison, à la fin ! Ethan, Randall, et maintenant ce gamin…

Elle détourna le regard.

— Je vois, répondit-elle.

Il défit la laisse d'Alaska.

— Tu peux aller boire.

Alaska fila dans la cuisine.

— Il est super, votre chien, ajouta-t-il.

Elle sourit, un peu étonnée de l'effet que ce jeune homme produisait sur son chien. Et sur elle.

Elle se jugea pathétique, puis s'en voulut d'être si dure avec elle-même. *Tu es faible et vulnérable, en ce moment, c'est tout.* Et c'était tout naturel. Les événements des dernières semaines la faisaient douter de ce qu'elle avait accompli de bien dans sa vie — et surtout, ils l'obligeaient à se souvenir de ce qu'elle aurait préféré oublier.

Jamais elle ne s'était sentie aussi seule.

— Je suis heureuse que vous soyez là ce soir, murmura-t-elle.

Puis elle se rendit compte que la phrase pouvait être mal interprétée et s'empressa d'enchaîner.

— C'est très important pour moi de savoir que quelqu'un de confiance promène mon chien plusieurs fois par jour. Je travaille au moins jusqu'à 18 heures.

Finn lui répondit par un sourire paisible. Ce sourire... Mais où l'avait-elle déjà vu ?

A l'enterrement de Lisa.

Ce garçon ressemblait au jeune homme qui s'était précipité vers elle pour la soutenir quand elle avait eu un malaise.

Elle le balaya du regard en tentant de l'imaginer en costume.

— Vous me rappelez vraiment quelqu'un, dit-elle.

Puis elle devint écarlate. Elle ne voulait pas qu'il s'imagine qu'elle le draguait.

Il plissa les yeux. Des yeux entre le vert et le bleu. De très beaux yeux.

— Vous aussi, vous me rappelez quelqu'un, répondit-il d'un air songeur.

Etait-il sincère ou se moquait-il d'elle ? Elle s'efforça de prendre un ton dégagé.

— Vous étiez à l'enterrement de Lisa MacAdam, samedi ? demanda-t-elle.

Il parut surpris.

— Oui. Vous aussi ?

— Oui.

— J'ai été très touché par la mort de Lisa, dit-il en fourrant ses mains dans ses poches.

— Vous la connaissiez ?

— L'une de mes clientes habitait sur le même palier

qu'elle. Elle venait souvent chez elle pour voir son chien. Elle adorait les chiens.

Une légère rougeur colora le visage du garçon.

Kate en fut d'abord étonnée, puis elle comprit. Lisa adorait peut-être les chiens, mais elle avait surtout eu le béguin pour le beau garçon qui s'occupait du chien de sa voisine. Ce qui n'avait rien de surprenant. Avec ses cheveux blonds, son air doux et l'autorité naturelle qui émanait de lui, Finn devait être habitué à faire des ravages parmi les jeunes filles.

— Elle passait quelquefois un moment avec vous ? demanda-t-elle d'une voix douce.

Il se dandina d'un air gêné.

— Nous étions devenus amis. C'était une chouette fille, en dépit des apparences.

— Quelles apparences ?

Elle éprouvait soudain le besoin de savoir qui avait été Lisa. Ce qui l'avait amenée à fréquenter des prostituées et des drogués.

La question ne parut pas surprendre Finn.

— Vous savez bien, dit-il. Son genre… La mèche blonde, le maquillage.

Il eut un regard hanté.

— Elle tentait de faire comme les autres, de draguer, de rire, mais elle n'était qu'une gamine. Je me souviens de son tatouage.

— Elle portait un tatouage ?

— Un chien. En mémoire d'un chien qu'elle avait connu quand elle avait huit ans. Le chien d'une amie. Un chien qu'elle adorait. Elle m'en parlait souvent. Elle aurait tant voulu avoir un chien ! Mais sa mère refusait catégoriquement.

Il détourna le regard.

— Quel dommage... Si elle avait eu un chien, je m'en serais occupé gratuitement...

Ses yeux cherchèrent de nouveau ceux de Kate.

— Elle n'était qu'une enfant...

Une vague de tristesse les enveloppa, installant entre eux l'intimité passagère du chagrin partagé.

— Vous savez ce qui m'a le plus touché ? murmura-t-il soudain. C'est quand sa grand-mère a mis son chien en peluche dans son cercueil. Je n'oublierai jamais cette image.

Une vieille peluche, à laquelle il manquait une oreille, recroquevillée contre le cou de l'adolescente. Kate s'en souvenait parfaitement.

Elle sentit ses yeux se remplir de larmes et battit des paupières. Non ! Elle n'allait pas se mettre à pleurer devant un inconnu. Elle jeta à Finn un regard en coin. Lui non plus n'en menait pas large.

Elle se racla la gorge.

— Je voulais vous remercier pour votre geste à la fin du service funéraire, murmura-t-elle. Vous savez... Quand vous vous êtes avancé pour me soutenir.

Elle s'arrêta net. Il paraissait interloqué.

— Ce n'était pas vous ?

— Non, répondit-il avec un sourire d'excuse. Désolé. Ce n'était pas moi.

Ce n'était pas lui ? Pourtant, il lui avait bien semblé... Mais quand on vivait depuis longtemps à Halifax, on finissait par connaître tout le monde de vue, et tous les visages vous paraissaient familiers.

Finn se détourna.

— Je passerai chercher Alaska demain vers 10 heures, puis vers 15 h 30, dit-il sans la regarder, avec une brusquerie un peu forcée. Ça ira ?

— Parfait. J'aurais bien voulu le sortir moi-même, mais… Avec mon travail…

Il eut un sourire doux et rassurant.

— Ne vous en faites pas. Les chiens s'adaptent très bien à deux sorties quotidiennes.

— Oh ! s'exclama-t-elle. J'allais oublier…

Elle prit la clé qu'elle avait préparée pour lui sur la petite table de l'entrée et la lui tendit.

— La serrure est vieille, il faut un peu forcer.

— Pas de problème, j'ai l'habitude, dit-il en glissant la clé sur un anneau, à côté d'une dizaine d'autres.

Kate remarqua qu'il portait un vieux lien en cuir usé qui faisait deux fois le tour de son poignet, et dont l'effet était des plus sexy sur son avant-bras musclé.

— La plupart de mes clients habitent les vieux quartiers sud de la ville et ont de vieilles serrures.

Il se pencha pour gratouiller Alaska derrière les oreilles.

— A demain, mon pote, lui dit-il.

— Je vous laisse mon numéro au bureau. Si vous avez le moindre problème, n'hésitez pas à m'appeler.

Elle lui tendit une carte, et les initiales en relief de son nom brillèrent sous la lampe de l'entrée.

— Je vous laisserai un chèque sous la plante, ajouta-t-elle en montrant le géranium posé sur la table.

Celui-ci était un peu flétri et aurait mérité d'être taillé. Finn allait peut-être se dire qu'elle ne s'occupait pas mieux des plantes que de son chien. Mais après tout, pourquoi s'inquiétait-elle de l'opinion qu'il pouvait avoir d'elle ?

— Je ne pense pas qu'Alaska me posera le moindre problème, dit-il en fourrant la carte de visite dans sa poche.

Puis il lui tendit la main.

— Ravi de vous avoir rencontrée.

Ses doigts étaient tièdes et musclés. Elle se hâta de retirer sa main et lui ouvrit la porte. Elle le regarda s'éloigner vers sa camionnette. Il avait une belle démarche. Un joli postérieur. Il aimait les chiens. Il était parfait, en somme.

Elle referma alors la porte.

Il faut te calmer, se dit-elle. *Tu as failli te jeter à la tête de ton patron. Pour un peu, tu te laissais embrasser par Ethan. Et maintenant, voilà que tu fantasmes sur le gamin que tu as engagé pour sortir ton chien !*

Mais Finn n'était pas dangereux. Il ne menaçait pas les fragiles points de suture qui empêchaient son cœur de tomber en morceaux.

Elle s'adossa au battant de la porte. Peu importait que Finn soit trop jeune pour elle. Peu importait qu'elle l'ait engagé pour s'occuper de son chien. Grâce à lui, elle avait eu pendant quelques minutes l'impression d'être de nouveau une femme.

Et cela ne lui était pas arrivé depuis plusieurs mois.

Elle donna à manger à Alaska et se prépara un œuf dur. Une demi-heure plus tard, elle vidait son porte-documents sur la table de la cuisine. Il était temps qu'elle accomplisse les tâches pour lesquelles elle était payée.

Quand elle se leva de sa chaise, il était plus de minuit. Elle s'étira, puis rassembla les papiers éparpillés devant elle. Elle était satisfaite de son travail. L'affaire se présentait bien. Elle avait déjà réuni de solides éléments pour la défense de TransTissue.

Alaska la fixait depuis la porte de la cuisine en remuant la queue. Il avait compris qu'elle n'allait pas tarder à monter se coucher et attendait le signal du départ.

— C'est d'accord, mon chien. Au lit.

Il se leva d'un bond et fila dans le couloir.

Elle le suivit, tout en éteignant au passage les lumières. La nuit, une vieille maison était toujours pleine de bruits.

Elle ne s'y habituait pas. Les lattes du plancher semblaient pousser sous ses pas de longs gémissements humains.

Elle alluma le plafonnier de sa chambre. Elle l'avait repeinte en bleu et blanc — bleu pâle pour les murs et blanc pour les plinthes — en pensant que le bleu donnerait un ton frais et moderne à la pièce. Mais à présent, elle regrettait son choix. Une couleur chaude aurait sans doute été plus accueillante. Les meubles en osier n'habitaient pas suffisamment l'espace. Le plafond était trop haut. De plus, la pièce était glaciale, et il n'était pas facile de quitter les couvertures, le matin, au réveil.

Quand elle se glissa sous les draps, Alaska se mit à faire le tour du lit, le temps de trouver sa place. Elle s'endormit presque aussitôt.

Ses aboiements la surprirent en plein rêve.

24

Elle demeura quelques secondes entre le rêve et la réalité.

Une nouvelle série d'aboiements la fit bondir hors du lit.

— Alaska !

Elle attrapa sa robe de chambre et l'enfila, tout en descendant l'escalier en courant.

En entrant dans la cuisine, elle découvrit Alaska sur le comptoir. Il regardait au-dehors.

Il y avait quelqu'un dans le jardin.

Elle distinguait à peine une silhouette portant un manteau à capuche. Une silhouette penchée et qui semblait creuser.

Elle ne put s'empêcher de penser au psychopathe qui rôdait dans Halifax. A l'assassin de Lisa MacAdam et de Krissie Burns.

Cette fois, elle n'allait pas sortir, mais appeler la police.

— Tais-toi, Alaska, murmura-t-elle.

Elle le poussait gentiment pour le faire descendre du comptoir, quand une autre silhouette entra dans le jardin : celle d'une vieille femme, légèrement voûtée, avec des cheveux blancs.

Elle ne voyait donc pas l'homme qui creusait à quelques mètres d'elle ?

Kate attrapa un balai et se précipita sur le porche.

Elle devait absolument prévenir cette femme. Son pied nu heurta une planche qui affleurait. Elle trébucha en grimaçant de douleur.

— Seigneur ! s'exclama la femme en l'apercevant.

Elle s'arrêta net pour la fixer d'un air interloqué et vaguement effrayé.

— Attention, lui murmura Kate en allant à sa rencontre, le balai en avant, comme une lance. Il y a quelqu'un dans le jardin. Entrez, vite, je m'apprêtais à appeler la police.

Elle avait l'impression de vivre un rêve, de regarder depuis la cuisine une autre qu'elle-même parler à cette vieille femme. Impression accentuée par le fait que la femme demeurait étrangement calme, parfaitement indifférente à son affolement. Pourtant, le tueur était toujours là, en train de creuser : elle put le vérifier du coin de l'œil.

Elle abaissa lentement le balai. Alaska vint se placer près d'elle, les oreilles frémissantes, avec un sourd grondement dans la gorge.

— Ma chère, je suis vraiment confuse de vous déranger, dit la vieille femme. Et tout à fait désolée que ma sœur vous ait effrayée.

— Votre sœur ?

Cette silhouette courbée dans le jardin n'était donc pas celle d'un tueur psychopathe ?

La vieille acquiesça.

— Oui, ma sœur.

Kate regarda la silhouette. Elle ne la voyait que de dos et de loin. Elle aurait pourtant juré qu'il s'agissait d'un homme, plutôt large d'épaules.

— Je ne me suis pas présentée, reprit la femme. Je suis Enid Richardson. Je vis au bout de la rue. Avec Muriel.

Les sœurs Richardson ? Kate n'aurait jamais cru

qu'elles étaient encore en vie. Et encore moins qu'elles habitaient toujours le quartier.

Enid Richardson lui tendit une main pâle, presque translucide, mais marquée de tendons durs et puissants. Kate la secoua, priant intérieurement pour qu'Enid ne se souvienne pas d'elle.

— Je suis ravie de vous rencontrer, madame Richardson. Je m'appelle Kate Lange.

— Kate Lange ? répéta Enid Richardson tout en balayant Kate du regard.

Elle s'attarda quelques secondes sur son visage, et Kate fit de son mieux pour se tasser dans le col avachi de sa robe de chambre.

— Je me disais bien que vos yeux m'étaient familiers, poursuivit Enid avec un grand sourire. Je vous remets parfaitement, à présent. Comme vous étiez mignonnes, vous et votre s...

Elle s'arrêta net et une lueur de sympathie passa dans ses prunelles.

— Oui, dit Kate. Oui...

Comme elle détournait le regard, ses yeux tombèrent sur la silhouette toujours courbée de Muriel.

— Que fait votre sœur dans mon jardin, madame Richardson ? demanda-t-elle.

— C'est « mademoiselle », corrigea celle-ci. Et appelez-moi, Enid, je vous en prie.

Elle sourit, puis se tourna vers Muriel qui venait de s'agenouiller.

— Ma sœur souffre de la maladie d'Alzheimer. Elle jouait beaucoup dans ce jardin, quand elle était enfant.

Elle soupira.

— Elle retombe en enfance. De plus, elle cherche le réconfort dans de petites choses.

Elle désigna le jardin autour d'elle.

— Elle aime piocher, que voulez-vous…

Sentant qu'il n'y avait plus de danger, Alaska s'aventura dans le jardin pour renifler les buissons familiers.

— Votre chien n'est pas agressif, au moins ? demanda Enid tout en se rapprochant de sa sœur.

Kate la suivit près de Muriel, tandis qu'Alaska allait fourrager dans un tas de feuilles mortes.

— Non, répondit Kate. Du moins, je ne pense pas.

Elle se frotta les pieds l'un contre l'autre. Le sol était glacé.

— Vous ne l'avez pas depuis longtemps ? demanda Enid d'un air intéressé.

— Non. Je l'ai adopté il y a quelques semaines.

Kate se rendit compte à quel point elle était fière de son chien. Son gentil géant…

— Il s'appelle Alaska.

— Ce n'est pas celui de Margery Thompson ? demanda Enid.

Kate acquiesça.

— Si, il est revenu tout seul ici après la mort de Mme Thompson. Alors, je l'ai gardé.

Enid fit la moue.

— Je n'ai jamais compris pourquoi une vieille femme avait pris un chien vif et joueur comme celui-ci. Ça me semblait vraiment égoïste de sa part.

Elle haussa les épaules.

— Mais je suppose qu'elle avait besoin de compagnie.

Kate sourit.

— C'est un chien très agréable.

Elle pensa au magazine qu'elle avait trouvé en lambeaux sur la table de la cuisine en rentrant.

— Et il adore la lecture.

— J'ai l'impression que nous vous avons tirée du lit

et j'en suis désolée, Kate, lui dit Enid avec un sourire d'excuse. Nous allons retourner nous coucher.

Elle alla alors prendre sa sœur par le bras.

— Il faut rentrer, Mil.

Quand Muriel se redressa, Kate put constater qu'elle était grande et qu'elle se tenait bien droite. A côté d'elle, Enid semblait petite et frêle.

— Muriel, je te présente Kate Lange, reprit Enid.

Muriel ne répondit pas. Elle paraissait hypnotisée par la terre humide collée à la paume de sa main. Elle la prit entre deux doigts et l'émietta lentement.

— Bonsoir, lui dit Kate.

— Je veux une tasse de thé, grommela Muriel d'un ton plaintif, en refermant ses poings.

— Oui, ma chérie, répondit gentiment Enid, tout en lui tapotant le bras. Je t'en préparerai une à la maison.

Elle entraîna Muriel vers le portillon donnant sur la rue.

— Ravie de vous avoir revue, Kate, dit-elle.

Elle lui sourit avant de poursuivre.

— Et encore pardon de vous avoir effrayée.

— Pas de problème, répondit Kate, lui souriant en retour. Je suis contente que vous ayez retrouvé votre sœur.

Enid s'arrêta quelques secondes au niveau de la barrière.

— J'espère qu'elle ne vous dérangera plus la nuit, dit-elle. Je ferme les portes à clé, mais il arrive qu'elle se rappelle comment les ouvrir.

— Ce n'est pas grave, répondit Kate.

Elle avait les doigts de pieds gelés, et songea qu'il ne devait plus être très loin de 6 heures.

— Passez nous voir un de ces jours pour prendre une tasse de thé ! lui cria de loin Enid.

— Merci beaucoup, je n'y manquerai pas, répondit Kate en les regardant s'éloigner.

Muriel suivait docilement sa sœur. En dépit de leur

différence de taille, elles marchaient du même pas, comme si elles étaient habituées à cheminer ensemble et en tiraient du réconfort.

Kate ne put s'empêcher de se demander si Imogen aurait été plus grande qu'elle. Si elles seraient restées amies, en devenant adultes. Si elles se seraient tenu compagnie, en vieillissant.

Elle se détourna et rentra chez elle. Ses pieds n'étaient plus que deux blocs de glace. Elle aurait bien voulu que son cœur, lui aussi, soit pris dans la glace. Parce que sa douleur en aurait été anesthésiée.

Mardi 8 mai, 13 heures

En retournant à son bureau, à l'heure du déjeuner, Kate trouva onze messages sur son répondeur. Elle avait passé la matinée au tribunal, à plaider pour une affaire de garde d'enfants. En partant, elle avait fait le point avec son client. Puis elle s'était acheté une salade et un Americano, et elle avait emporté le tout dans son bureau. Après quelques gorgées de café, elle se sentit un peu mieux. Elle n'avait dormi que quatre heures, cette nuit. Les journaux du matin ne parlaient que du tueur. Apparemment, celui-ci opérait quand il pleuvait. Une chance, la météo prévoyait du soleil pour la semaine — prévision appréciée par la police, qui avait besoin de souffler, et par les habitants de Halifax qui en avaient assez d'être trempés.

Kate mit le haut-parleur pour écouter ses messages, tout en mangeant sa salade et en prenant des notes sur son calepin. Les six premiers appels émanaient de confrères ou de clients. En écoutant le septième, elle se figea.

— C'est Shonda. Vous m'aviez demandé de vous appeler si je me souvenais du nom de famille de Karen.

Kate décrocha pour mieux entendre.

— Ça m'est revenu d'un coup, poursuivit la voix de Shonda. Elle s'appelait Karen Fawcett.

Il y eut un déclic, puis les messages continuèrent à défiler. Kate revint en arrière pour écouter de nouveau celui de Shonda.

Elle se sentait coupable. Shonda l'avait appelée, tandis qu'elle, de son côté, l'avait presque oubliée.

Ethan lui avait ordonné de ne plus se manifester auprès de Shonda et de laisser la police faire son travail. En se mêlant de contacter celle qui était peut-être leur témoin numéro un, elle risquait de compromettre l'enquête.

Mais Karen Fawcett n'était pas une disparue. Elle était morte de froid. Rien ne lui interdisait de contacter Shonda à propos de Karen.

Elle fit donc des recherches et découvrit sur internet que seuls les proches de Karen avaient accès aux informations relatives à sa mort, notamment à son certificat de décès.

Elle regarda fixement son écran en réfléchissant. Il y avait bien une autre source d'information potentielle. La nécrologie de Karen. Kate se passa la main sur le visage. Elle détestait lire les nécrologies, depuis qu'elle avait dû aider sa mère à rédiger celle de sa sœur. Elle ne supportait pas les platitudes et les phrases toutes faites qu'on y trouvait généralement — comme « elle s'est battue jusqu'au bout... ». Comment pouvait-on proférer de pareilles sottises ? Celui qui était mort avait perdu la bataille.

Ses doigts tapotèrent le clavier avec une vigueur destinée à lui insuffler du courage. Il ne lui fallut que quelques minutes pour trouver ce qu'elle cherchait. La nécrologie de Karen figurait dans la base de données des journaux locaux.

Elle lut en diagonale le petit texte. Karen était morte au mois de février et on ne mentionnait pas la cause de sa mort. Il était juste dit qu'elle avait été brutalement rappelée auprès du Seigneur.

Kate tambourina du bout des doigts sur le bureau. Apparemment, c'était la maison funéraire Keane qui s'était occupée du service.

On frappa à sa porte, et elle sursauta.

— Votre rendez-vous de 13 heures a annulé, et j'ai accepté de le reporter à demain, annonça Liz, tout en jetant un regard en coin du côté de l'écran de Kate.

Kate acquiesça.

— Très bien, Liz, je vous remercie.

Liz jeta un dernier coup d'œil à l'écran avant de sortir.

Kate éteignit son ordinateur. Elle aurait bien voulu pouvoir assurer à Shonda que la mort de Karen avait été accidentelle, mais ce n'était pas sur internet qu'elle trouverait des réponses.

Elle se frotta les tempes. Il restait une possibilité : la maison funéraire. Elle avait déjà recopié l'adresse sur son calepin et la relut.

Elle se figea. Cette adresse, elle la connaissait... Décidément, les fantômes du passé refusaient de la laisser en paix.

25

Kate passa son sac en bandoulière et s'engagea dans le couloir en prenant un air dégagé. Il n'était que 16 h 45. Jamais elle n'avait quitté aussi tôt les bureaux de LMB. Elle aurait volontiers parié que tout le monde était encore à son poste.

Le centre-ville était embouteillé et, quand elle se gara devant la maison funéraire, il était déjà 17 h 20. Elle ne l'aurait pas reconnue. Autrefois, quand elle y avait accompagné la dépouille de sa sœur, elle n'avait vu qu'un bâtiment de brique, carré et austère. Depuis, on l'avait repeinte en blanc, en y ajoutant des colonnes pour lui donner un air de vieille demeure antique.

Elle se présenta devant la porte d'entrée et sonna. En dépit de la fraîcheur de l'air, elle avait les paumes moites et éprouva le besoin de les essuyer sur sa jupe.

La porte s'ouvrit. Elle retint son souffle, tout en songeant à la silhouette haute et droite de M. O'Brien, l'ancien directeur.

Mais une femme blonde, qui n'avait pas plus de quarante ans, lui souriait.

— Bonjour, que puis-je faire pour vous ? dit-elle d'un ton aimable.

Elle portait un tailleur marron chocolat à fines rayures

roses qui enveloppait sa robuste silhouette, des chaussures à talons en daim, de longues boucles d'oreilles en or.

Kate supposa qu'elle avait devant elle Anna Keane, la célèbre femme d'affaires qui avait racheté l'établissement vieillot de M. O'Brien pour en faire la maison funéraire la plus importante de Halifax.

— Madame Keane ?

La femme sourit. Ses dents ultra-blanches brillaient contre son rouge à lèvres moiré.

— Oui.

— Je suis Kate Lange, du cabinet d'avocats Lyons-McGrath-Barrett. Je me demandais si vous accepteriez de répondre à quelques questions.

En entendant le nom de LMB, Mme Keane se figea, sans doute parce qu'elle craignait une plainte d'un client mécontent de ses services.

— Je suis ici à titre personnel, se hâta de préciser Kate pour la rassurer. Je ne représente pas un client.

Mais Mme Keane demeura sur la défensive.

— Nous serions plus à l'aise dans mon bureau, pour parler, répondit-elle sèchement, en faisant entrer Kate.

Kate balaya le hall du regard et son cœur s'emballa. Elle eut soudain l'impression d'étouffer, comme la première fois qu'elle était venue ici, quand elle avait seize ans.

Anna Keane marchait vite, et elle se hâta de lui emboîter le pas. Du coin de l'œil, elle remarqua au passage que l'intérieur avait également été refait, et mis au goût du jour.

Anna Keane la fit entrer dans une pièce joliment meublée, avec un bureau en acajou et des chaises assorties.

— Asseyez-vous, je vous en prie, lui dit-elle.

Elle désigna une table ronde décorée d'un vase de myosotis blancs, dans un coin de la pièce.

— Qu'est-ce qui vous amène ici ? demanda-t-elle.

Elle lui adressa un sourire engageant, mais Kate avait déjà compris qu'elle n'était pas ravie de recevoir la visite d'une avocate. Ce qu'elle ne savait pas, c'est que l'avocate en question n'était guère plus à l'aise qu'elle.

— Je fais quelques recherches au sujet de plusieurs femmes dont les familles ont fait appel à vos services, répondit Kate d'une voix un peu trop haut perchée.

Le regard d'Anna Keane devint glacial.

— Ah oui ? Et dans quel but ?

— C'est un peu compliqué, répondit Kate d'un ton un peu plus posé. Je dirais que c'est surtout pour ma tranquillité d'esprit.

— Madame Lange, vous n'êtes sûrement pas sans savoir que nous n'avons pas le droit de divulguer des informations concernant nos clients.

Kate décida de ne pas tourner autour du pot. Si elle voulait des réponses, elle devait poser des questions directes.

— Très bien. Je serai donc franche avec vous. Je connais la famille de Lisa MacAdam.

Mme Keane haussa légèrement un sourcil.

— Le jour de l'enterrement de Lisa, sa grand-mère a été abordée par une de ses amies, qui lui a assuré que plusieurs jeunes filles avaient récemment disparu.

Le sourcil d'Anna Keane grimpa encore d'un cran.

— Il se trouve que les corps de deux d'entre elles sont passés par votre maison funéraire.

Anna Keane se pencha en avant.

— Le nom de ces jeunes filles ?

— Krissie Burns et Karen Fawcett, répondit Kate.

La presse avait révélé le matin même l'identité de Krissie.

— En effet, je vois de qui vous parlez. Pour Lisa MacAdam… C'est affreux… Quelle tragédie…

— Vous souvenez-vous de quelque chose de précis au

sujet de Karen Fawcett ? Apparemment, elle avait fugué et se prostituait. Elle est morte au mois de février de l'année dernière. C'est votre société qui s'est chargée du corps.

Anna Keane eut un sourire las.

— Nous voyons passer beaucoup de gamines comme Karen, vous savez. Beaucoup plus que vous ne l'imaginez.

Elle haussa les épaules.

— Quand la ville m'a proposé un contrat pour me charger des indigents et des sans-famille, je n'ai jamais pensé que ce serait une telle charge de travail, sinon j'aurais refusé ou discuté le tarif. Ce n'est pas avec ça que nous faisons de l'argent, mademoiselle Lange.

— Pourquoi ?

— La ville paye pour une crémation et un enterrement classique. Le strict minimum, je veux dire. Si la famille refait surface, elle réclame en général des extra, pour se racheter une conscience. Vous seriez surprise de savoir à quel point les gens sont désireux de dépenser leur argent pour un mort qu'ils ont laissé crever de son vivant. Mais parfois, la famille n'a vraiment pas les moyens et je me laisse attendrir… Je fournis gratuitement les extra.

Elle soupira.

— Comment faire autrement… ?

Kate songea que cette femme avait du cœur, contrairement à l'impression qu'elle donnait.

— Vous souvenez-vous de quelque chose de précis à propos de Karen Fawcett ou de sa famille ? insista-t-elle. D'après la police, Karen serait morte de froid. Vous pouvez me le confirmer ?

Anna Keane ferma les yeux. Des plis de lassitude marquaient les contours de sa bouche. Il ne devait pas être facile d'affronter la mort tous les jours.

Anna rouvrit les paupières.

— Karen était plutôt jeune, entre dix-huit et vingt ans, c'est ça ? demanda-t-elle.

— Je pense, oui.

— On a retrouvé son corps gelé sur un terrain de golf, expliqua Anna Keane en s'adossant à son siège. Encore une jeune fille qui se droguait et se prostituait pour s'acheter ses doses.

— Comment savez-vous qu'elle se droguait ?

— Si je ne me trompe pas de personne, elle avait des traces de piqûres sur les bras. Ses veines étaient dans un sale état. Elle avait aussi des traces entre les orteils. C'était une vraie junkie.

Kate songea que cette femme en savait long sur les morts qui étaient passés par sa maison funéraire, et cette idée la mit mal à l'aise. Elle espéra que son corps ne livrerait aucun secret, quand son tour viendrait.

— Et sa famille ? demanda-t-elle.

Anna Keane secoua la tête.

— Sa famille ne s'est manifestée qu'après l'enterrement ; je n'ai pas eu de contacts directs.

Elle haussa les épaules.

— C'est tout ce que je peux vous dire, malheureusement.

Elle se leva et Kate l'imita.

— Merci beaucoup, madame Keane. C'est très aimable à vous de m'avoir reçue.

Anna Keane la reconduisit jusqu'à la porte.

— Vous savez, on dit que les thanatopracteurs passent leur temps avec des cadavres, mais je passe aussi beaucoup de temps à consoler les vivants, plaisanta-t-elle.

Kate plongea son regard dans les yeux doux d'Anna Keane. Elle aurait bien voulu avoir affaire à ce genre de personne, quand ils avaient enterré Imogen. Le directeur d'alors ne leur avait manifesté aucune sympathie.

— Les familles ont bien de la chance d'avoir affaire

à une femme comme vous, dit-elle tout en tendant une main amicale à Anna Keane.

— Merci, répondit simplement celle-ci.

Au moment où elle lui ouvrait la porte donnant sur l'extérieur, Kate se souvint de la deuxième jeune fille dont lui avait parlé Shonda.

— Est-ce que le nom de Vangie Wright vous dit quelque chose ? Elle aussi était une amie de Lisa et elle a disparu.

— Vangie Wright ? murmura Anna Keane. Non, ça ne me dit rien.

Elle sourit.

— Mais c'est plutôt une bonne nouvelle, n'est-ce pas ?

26

Kate regardait le bâtiment de la maison funéraire à travers le pare-brise de sa voiture. Elle se sentait immensément soulagée. Contrairement à ce qu'elle avait redouté, cet entretien lui avait fait du bien. Il avait même eu un effet étrangement cathartique. Le changement de décor à l'intérieur, la nouvelle directrice, plus moderne et plus abordable, remplaçaient désormais dans sa mémoire l'accueil froid de M. O'Brien, qui suintait la désapprobation, et la chambre sombre dans laquelle elle avait trouvé le corps abîmé de d'Imogen.

Il le lui restait plus qu'à appeler Shonda. Ensuite, elle pourrait rentrer chez elle avec la sensation du devoir accompli. Elle allait se servir un verre de vin et le déguster en feuilletant l'unique magazine de décoration qu'Alaska n'avait pas réduit en miettes. Sauf s'il s'en était occupé aujourd'hui.

Elle composa le numéro de Shonda.

— Ouais ? fit une voix agacée.

— Bonjour, Shonda, c'est Kate Lange.

— Ouais ? répéta Shonda, d'un ton intéressé, cette fois.

— Je me suis renseignée à propos des filles.

— Des filles ? répéta de nouveau Shonda d'une voix inarticulée.

Elle avait l'air complètement défoncée.

— Oui, les filles dont vous m'avez parlé, insista Kate en détachant ses mots. Krissie Burns, Karen Fawcett et Vangie Wright.

— Ah ouais… C'est vrai.

Kate hésita.

— Je n'ai pas de bonnes nouvelles de Krissie.

— Je suis déjà au courant, répondit Shonda d'un ton morne. Les flics rôdent dans le coin et ils posent des tas de questions.

— Je suis désolée.

Il y eut un temps de silence à l'autre bout du fil. Kate imagina le visage de Shonda. Ses joues rondes et enfantines, ses paupières lourdes, ses yeux voilés par l'usage de la drogue, et une hygiène de vie catastrophique.

Elle se racla la gorge.

— J'ai parlé de la disparition de Vangie Wright à la police. Quelqu'un va se charger de fouiller dans le fichier des personnes disparues.

— Oui, je sais, le type blond m'a parlé d'elle, lui aussi.

— Quel type blond ?

— Celui qui trimballe des chiens. Vous saviez que Lisa était dingue des chiens ?

— Oui.

Un type blond avec des chiens… Les doigts de Kate se crispèrent sur le téléphone.

— Est-ce que ce type s'appelle Finn ?

— Ouais, c'est ça, répondit Shonda d'une voix traînante.

Pourquoi Finn éprouvait-il le besoin d'interroger les amis de Lisa ? Kate songea de nouveau à l'enterrement. Elle avait cru reconnaître Finn, mais il prétendait que ce n'était pas lui qui s'était précipité pour l'aider. Et voilà qu'à présent, il jouait les détectives privés. Pourquoi ? Ethan serait furieux, s'il apprenait que quelqu'un se mêlait d'interroger d'éventuels témoins.

Shonda respirait bruyamment dans le téléphone, et Kate comprit qu'elle était dans les vapes. Il fallait absolument qu'elle se concentre encore un peu, qu'elle écoute jusqu'au bout ce qu'elle avait à lui dire.

— Je sors de la maison funéraire où Karen Fawcett a été incinérée, et on m'a confirmé que sa mort n'avait rien de suspect.

— Ouais, grommela Shonda d'un ton vague. Merci.

— Shonda... La dernière victime est encore une personne que vous connaissiez... Soyez prud...

Mais Shonda avait déjà raccroché.

Kate regarda au-dehors, par la vitre de sa portière. Le trafic paraissait plus fluide, à présent. N'aurait-elle pas dû rappeler Shonda pour insister et lui conseiller la prudence ?

Hélas ! vu l'état où elle était, cela ne servirait probablement à rien.

Son deuxième coup de fil fut plus rapide. Marian MacAdam l'écouta attentivement et fit peu de commentaires.

— Merci de vous être renseignée, lui dit-elle. C'est inquiétant, cette prostituée qu'on vient de trouver. Il faudrait peut-être interroger d'autres prostituées du quartier...

— Je ne suis pas inspecteur de police, madame MacAdam.

L'horloge du tableau de bord marquait plus de 18 h 30 et elle était toujours dans sa voiture, à l'arrêt.

— D'après ce que je sais, la police ne néglige aucune piste. Il n'est pas nécessaire que je fasse son travail.

— Non, répondit madame MacAdam d'un ton soudain las. Je suppose que non.

Elle marqua un temps de pause.

— C'est tout, mademoiselle Lange ? demanda-t-elle.

Ce ne serait jamais suffisant pour Marian MacAdam. Rien ne pourrait combler le vide que la culpabilité avait creusé dans son cœur. Kate était bien placée pour le savoir.

— Oui, c'est tout, murmura-t-elle.

La chambre de Lisa était déjà pleine de poussière. Dans la pénombre du crépuscule, Hope distinguait des moutons qui flottaient paresseusement, indifférents à sa présence.

Son cœur se mit à battre la chamade.

Calme-toi. Tu le peux.

Elle devait montrer à Marian qu'elle était capable d'affronter cette chambre. Qu'elle ne se sentait pas coupable. Qu'elle n'avait aucune raison de se sentir coupable.

Aujourd'hui, Marian lui avait laissé un message au tribunal.

« J'aimerais récupérer la boîte à musique que j'avais offerte à Lisa pour ses huit ans. »

Le message n'était pas signé.

Elle l'avait froissé et jeté à la poubelle. En rentrant du travail, elle avait bu trois verres de scotch. Puis un quatrième au moment du repas. Ensuite, elle s'était levée. Péniblement. Ses jambes avaient résisté à l'épreuve de l'escalier et, quand elle était arrivée à l'étage, son cœur battait si fort qu'elle avait dû s'arrêter.

Elle s'adossa au mur.

Tu ne dois pas laisser Marian remporter cette victoire.

Elle fit un pas en avant. Il y avait encore, sur les meubles, des traces de la poudre qui avait servi à relever les empreintes. Elle eut un sourire amer. Les policiers avaient relevé les empreintes de Lisa, mais ça ne leur avait pas servi à grand-chose, en l'absence d'éléments de comparaison.

Son regard tomba sur le lit défait de sa fille. La couverture en chenille était roulée en boule par terre, les draps avaient gardé le pli de son corps. Elle s'avança. Non, ce n'était pas le corps de Lisa qui avait donné aux draps ces plis, mais le passage des policiers qui avaient tout remué pour chercher de la drogue.

Elle traversa la pièce comme un automate et se força à contempler ce qui restait de la vie de Lisa. Elle remarqua un nouveau poster sur le mur — quand avait-elle accroché cette affiche d'Andy Warhol ? Elle se rendit compte qu'elle n'était pas entrée dans cette chambre depuis des semaines, peut-être des mois.

Mais elle ne s'autorisa pas à pleurer. Parce que si elle commençait, elle ne pourrait plus s'arrêter. Marian le savait, et c'était pour cette raison qu'elle lui avait réclamé la boîte à musique. Pour l'obliger à entrer dans la chambre de Lisa. Pour l'obliger à fouiller dans ses affaires. Pour l'obliger à se repentir. Encore et encore.

Je ne craquerai pas. Non.

Elle prit la boîte à musique posée sur une étagère avec une moue de dédain. Lisa n'avait jamais joué avec — elle n'avait jamais été attirée par les ballerines en tutu —, mais Marian l'ignorait, évidemment, parce qu'elle avait à peine connu Lisa quand elle était petite. Elle s'était brusquement intéressée à elle au moment du divorce. Au fond, elle se sentait probablement aussi coupable qu'elle.

Bien sûr que je vais te rendre cette boîte à musique, Marian. Elle ne signifiait rien pour elle. Pas plus que toi.

Elle retraversa la pièce en direction de la porte. Ses doigts tremblaient : la boîte lui échappa des mains et heurta le sol en émettant un son discordant. Hope se sentit soudain couverte de sueur froide. Elle avait envie de s'allonger. Mais si elle s'allongeait ici, dans cette chambre, elle ne se relèverait plus.

Elle ramassa la boîte. Le couvercle s'ouvrit et quelque chose en glissa.

Non ! Lisa n'avait jamais touché à cette boîte, elle n'avait rien pu y cacher !

Mais qui avait donc mis cette photo à l'intérieur ?

Hope regarda la photo et ce qui lui restait de cœur se désintégra.

Il s'agissait de Lisa, dans le jardin d'une amie. Assise sur la pelouse, elle serrait contre elle un grand chien ébouriffé. Elle paraissait radieuse.

Hope ne se souvenait pas l'avoir vue aussi heureuse.

La photo était écornée et passée à force d'avoir été tripotée. Il y avait même quelques taches claires sur l'inscription, au dos, comme si Lisa avait pleuré en la notant.

Les larmes de Hope se mirent alors à couler. De grosses larmes, chaudes et pleines de colère. Elles glissèrent le long de ses joues et tombèrent sur le visage de la petite Lisa de huit ans qui lui souriait. Hope essuya la photo sur sa poitrine.

Puis elle lut le commentaire inscrit au dos de la photo, d'une écriture enfantine.

« Moi et Rufus. »

Un grand cœur enveloppait ces deux mots.

Les larmes vinrent tacher le nom de Rufus, mais Hope n'y prêta pas attention. A présent, elle se souvenait de Rufus. Lisa lui en avait beaucoup parlé, à l'époque. Au point qu'elle avait fini par lui interdire de mentionner ce nom devant elle, parce qu'elle en avait assez de l'entendre raconter les exploits de l'animal, et encore plus assez qu'elle lui réclame un chien comme Rufus.

Elle referma d'un coup sec le couvercle de la boîte à musique et rangea cette photo dans sa poche. Elle aurait voulu la détruire, la réduire en confettis, éliminer les preuves de son incompétence de mère.

Elle avait fait passer son ambition avant le bonheur de sa fille. Et avant son couple.

Son mari l'avait quittée depuis longtemps. Et maintenant, sa fille était partie.

Il ne lui restait plus que sa carrière. L'espoir de s'élever. Et cette fois, elle avait placé la barre très haut. La Cour suprême était à portée de sa main. Sauf si elle était éclaboussée par les infectes machinations de Marian.

Mais elle n'allait pas lâcher prise maintenant.

Lisa était morte, et elle ne pouvait rien faire pour elle. Elle ne devait plus penser à ses erreurs. Il n'en resterait pas de traces. A part au fond de son âme.

Elle sortit en refermant lentement la porte derrière elle. Dès lundi, elle demanderait au service de nettoyage de l'immeuble de s'occuper de vider cette chambre.

27

Mercredi 9 mai, 10 h 7

— Nous avons un problème, déclara John Lyons. Mais rien d'insurmontable.

Il était assis à une extrémité de la table de réunion, un gros dossier ouvert devant lui. Kate se laissa tomber dans le fauteuil à la droite du sien. John Lyons venait de lui demander de le rejoindre dans une des petites salles de conférence.

Son cœur battait bruyamment à ses oreilles. Voulait-il lui parler de l'affaire MacAdam ? Elle jeta un coup d'œil furtif aux papiers devant lui et se détendit aussitôt en reconnaissant la déposition de Brad Gallivant. Elle remarqua un nouveau document marqué du triangle bleu.

— On dirait que la partie adverse constitue son dossier, commenta-t-elle.

— Oui, nous venons de recevoir ça, confirma John en lui tendant la liasse de papiers.

Elle la parcourut rapidement.

— Il n'y a pas vraiment de surprises, d'après ce que je constate.

Le Dr Ericson, le chirurgien qui avait opéré le genou de Brad Gallivant, ainsi que son employeur, l'hôpital général de Halifax — le GH2, comme on l'appelait ici —, déclaraient que la maladie du plaignant ne pouvait être attribuée à une transfusion sanguine.

— A quel problème faisiez-vous allusion ? insista-t-elle.

— Je viens de parler à leur avocat-conseil, Morris MacNeil.

Elle attendit le petit sourire moqueur qu'il avait chaque fois qu'il prononçait ce nom. Mais aujourd'hui, il ne sourit pas. Il lui jeta un regard assassin.

— D'après lui, il y aurait un autre cas similaire, aux Etats-Unis. Ce qui, évidemment, ficherait notre défense en l'air. Et...

Un cas similaire qu'elle n'avait pas su découvrir ? Elle sentit qu'elle commençait à transpirer et s'efforça de conserver son calme. Morris MacNeil avait la réputation de faire beaucoup de bruit pour rien. Elle haussa un sourcil.

— Et ?

— En plus de cela, il va y avoir une autre plainte. De quelqu'un qui prétend également avoir contracté une hépatite C à cause d'une pâte osseuse. Il s'agirait d'une femme. Une certaine Denise Rogers.

— Je vois, dit-elle.

Pas de doute : le dossier se compliquait.

— Et quand va-t-elle déposer cette plainte ?

— Morris est en train de s'en occuper, d'après ce qu'il dit.

— Comment s'est terminée l'affaire des Etats-Unis ?

Elle détestait devoir poser la question, qui revenait à souligner qu'elle n'avait pas su dénicher cette affaire en préparant sa défense. Morris MacNeil, lui, l'avait trouvée. Elle se sentit rougir.

— D'après Morris, la cour d'appel des Etats-Unis a donné raison à un plaignant qui aurait attrapé la syphilis après la transplantation d'un élément prélevé sur un cadavre.

— Une transplantation utilisant les mêmes procédures que celles que nous aurons à défendre ?

— Oui.

— Je vois, dit-elle doucement.

Une décision prise aux Etats-Unis ne pouvait faire jurisprudence au Canada, mais la cour serait tout de même influencée.

— Comment le plaignant a-t-il pu prouver que la syphilis venait bien de la transplantation ? demanda-t-elle. Ce n'est pas facile de faire le lien entre une chirurgie du genou et une maladie sexuellement transmissible.

— Les procédures de prélèvement n'étaient pas respectées, répondit John en se penchant en avant. Combien de cas avez-vous étudiés pour mettre en place votre défense ?

Elle se raidit.

— Quelques-uns. Mais aucun n'avait permis de conclure dans le sens du plaignant. La cause de la maladie est en général difficile à établir, et quand on ne détecte rien dans les tissus incriminés, l'accusation n'a pas grand-chose à se mettre sous la dent. Je pensais notre défense solide.

— Elle l'était. Elle ne l'est plus.

Elle rougit de nouveau.

— Je vais étudier de près l'affaire des Etats-Unis, dit-elle d'un ton contrit. Mais si la décision des jurés a été motivée par le non-respect des protocoles de prélèvement des tissus, il sera facile de démontrer que TransTissue les respecte.

John fit virevolter son stylo.

— En effet, dit-il d'un ton doucereux. Mais Morris et l'avocat du plaignant veulent justement visiter les locaux de TransTissue pour juger par eux-mêmes des procédures.

— Très bien. De notre côté, nous allons enquêter sur le passé de Brad Gallivant pour voir s'il n'a pas eu d'autres occasions d'attraper cette hépatite.

Elle lui adressa un petit sourire de connivence et il le lui rendit. Elle se détendit un peu. Il ne lui en voulait apparemment pas, pour l'affaire des Etats-Unis.

— Vous lisez dans mes pensées, fit-il remarquer. Je vais appeler TransTissue et leur parler de tout ça. Où en sommes-nous avec l'expert en chirurgie ?

Elle poussa un long soupir.

— Elle a consulté le dossier de Brad Gallivant et m'a confirmé qu'aucune transfusion n'était mentionnée dans le compte rendu opératoire. L'hépatite n'a donc pas pu lui être transmise par l'hôpital. Reste à vérifier son mode de vie... Il a peut-être des comportements à risque.

— Espérons-le, répondit John en croisant les doigts. Et ne vous en faites pas. Si ce M. Gallivant nous mène en bateau, nous le découvrirons.

Kate faisait défiler les articles sur l'écran de son ordinateur. Elle consultait des articles sur l'affaire américaine, celle qui les embarrassait tant. Morris était peut-être un fanfaron, mais il avait fait mieux qu'elle, et elle se sentait mortifiée. Comment avait-elle fait pour laisser passer un truc pareil ? John ne lui avait pas posé la question, mais celle-ci avait flotté entre eux tout au long de leur entretien.

Le dossier que John lui proposait de traiter, sous sa houlette, n'était pas un simple dossier de contentieux, mais un dossier de premier ordre, que tous les employés de LMB auraient bien voulu avoir en main. Il s'agissait d'un domaine neuf, où tout était à construire, avec la possibilité de créer une jurisprudence. Combien d'avocats pouvaient se vanter d'avoir travaillé sur une affaire qui avait fait jurisprudence ? Gagner l'affaire TranTissue lui permettrait d'asseoir définitivement sa réputation, et elle verrait enfin figurer son nom sur le papier à en-tête de LMB.

Avec ce dossier, elle avait beaucoup à prouver. A John, à LMB, à ses collègues, à elle-même. Et aussi à Randall, lequel n'avait pas manqué de le lui rappeler à mots couverts.

Elle ne pouvait se permettre de tout gâcher en se laissant distraire par Marian MacAdam, ni par ses propres fantômes.

Elle relut de nouveau la décision du tribunal américain. La société qui transformait les tissus humains avait perdu parce qu'elle n'avait pas respecté à la lettre les procédures de vérification recommandées — notamment en effectuant des tests sanguins à partir d'échantillons provenant des donneurs.

Kate s'adossa à son siège. Elle devait prendre connaissance des procédures de TransTissue et visiter leur usine avant la partie adverse.

Si on ne trouvait rien à leur reprocher du côté des procédures, ce qu'elle souhaitait ardemment, cela amenait à remonter plus loin, c'est-à-dire à leurs fournisseurs. D'où venait leur matière première ? Elle n'avait jamais entendu parler de sociétés récupérant des tissus humains, mais il devait bien y en avoir.

La réglementation en matière de dons de tissus était toute nouvelle et encore très floue : elle s'appuyait sur la probité de ceux qui traitaient les tissus pour en faire des produits opératoires. C'était à eux de vérifier leur marchandise, et éventuellement de détecter des maladies ou des virus. S'il arrivait qu'ils trouvent quelque chose de suspect, ils étaient censés mener leur propre enquête, puis informer les autorités compétentes de leurs conclusions.

Cette partie du dossier serait donc le point faible de leur client. Morris MacNeil l'avait déjà découvert, et il n'allait pas se gêner pour appuyer à l'endroit névralgique.

Elle décrocha le téléphone et composa le numéro que John lui avait communiqué.

— Melinda Crouse, fit une voix enjouée.

— Melinda, c'est Kate Lange, de LMB. John Lyons m'a conseillé de vous appeler pour vous réclamer les documents dont j'ai besoin pour constituer un dossier.

— J'attendais justement votre coup de fil, répondit Melinda d'un ton chaleureux. Que vous faut-il exactement ?

— J'aurais besoin de consulter vos manuels de procédures.

Il y eut un temps de pause.

— Tous nos manuels ?

La voix était à présent un peu moins chaleureuse.

— Oui.

— Entendu. Je vous en fais préparer une copie que nous vous enverrons d'ici demain.

— Merci, répondit Kate. Et il y a autre chose…

— Oui ?

Cette fois, le ton était agacé. Il n'y avait plus trace d'enjouement.

— Je voudrais les dossiers concernant les tissus qui ont servi à fabriquer la pâte osseuse utilisée pour Brad Gallivant, et aussi celle de Denise Rogers. Denise Rogers est une nouvelle plaignante, précisa-t-elle. En fait, il me faudrait les rapports de tous les lots effectués les jours où leurs produits ont été fabriqués.

Elle voulait évacuer le plus vite possible l'hypothèse

d'un problème qui serait intervenu avant ou après la fabrication des deux pâtes concernées.

— Euh... On ne m'a pas donné d'instructions pour ça, il faudrait que je vérifie que...

— Je vous en prie, j'en ai besoin rapidement.

L'affaire américaine l'inquiétait plus qu'elle ne voulait se l'avouer.

— Très bien, mademoiselle Lange. Je comprends, mais il s'agit de documents confidentiels. Nous devons protéger les donneurs.

— Mais je ne vous demande pas le nom des donneurs, et je garderai ces dossiers pour moi.

— Ah, très bien...

La voix était redevenue gaie et enjouée.

— Dans ce cas, ça ne devrait pas poser de problèmes.

Kate raccrocha. Il lui fallait ces informations au plus vite. Elle avait hâte de boucler un dossier irréprochable, qui clouerait le bec à la partie adverse.

Hâte de montrer à John et à Randall de quoi elle était capable.

28

Jeudi 10 mai, 2 h 45

Il fit reculer la voiture sur la rampe à bateaux jusqu'à ce que le coffre ne se trouve plus qu'à quelques centimètres de l'eau sombre. Il faisait noir. Ce soir, la lune n'éclairait rien.

Il avait ouvert sa portière et allait sortir, mais demeura figé sur son siège quand une voiture passa, l'aveuglant de ses phares. Ensuite, pendant quelques secondes, un halo blanc clignotant persista devant ses yeux. Il battit des paupières tout en se massant les tempes.

Que faisait-il ici, déjà ?

Le halo blanc s'estompa peu à peu. Il soupira et ouvrit les paupières. Son regard tomba sur le tableau de bord dont la pendule indiquait l'heure avec des chiffres vert fluo : 2 h 45.

Quand elle était montée pour s'installer sur le siège du passager, il était 23 h 38. A 23 h 59, ses yeux avaient cessé de supplier.

Il se rappelait maintenant pourquoi il était ici.

Il jeta un coup d'œil autour de lui. Ce quartier était vraiment agréable. Il venait parfois s'y promener et regardait les maisons en imaginant qu'il choisissait la sienne. Il lui arrivait même de s'asseoir sur le quai, près de la rampe à bateaux, et d'admirer les bateaux du yacht-club Armdale.

S'il avait eu le salaire de chirurgien qu'il méritait, il aurait pu se payer l'une de ces belles maisons qui bordaient l'Armdale. Au lieu de quoi, il trimait pour le Dr K.

L'amertume et la rancœur se déversèrent dans ses veines, comme une poussée d'adrénaline. Il avait été un des éléments brillants de l'école de médecine. L'étoile montante. Et ça lui avait valu d'être intégré à un programme de recherche en chirurgie.

Le temps de montrer à sa mère qu'elle se trompait.

Et puis, on lui avait tout retiré. Il avait envisagé de faire appel de cette décision auprès du comité, mais son directeur de recherches le lui avait déconseillé. On le soupçonnait d'avoir subtilisé du fentanyl dans la réserve. Une infirmière s'était plainte qu'il l'avait harcelée. Il y avait eu un incident avec une patiente souffrant de déficit intellectuel. Et enfin, la beuverie… Le directeur de recherches avait secoué la tête en lui conseillant de ne pas perdre son temps. Le comité voulait sa peau. On le virait comme un malpropre. Au revoir, et bon vent !

En l'apprenant, sa mère lui avait ri au nez.

— J'ai toujours su que tu n'étais qu'un petit salaud ! lui avait-elle lancé au visage.

C'était ce jour-là qu'il avait choisi sa première fille.

Pendant une période, il avait maîtrisé le besoin de tuer en le satisfaisant à intervalles raisonnables. Mais quand il avait commencé à travailler pour le Dr K., ses pulsions s'étaient déchaînées. Sauf qu'au lieu de l'affaiblir, comme il l'avait craint, elles l'avaient rendu plus fort.

Il fit le tour de la voiture et ouvrit le coffre. Elle était là, allongée. Jeune et assez mignonne, quoique trop maquillée à son goût. Beaucoup plus belle en écorchée que dans la vie.

Il allongea le bras vers elle.

Et retira aussitôt ses mains en sursautant.

Il n'avait pas enfilé ses gants. Son front se couvrit de sueur, son ventre se liquéfia.

Comment avait-il fait pour oublier ?

Il alla chercher la paire de gants en caoutchouc qu'il conservait toujours entre les deux sièges avant, dans l'emplacement prévu pour recevoir un gobelet.

C'était la première fois qu'il oubliait les gants. Que lui arrivait-il ?

Il les enfila et vérifia plutôt deux fois qu'une qu'ils étaient bien mis. Puis il jeta un dernier coup d'œil autour de lui. La rue était calme et déserte. Il n'y avait pas âme qui vive.

Juste lui et cette âme morte.

Il la prit dans ses bras et la souleva pour la poser à terre. De minces filets de sang gouttaient du tronc et glissaient lentement le long de la rampe, jusqu'à l'eau sombre.

Ce n'était pas facile de la placer correctement, sur cette pente, mais il n'avait pas le temps de finasser.

Le halo blanc était revenu et battait en larges cercles autour de son champ de vision.

Il remonta dans la voiture et mit le moteur en marche.

Heureusement, il n'habitait pas loin.

— Allô ? grommela Randall.

Il posa un regard hébété sur les chiffres bleus affichés par son radioréveil : 3 h 46.

— Randall ?

— Oui, répondit-il en s'asseyant dans le lit.

Il avait reconnu la voix et ravala un gémissement. Il était en plein cauchemar ou quoi ?

— Hope… Je…

Il battit des paupières.

Elle était soûle. Complètement soûle.

— Hope… Pourquoi m'appelles-tu en pleine nuit ?

— Tu les as récupérées, ces putains de notes ? demanda-t-elle.

— Oui, murmura-t-il, tâchant de ne pas penser au regard accusateur que Kate avait posé sur lui dans l'ascenseur.

Il avait fait ce qu'il devait faire, mais ç'avait été plus difficile que prévu.

— Et où sont-elles ?

— Je les ai déchirées.

— Au bureau ? demanda-t-elle d'un ton suraigu.

Il soupira.

— Non, pas au bureau. Chez moi.

— Ouf ! s'exclama-t-elle en riant. Je savais que je pouvais compter sur toi. Heureusement que tu es là !

Il fit la grimace. Il comprenait très bien ce qu'elle voulait dire par ces mots. Elle n'avait pas d'homme dans sa vie et elle venait de perdre sa fille. Dans sa profession, elle était isolée, car un juge n'a guère d'amis.

— C'est tout ce que tu voulais savoir, Hope ? demanda-t-il sèchement.

— Non, non, che n'est… Ce n'est…

Elle déglutit bruyamment.

— Tu sais que tu étais un sacré coup ? Je te l'avais dit ?

— Oui.

— Vraiment ? reprit-elle d'un ton ému.

Randall ferma les yeux. Il détestait cette note vulnérable dans la voix de Hope. Il était temps qu'il mette fin à cette conversation avant qu'elle n'abandonne toute dignité.

— Et toi, tu étais merveilleuse, murmura-t-il tout bas.

A l'autre bout du fil, elle poussa un petit soupir étouffé.

— Mais à présent, il est temps de dormir, s'empressa-t-il d'ajouter. Je suppose que tu as un emploi du temps chargé, *demain*.

La remarque visait à lui rappeler qu'elle avait un rang à tenir dans la société.

— Oui, répondit-elle d'une voix abattue, tout à coup. Il est temps de dormir, tu as raison, je vais me coucher.

Randall écouta la tonalité pendant une bonne minute avant de reposer le récepteur.

29

Vendredi 11 mai, 7 heures

La découverte d'une troisième victime plongea les porte-parole du département de police dans un terrible embarras. Les médias exigeaient de savoir ce qu'on mettait en œuvre pour retrouver ce dingue, et pourquoi il n'était pas encore derrière les barreaux.

Forrester, l'adjoint au chef de la police, nageait en plein cauchemar. Et avec lui, la division de la police criminelle. Les journalistes ne se gênaient pas pour outrepasser le cordon jaune délimitant la scène du crime. Ils avaient même tenté de prendre des photos des traînées de sang de la rampe à bateaux.

En découvrant les photos de la dernière victime du tueur, Ethan eut la nausée.

Il n'avait pourtant pas plu, mercredi.

Ils avaient cru que le beau temps leur accorderait un délai. Brown avait surveillé assidûment les bulletins météo, pendant que le reste de l'équipe se démenait pour suivre les maigres pistes laissées par les deux premiers homicides.

Il était 7 heures du matin. Plus de vingt-quatre heures s'étaient écoulées depuis qu'un coureur matinal avait trouvé le cadavre sur une rampe à bateaux de Jubilee Road.

Ethan ramassa les photos étalées sur la table de la salle de réunion. Elle avait été démembrée. Elle avait de longs cheveux fins et châtain clair, presque blonds, retenus en queue-de-cheval, dont quelques mèches retombaient autour de son visage. Elle était plus massive que Lisa et Krissie, avec de gros seins, et plusieurs plis de graisse au niveau du ventre. Elle portait l'un de ces anneaux de nombril qui faisaient fureur chez les adolescentes. Son mascara formait deux halos sombres autour de ses yeux, et des rigoles noires avaient coulé sur ses joues. Son pâle gloss aux reflets argentés formait un étrange contraste avec sa peau cireuse et marbrée de pétéchies.

Et il y avait aussi un autre fait marquant. Nouveau, celui-là. Son visage exprimait la peur.

Signe que le tueur avait franchi une étape.

Ferguson entra dans la pièce et alla se placer tout au bout de la table. L'équipe s'empressa de s'asseoir.

— Nous devons arrêter ce type, déclara-t-elle sans préambule. Brown, tu en es où avec le profil psychologique ?

Diplômée d'un master en criminologie, l'inspecteur Brown faisait office de profiler. Avec son mètre quatre-vingts, sa mince silhouette et sa tignasse cuivrée, elle avait l'habitude d'attirer l'attention. Elle prit le temps de balayer l'assemblée du regard.

— Tout concorde vers un profil classique de tueur en série. Je commence par le tableau de base : homme de race blanche, entre vingt-cinq et trente-quatre ans.

Ethan ne put s'empêcher de songer à Mme Carson.

— Comment peux-tu être certaine qu'il s'agit d'un homme ?

— Toutes les victimes sont des jeunes filles. Les deux

premières étaient menues avec de longs cheveux. Les fantasmes de notre tueur sont construits autour de ce type de personnage.

Sauf s'il s'agissait d'une juge particulièrement rusée, qui manœuvrait pour reporter les soupçons sur un tueur en série…

— Tu as pu mettre en évidence un rituel ? demanda Redding.

— Pas encore, répondit Brown en faisant la grimace. Malheureusement, il est particulièrement intelligent et bien organisé.

— Cette troisième victime est différente des deux premières, intervint Ferguson. Est-ce ça pourrait être le signe qu'il est moins organisé, ou qu'il a été pris de court ?

— C'est possible. Il n'a pas non plus attendu la pluie. Quand un tueur en série dévie du protocole qu'il s'est fixé, cela signifie qu'il est submergé par ses instincts meurtriers et qu'il a du mal à les maîtriser.

Tout le monde savait ce que cela signifiait. Le tueur ne tarderait pas à commettre une erreur.

Ethan se pencha en avant.

— D'après toi, quels sont les fantasmes du type ?

— Parle-nous plutôt des tiens, Ethan, ricana Lamond. On verra s'ils correspondent à ceux du tueur.

Brown ne put s'empêcher de sourire.

— Il est attiré par les très jeunes filles, mais la dernière victime est trop différente des deux autres pour qu'on puisse dégager un type de femme.

Elle consulta ses notes.

— Ce qui m'amène à sa façon de procéder.

— Strictement identique dans les trois cas, fit remarquer Ethan.

— Oui. Et avec une particularité.

— Laquelle ? demanda Ferguson.

— Un tueur en série teste la domination qu'il exerce sur ses victimes. Il les fait souffrir, il les terrorise. Ça fait partie de son plaisir.

Ethan acquiesça.

— Je vois où tu veux en venir. D'après le légiste, notre homme ne démembre les filles qu'après les avoir tuées, et il ne leur inflige aucune torture de leur vivant.

— Donc, la scarification interviendrait après la mort des victimes ? demanda Ferguson.

— C'est ce que je pense, répondit Brown en refermant son carnet de notes d'un coup sec. Quant aux lettres qu'il grave dans la cavité glénoïdale, « LOL », il s'agit bien évidemment d'un message qui nous est destiné.

— Il se marre, murmura Ethan. Il nous rit au nez.

Ferguson se leva.

— J'ajouterai que le tueur vit dans les quartiers sud ou qu'il y travaille.

— Possible, approuva Brown.

— Dans l'un des hôpitaux ?

— Probable.

— Lamond, vous en êtes où de l'identification de la victime numéro trois ? demanda Ferguson.

Ce dernier secoua la tête.

— Nulle part. Personne n'a déclaré de disparition. Les voitures de patrouille circulent dans le quartier où on l'a trouvée, mais Wilson râle… Il veut récupérer ses bagnoles.

Ethan échangea un regard entendu avec Ferguson. Ils savaient tous les deux que Wilson était sous pression. Ils lui réclamaient des voitures de patrouille pour l'enquête, mais lui, il avait besoin de ses hommes pour maîtriser la panique croissante. Et pas seulement pour rassurer les citoyens. Les criminels de Halifax profitaient de la situation. Depuis que les journaux avaient parlé du premier meurtre, on avait enregistré deux crimes liés au trafic de drogue. Le phénomène était bien connu des flics : quand les délinquants les savaient occupés, la criminalité augmentait.

— Ça fait déjà vingt-quatre heures, commenta Ferguson en pinçant les lèvres. Cette fille devait probablement être une fugueuse, sinon sa famille se serait déjà manifestée. Walker, tu as parlé à Vicky ?

— Oui. Rien de son côté. La fille était peut-être originaire d'une autre ville.

Ferguson acquiesça.

— Il va falloir attendre encore un peu. Sa famille est peut-être tout simplement en voyage.

Elle ramassa son dossier.

— Je veux que Walker et Redding circulent dans les rues et préviennent les jeunes filles et les prostituées que le risque est réel.

Elle se tourna vers Ethan.

— Ça a donné quelque chose, la piste des anciens détenus ?

— Rien pour le moment. J'avais huit suspects, mais leur alibi était en béton, et de toute façon, ils n'auraient pas été capables d'un truc pareil. Je suppose que ça signifie que les maisons de réhabilitation servent à quelque chose, conclut-il avec un sourire las.

— Et si on remontait plus loin dans le temps, pour les détenus ?

— J'y pense, répliqua Ethan en repoussant sa chaise. J'en ai cinq nouveaux sur ma liste.

— Quand tu en auras terminé avec eux, préviens-moi.

— Promis.

Il quitta les locaux de la police et grimpa dans sa

voiture. La liste était posée sur son tableau de bord. Cinq noms et, il en était quasiment certain, cinq impasses. Du temps perdu. Mais un bon flic ne négligeait aucune piste et ne tenait jamais rien pour acquis.

30

Samedi 12 mai, 8 heures

La découverte d'une troisième victime avait balayé la ville d'une onde de choc. Des patrouilles circulaient pour conseiller la prudence aux citoyens. Les sportifs du matin s'organisaient pour courir en groupe. Les parents amenaient leurs enfants en voiture à l'école, à tour de rôle, pour ne pas les laisser aller à pied. Les gens se montraient solidaires face à l'adversité, comme après le passage de l'ouragan Juan, qui avait dévasté la ville en 2003.

Kate lisait le journal de la veille. Dieu que les gros titres pouvaient être agaçants ! « Pluie ou Soleil ? », « Le Boucher frappe de nouveau ». Qui était donc payé pour écrire des trucs pareils ? L'un des articles, concernant la protection des enfants, attira son attention. Elle but une gorgée de café. Les enfants dont parlait l'article n'étaient pas les plus exposés. Elle songea à ceux qui étaient seuls, sans famille, ceux qui faisaient la manche, ceux qui se droguaient, ceux qui abandonnaient l'école et devenaient accros au crack. C'était ceux-là que le tueur choisissait.

Les journalistes louaient le mouvement spontané de solidarité des citoyens et commentaient leur colère. Tout le monde trouvait anormal qu'un tueur puisse s'en prendre à des jeunes filles sans être inquiété. On se demandait où il laisserait le prochain corps. Personne n'avait envie de tomber sur un cadavre, le matin, en regardant par la fenêtre de sa cuisine.

La panique grandissait.

Certains avaient leur théorie sur la question, d'autres étaient persuadés d'avoir aperçu le monstre — dans une grosse camionnette qui remontait Barrington Street, aux alentours du parc dans une veille Chevy cabossée —, quelques-uns prétendaient même l'avoir identifié et accusaient un ancien postier à l'allure louche.

Les journalistes n'avaient aucun mal à alimenter leur prose avec des témoignages, et Kate songea que le standard de la police devait être saturé d'appels. Comment Ethan affrontait-il cette situation ? Il lui faisait tellement pitié qu'elle était presque tentée de lui pardonner le passé.

Alaska se mit à gémir tout en faisant le va-et-vient devant la porte. Kate enfila ses chaussures de course. Il était plus que temps d'emmener courir le nouvel homme de sa vie.

Elle courut pendant une heure. Elle était revenue dans sa rue quand une voix l'interpella.

— Kate ! Kate !

Elle jeta un regard surpris autour d'elle. Une vieille femme lui faisait signe depuis un porche délabré.

Kate sourit et tira sur la laisse d'Alaska pour l'arrêter.

— Bonjour, Enid ! cria-t-elle de loin.

— Belle matinée, n'est-ce pas ?

— Oui, répondit-elle.

Enid avança vers elle.

— Voulez-vous entrer prendre une tasse de thé ? proposa-t-elle.

Kate hésita.

— Il y a Alaska, fit-elle remarquer.

— Oh ! ce n'est pas un problème ! Je ferai monter les chats à l'étage.

— Eh bien…

Kate songea à sa maison vide. A l'aspirateur et au chiffon à poussière qui l'attendaient. Elle sourit.

— Ce serait avec plaisir.

— Je suis ravie ! s'exclama Enid d'un ton surpris.

— Je vais tout de même laisser Alaska sur le porche, dit Kate.

Elle attacha soigneusement la laisse à un poteau. Elle ne pouvait pas faire entrer son chien dans une maison habitée par des chats. Il se serait tout simplement cru au paradis…

— Sois sage, lui dit-elle, alors qu'il levait vers elle un regard méfiant.

Il remua la queue et entreprit de renifler consciencieusement le porche.

Enid tint ouverte la porte moustiquaire et Kate remarqua que c'était la même que la sienne. Elle entra dans la grande entrée, qui était sombre, sans pour autant être oppressante. Le parquet de noyer brillait discrètement. Le sien aurait eu meilleure mine avec un peu d'huile de coude, et elle regretta de ne pas avoir pris le temps de le vitrifier avant d'emménager.

Sur le mur du fond, un grand miroir ancien captait la lumière de la lampe de bateau qui servait de plafonnier. Kate sursauta en apercevant son reflet dans le miroir. L'espace d'un instant, elle avait eu du mal à se reconnaître. Elle avait minci, ce qui n'était pas pour lui déplaire, mais son visage trop anguleux la laissa songeuse.

— Je vais préparer le thé, annonça Enid avec un sourire radieux.

Kate se demanda pourquoi une femme si pleine de vie ne s'était jamais mariée.

— Merci beaucoup, dit-elle.

— Vous devriez vous installer dans le salon, en attendant, poursuivit Enid. Muriel y est déjà.

Elle entraîna Kate sous une porte voûtée donnant dans une grande pièce qui paraissait vide. Puis Kate aperçut Muriel sur le banc du piano, dos au clavier.

— Mil, tu te souviens de Kate ? demanda Enid. Elle habite la vieille maison des Hansen.

Muriel posa sur sa sœur un regard grave, empreint de sévérité.

— Maman a dit qu'on ne devait pas rentrer après 17 heures, reprocha-t-elle.

— Oui, Mil, ne t'inquiète pas, nous ne serons pas en retard, assura Enid. Ouste, Brûlée ! ajouta-t-elle en se tournant vers le canapé.

Une grosse chatte au pelage caramel y était installée, recroquevillée sur un énorme coussin de brocart. Elle jeta à Kate un regard torve et sauta à terre. D'un geste de la main, Enid invita Kate à s'asseoir.

— Mettez-vous à l'aise, dit-elle. J'en ai pour une minute.

Kate s'installa du bout des fesses sur un canapé chargé de coussins et couvert de poils de chats. Elle balaya la pièce du regard. Brûlée s'était réfugiée sous un repose-pieds, qui paraissait trop fragile pour supporter les pieds de qui que ce soit.

Un autre canapé, tendu de velours, et un confident, tous deux d'un beau rouge cerise, étaient disposés à angle droit l'un de l'autre. Kate s'étonna de leur couleur, un peu trop moderne pour la pièce. Ils paraissaient neufs, à peine marqués par les griffes des chats.

Muriel se moucha bruyamment et Kate lui adressa un sourire timide. La vieille femme portait une longue jupe écossaise et un gilet vert. Elle avait glissé dans ses cheveux des barrettes en métal représentant des ribambelles de chiens. A l'envers.

— Bonjour, Muriel, lui dit-elle.

Muriel la dévisagea longuement.

— Maman a dit que je devais être rentrée à 17 heures, annonça-t-elle.

— Oui, pas de problème, répondit Kate avec un sourire prudent.

— Mais moi, je veux rester plus longtemps, geignit Muriel en prenant un air désespéré.

— Nous verrons ça avec maman, Mil, intervint Enid qui revenait dans la pièce, son petit corps d'oiseau penché sur un énorme plateau.

Kate se leva précipitamment pour l'aider à le poser.

— Merci, ma chère, dit Enid.

Elle versa à Muriel une tasse de thé.

— Pourquoi ne viens-tu pas t'asseoir près de nous, Muriel ? J'ai préparé un bon thé et tes sablés préférés.

Le visage de Muriel s'illumina. Elle quitta le tabouret du piano et alla poser son grand corps sur le confident. Ses mains grattèrent le velours pour appeler Brûlée, qui la rejoignit d'un bond. Elle lui donna un morceau de son gâteau et la laissa s'installer sur ses genoux.

Enid versa du thé dans la tasse, puis elle vint s'asseoir près de Kate, sur le vieux canapé.

— Je voulais vous parler, murmura-t-elle. J'aurais besoin de votre avis.

Kate jeta un coup d'œil du côté de Muriel qui chantonnait, perdue dans ses pensées, tout en caressant Brûlée.

Enid suivit son regard.

— Elle ne nous écoute pas, assura-t-elle en reposant sa tasse dans sa soucoupe. Et même si elle nous écoutait, ça m'étonnerait qu'elle comprenne.

Elle soupira avant de se lancer.

— Hier, je suis allée dans une maison funéraire pour préparer certaines choses. Pour Muriel et pour moi.

Kate devina ce qui allait suivre et passa en revue ce qu'elles devaient faire pour se protéger mutuellement en cas de décès de l'une ou de l'autre : testaments, comptes joints, documents de fondés de pouvoir.

— C'est Muriel qui… ? demanda-t-elle.

Elle n'osa pas finir sa phrase. Elle ne connaissait pas grand-chose à la maladie d'Alzheimer.

— Muriel ne cesse de régresser, comme prévu, mais ce n'est pas d'elle qu'il s'agit. Mon médecin prétend que mon cœur fait des siennes. Ce n'est pas nouveau, mais cette fois, il m'a adressée à un chirurgien.

Elle but posément une gorgée de son thé.

— Je n'ai pas encore décidé si je passerai ou non sur le billard, mais le moment m'a semblé propice pour mettre les choses en ordre.

Elle jeta un regard en coin du côté de Muriel. L'inquiétude accusait les traits de son visage.

— J'ai pris contact avec une maison de retraite et inscrit Muriel sur liste d'attente. Ensuite, je me suis rendue dans une maison funéraire pour régler les détails de nos enterrements.

Kate la dévisagea. Sous ses paupières veinées, les yeux d'Enid la fixaient avec une calme résolution. Pour une femme de plus de quatre-vingts ans, certaines choses devenaient inéluctables.

Enid se pencha en avant.

— J'ai rencontré la directrice de la maison funéraire et nous avons réglé tous les papiers. Puis elle m'a demandé si je souhaitais léguer mon corps à la science. J'avais dû mentionner le fait que j'avais été infirmière, parce qu'elle a ajouté qu'elle pensait qu'avec mon métier, je serais sensible à l'idée d'aider la recherche médicale.

— Et c'est le cas ? demanda Kate.

— Quand elle m'a expliqué qu'il s'agissait de participer à un programme concernant les désordres neuromusculaires, j'ai voulu en savoir plus. Elle m'a donné les formulaires de donation d'organes et j'en ai signé un, pour moi. J'aimais bien l'idée que ce vieux sac d'os…

Elle se désigna d'un geste vague et méprisant.

—… servirait une cause utile.

— C'est merveilleux, Enid, commenta Kate.

Enid se pencha un peu plus vers elle.

— Mais ensuite, la directrice a mentionné ma sœur. Je lui ai répondu qu'elle n'était plus capable de prendre une telle décision. C'est là que la conversation a pris un tour inquiétant.

Elle reposa sa tasse de thé sur la table et tourna un regard affectueux vers Muriel, qui paraissait hypnotisée par le mouvement de sa main caressant la fourrure du chat.

— Elle a insisté en disant que je pouvais signer pour elle, puisque j'étais sa fondée de pouvoir. Comme je refusais, elle a rempli le formulaire et elle a tenté de me convaincre de signer sur-le-champ.

Kate se raidit.

— Et vous l'avez fait ?

Enid secoua la tête.

— Bien sûr que non. Ça ne me paraissait pas correct. Ensuite, je me suis dit que j'avais peut-être eu tort, après tout. C'est pour ça que je voudrais votre avis.

Kate essuya les miettes qui collaient à ses doigts.

— Vous avez bien fait. Je vous confirme que légalement, vous ne possédez pas autorité pour signer. Si Muriel avait mentionné ce désir dans un testament dont vous seriez l'exécuteur, ce serait différent. Mais le fait d'être responsable d'elle, du fait de sa maladie, ne vous donne pas le droit de prendre une telle décision de son vivant.

— C'est bien ce que je pensais, commenta Enid en faisant la moue. Voyez-vous, j'ai eu la désagréable impression qu'elle essayait de me rouler. J'ai envie de retourner la voir, d'annuler les contrats pour l'enterrement, et de réclamer mon argent.

Kate mordit dans un biscuit.

— C'était quelle maison funéraire ?

— La maison Keane.

Kane avala lentement sa bouchée. Keane ?

— C'est donc Anna Keane, que vous avez rencontrée ?

Enid acquiesça, tout en lui resservant du thé.

— Oui.

Kate ajouta quelques gouttes de lait dans sa tasse. Elle avait du mal à croire qu'Anna Keane ait cherché à rouler une vieille femme.

— Vous avez peut-être mal compris, dit-elle.

Enid secoua la tête.

— Non. Elle m'a menti. Délibérément.

— Je me demande pourquoi, murmura Kate d'un air songeur. Peut-être soutient-elle activement ce programme de recherche.

— A mes dépens ? ricana Enid. Non. Mon opinion est faite. Je vais demander à être remboursée.

Kate but une gorgée de thé.

Elle avait toujours du mal à croire qu'Anna Keane ait cherché à duper Enid. Cette femme lui avait inspiré confiance, et lui avait manifesté de la compassion. Elle méritait au moins le bénéfice du doute.

— Voulez-vous que je vous accompagne ? proposa-t-elle en reposant sa tasse.

Enid sourit en lui jetant un regard reconnaissant.

— Ce serait vraiment gentil de votre part.

— Lundi, je suis au tribunal toute la journée. Passez donc me chercher chez moi mardi, vers 16 h 30.

Elle se leva et marcha jusqu'à la porte.

— Merci pour le thé et à mardi, dit-elle en sortant.

31

Dimanche 13 mai, 15 heures

Mme Carson ouvrit la porte. Le soleil couchant brillait derrière elle et les yeux d'Ethan mirent quelques secondes à s'accoutumer à la vive lumière qui auréolait sa silhouette. Quand ce fut fait, il put constater qu'elle le fixait d'un air glacial destiné à lui signifier qu'il n'était pas le bienvenu.

— Je n'ai pas beaucoup de temps à vous accorder, annonça-t-elle sèchement. Je suis très occupée.

Elle recula pour le laisser entrer, mais lentement, histoire de marquer sa réticence, sans lâcher le bouton de porte. Ethan passa devant elle, tout en humant discrètement l'air. Son haleine sentait le scotch, ou il se faisait des idées ?

Hope Carson croisa les bras, ce qui eut pour effet de tendre le tissu de son chemisier sur sa poitrine — un chemisier plutôt ajusté, boutonné habilement jusqu'à la naissance de ses seins, et qu'elle portait avec un jean noir qui moulait ses formes.

Elle le dévisagea avec une insistance tout à fait anormale, et une étrange lueur dans les yeux. Il se dépêcha d'avancer vers l'élégant salon.

— Oui, allons donc nous asseoir, inspecteur Drake, proposa-t-elle en le suivant.

Les deux grandes baies vitrées offraient une vue saisissante sur les jardins publics en dessous d'eux. Les branches chargées de bourgeons et les tulipes printanières se balançaient doucement dans la brise. Quelques couples flânaient dans les allées tortueuses. Ethan songea avec mélancolie qu'il s'y était promené avec Kate moins d'un an auparavant.

Il s'installa dans un fauteuil, le dos à la baie vitrée. Son rôle n'était pas de rêvasser devant le parc, mais d'observer la pièce. Mme Carson vint se placer en face de lui, sur le canapé. Elle leva des sourcils inquisiteurs.

— Vous vouliez me parler d'une vieille affaire ? demanda-t-elle d'un ton brusque.

— Oui.

— Je suppose qu'il s'agit de l'affaire Arnold.

Voilà qu'elle recommençait, avec sa manie de mener la discussion.

Ethan se cala dans son fauteuil et croisa les jambes. C'était lui qui menait le jeu. Pas elle.

Au lieu de répondre, il prit donc le temps de balayer lentement la pièce du regard. Tout était exactement comme la première fois : nu et blanc. Rien n'avait changé, à part un petit détail, là-bas, sur le comptoir en granit qui séparait le coin cuisine du salon : un petit plateau, avec une carafe à whisky. Son œil exercé repéra un peu plus loin le verre en cristal assorti à la carafe, sur le bureau, derrière une pile de dossiers. Il paraissait vide. Venait-elle de boire ?

Mme Carson le fixait sans un mot, avec un visage de marbre. Elle se cala dans le fond du canapé et il eut l'impression qu'elle l'imitait — c'est-à-dire qu'elle se moquait de lui. Elle allongea un bras langoureux et caressant sur le dossier. Il remarqua que des ombres jouaient dans son corsage.

— Je vous aurais bien offert à boire, inspecteur, fit-elle remarquer avec une pointe d'ironie dans la voix. Mais je sais que vous ne restez pas longtemps.

Il ne releva pas la pique, mais il déposa lentement et ostensiblement son carnet de notes sur la table basse. Elle en fut agacée et eut du mal à le dissimuler. Elle avait manifestement hâte qu'il s'en aille. Il songea au lion qui servait de heurtoir, sur la porte d'entrée. Elle protégeait comme une lionne l'accès à sa maison. Que craignait-elle donc ?

— Comme vous l'avez deviné, je suis ici pour parler de l'affaire Arnold, pas pour boire un verre, dit-il calmement.

Mark Arnold était un détenu que la juge Carson avait défendu quand elle était encore avocate. Son profil était particulièrement intéressant : il avait étranglé sa petite amie, puis il l'avait violée et découpée en morceaux, avant de jeter ce qui restait de son corps dans l'Atlantique. Pas assez loin, malheureusement pour lui, parce que des parties avaient été prises dans un filet de pêche, en même temps qu'un requin, dans l'estomac duquel on avait retrouvé le torse de la petite amie — ce qui avait valu à Arnold son surnom de « Requin ».

Arnold avait pris quinze ans, peine qu'il avait effectuée dans son intégralité. Il était sorti quelques mois plus tôt et avait disparu dans la nature. Ethan n'avait donc pu vérifier son alibi pour les meurtres et l'éliminer de sa liste de suspects.

Le regard de Mme Carson se fit plus aigu.

— Vous pensez que c'est lui qui a fait ça ?

Ethan haussa un sourcil.

— Je n'en sais rien. Mais je voulais m'assurer que vous saviez qu'il avait été libéré.

Elle eut un rire amer.

— Je le sais, inspecteur. Je l'avais déjà vérifié.

Quand ? Avant ou après la mort de Lisa ? Arnold, évidemment, était l'homme idéal pour détourner les soupçons.

— Est-il entré en contact avec vous ?

Elle secoua la tête.

— Non.

— Savez-vous s'il avait pris contact avec Lisa ?

Elle pâlit en l'entendant prononcer le nom de sa fille. Son comportement froid et détaché n'était donc qu'une façade. Etait-ce l'alcool qui faisait craquer ses défenses ?

Ou la culpabilité ?

La culpabilité, on pouvait la dissimuler un certain temps, mais pas s'en débarrasser. Elle finissait toujours par vous rattraper.

— Pas que je sache, répondit-elle d'une voix ferme, mais saccadée.

— Vous avait-il menacée ?

— Oui.

Ethan prit son carnet de notes.

— Quand ?

— Le jour de sa condamnation. Il pensait que je ne l'avais pas défendu avec suffisamment de conviction. Il m'a juré qu'il me le ferait payer quand il sortirait.

Ethan la dévisagea et chercha son regard. Bon sang… Il aurait pu jurer qu'elle disait la vérité.

— Il vous a donné des détails ?

Elle eut de nouveau ce rire dur et amer.

— Non, mais il avait tout le temps de réfléchir à la question.

— Vous le connaissiez bien, insista Ethan en se penchant vers elle. Vous pensez qu'il serait capable d'un crime aussi atroce ?

Elle détourna la tête, du côté de la carafe à whisky. Puis elle revint vers lui et se rendit compte qu'il avait suivi son regard. Elle se redressa.

— Je l'ignore, répondit-elle d'un ton morne. Il n'était pas très intelligent. Il a tué sa petite amie dans un accès de rage.

Elle fit claquer ses doigts.

— Dans son cas, il s'agissait d'un crime passionnel. Mais parfois, celui qui a tué une fois se découvre des facilités pour passer à l'acte une deuxième fois. Il a déjà une expérience du démembrement. Et il avait quinze ans pour préparer son plan. Oui, c'est possible, après tout.

Elle parlait d'un ton morne, sans la moindre passion, comme si elle argumentait devant une cour d'assises. Ethan l'observa attentivement. Elle ne paraissait pas jouer la comédie.

Il commençait à douter sérieusement qu'elle puisse être l'assassin.

— Vous avez une idée de l'endroit où il aurait pu aller après sa libération ? Cela fait un an qu'il est sorti de prison, et depuis trois mois, il a cessé de se présenter devant son agent de probation.

— Voyez-vous ça ! commenta-t-elle avec une grimace. Non, je n'ai pas la moindre idée de l'endroit où il pourrait être. Il avait de la famille sur la côte Sud, mais c'était il y a près de vingt ans.

Elle haussa les épaules et son chemisier bâilla un peu. Ethan s'efforça de ne pas lorgner vers ses seins.

Elle se leva d'un mouvement souple.

— Veuillez m'excuser, mais j'ai beaucoup de travail, reprit-elle.

Il se leva aussi.

— Ça vous ennuierait que je jette un rapide coup d'œil à l'appartement, avant de partir ?

Elle croisa les bras, et ses yeux furent traversés d'un éclat meurtrier.

— Je trouve que ma maison a été suffisamment fouillée comme ça. Lisez les rapports, inspecteur. Tout y est. Les échantillons de cheveux, les empreintes, les photos.

Il serra les dents. Il savait qu'il pouvait trouver tout cela dans les rapports de police, mais il aurait voulu entrer néanmoins dans la chambre de Lisa. Après deux nouveaux crimes, il aurait eu un regard différent. Mais il ne tenta pas de convaincre Carson.

— Très bien, dit-il simplement.

En partant, il contourna le canapé pour jeter un coup d'œil au verre. De près, il put constater qu'il était sale. Elle avait donc bu juste avant son arrivée.

Il se tourna vers la porte, accordant un dernier regard en coin au bureau, couvert de dossiers. Une lettre attira son attention. Elle provenait du département de justice du gouvernement du Canada. Il parvint à déchiffrer les premiers mots : « Nous sommes heureux de vous confirmer... ».

Il n'eut pas le temps de lire la suite.

— Je vous ai demandé de partir, inspecteur, dit sèchement Mme Carson.

Il glissa son carnet de notes dans sa poche.

— Si je retrouve la trace d'Arnold, je vous le dirai. De votre côté, je vous demande de me prévenir si vous entendez parler de lui.

— Ne vous inquiétez pas, inspecteur, je ne suis pas stupide.

— Ne vous inquiétez pas, chère madame, personne n'a envisagé cette hypothèse, rétorqua-t-il sur le même ton qu'elle.

Il sortit en refermant la porte derrière lui et quitta l'immeuble. Il n'avait lu que les premiers mots de la lettre en vue sur le bureau, mais il était certain que la juge Carson venait d'être nommée à la Cour suprême.

Elle n'était sans doute pas la première juge alcoolique à être récompensée par cet honneur.

32

Mardi 15 mai, 10 heures

Kate regarda la pile de classeurs qui s'entassaient sur son bureau. Melinda Crouse avait tenu parole. Il ne lui restait plus maintenant qu'à se plonger dans le détail des procédures de sélection et de traitement des tissus humains.

Mais ce qui l'intéressait le plus se trouvait dans une mince enveloppe, au sommet de la pile. Elle l'ouvrit et en sortit une liasse de comptes rendus. On y avait collé un Post-it, avec un mot écrit à la main : *Vous trouverez ci-joint les renseignements sur les donneurs et les analyses de sang réclamés par vous à propos de B.G. et D.R., M.C.*

Il y avait en tout douze comptes rendus, de deux pages chacun. Chaque première page, à l'en-tête de BioMediSol, faisait état de l'éligibilité du donneur. La société mentionnait une adresse postale à Halifax, mais Kate voyait pour la première fois ce nom, elle en était certaine. D'après ce que lui avait expliqué John, elle comprit que BioMediSol se chargeait de collecter les tissus, c'est-à-dire de les prélever sur les donneurs et de fournir TransTissue. Apparemment, les tissus étaient accompagnés d'un rapport d'éligibilité du donneur émis par BioMediSol. Les analyses sanguines, figurant en deuxième page, étaient effectuées par TransTissue, mais à partir d'échantillons fournis par BioMediSol.

Etablir l'éligibilité était bien entendu l'étape numéro un, celle qui permettait de déterminer si un individu pouvait léguer ses organes à la science ou à la médecine. Le formulaire imposait de détailler l'état de santé du donneur et la cause de sa mort. Ceux qui souffraient d'une maladie chronique, d'un cancer ou d'une infection, étaient écartés.

Kate parcourut le dossier du premier donneur. Son nom était masqué, mais toutes les autres informations restaient lisibles : âge, sexe, état de santé, antécédents médicaux, facteurs de risques, cause et date du décès.

Puis elle poursuivit avec les autres. Apparemment, on n'avait rien à leur reprocher, ils réunissaient tous les critères d'éligibilité, haut la main. Ils n'étaient pas trop âgés, ils avaient eu une vie saine, aucun d'entre eux n'était mort d'une maladie leur interdisant de donner leurs organes ou leurs tissus.

Les tissus fournis par BioMediSol ne pouvaient donc être à l'origine de l'hépatite C de Brad Gallivant. La société avait suivi les procédures de sélection à la lettre.

Kate passa donc à la deuxième page des rapports, celle qui concernait les analyses de sang effectuées. TransTissue recherchait l'hépatite B, l'hépatite C, le virus HIV, et la syphilis, en mesurant les anticorps et antigènes pour chaque virus. Sur le papier, cela se traduisait par une valeur numérique comparée à une norme. Pour un virus HIV, un résultat était considéré comme positif à partir de 1.0. Un donneur avec 0.23 était déclaré non porteur. Bien entendu, les résultats devaient être inférieurs à la norme acceptable.

Kate lut avec attention les résultats sanguins du premier

donneur. Ils étaient excellents, nettement en dessous de la norme. Elle passa donc au suivant. Puis au suivant.

Au cinquième, elle fut surprise par le 0.53 affiché en face du virus HIV, une valeur nettement supérieure aux quatre précédents, mais néanmoins correcte. Elle passa au sixième. Rien à signaler. Pareil pour le septième.

Mais arrivée au huitième, elle eut la surprise de retrouver 0.53. Elle vérifia le neuvième. Même chose. Les trois suivants aussi.

Comment pouvaient-ils avoir le même résultat ?

Son pouls s'accéléra. Et encore plus quand elle constata que leurs résultats étaient également identiques en ce qui concernait les autres virus.

Elle regarda alors les rapports d'un œil incrédule.

Cinq donneurs présentant exactement les mêmes résultats sanguins pour quatre tests différents, c'était très improbable, pour ne pas dire impossible.

Elle vérifia une dernière fois. Non, elle n'avait pas mal lu.

Comment une telle anomalie avait-elle pu échapper à TransTissue ?

Elle décrocha son téléphone pour appeler Melinda Crouse. Puis elle se ravisa. Une visite à TransTissue s'imposait. Parce que si elle se demandait ce qui se passait là-bas, Morris MacNeil ne manquerait pas de se le demander aussi. Encore heureux qu'il n'ait pas eu en main les dossiers des donneurs avant elle !

Elle consulta sa montre. Il était 10 h 30.

— J'ai des rendez-vous à l'extérieur, ce matin, annonça-t-elle à Liz. Je serai de retour à l'heure du déjeuner.

Les locaux de TransTissue se trouvaient dans un bâtiment neuf de la zone industrielle de Dartmouth, la ville jumelle de Halifax. Kate traversa en voiture le pont qui les reliait. Sur sa gauche, l'eau bleue du bassin de Bedford scintillait des promesses d'un beau mois de mai. Elle prit ensuite l'autoroute, puis la sortie menant à la zone industrielle.

Il y avait probablement une explication à ce qu'elle avait lu, mais elle avait beau réfléchir, elle ne voyait pas laquelle.

La zone industrielle était un dédale, et elle se perdit plusieurs fois. Enfin, elle trouva Blue Ridge Crescent, la voie qu'elle cherchait, une longue allée sinueuse et déserte en bordure de la forêt de pins. Elle était en train de se demander si elle avait bien la bonne adresse quand elle aperçut un grand bâtiment de trois étages aux vitres teintées de rose. En s'approchant, elle remarqua une annexe, plus petite, nantie de deux hautes cheminées de métal. Celles-ci crachaient une fumée grise qui s'élevait lentement en panache vers le ciel bleu, puis se dissipait au niveau de la cime des arbres.

Elle se gara sur le parking réservé aux visiteurs et prit son porte-documents. Avec ses murs d'un blanc immaculé et son mobilier vert pâle, le hall d'accueil ressemblait à celui d'un hôpital plutôt qu'à celui d'une usine. Une série d'affiches encadrées, placées bien en vue sur le mur principal, présentaient les produits TransTissue. L'une d'elles attira son attention parce qu'il s'agissait du produit mis en cause par les plaignants : « Pâte osseuse nouvelle génération ». Elle n'avait pas effectué de recherches poussées sur l'usage de cette pâte osseuse, mais elle était toujours abasourdie quand elle songeait qu'on prélevait sur des cadavres la matière première qui servait à la fabriquer.

Elle se dirigea vers le bureau de la sécurité. Le gardien la regarda approcher d'un œil froid et inquisiteur. Pas question de badiner avec lui.

— Je viens voir Melinda Crouse, dit-elle. Votre chargée de relations publiques.

Il acquiesça et consulta son tableau avant de composer le numéro de Melinda. Kate attendit, se félicitant de ne pas avoir prévenu de son arrivée, ce qui lui donnait l'avantage de l'effet de surprise.

Le gardien parla quelques secondes dans l'appareil, puis raccrocha.

— Elle vient vous chercher, dit-il à Kate.

Il lui remit une plaque de visiteur accrochée à un ruban.

— Signez, ordonna-t-il.

Elle fut déçue de constater qu'il lui glissait une feuille vierge. Elle aurait bien voulu vérifier si Morris MacNeil n'était pas passé par là avant elle.

— Bonjour ! fit derrière son épaule de Kate la voix enjouée de Melinda Crouse.

En se retournant, elle découvrit une femme qui devait avoir un peu plus de trente ans et arborait une expression chaleureuse, bien que vaguement surprise.

— Bonjour, Melinda, répondit Kate en lui tendant la main.

Melinda la serra mollement.

— Désolée de vous tomber dessus à l'improviste, mais j'ai reçu les documents que vous m'avez envoyés et j'aurais quelques questions à vous poser, déclara Kate.

— Pas de problème, répondit Melinda, avec un sourire aussi enjoué que sa voix. Suivez-moi.

Elle lui désigna une petite pièce donnant dans l'entrée.

— Ici, nous serons tranquilles pour parler, ajouta-t-elle.

— Ce sera parfait, merci.

Kate lui emboîta le pas, tout en l'étudiant de dos. Melinda portait un tailleur bleu marine, des chaussures pointues usées au talon. Ses cheveux blonds soigneusement méchés étaient coiffés en arrière pour dégager son visage.

La pièce dans laquelle elles entrèrent ressemblait à ces salles que les hôpitaux réservent aux familles qui souhaitent se recueillir ou prier. Elle était meublée de quelques fauteuils en velours vert pâle et d'une table basse en chêne. Une fontaine à eau était installée dans un coin.

Kate prit un fauteuil et Melinda vint s'asseoir en face d'elle.

— Vous avez bien reçu tout ce qu'il vous fallait ? demanda-t-elle.

Kate sourit.

— Oui, merci beaucoup. Mais j'ai besoin de préciser certains points avec vous. Pour commencer, je voudrais que vous me confirmiez que vous n'avez fabriqué que six lots de pâte osseuse durant la journée qui correspond au lot de notre plaignant.

Melinda acquiesça.

— Oui, c'est bien cela. Six lots. Provenant des donneurs dont je vous ai transmis les dossiers.

Kate prit l'un des dossiers.

— Serait-il possible que les formulaires d'éligibilité aient été remplis par TransTissue plutôt que par BioMediSol ?

Melinda secoua la tête.

— Non. C'est à celui qui fournit les tissus de les remplir.

— Et qui les vérifie ?

Melinda se raidit et une lueur d'inquiétude passa dans son regard.

— Eh bien... Ils vont d'abord à la section de dépistage, qui vérifie tout avant de lancer la fabrication.

Elle lissa son chemisier du plat de la main.

— Mais cette procédure est détaillée dans les manuels que vous m'avez réclamés.

— Parfait, dit Kate.

La silhouette d'un homme, dans l'entrée, passa dans la périphérie de son champ de vision. Il était brun, avec de larges épaules qui faisaient paraître son costume trop ajusté. Mais le temps qu'elle se retourne, il avait disparu.

— C'est par là, le secteur de fabrication ? demanda-t-elle en désignant la porte par laquelle l'homme était passé.

Melinda acquiesça.

— Oui.

— J'ai toujours eu envie de savoir à quoi ça pouvait bien ressembler. Vous me feriez visiter ?

Melinda sourit et se leva d'un bond. Elle paraissait visiblement soulagée de ne plus avoir à répondre à des questions.

— Bien sûr, dit-elle.

Kate reprit son porte-documents et la suivit. Elles passèrent devant le gardien et tournèrent au bout du couloir. Melinda présenta sa carte magnétique à un détecteur qui déclencha l'ouverture d'une série de portes métalliques.

Elles les franchirent ensemble. Puis les portes se refermèrent. Il y avait comme un vrombissement dans l'air, qui provenait sûrement des tubes au néon du plafond.

— Nous ne pouvons entrer dans la partie où se fabrique la nouvelle génération de pâte, parce qu'il faudrait enfiler des blouses et tout un attirail, fit remarquer Melinda. Mais je peux vous montrer comment on prépare d'autres produits à partir des os.

— D'accord, répondit Kate.

Elle aurait préféré suivre les étapes de fabrication de la pâte, vérifier qu'il n'y avait pas de faille dans la chaîne, rien dont Morris aurait pu tirer avantage.

— Il y aurait moyen de visiter cette chaîne de fabrication, une autre fois ? insista-t-elle.

— Hum..., répondit Melinda avec un sourire gêné.

Il faudrait l'accord du directeur. C'est une zone à accès limité.

Kate fronça les sourcils.

— Et pourquoi ?

— A cause du protocole sanitaire qui est très strict. Il faut absolument éviter la contamination par des germes, vous comprenez...

Elle s'arrêta devant un grand panneau vitré qui donnait sur une sorte de laboratoire.

— Voici le FADAL, annonça-t-elle.

— Le quoi ?

Melinda sourit de nouveau et désigna du doigt une machine rectangulaire de près de trois mètres de haut, coupée en son milieu par un long plateau en acier.

— C'est la machine qui prend en charge la découpe des os. Elle est dirigée par un programme informatique.

Une femme s'approchait justement du plateau en acier et y déposait un os. Elle ne prêta aucune attention à Melinda et à Kate. Elle appuya sur quelques boutons, sans doute pour régler la machine, puis abaissa une manette. Un nuage de poussière blanche s'éleva et, quand il retomba, Kate put constater que l'os avait été débité en goujons de tailles et de formes identiques.

— Je suppose qu'à cette étape, les os sont déjà passés par la sélection ? commenta-t-elle.

Melinda acquiesça.

— Oui. Nous analysons le sang qui nous est envoyé avec les os et les tissus. Une fois qu'il est établi que tout est parfaitement sain, les tissus sont séparés des os, lesquels entrent dans ce laboratoire pour transformation.

— A quoi sont destinés les goujons que nous venons de voir ?

— A consolider des vertèbres, expliqua fièrement Melinda.

Devant le regard interrogateur de Kate, elle jugea utile de préciser.

— Il s'agit d'une intervention courante de la colonne vertébrale. Nous fabriquons aussi d'autres goujons utilisés dans la chirurgie du genou, lors d'interventions sur les ligaments croisés, pour faciliter la cicatrisation.

La technicienne collecta les goujons pour les placer dans un récipient.

— Que se passe-t-il, une fois que le produit est prêt ?

— Tous nos produits passent par la machine de détection.

— Qu'est-ce que c'est que ça ?

— Une sorte de machine à laver géante qui nettoie le tout en profondeur pour éradiquer les germes. Ensuite, certains produits sont congelés. Il ne reste plus alors qu'à les utiliser le moment venu.

Elle jeta à Kate un regard en coin.

— Bien entendu, chaque produit est marqué d'un numéro de lot qui permet de remonter jusqu'au donneur.

— Votre machine à laver, elle pourrait éliminer un virus HIV, ou d'hépatite ?

Melinda acquiesça.

— Je pense que oui. Mais la question ne se pose pas, puisque nous prenons la précaution d'effectuer des analyses sanguines avant la fabrication. De plus, nos fournisseurs vérifient de leur côté que les donneurs ne sont pas porteurs de virus, avant de prélever leurs tissus.

Elle eut un franc sourire.

— Voilà, la visite est terminée. D'autres questions ?

Elle fit volte-face et reprit le chemin de l'entrée.

Kate entendit des pas derrière elle. Elle jeta un coup d'œil par-dessus son épaule. L'homme qu'elle avait aperçu quelques instants plus tôt dans le hall avançait dans leur direction.

— Oui, une dernière, dit-elle à Melinda. Mais je crois que nous pourrions terminer notre discussion dans la salle de réunion.

— Si je puis me permettre, intervint l'homme en avançant vers Kate.

Il lui fut aussitôt antipathique, sans qu'elle sache dire pourquoi. Sans doute cet air rusé…

Son arrivée impromptue parut inquiéter Melinda, qui s'agita.

— Oh ! monsieur Duggan, je ne vous avais pas vu…

Monsieur Duggan… Le directeur en personne. Kate soutint son regard. Il avait la quarantaine, mais des traits encore juvéniles et une silhouette de footballeur qui avait bien vieilli.

— Ce n'est pas grave, Melinda, répondit-il en lui adressant un bref sourire.

Kate lui tendit la main.

— Monsieur Duggan, je suis Kate Lange.

Elle put constater qu'il avait une poigne ferme et chaude.

— Mademoiselle Lange, j'ai beaucoup entendu parler de vous, dit-il en découvrant des dents blanches et bien alignées. D'après ce qu'on m'a dit, vous aidez John à monter un dossier de défense irréprochable.

Kate sourit.

— Je l'espère. Je voudrais visiter les locaux où l'on fabrique la pâte osseuse.

Il acquiesça.

— On va tenter de vous arranger ça. Mais en attendant, vous vouliez poser une question à Melinda, je crois ? Je peux peut-être y répondre.

— J'ai reçu les dossiers des donneurs concernés par le lot dont provient la pâte osseuse incriminée par le plaignant. Il se trouve que cinq des donneurs ont exactement les mêmes valeurs en ce qui concerne la sérologie des virus. Je me demandais comment c'était possible.

Il marqua un temps d'arrêt, et elle eut l'impression qu'il pâlissait.

— Exactement les mêmes valeurs ?

— Oui. Vous croyez qu'il serait possible que BioMediSol vous ait envoyé le même échantillon pour cinq donneurs différents ?

Melinda poussa un cri étouffé qui lui valut un regard réprobateur de Bob Duggan. Puis il se tourna vers Kate.

— Je vais vérifier ça. C'est tout à fait inhabituel et surprenant. Je peux vous assurer que notre service d'habilitation est extrêmement strict en ce qui concerne le passé et la sérologie des donneurs. Je pense plutôt qu'on ne vous a pas fourni les bonnes analyses. Les dossiers ont dû se mélanger.

— Il vaudrait mieux, rétorqua-t-elle en le regardant droit dans les yeux. Parce qu'une anomalie comme celle-ci pourrait avoir des conséquences très désagréables pour TransTissue. Sans parler de tous les patients concernés par ce lot.

Elle ne voulait pas avoir l'air de lui faire la leçon, mais le fait qu'il paraisse surpris et un peu déboussolé par cette révélation l'inquiétait au plus haut point. Il n'aurait pas fallu que le dossier de la défense s'effondre comme un château de cartes.

Bob Duggan fronça les sourcils.

— J'en ai parfaitement conscience, mademoiselle Lange, dit-il en l'entraînant vers la sortie. Retournez-moi ces documents aujourd'hui même, je vous prie.

Il lui ouvrit la porte.

— Je chargerai la personne compétente de vous contacter pour la visite des locaux de fabrication de la pâte osseuse.

— Merci, dit-elle seulement.

Elle quitta le bâtiment, tout en réfléchissant à la réaction de Bob Duggan. En définitive, il avait paru aussi horrifié qu'elle.

Elle espéra qu'en consultant les dossiers il trouverait une explication raisonnable à cette bizarrerie.

Sinon, ils étaient en bien mauvaise posture.

Tout en redescendant Blue Ridge Crescent, elle jeta un coup d'œil dans son rétroviseur. Le soleil de midi transformait les vitres roses de TransTissue en un épais bouclier. Elle ne pouvait pas voir Bob Duggan, mais elle aurait juré qu'il la suivait du regard.

33

Kate reposa le combiné du téléphone. Il était 14 h 48. Elle avait contacté un ancien camarade d'université qui travaillait maintenant dans un laboratoire d'analyses. Il lui avait confirmé, comme elle s'en était douté, que cinq personnes ne pouvaient avoir les mêmes résultats au centième près.

Le dossier de TransTissue avait été trafiqué.

Et sa défense venait de s'effondrer.

Elle composa le numéro de John, lequel décrocha aussitôt.

— Je voudrais vous parler au sujet de l'affaire TransTissue, annonça-t-elle, le cœur battant.

— Ça tombe bien, j'allais justement vous appeler pour la même raison, rétorqua-t-il froidement.

Elle fut aussitôt sur ses gardes.

— Montez dans mon bureau, ajouta-t-il.

Elle rassembla le dossier TransTissue dans une chemise et se dépêcha de rejoindre John.

— Bonjour, John, lança-t-elle en entrant dans son bureau.

Elle essayait de faire bonne figure, mais elle n'en menait pas large, avec la bombe à retardement qu'elle tenait sous le bras.

Il lui adressa un léger sourire.

— Asseyez-vous, Kate, je vous en prie.

Elle se laissa tomber dans le fauteuil installé face à lui et posa la chemise sur ses genoux.

— Que se passe-t-il ? demanda-t-elle.

Car elle n'était pas dupe. Il se passait quelque chose d'anormal. John l'avait habituée à un accueil chaleureux et un peu paternaliste, mais aujourd'hui, il la fixait froidement, avec une lueur inquiète dans les yeux.

— J'ai reçu un appel de Bob Duggan, dit-il en la dévisageant pour guetter sa réaction.

Elle soutint son regard.

— Je l'ai rencontré ce matin, en effet.

— Que faisiez-vous chez TransTissue ?

Le ton n'était pas accusateur, mais un brin agacé, suffisamment pour la mettre sur la défensive.

— Je vérifiais certains éléments qui m'avaient paru importants. Avant que Morris ne s'en charge, ajouta-t-elle en détachant bien ses mots.

— Bob m'a dit que vous avez réclamé un certain nombre de documents, pour mettre ensuite en doute leur authenticité.

— J'avais en effet réclamé les dossiers des donneurs concernés par les lots fabriqués le même jour que celui du plaignant.

John se tut. Il attendait la suite et continuait à la fixer d'un œil glacial.

Une sonnette d'alarme résonna dans le crâne de Kate.

— Je voulais m'assurer qu'il n'y avait eu aucun vice de fabrication qui aurait risqué d'annihiler notre défense.

Il croisa les doigts.

— Mais pourquoi les avoir accusés d'avoir falsifié les dossiers ?

Falsifié ? Elle repassa dans sa tête le film de sa conversation avec Melinda, puis avec Bob Duggan. Elle leur avait demandé comment cinq résultats provenant de donneurs différents pouvaient être identiques, mais elle ne les avait accusés en aucune manière.

— John, je ne les ai pas accusés, répliqua-t-elle en se raidissant, mais le fait est qu'il y a un problème. J'ai trouvé cinq dossiers identiques et…

— Je sais, coupa-t-il d'un ton morne. Bob m'a expliqué qu'il y a eu une erreur de photocopie et qu'on vous a transmis cinq dossiers de la même personne.

— Vraiment ?

Ses doigts se refermèrent sur la chemise.

— Ce n'est pas ce qu'il m'a dit sur le moment. Il m'a demandé de lui renvoyer les documents. Il voulait enquêter sur ce problème. J'ai renvoyé les documents par porteur, dès que je suis revenue au bureau, mais j'en ai conservé un exemplaire.

Pourquoi Bob Duggan voulait-il la faire passer pour l'empêcheuse de tourner en rond, dans l'histoire ?

— Regardez.

Elle lui tendit les photocopies qu'elle avait conservées.

— Ces dossiers proviennent de personnes différentes, et pourtant leur sérologie est identique.

John consulta les cinq dossiers et les reposa doucement sur son bureau.

— En effet, concéda-t-il. Les valeurs sont identiques.

Son regard se fit plus aigu.

— Mais il s'agit d'une erreur de photocopie, comme je viens de vous l'expliquer. C'est tout de même évident.

Le ton laissait entendre qu'elle aurait pu s'en douter, et surtout s'abstenir de déranger le directeur de TransTissue pour cette broutille.

— Il est possible qu'il s'agisse d'une erreur de photocopie, mais je veux voir les originaux maintenant, sans les identités masquées.

Après ce qu'elle avait lu sur l'affaire américaine, elle ne voulait prendre aucun risque.

John croisa les bras.

— Croyez-vous sérieusement que TransTissue s'amuserait à falsifier des documents ?

Elle rencontra son regard, la tête haute.

— Non, je ne pense pas. En revanche, il est possible que son fournisseur lui ait envoyé de faux échantillons sanguins.

John haussa un sourcil en affichant un air incrédule.

— Vous avez regardé *Les Experts* à la télé, hier soir ?

Elle sentit le rouge lui monter aux joues.

— Dans l'affaire américaine, le fournisseur de la société mise en cause livrait des tissus contaminés et falsifiait les dossiers des donneurs.

John s'adossa à son fauteuil et la fixa d'un air songeur pendant quelques secondes, avec une expression indéchiffrable.

— Vous pensez donc que la société TransTissue aurait un problème avec son fournisseur et qu'elle l'ignorerait ? se décida-t-il à demander.

Elle se sentit immensément soulagée. Enfin, il avait compris. Il y avait mis le temps... Dire qu'il avait la réputation d'un homme prompt à détecter le maillon faible d'un dossier !

— C'est une possibilité. Avez-vous entendu parler d'une société nommée BioMediSol ?

John fronça les sourcils.

— Vaguement. Pourquoi ? BioMediSol est le fournisseur de TransTissue ?

Il ramassa un stylo sur son bureau et s'amusa à le faire rouler entre ses doigts.

— Oui, répondit-elle. Et il se trouve qu'en analysant les échantillons sanguins que cette société a fournis à

TransTissue avec les dossiers des donneurs, on trouve les mêmes valeurs, pour cinq sujets sur douze.

Il soupira doucement.

— Comme nous l'a très bien expliqué Bob Duggan, il s'agit d'une grossière erreur de photocopie.

Il posa le stylo et la fixa droit dans les yeux.

— Kate, vous devez comprendre que vous n'êtes pas en position de force, dans cette affaire. TransTissue a mis en place et respecte des procédures de contrôle très strictes, bien au-delà de ce qu'exige la loi. Chaque tissu est vérifié, contrôlé, étiqueté.

Il haussa les épaules.

— Il se trouve simplement qu'une chargée de relations publiques s'est trompée en faisant des photocopies.

Elle se redressa.

— Ce n'est pas TransTissue que je mets en cause, mais son fournisseur, insista-t-elle.

Elle ne comprenait pas pourquoi un avocat comme John, habitué aux litiges et aux rebondissements en tout genre dans les procès, prenait la chose aussi à la légère.

— Il faudrait régler le problème avant que la partie adverse ne réclame ces documents.

— Si la partie adverse réclamait ces documents, TransTissue lui fournirait les bons, murmura John en ramassant de nouveau le stylo, cette fois pour le poser sur son support. Le problème, voyez-vous, c'est que vous avez déplu à notre client et qu'il ne vous veut plus sur l'affaire.

— Quoi ? s'exclama-t-elle.

Elle sentit le sang quitter son visage.

— Oui, confirma-t-il. J'ai essayé de le raisonner, mais il n'a rien voulu entendre.

Il la regarda droit dans les yeux.

— Je pense que vous êtes une femme exceptionnelle, Kate. Et j'ai beaucoup de respect pour vous...

Elle s'efforça de conserver un visage impassible et attendit la suite.

— Mais vous multipliez les bévues. Savez-vous que Randall a été à deux doigts de vous virer, après l'affaire MacAdam ?

Elle déglutit péniblement, mais ne baissa pas les yeux.

L'expression de John se radoucit.

— Randall et la juge Carson ont eu autrefois une liaison, poursuivit-il.

— Je l'ignorais, murmura-t-elle.

— Il y a bien longtemps, mais... Vous vous doutez bien que ça crée des liens.

Randall Barrett et Hope Carson avaient été amants... Cela suffisait-il pour que Hope ait convaincu Randall de lui voler les notes qu'elle ne retrouvait plus ?

Randall faisait-il passer une ancienne liaison avant son éthique professionnelle ?

Elle soupira. Pourquoi pas ? Elle avait bien accepté de montrer ses notes à Ethan...

John fit cliqueter son stylo et Kate reporta son attention sur lui, s'efforçant de se concentrer.

— Le vrai problème, reprit John, c'est que vous avez froissé l'un de nos plus gros clients.

— Je voulais mettre les choses au clair, les dossiers me paraissaient problématiques et...

Elle s'arrêta net. A quoi bon insister ? Elle n'avait que trop compromis sa future place à LMB. Elle caressa lentement la chemise contenant le dossier TransTissue.

— Je suppose que j'aurais dû me montrer plus diplomate quand j'ai soulevé le problème avec Bob Duggan, murmura-t-elle doucement.

— En effet. Vous auriez dû mieux formuler votre demande, mais…

Le visage de John se durcit.

— Ce n'est pas pour cette raison que je vous ai fait venir dans mon bureau.

Il y avait donc autre chose ? Pas de doute, elle était virée : LMB avait remercié des avocats pour moins que ça. Elle se prépara au pire.

Il se pencha en avant.

— Je voulais vous informer que j'ai conseillé à Bob Duggan de négocier avec le plaignant.

— Négocier ?

Elle sursauta et ses doigts se refermèrent instinctivement sur la chemise pour l'empêcher de glisser de ses genoux.

John eut un léger sourire.

— Et il est d'accord.

Elle le regarda fixement.

— Mais nous n'avons même pas fini de monter le dossier.

— Je sais. Nous ferons économiser ainsi pas mal d'argent à notre client.

Elle inspira lentement par le nez. C'était censé la calmer, mais ça ne marchait pas très bien.

— Je ne vois pas pourquoi vous voulez négocier à ce stade. La partie adverse va se méfier.

John étala ses deux mains à plat sur son bureau.

— Mais voyons, Kate, c'est pourtant simple…

Une fois de plus, le ton condescendant qu'il employait semblait signifier qu'elle l'obligeait à lui expliquer des évidences. Elle s'efforça de rester calme. Cet homme lui avait offert la chance de sa vie, et il s'était toujours montré charmant avec elle.

John désigna un document marqué d'un triangle bleu.

— Denise Rogers a déposé plainte aujourd'hui, et

nous avons maintenant deux plaignants au lieu d'un. TransTissue ne veut pas de mauvaise publicité. Ils ont fait beaucoup de profits cette année — chose exceptionnelle dans le climat économique actuel — et s'apprêtent à acquérir plusieurs banques d'organes aux Etats-Unis. Ils sont en pleine expansion, vous comprenez.

Une fois de plus, elle remarqua qu'il parlait de TransTissue avec une sorte de fierté.

— Un procès ne pourrait que les desservir, même s'ils sont sûrs de gagner.

— Quels sont les termes du marché ? demanda-t-elle d'un ton détaché.

Mais elle était effondrée. Le travail qu'elle avait fourni, la fierté et la joie de s'occuper d'un dossier dans un domaine où tout était à faire... Tout cela réduit à néant. Elle revenait à la triste réalité. Aux affaires familiales.

— Gros dédommagement pour les plaignants, avec une clause de dissimulation, bien entendu.

Il se leva.

— A partir de maintenant, je m'en charge.

Il lui adressa un sourire qui se voulait sans doute consolateur. Mais elle s'abstint de sourire en retour.

— Vous avez fait du bon travail, Kate, même si vous vous êtes montrée maladroite avec Bob Duggan. Je sais qu'une autre fois, vous serez plus diplomate. J'ai remarqué que vous appreniez vite.

Il marqua un temps de pause. Il attendait sans doute qu'elle le remercie pour ces louanges hypocrites, pour avoir passé l'éponge sur ses erreurs, pour ne pas l'avoir mise à la porte du cabinet.

Elle se leva.

— L'affaire est donc classée, déclara-t-elle en s'efforçant de prendre un ton léger.

— L'affaire est classée, répondit-il avec un large sourire.

Elle posa la main sur la poignée de la porte.

— Kate ?

Elle se tourna vers lui.

— Je ne manquerai pas de vous faire signe dès que j'aurai quelque chose d'intéressant pour vous.

Elle n'en crut pas un mot. Maintenant que John lui avait retiré cette affaire, plus personne ne lui proposerait rien. Elle serait tenue à l'écart. Elle doutait même qu'on l'embauche, à la fin de sa période d'essai.

— Merci, dit-elle en refermant derrière elle.

Ses pieds se mirent machinalement en marche, en direction de l'escalier.

Elle passa devant le bureau de Rebecca Manning, qui était entrouvert. Du coin de l'œil, elle aperçut Rebecca en train de travailler, un téléphone coincé entre l'oreille et l'épaule, sa tête blonde inclinée au-dessus d'un carnet de notes à l'en-tête de LMB.

Elle continua à avancer, serrant contre sa poitrine la chemise contenant le dossier TransTissue. Un sourire amer lui monta aux lèvres. Rebecca ne s'était pas trompée.

John Lyons l'avait bien possédée, ça oui !

Y avait-il pris du plaisir ?

34

Tout en bifurquant pour entrer dans l'allée de sa maison, Kate jura tout bas. Elle jeta un coup d'œil à l'horloge de son tableau de bord : 16 h 44. Elle n'avait que quinze minutes de retard, mais ces quinze minutes avaient dû paraître une éternité aux deux femmes qui attendaient debout sous son porche. Elle avait conscience du fossé qui séparait leurs générations. Enid considérait sûrement ce retard comme une négligence impardonnable. De son temps, les gens accordaient encore de l'importance à la ponctualité. Ils ne bredouillaient pas de vagues excuses, alléguant un répondeur qui n'avait pas fonctionné pour expliquer leur retard.

Elle se dépêcha de sortir de sa voiture et avança d'un pas vif, avec son imperméable ouvert qui flottait dans le vent. Le soleil s'était décidé à se montrer et il faisait incroyablement doux. De chauds rayons lui réchauffaient la nuque. Ça n'allait sûrement pas durer. Le soleil du mois de mai ne s'éternisait jamais.

— Enid ! Muriel !

Elle grimpa en courant l'escalier du porche.

Enid serra la main de Kate.

— Bonjour, ma chère.

Kate sourit, soulagée de constater qu'Enid ne paraissait pas lui en vouloir.

— Désolée, je sais que je suis en retard, dit-elle.

Elle glissa la clé dans la serrure et dut forcer un peu pour ouvrir, comme toujours. La porte s'ouvrit en grinçant. Kate se prépara à un assaut de bienvenue d'Alaska. Mais le couloir était vide.

— Alaska ? appela-t-elle en se précipitant dans la cuisine.

Pas d'Alaska.

— Alaska ? dit-elle de nouveau, cette fois en prenant la direction du salon.

Le tapis était couvert de poils, mais Alaska n'y était pas.

Puis elle se souvint. A cette heure-ci, il se promenait avec Finn. Elle soupira de soulagement. Décidément, elle était sur les nerfs. La journée l'avait sérieusement éprouvée.

— Tout va bien, Kate ? demanda Enid depuis le porche.

Kate se tourna vers la porte d'entrée en essuyant ses mains moites sur sa jupe.

— Oui, tout va bien. J'avais oublié qu'Alaska sortait avec le jeune homme que j'ai engagé pour s'occuper de lui.

Elle ouvrit la porte moustiquaire.

— Entrez, je vous en prie. Je dois prendre quelque chose en haut, et ensuite, nous partons.

Elle avait prévu de prêter à Anna Keane un livre traitant des problèmes légaux concernant notamment les dons d'organes et les consentements — lecture qui ne lui serait pas inutile, si l'on en croyait Enid.

Laissant Enid et Muriel dans l'entrée, Kate monta l'escalier. Elle avait hâte que la journée soit finie. Hâte de s'asseoir dans sa cuisine, devant une assiette et un verre de vin. Elle aurait bien voulu pouvoir se confier à une oreille attentive. Six mois plus tôt, elle aurait eu celle d'Ethan. Mais à présent, elle n'avait personne à qui parler de l'humiliation qu'elle venait de subir dans le bureau de John Lyons.

Elle dut s'avouer, triste bilan, qu'elle n'avait pas d'amis. Elle consacrait tout son temps et toute son énergie à sa carrière. C'était un cliché, mais comme tous les clichés, il contenait une vérité essentielle. Elle avait été trop occupée, ces dernières années, pour nouer et entretenir une amitié. Entre les stages et Ethan, elle avait perdu contact avec ses anciens camarades d'université. Elle avait pensé faire de nouvelles rencontres chez LMB, puis elle s'était aperçue que ses collègues la considéraient comme une rivale. Le seul à lui avoir tendu la main était Randall Barrett, mais elle savait maintenant que son soutien n'était pas plus durable ni plus fiable que le soleil de printemps. Pas suffisamment chaud. Et prompt à se retrancher derrière le brouillard de l'ambition.

Elle jeta un coup d'œil à son reflet dans le miroir. Elle avait les joues rougies, les cheveux en désordre. Elle enfila rapidement un chemisier propre, se recoiffa, et redescendit.

Les deux sœurs n'étaient plus dans l'entrée. Elle les cherchait du regard, quand elle entendit leurs voix dans la cuisine.

— Mil, sors de là, je t'en prie...

— Non!

Kate s'arrêta net sur le seuil de la porte en découvrant le spectacle qui l'attendait. Muriel était agenouillée près du vieux placard à balais, en train d'en retirer une pelle qu'elle écarta négligemment. Autour d'elle gisaient un balai à franges, un seau, plusieurs brosses qui n'avaient jamais servi, trois flacons de produits d'entretien.

Kate pria pour que Muriel n'ait pas trouvé un rat mort.

Le balai tomba bruyamment aux pieds de Muriel,

qui se pencha un peu plus dans le placard, renversant un pot de peinture vide qui roula sur le sol.

Enid jeta un regard d'excuse du côté de Kate.

— Je suis vraiment désolée, murmura-t-elle. Je suis allée aux toilettes, et en revenant, je l'ai trouvée dans votre placard.

— Qu'est-ce qu'elle fait ? demanda Kate en contemplant la pagaille avec incrédulité.

Elle avança un pied pour arrêter la course du pot de peinture.

— Mil, lève-toi, supplia Enid.

Elle tira sur le bras de sa sœur, mais celle-ci était plus grande et plus forte qu'elle.

— Allez me chercher un morceau de lumière, ordonna Muriel depuis le placard, d'une voix étouffée.

— Un quoi ? demanda Kate en avançant d'un pas.

— Elle voudrait une lampe torche, traduisit Enid.

— J'en ai une, répondit Kate en fouillant dans un tiroir. Mais qu'est-ce qu'elle fait ?

— Elle cherche l'escalier secret dans lequel nous jouions enfants, répondit Enid, tandis qu'une ombre de tristesse passait dans ses yeux.

Kate vérifia l'heure à la pendule murale. Il était plus de 17 heures.

— Nous devons y aller, fit-elle remarquer.

Enid baissa la voix.

— Je n'ose pas l'empêcher d'aller jusqu'au bout. J'ai peur qu'elle ne finisse par s'énerver.

— Qu'elle s'énerve ?

— Elle a parfois des accès de colère, avoua Enid. Rien de grave, ajouta-t-elle précipitamment devant l'air inquiet de Kate. Elle ne s'en est jamais prise à moi.

Kate fronça les sourcils. Elle avait donc le choix entre laisser une démente démonter son placard ou se battre avec elle. Un poids tomba sur sa poitrine. Mais qu'avait-elle donc fait pour mériter ça ? Tout le monde la persécutait, aujourd'hui. D'abord Bob Duggan. Ensuite John Lyons. Et maintenant, Muriel.

— Elle en a encore pour longtemps ?

Il y eut un bruit sec à l'intérieur du placard.

— Non, je ne pense pas, répondit Enid d'un air préoccupé.

Kate alluma sa lampe torche et vint se placer derrière Muriel pour balayer le placard d'un faisceau de lumière. Elle retint un cri de surprise. Muriel avait tiré un côté d'un meuble à étagères posé au sol et cloué au mur. Il était délabré et mesurait environ un mètre de hauteur. Les planches s'étaient incurvées sous le poids des vieux pots de peinture qui y avaient séjourné. Kate avait pensé à les débarrasser quand elle avait emménagé, mais elle n'était pas allée jusqu'au bout de cette bonne intention. LMB lui avait pris tout son temps. A présent, les pots étaient empilés sur le sol, autour des pieds de Muriel.

Muriel tira de nouveau sur le côté qu'elle avait commencé à détacher. Il vint avec un craquement sec qui les fit sursauter toutes les deux.

— Aidez-moi, dit-elle.

Kate vint se placer près d'elle et acheva de démonter le meuble, s'efforçant de dissimuler son mécontentement. A présent, elle allait devoir racheter des étagères.

— Ah ! s'exclama Muriel.

Elle se pencha et fit glisser son doigt le long du mur.

— Tu as trouvé, Mil ? demanda Enid en passant sa tête par-dessus l'épaule de Kate.

Kate éclaira de sa lampe le mur mis à nu.

— C'est une porte ? demanda-t-elle.

Muriel suivit du bout des doigts ce qui ressemblait au

contour d'une porte de placard, à peu près de la taille du meuble à étagères.

Enid battit des mains.

— Tu l'as trouvé !

Elle se tourna vers Kate.

— Cette porte donne sur un passage secret.

Un frisson parcourut la colonne vertébrale de Kate. Cette découverte ne la réjouissait pas le moins du monde. Elle lui faisait plutôt entrevoir des désagréments.

— Et où mène ce passage ?

— A un escalier qui aboutit dans la buanderie.

— A l'étage ?

— Oui, répondit Enid avec un sourire rêveur. Nous nous sommes tellement amusées, en y jouant avec les enfants Hansen... Nous imaginions que la buanderie était une tour et qu'il y avait une princesse à délivrer.

Muriel poussa un grognement, tout en tirant sur la porte que la peinture avait scellée au mur. Il ne lui fallut que quelques minutes pour la détacher. Kate ne put, au passage, s'empêcher d'admirer sa force.

Un air poussiéreux et vicié s'échappa de l'interstice entre le mur et la porte. Kate éclaira avec sa lampe, tandis qu'Enid et Muriel se penchaient pour mieux voir. Une épaisse toile d'araignée les gênait, que Muriel écarta d'un geste impatient.

Enid agrippa l'épaule de Muriel.

— Ça n'a pas changé, murmura-t-elle avec émotion.

Muriel secoua la tête. Elle avait les larmes aux yeux.

— C'était si bien, Enid..., soupira-t-elle.

— Je sais, répondit Enid en tirant doucement sa sœur par le bras. Mais il faut y aller, à présent. Mme Keane nous attend. Kate nous permettra peut-être de revenir pour explorer l'escalier...

Kate acquiesça en silence. Ainsi, sa maison possédait

un passage secret ? Les deux vieilles femmes paraissaient ravies, mais elle ne partageait pas leur enthousiasme. La buanderie était contiguë à sa chambre. Elle n'aimait pas l'idée que quelqu'un pouvait passer par là et se glisser dans la chambre pendant son sommeil.

— Viens, Mil, insista Enid. Nous ne pouvons pas faire attendre indéfiniment Mme Keane.

Muriel se leva à regret, en lançant un dernier regard du côté du passage. Kate leur fraya un chemin en repoussant du bout du pied les divers objets qui jonchaient le sol.

— Je suis vraiment désolée, lui dit Enid d'un air contrit, en regardant les dégâts.

Elle ramassa une lingette et la plia soigneusement, pour en faire un rectangle parfait — exploit que Kate aurait été incapable de reproduire.

— Je rangerai en rentrant, dit Kate en posant sur la table la lingette que lui tendait Enid, tout en lui adressant un sourire de réconfort.

Finalement, elle n'était pas mécontente que Muriel lui ait montré ce passage secret. Elle laisserait les deux sœurs l'explorer une fois, pour les récompenser. Puis elle le condamnerait. Et cette fois, définitivement.

Dans le centre-ville, la circulation était fluide et elles arrivèrent à la maison funéraire à 17 h 40. Kate tint la portière à Enid et Muriel tandis qu'elles s'extirpaient du siège arrière, puis elle attrapa son sac et les suivit dans l'allée qui menait vers le bâtiment aux colonnes blanches. Enid marchait en tête, le dos déjà raidi par l'indignation. Kate lutta contre l'angoisse qui l'envahissait. Elle avait cru avoir exorcisé ses vieux démons lors de sa première visite, mais elle s'était trompée.

Anna Keane les accueillit à la porte. Elle portait une

jupe rose pâle, un peu froissée, et un léger chemisier de soie. Kate eut la sensation qu'elle avait hâte de finir sa journée et de rentrer chez elle pour profiter de cette belle soirée de mai.

— Mademoiselle Richardson, dit Anna Keane d'un ton chaleureux en s'adressant à Enid.

En reconnaissant Kate, elle marqua un léger temps d'arrêt, puis elle se reprit et elle les fit entrer.

— Vous disiez au téléphone que vous aviez changé d'avis ? reprit-elle d'un ton aimable, tout en les conduisant vers son bureau.

— En effet, répondit sèchement Enid. Je voudrais aborder avec vous certains points. C'est la raison pour laquelle je suis venue avec mon avocate.

Anna Keane jeta un regard surpris du côté de Kate.

— Mlle Lange est votre avocate ?

— Vous vous connaissez ? demanda Enid.

— J'ai rencontré Mme Keane dans le cadre d'une affaire, intervint Kate.

Elle s'efforça de conserver un ton chaleureux et détaché. Elle avait décidé de tout faire pour arranger les choses entre ses deux voisines et cette directrice de maison funéraire qui lui avait fait si bonne impression.

Elles entrèrent dans le bureau d'Anna. Cette fois, il y avait un bouquet de jonquilles jaunes dans le vase de la table de conférence. Leurs pétales s'étaient déjà flétris, en raison de la chaleur et de la sécheresse qui régnaient dans la pièce.

— Asseyez-vous, je vous en prie, dit Anna. Puis-je vous offrir du thé ou du café ?

— Non, merci, répondit Enid.

Elle sortit de son sac une liasse de papiers.

— Madame Keane, je suis venue pour annuler mon contrat avec votre maison et me faire rembourser.

Le visage d'Anna Keane demeura de marbre. Elle était probablement habituée aux revirements de ses clients. La mort était un sujet délicat.

— Je comprends, dit-elle seulement. Et croyez que je le regrette. Puis-je savoir pourquoi ?

Kate retint sa respiration. Enid avait visiblement du mal à se contrôler. Deux ronds rouges apparurent sur ses joues poudrées.

— Parce que vous avez tenté de me forcer la main pour que je fasse don du corps de ma sœur à la science.

Muriel sursauta.

— Mon corps ? Elle veut prendre mon corps ?

Elle s'enveloppa de ses deux bras.

— Non ! Non ! Il n'en est pas question !

Enid posa une main sur son avant-bras.

— Non, Mil, il n'en est pas question, ne t'inquiète pas.

Elle se tourna vers Anna Keane.

— D'après mon avocate...

Elle chercha le regard de Kate, pour y puiser de l'assurance.

— Je ne suis pas habilitée à signer pour ma sœur.

— C'est exact, renchérit Kate.

— Mais je ne vous ai jamais demandé de signer pour votre sœur, rétorqua Anna Keane.

— Pardon ? Mais bien sûr que si ! Vous m'avez dit que puisque j'étais sa fondée de pouvoir, je pouvais signer le formulaire à sa place.

— Vous m'avez mal comprise, mademoiselle Richardson, insista Anna Keane d'un ton doux et patient.

Elle glissa vers Kate un regard inquiet.

— Je vous ai dit, au contraire, que votre sœur devait signer elle-même. Jamais je ne vous aurais suggéré de signer à sa place.

— C'est faux ! s'écria Enid. Vous mentez !

De nouveau, Anna Keane chercha le regard de Kate, tout en haussant légèrement les sourcils. Le message était parfaitement clair : elle laissait entendre, devant Enid, que celle-ci n'avait plus toute sa tête.

Kate fut choquée de son manque de délicatesse et lui répondit par un froncement de sourcils. Mais elle ne put s'empêcher de se demander si Enid ne souffrait pas d'un début de démence sénile... Après tout, il s'agissait d'une maladie héréditaire.

Elle lui jeta un regard en coin. Mais non... Enid avait l'esprit parfaitement clair. Probablement plus qu'elle.

— Je suis de bonne foi, mademoiselle Richardson, reprit Anna Keane. Vous m'avez mal comprise et j'en suis désolée. Jamais je ne propose à un membre d'une famille de signer pour un autre. Ce serait contraire à mon éthique professionnelle.

Elle croisa ses mains devant elle.

— Bien entendu, je vous rembourserai, si vous le désirez.

Le ton semblait suggérer qu'elle avait hâte de lui rendre son argent et de se débarrasser d'elle.

Enid se leva.

— Je ne vous ai pas mal comprise, madame Keane. Mais je constate que vous n'êtes pas disposée à admettre que vous avez tenté de me manœuvrer.

L'agressivité d'Enid fit tressaillir Kate, mais Mme Keane continua à la fixer d'un air patient et inquiet.

— Vous pouvez m'envoyer votre chèque par courrier, conclut Enid en ramassant son sac. Viens, Muriel, nous partons.

— D'accord, Enid, répondit Muriel en se levant.

Elle tendit la main à Kate, pour la saluer.

— Ce fut un plaisir, marmonna-t-elle d'un air vague.

Enid glissa son bras sous celui de sa sœur et l'entraîna avec elle hors de la pièce.

Mme Keane s'approcha de Kate et posa une main sur son bras.

— Je suis désolée de ce quiproquo, mademoiselle Lange, dit-elle. Je crois que Mlle Richardson n'a plus toute sa tête.

Kate la dévisagea. Elle avait le front couvert de sueur. La chaleur, sans doute…

— Ce sont des choses qui arrivent, dit-elle d'un ton conciliant.

Mais elle demeura perplexe. Enid n'était pas en proie à une quelconque forme de démence sénile. Et donc, cette femme avait menti. Mais pourquoi ? Elle dégagea doucement son bras et se dirigea vers la porte.

— Au revoir, madame Keane. J'espère que vous aurez le temps de profiter un peu du soleil de cette belle fin de journée.

Anna Keane jeta un regard envieux au-dehors. Le soleil était déjà très bas et se transformait en une boule orange à l'horizon. Ses rayons obliques dansaient sur les toits des voitures qui passaient devant la fenêtre.

— Le temps que je boucle l'établissement, il sera trop tard, murmura-t-elle.

Elle avait raison, il n'y en avait plus que pour quelques minutes de soleil. Aussi Kate se dépêcha-t-elle de sortir. Une fois dehors, elle se retint de courir et avança lentement vers Enid et Muriel qui l'attendaient.

— Cette femme est une menteuse, assura Enid dès qu'elle fut à portée de voix.

Sa main était crispée sur la bride de son sac.

— Je sais, répondit Kate en lui ouvrant la porte. Je pense qu'elle a commis une erreur et qu'elle ne veut pas l'avouer.

Enid fit entrer sa sœur à l'arrière et s'installa près d'elle.

— Non, il ne s'agissait pas d'une erreur. Elle a sciemment tenté de me rouler.

— Vous en êtes certaine ?

Enid sortit de son sac un formulaire qu'elle agita sous le nez de Kate.

— Voyez vous-même. J'ai ramassé ça en sortant.

Kate le prit et le déplia, se plaçant de manière à ce que Mme Keane ne puisse pas le voir depuis sa fenêtre.

Elle parcourut le document du regard. Il s'agissait d'un formulaire destiné aux familles des défunts. Elle prit la peine de relire deux fois le dernier paragraphe, pour être certaine d'avoir bien compris.

« Confiez le corps de votre défunt à l'institut de recherche du célèbre Dr Gill et vous donnerez une autre dimension à sa mort. »

— Qu'est-ce que je vous avais dit ? insista Enid. Elle ment.

— Où avez-vous trouvé ça ? demanda Kate.

Elle n'avait pas remarqué ce papier parmi les prospectus.

— Dans un tiroir du présentoir de l'entrée. J'avais vu Anna Keane l'en sortir, la première fois. Je savais donc où chercher. Elle voudrait faire croire que je perds la boule, mais c'est faux. Mon cerveau fonctionne à merveille.

— Puis-je le conserver ? demanda Kate. J'aimerais rendre visite à ce Dr Gill.

Les yeux d'Enid brillèrent de reconnaissance.

— Vous feriez ça ?

Elle jeta un coup d'œil du côté de sa sœur.

— Ce serait intéressant de savoir ce qu'il a dans le ventre, commenta-t-elle. Et quoi qu'il dise pour sa défense, n'oubliez pas de lui rappeler qu'il n'a pas le droit de manipuler de braves gens qui n'ont rien demandé, même si c'est pour sauver l'humanité.

Kate acquiesça en silence, puis elle referma la portière sur les deux sœurs et alla s'installer derrière le volant. Il faisait chaud dans l'habitacle, et elle ouvrit sa vitre en grand. Puis elle songea à ses deux vieilles passagères et la remonta un peu. Elle démarra, tout en repassant dans sa tête leur entrevue avec Anna Keane.

Cette femme avait menti avec une aisance et un aplomb surprenants, mais le plus préoccupant était de savoir pourquoi elle avait tenté de forcer la main à Enid. Avait-elle voulu faire du zèle pour aider la recherche, ou bien y avait-il là-dessous des motivations moins avouables ?

Kate jeta un coup d'œil dans son rétroviseur. Enid brossait du plat de la main le manteau de sa sœur pour en ôter une peluche. Elle songea que la pauvre Muriel devait mourir de chaud, puis retint un sourire en voyant Enid faire descendre sa vitre. Décidément, Enid avait l'esprit parfaitement clair.

Vingt minutes plus tard, elle arrêtait sa voiture dans l'allée des sœurs Richardson.

— Puis-je vous inviter à prendre un thé ? suggéra Enid tout en tenant la portière pour Muriel.

— Je préférerais remettre ça à ce week-end, répondit Kate. J'ai vraiment hâte de rentrer chez moi.

Elle ne pensait plus qu'à se glisser sous un jet d'eau tiède pour se laver de la sueur de la journée, du goût amer de son entretien avec John Lyons, de la tristesse de leur entrevue avec Anna Keane.

— Bien sûr, ma chère, dit Enid. Et merci d'être venue.

Elle tira Muriel par la main.

— Viens, Muriel, c'est bientôt l'heure de passer à table.

Kate les regarda entrer ensemble dans la maison. Leur porche, bien que délabré, était agrémenté de fleurs colorées — l'œuvre de Muriel, sans doute.

Elle roula jusqu'à sa propre maison et ne put s'empêcher de comparer son entrée à celle qu'elle venait de quitter. Chez elle, pas de jolies fleurs pour rehausser la couleur terne de la peinture vert olive. Il était temps qu'elle fasse repeindre la maison. Mais encore fallait-il avoir l'argent nécessaire.

Puis elle remarqua la camionnette Doggie Dog garée au bord du trottoir. Elle soupira, tout en repoussant une mèche de cheveux qui lui barrait le front. Elle n'avait pas envie de faire la conversation à Finn. Elle voulait sa douche, son verre de vin, son magazine.

Tout en introduisant la clé dans la serrure, elle fit mentalement le bilan de sa journée. Elle s'en voulait de s'être laissé berner par les belles promesses de John Lyon et de s'être laissé attendrir par les yeux bruns d'Anna Keane. Elle était décidément une idiote.

35

Alaska sortit ventre à terre de la cuisine pour venir à sa rencontre, la langue pendante. Comme toujours, il fourra sa truffe humide dans la paume de sa main. Elle l'en remercia en le flattant, tout en regardant du côté de la porte de la cuisine. Tout était silencieux. Où était donc Finn ?

— Finn ? appela-t-elle.

Un sifflement strident la fit sursauter. Bon sang... Elle était décidément sur les nerfs. Il était temps qu'elle se détende. Elle entra dans la cuisine. Finn ne l'avait toujours pas vue. Il se penchait sur le placard. Il portait un jean délavé et un T-shirt, lequel, dans sa position, laissait voir sa taille musclée. Le sifflement se transforma pour devenir une version enlevée de *California Dreamin'*.

— Bonjour, Finn, cria Kate.

— Oh ! bonjour !

Il se redressa et se tourna vers elle, un grand pot de peinture dans chaque main. Elle remarqua une fois de plus le lien de cuir noir enroulé autour de son poignet — décidément très sexy.

Elle jeta un coup d'œil dans le placard. Les balais étaient bien alignés contre le mur. Le seau et la pelle aussi.

— Je vois que vous avez rangé, fit-elle remarquer.

Elle aurait dû lui en être reconnaissante, mais elle

avait plutôt l'estomac noué. Quand elle avait confié sa clé à Finn, elle n'avait pas réfléchi au fait qu'il pouvait circuler librement chez elle en son absence.

Elle espéra qu'il n'allait tout de même pas à l'étage, fouiller dans ses placards, sa boîte à pharmacie, ses sous-vêtements.

Stop ! C'est Finn. Le gamin qui sort ton chien. Pas un psychopathe !

Mais elle eut beau tenter de se rassurer, son malaise persista. Elle le regarda fixement. Il paraissait aussi calme et décontracté qu'à l'accoutumée. Finn n'était pas un criminel, cela se voyait.

Mais pour John, elle s'était trompée.

Et pour Anna Keane aussi.

Avait-elle également mal jugé Finn ? Elle se souvint qu'il avait nié l'avoir vue à l'enterrement de Lisa.

— Quand j'ai ramené Alaska, il avait très soif, avec cette chaleur, expliqua-t-il. Je suis entré dans la cuisine pour remplir sa gamelle d'eau et j'ai vu ça…

Il désigna le placard du menton.

— Je n'ai pas voulu le laisser avec toute cette pagaille, conclut-il d'un ton léger, mais qui laissait percer la désapprobation.

— Je n'ai pas eu le temps de ranger avant de partir… J'étais en retard.

Elle avait l'impression d'être une mère négligente prise en défaut. *Voilà ce qu'a ressenti Mme Carson quand elle a appris que tu avais appelé la police.* L'idée la traversa, comme un éclair, et elle s'empressa de la repousser. Elle ne voulait plus penser à Lisa MacAdam, à sa mère, à sa grand-mère. Le dossier était clos. Du moins en ce qui la concernait.

Elle ramassa un pot de peinture, tout en souriant piteusement.

— Vous avez raison. Je ne suis pas encore habituée au fait d'avoir un chien. Je n'ai pas tous les bons réflexes.

Le regard de Finn se posa sur le meuble à moitié démonté.

— Vous vous êtes entraînée au karaté ?

Elle ne put s'empêcher de rire, mais son rire sonna un peu faux.

— Non, ce sont mes voisines.

— Elles sont féroces, vos voisines.

La vision d'Enid et de Muriel attaquant l'étag[illegible] coups de pied la fit sourire.

— Elles jouaient dans cette maison quand elles étaien[illegible] enfants. A présent, elles sont âgées… Elles voulaien[illegible] simplement me montrer…

Elle s'arrêta net. Elle n'avait pas envie de parler qui que ce soit du passage secret. Et surtout pas à Finn.

— Ce truc-là ? dit-il en faisant un pas dans le placard.

— Oui.

La porte, qui n'était plus cachée derrière les pots de peinture, se devinait aisément.

Finn tira sur le battant, qui s'ouvrit aussitôt.

— Dingue ! s'exclama-t-il en passant sa tête dans l'embrasure. Je vois un escalier.

Il recula et se tourna vers Kate avec des yeux brillant d'excitation.

— Vous êtes déjà montée ?

— Non, répondit-elle en passant elle aussi la tête par l'ouverture.

L'air vicié sentait le moisi et la pourriture — il devait y avoir au moins un rat mort là-dedans. Dans la pénombre, Kate parvint à distinguer les trois premières marches.

— Je n'ai pas envie de monter, dit-elle. Je sais déjà que ça aboutit dans la buanderie.

— Oh ! Kate, allez…

Elle ne se sentait pas l'énergie nécessaire. Pas aujourd'hui. Elle était encore sur les nerfs.

— Non, je n'ai pas envie de monter, répéta-t-elle. De toute façon, j'ai l'intention de condamner cet escalier.

Il regarda l'ouverture d'un air déçu.

— Je ne peux vraiment pas vous convaincre ?

Devant son air de gamin qui vient de découvrir une grotte, elle se détendit un peu.

— Non, vous ne pouvez pas, répondit-elle.

— Permettez-moi au moins de vous aider à le condamner.

— Finn, c'est inutile, je peux me débrouiller, je vous assure.

Elle avait hâte qu'il s'en aille, à présent.

— De plus, je n'ai pas de marteau.

Il eut un petit sourire.

— Donnez-moi une seconde. J'ai quelques outils dans ma camionnette.

Il revint quelques minutes plus tard, avec une boîte de clous, un marteau et une scie. Le marteau, taché de peinture, avait visiblement beaucoup servi. La scie, en revanche, brillait comme si elle était neuve.

Il les posa délicatement et détacha soigneusement une planche de l'ancien meuble du placard.

— Vous allez vous servir de ça ? s'étonna Kate en regardant la planche cassée.

— Une fois que j'aurais scié les bords, elle sera parfaite, assura-t-il.

Il disposa la planche sur le bord du comptoir de la cuisine et attrapa la scie.

— Elle est belle, n'est-ce pas ? dit-il en montrant l'outil à Kate. Je viens de l'acheter.

— Très belle, oui, murmura Kate pour lui faire plaisir. Les hommes et leurs outils…

Tout en le regardant scier sa planche en sifflotant, elle

songea avec nostalgie à un verre de vin, à un magazine, à une douche bien chaude.

— Voilà, c'est fait, annonça-t-il enfin. A présent, je vais avoir besoin de vous.

— Très bien, grommela-t-elle en le suivant à regret dans le placard.

Il lui tendit la planche. Elle était lourde.

— Tenez-la contre la porte pendant que je cloue, dit-il.

Elle se pencha en avant, en s'appuyant d'une main à la planche.

— Non, ça ne va pas. Pas comme ça. Il faut la bloquer... Comme ça...

Il s'agenouilla devant la porte et cala la planche avec ses deux bras ouverts.

— Vous avez compris ? demanda-t-il.

— Oui, murmura-t-elle.

Elle avait failli ajouter : « Oui, mon commandant ».

C'était plus facile pour lui que pour elle. Il ne portait pas une jupe. Elle s'agenouilla tout de même et tint la planche comme il le lui avait demandé.

« Je devrais recommencer à faire des haltères..., songea-t-elle. Je n'ai plus de force. »

Elle avait la joue écrasée contre la planche, ses bras écartés tenant chacun un bord.

Il recula et elle l'entendit respirer bruyamment.

Du coin de l'œil, elle le vit se baisser pour ramasser la scie et en caresser le tranchant du bout des doigts.

Puis il se tourna lentement vers elle et, brusquement, elle songea à Lisa MacAdam. Dont on avait scié les membres.

Shonda avait parlé d'un garçon blond ami de Lisa, qui aimait les chiens.

Elle avait cru voir Finn à l'enterrement et... Ethan

n'avait-il pas dit que ses hommes surveillaient la cathédrale parce qu'ils pensaient que le tueur était présent ?

Finn avança.

Il y eut brusquement dans l'air de ce cagibi quelque chose de palpable, de lourd, d'irrespirable.

De la peur.

Elle lâcha la planche et se leva d'un bond.

Il sursauta et la scie tressauta dans sa main.

— Qu'est-ce qui se passe ? demanda-t-il d'un ton inquiet. Vous ne vous sentez pas bien ? Vous vous êtes fait mal ?

Elle sortit du placard, tout en frictionnant la paume de sa main qui saignait.

— Je crois que je me suis égratignée sur un vieux clou, murmura-t-elle.

— Montrez-moi ça, dit-il d'un ton plein de sollicitude.

Il reposa la scie sur le comptoir et lui prit la main.

— Il faudrait mettre une crème antibiotique. Et nettoyer la plaie tout de suite. Je vais m'en occuper.

Il paraissait sincèrement inquiet et amical. Et pourtant, quelques secondes plus tôt, dans le placard, elle avait senti émaner de lui quelque chose qu'il l'avait terrifiée.

Sans doute était-ce à cause de la scie. Pourquoi avait-il attrapé la scie au lieu du marteau ?

— Je croyais que vous alliez clouer la planche, fit-elle remarquer d'un ton qui se voulait dégagé.

— J'allais la clouer, mais je me suis aperçu que j'avais mal taillé l'un des bords et j'ai voulu rectifier, répondit-il d'un air surpris.

Il paraissait sincère. S'était-elle affolée pour rien ?

Elle le dévisagea. Son regard était doux et chaleureux, comme toujours. Aucune lueur meurtrière ne brillait dans ses yeux.

Elle se sentit gagnée par la honte. Décidément, le

stress et la fatigue lui tapaient sur les nerfs. Elle espéra que Finn ne s'était rendu compte de rien.

Elle dégagea doucement sa main.

— Ça va, dit-elle. De toute façon, je m'apprêtais à prendre une douche.

— Moi aussi, j'aurais bien besoin d'une douche.

Elle se demanda s'il lui tendait une perche... Eux deux, nus sous la douche... Evidemment, après la décharge d'adrénaline dans le placard, cette idée, plus que plaisante, acheva de la détendre. Mais elle avait encore le sens du ridicule. Pas question d'inviter ce gamin dans sa douche.

— Merci pour tout, dit-elle simplement.

Il sourit.

— Désolé. La vieille planche, c'était une mauvaise idée. J'en apporterai une neuve d'ici à la semaine prochaine.

— Merci, répéta-t-elle.

Alaska dut sentir que Finn allait partir. Il vint se frotter à ses jambes et fut récompensé par de petites tapes amicales entre les oreilles.

— A demain, le chien, dit Finn.

Il ramassa sa boîte à outils et poussa la porte de la cuisine.

— Au revoir, Kate. Passez une bonne soirée.

— Vous aussi, répondit-elle.

Elle le regarda descendre le porche. La brise du soir était fraîche et humide. Le brouillard n'allait pas tarder à tomber.

Elle referma la porte et tourna la clé dans la serrure. Puis elle alla s'asseoir en titubant dans la cuisine. Elle se sentait glacée de l'intérieur et une douche chaude n'y changerait rien. A vrai dire, cette maison lui donnait de plus en plus la chair de poule.

36

Mardi 15 mai, 20 heures

Ethan arpentait d'un pas tranquille Agricola Street. Le quartier était en pleine rénovation depuis que des antiquaires et des peintres lui avaient trouvé du charme. Les vieux immeubles délabrés alternaient avec les façades restaurées. Durant la journée, en plein soleil, le coin n'avait pas trop mauvaise mine.

Mais les ateliers d'artistes n'avaient pas tout à fait remplacé d'autres commerces moins prestigieux, et plus anciens. La nuit, le quartier changeait de visage. Quand les ombres descendaient sur la rue, les prostituées et leurs protecteurs sortaient de leurs tanières et reprenaient possession du territoire.

Ethan se dirigea d'un pas résolu vers deux femmes qui faisaient le trottoir, une blanche et une noire, toutes les deux complètement défoncées. Elles étaient adossées à une grille en fer forgé donnant sur un jardin à l'abandon. Une maison pratiquement en ruine faisait peser son ombre sur elles.

— Tu veux quelque chose, chéri ? lança une des deux femmes.

Il s'arrêta à leur hauteur.

— Bonsoir, mesdames, dit-il.

La noire fit un pas en avant. Elle était moins partie que sa camarade, laquelle n'avait pas plus de seize ans et paraissait tellement camée qu'Ethan se demanda comment elle faisait pour tenir debout.

Il fouilla dans ses poches. La femme noire l'encouragea d'un sourire.

— Pour une pipe, c'est cinquante. Tout le reste, c'est cent.

Il y avait dans son regard une lueur de désespoir qui donna envie à Ethan de l'emmener loin d'ici, dans un endroit sûr. Dieu seul savait ce qu'elle était prête à faire pour cent dollars !

— Pas ce soir, dit-il en souriant pour s'excuser de son refus.

Elle recula, titubant sur ses talons aiguilles, tout en le balayant du regard, des pieds à la tête.

— T'es un flic, marmonna-t-elle.

— En effet.

Il sortit de sa poche une photo de Mark Arnold et la lui montra.

— Tu aurais vu ce type traîner par ici ?

— Non, répondit aussitôt la femme en jetant un vague coup d'œil du côté de la photo.

Elle retourna s'adosser à sa grille et se remit à guetter les passants.

Ethan rangea la photo dans sa poche.

— Et Shonda ? demanda-t-il. Tu saurais où je peux trouver Shonda ?

Elle désigna du menton le coin de la rue.

— Merci, répondit-il.

Il enfonça ses mains dans les poches de sa veste et se remit à marcher dans la direction indiquée. Le brouillard n'allait pas tarder à tomber. Il devait trouver Shonda tant qu'on y voyait encore.

Au coin de la rue, il repéra une jeune fille qui parlait avec une femme plus âgée. En le voyant approcher, la femme jeta un coup d'œil par-dessus l'épaule de la jeune fille, lui murmura précipitamment quelque chose, et partit. La jeune fille fit disparaître un petit sac dans sa poche et se mit à descendre la rue. Ethan la suivit.

— Shonda, appela-t-il doucement, pour ne pas l'effrayer.

Elle accéléra le pas. Lui aussi.

— Shonda, je veux juste vous parler !

Elle se retourna. Son regard était froid et direct. Il fut soulagé de constater qu'elle n'était pas défoncée. Il aurait plus de chances d'obtenir d'elle des informations.

Il se plaça à sa hauteur.

— Vous êtes bien Shonda, n'est-ce pas ?

Elle acquiesça.

Il sourit.

— Je peux vous offrir un café ? proposa-t-il alors qu'ils passaient devant une échoppe qui vendait du café à emporter.

Elle s'arrêta net.

— J'ai déjà dit aux flics tout ce que je savais, déclara-t-elle.

— J'ai juste une question ou deux à vous poser.

Elle croisa les bras.

— A quel sujet ?

— Au sujet du type qui a tué votre copine Lisa.

— Ouais ?

Elle parut attentive, tout à coup. Il espéra qu'elle aurait aussi envie de lui dire la vérité.

— Vous êtes sans doute la dernière personne à avoir aperçu Lisa vivante. L'avez-vous vue monter dans une voiture, ce soir-là ?

Elle secoua la tête.

— On m'a déjà posé cette question. Et j'ai déjà répondu que non.

— Et Krissie Burns ?

Elle se mordilla la lèvre inférieure. Ethan remarqua qu'elle avait des dents larges et bien blanches.

— Je ne l'ai pas vue depuis le week-end dernier, grommela-t-elle enfin.

— Et Karen ?

Elle haussa les épaules.

— Karen a disparu de la circulation. On a pensé qu'elle était partie dans sa famille. Et ensuite, on a appris qu'elle était morte de froid.

— Vous n'avez donc jamais vu ces filles monter en voiture avec quelqu'un ? insista Ethan, en s'efforçant de contenir sa frustration.

— La seule que j'ai vue monter dans une voiture, c'est Vangie.

Vangie ? Ce prénom lui disait quelque chose.

— Vangie comment ?

Elle fit la moue.

— White. Non. Wright.

Vangie Wright...

Il se souvint brusquement de ce que lui avait dit Kate à propos d'une Vangie Wright, et de sa disparition que Shonda avait vainement signalée à la police.

Il en avait parlé à Ferguson. Avait-elle passé le mot à Vicky ?

Vangie Wright était peut-être leur victime numéro trois. Celle qu'ils n'avaient pas encore identifiée.

Mais c'était peu probable. Vangie Wright avait disparu plus d'un an plus tôt.

Cela dit, le tueur avait pu la garder prisonnière un certain temps avant de se décider à l'exécuter.

Il inspira lentement.

— A quoi elle ressemblait, Vangie ?

— Elle était petite et menue, comme un oiseau.

Cette description ne correspondait pas à la victime numéro trois.

— Elle avait quel âge ?

Shonda haussa les épaules.

— Dans les trente ans. Mais elle faisait beaucoup plus.

Non, décidément, rien à voir avec la victime non identifiée.

— Parlez-moi de Vangie, insista-t-il. Que s'est-il passé exactement la dernière fois que vous l'avez vue ?

— Elle est montée dans la voiture d'un type, et ensuite, plus de nouvelles.

Ethan sonda son regard. Elle avait les yeux injectés de sang, mais ses pupilles n'étaient pas dilatées.

— Quand était-ce ?

— Je sais plus. Ça fait longtemps. Un an ou deux.

Il sortit la photo de Mark Arnold, par acquit de conscience plus qu'autre chose, parce que celui-ci était encore en prison au moment de la disparition de Vangie.

— Est-ce que le type qui a embarqué Vangie ressemblait à ça ?

Elle secoua la tête.

— Non.

Elle considéra la photo pendant quelques secondes, en se mordillant la lèvre de plus belle.

— Je n'en sais rien, avoua-t-elle enfin. Le type, je ne l'ai pas vu. Il s'est arrêté à la hauteur de Vangie, elle est montée, il a démarré.

— Mais la voiture, vous l'avez vue. C'était quel genre ?

— J'en sais rien.

Elle plissa les yeux, en regardant au loin.

— C'était une voiture, voilà, c'est tout.

— Une petite, une grande, une berline, une voiture avec hayon ?

— Moyenne, une berline, il me semble.

— Et la couleur, vous vous en souvenez ?

De nouveau, son regard se perdit au loin.

— Il faisait sombre et il pleuvait. Je me souviens que la peinture brillait.

— Vous voulez dire qu'elle était métallisée ?

— Oui.

— Plutôt dorée ou argentée ?

— J'en sais, rien. Argentée, peut-être.

Ethan rangea la photo de Mark et tendit sa carte à Shonda.

— Si vous avez des nouvelles de votre amie Vangie, ou si vous vous souvenez d'autre chose, n'hésitez pas à m'appeler.

Elle acquiesça, et Ethan se sentit rassuré en la voyant ranger sa carte dans la poche arrière de son pantalon.

— Vous croyez que ce type a flingué Vangie ?

— C'est difficile à dire.

Il dévisagea longuement Shonda. Elle paraissait si jeune, et pourtant si blasée, si détachée de tout.

— Si vous revoyez cette voiture, prévenez tout de suite la police, c'est compris ?

Elle acquiesça, tout en le regardant fixement.

— Vous êtes le premier, avec cette avocate, à vous soucier de Vangie, murmura-t-elle.

— Quelle avocate ?

— Kate je-ne-sais-plus-quoi, dit-elle en fourrant ses mains dans ses poches. Je croyais qu'elle découvrirait ce qui était arrivé à Vangie.

Elle haussa les épaules.

— Mais elle m'a dit qu'elle avait passé le relais aux flics.

Il fut surpris de l'apprendre. Ainsi, Kate avait tenu compte de ses avertissements.

— Je vais m'en occuper, promit-il.

Puis, comme pris d'une inspiration subite, il ajouta :

— Est-ce que quelqu'un d'autre vous a questionnée à propos de Lisa ?

— Un ami à elle, répondit-elle en haussant les épaules.

— Quel ami ?

— Un gamin. Un blond, avec des chiens. Je crois que c'est son boulot de promener les chiens. Je ne me souviens pas de son nom, mais je l'ai vu à l'enterrement de Lisa.

Un blond à l'enterrement de Lisa ? Il en avait remarqué un, lui aussi. Il se souvenait parfaitement du type aux cheveux courts, qui s'était précipité vers Kate quand elle avait failli se trouver mal.

— Si son nom vous revient ou s'il se manifeste de nouveau, faites-moi signe.

Il n'aurait pas su dire pourquoi, mais son instinct lui soufflait de ce méfier de ce « gamin ».

— Ne lui parlez pas. Et dans l'ensemble, soyez prudente.

Elle se tassa sur elle-même.

— Oui. Comme vous voudrez.

Il la suivit du regard tandis qu'elle remontait la rue pour disparaître dans une maison. Sans doute était-ce l'heure de sa dose.

Il retourna alors dans sa voiture. Il avait un drôle de chatouillis au creux de l'estomac. Et ça ne pouvait signifier qu'une chose : il était sur une piste.

Son portable sonna.

— Drake.

— Ethan ? C'est Deb. On a identifié la fille.

— Oui ? dit-il en mettant le contact.

— Tu ferais bien de venir au plus vite.

37

Mardi 15 mai, 21 heures

Kate referma la porte du placard sur l'aspirateur et s'adossa au battant. Elle était tellement épuisée qu'elle pouvait à peine bouger.

Mais au moins, la maison était propre.

Après le départ de Finn, elle avait englouti son dîner. La terreur qu'il lui avait brièvement inspirée lui avait redonné goût aux plaisirs de la vie. Elle s'était brusquement sentie pleine d'énergie.

Elle avait fait la vaisselle, rangé la cuisine, nettoyé le parquet, aspiré le dernier magazine déchiqueté par Alaska.

Tandis que son corps s'activait, son esprit s'était occupé à donner du sens aux événements de la journée. John Lyons avait fait s'envoler ses espoirs de promotion chez LMB. Au début, elle en était restée abasourdie, comme si elle avait mordu dans un gâteau appétissant pour découvrir qu'il était poivré.

Puis il lui était apparu que John Lyons savait quelque chose au sujet de TransTissue, et qu'il ne voulait pas qu'elle le découvre. C'était la seule explication à son attitude. Pour quelle autre raison aurait-il décidé d'éviter un procès qui aurait pu laver la réputation de son client ?

Pour quelle autre raison l'aurait-il empêchée de vérifier les dossiers des donneurs ?

Il ne s'était pas attendu à ce qu'elle aille si loin dans ses recherches. Elle l'avait manifestement surpris par sa perspicacité.

Et cela amenait une autre conclusion : John lui avait confié cette affaire parce qu'il la croyait naïve et inexpérimentée. Pas parce qu'il voulait lui donner l'occasion de faire ses preuves.

Elle se sentait furieuse.

Mais ce n'était pas le plus grave. Si Brad Gallivant et Denise Rogers avaient vraiment été infectés par un produit TransTissue, d'autres pouvaient l'être aussi. L'affaire allait donc beaucoup plus loin que quelques lots défectueux.

Elle ne pouvait laisser passer une chose pareille sans réagir.

Vu la gravité des circonstances, elle aurait dû s'adresser à Randall Barrett, mais elle n'osait plus se fier à lui.

Si elle en parlait à quelqu'un d'autre, à LMB, l'affaire remonterait jusqu'à Randall ou Lyons.

Elle allait donc devoir se débrouiller seule, faire mine d'accepter la version de John, tout en s'occupant de rassembler assez d'éléments pour alerter les autorités compétentes.

Pour l'instant, tout ce qu'elle savait — ou plutôt soupçonnait —, c'était que John Lyons couvrait TransTissue.

Il lui fallait des preuves.

Et ces preuves, elle allait les chercher du côté du fournisseur de TransTissue.

Quand Ethan entra dans la salle de réunion, tout le monde était déjà là, assis autour de la table.

— Alors ? demanda-t-il.

Ferguson se tourna vers lui. Son visage commençait à accuser sérieusement la fatigue. Ses taches de rousseur paraissaient plus larges et plus pâles.

— Sara Harper, répondit-elle en lui faisant signe de s'asseoir. J'ai déjà exposé la situation à l'équipe, mais je vais recommencer pour toi.

Il vint près d'elle, mais resta debout, appuyé à la table.

— Qui l'a identifiée ?

— Ses parents.

Le regard de Ferguson glissa vers Lamond, qui s'était installé un peu à l'écart, à un bout de la table. Annoncer à des parents que leur fille était la troisième victime d'un tueur sadique n'avait rien d'agréable. Lamond se souviendrait probablement de cette corvée pour le restant de ses jours.

— Que sait-on exactement ? demanda Ethan en sortant son calepin.

Ferguson ouvrit un dossier posé devant elle.

— Elle vient du Montana. Elle était étudiante, inscrite à l'université de Hollis.

Ethan haussa les sourcils. Une étudiante ? C'était la première fois que le psychopathe s'en prenait à une étudiante. Il comprenait maintenant la mine défaite de Ferguson. Ce changement était mauvais signe, aussi inquiétant qu'un virus mutant. A présent, le tueur pouvait frapper n'importe où.

— Comment l'a-t-il abordée ?

— Elle se promenait en ville avec une copine, laquelle l'a plantée pour passer la soirée avec un garçon. Elle s'est retrouvée seule pour rentrer chez elle. Pour économiser de l'argent, elle a décidé de marcher.

— Merde.

La pauvre n'avait pas eu de chance...

— Pourquoi ses parents ont-ils attendu si longtemps avant de signaler sa disparition ?

— Elle ne vivait pas avec eux et ils étaient en déplacement en Europe. De plus, elle avait prévenu ses amis qu'elle partait quelques jours à Toronto — c'était pour ce voyage qu'elle économisait son fric. Personne ne s'est inquiété de son absence.

Ferguson haussa les épaules.

— Elle vivait seule. La cible parfaite.

— Je vois ça. Il l'a ramassée où ?

— Une caméra de surveillance la montre en train de remonter Barrington Street. Elle habitait Fenwick. Il a dû la cueillir au bout de Morris.

Près de l'usine à grains. Et du cimetière. Ethan vida son café.

— Comment l'a-t-il tuée ?

— Il l'a droguée, puis étranglée.

— Pas de violences sexuelles ?

— Non.

— Il a changé de type de victime, mais il a conservé son scénario.

— Oui. Mais il l'a déposée à la hâte. Il semble se relâcher un peu.

Ethan sentit un frisson d'excitation le parcourir. Ça, c'était une bonne nouvelle. Il jeta un coup d'œil en coin au rapport du légiste que Ferguson tenait à la main.

— Des indices ?

— Une fibre dans ses cheveux.

— C'est tout ?

— Oui, soupira Ferguson en reposant le rapport. D'après le labo, elle correspond à celle retrouvée sur le corps de Lisa MacAdam. Il s'agit probablement d'une fibre provenant d'un revêtement de siège de voiture.

— Il l'a donc étranglée dans sa voiture et l'a transportée quelque part pour la découper…

— C'est ça, oui. Comme les autres.

Elle repoussa en arrière ses cheveux plats et mal coiffés. Elle ne rentrait pas souvent chez elle, en ce moment, comme eux tous.

— Et toi, tu en es où ? demanda-t-elle.

— J'ai vu la juge Carson, au sujet d'Arnold. Elle va être nommée à la Cour suprême, il me semble.

Ferguson laissa échapper un long sifflement.

— D'après Carson, Arnold l'aurait menacée de se venger le jour où il a appris sa condamnation, reprit Ethan. Depuis, elle n'a plus entendu parler de lui.

— D'après toi, il est du genre à se calmer avec la prison, ou il faut qu'on s'intéresse à lui ?

— Il a tué sa petite amie dans un accès de folie, soupira Ethan. Je le vois mal imaginer une mise en scène aussi sophistiquée.

— Il faut quand même l'interroger. Tu sais où le trouver ?

— Il s'est envolé.

Ferguson haussa un sourcil.

— J'ai fait lancer un mandat d'arrêt contre lui, se hâta d'ajouter Ethan.

Il se pencha en avant.

— Est-ce que tu sais si Vicky s'occupe de Vangie Wright, la prostituée qui a disparu ?

— Elle s'en occupe, mais ça n'a pas donné grand-chose, répondit Ferguson d'un ton sec. Une personne qui s'est présentée comme l'amie de Wright a effectivement rempli une déclaration la concernant, mais c'était plusieurs mois après sa disparition. Impossible de retrouver sa piste. Vicky a fait des recherches dans d'autres juridictions en remontant cinq ans en arrière, mais ça n'a abouti à rien. Elle a vérifié les prisons. Rien non plus. Personne n'a vu cette fille au cours des deux dernières années. Elle a même téléphoné à sa sœur qui lui a appris que Vangie était vraiment accro au crack. Elle a pu avoir une overdose et mourir dans un coin, sans être jamais identifiée. Mais Vicky cherche tout de même du côté des centres de désintoxication et des hôpitaux psychiatriques.

— Ça m'étonnerait qu'on la trouve dans un hôpital ou dans un centre, murmura Ethan en se balançant sur ses talons.

Le regard de Ferguson devint plus aigu.

— Qu'est-ce qui te fait dire ça ?

— Je suis allé voir la prostituée qui vendait de la drogue à Lisa MacAdam. Euh…

Il revoyait clairement le visage de la fille, mais son nom ne lui revenait pas. Le manque de sommeil, sans doute… Il ouvrit son calepin.

— Shonda… Shonda Bryant. C'est son nom. Je l'ai trouvée sur Agricola Street, en train de dealer. Je lui ai montré la photo d'Arnold, mais son visage ne lui disait rien.

Son regard plongea dans celui de Ferguson.

— Par contre, elle a vu monter Vangie Wright, le soir de sa disparition, dans une berline gris métallisé conduite par un inconnu.

— Elle n'a jamais mentionné cette voiture auparavant.

— Elle est complètement camée. J'ai dû insister pour lui soutirer ce détail. Je suppose qu'elle n'y a pas pensé le jour où elle est venue.

— Elle n'est pas fiable, comme témoin.

— Peut-être. Mais ce que je peux te dire, c'est qu'elle était sincère.

— Et comment peux-tu l'affirmer ?

Il haussa les épaules.

— Difficile à dire… Elle n'avait aucune raison de ne pas l'être, en tout cas.

Ferguson pinça les lèvres.

— Très bien, dit-elle enfin. De toute façon, nous avons si peu de pistes que nous ne pouvons pas nous permettre d'ignorer celle-là.

Elle se leva alors, et recula de quelques pas pour annoncer la nouvelle à l'équipe.

— Nous avons une nouvelle piste, dit-elle.

— Arnold ? demandèrent ensemble Lamond et Walker.

Ferguson secoua la tête.

— Non. Nous avons lancé un mandat d'arrêt contre Arnold, qui a disparu, mais c'est plutôt par acquit de conscience.

Elle se tourna vers Ethan.

— Explique-leur, dit-elle.

— Nous pensons que Krissie Burns n'était pas la première victime du tueur.

Walker échangea un regard lourd de sens avec Lamond. Eux non plus ne considéraient pas ça comme une bonne nouvelle.

— Nous nous intéressons à une prostituée qui aurait disparu il y a près de deux ans. Elle serait montée en voiture avec un type conduisant une berline gris métallisé.

Ils se mirent à prendre des notes.

— Son signalement correspond à celui des filles qui intéressent notre homme, poursuivit Ethan. Prostituée, même quartier que les autres, mêmes fréquentations. Il ne nous reste plus qu'à trouver son corps.

Ferguson prit son porte-bloc à pinces.

— Lamond, appelle le labo et demande-leur de vérifier si la fibre pourrait appartenir à un modèle de berline datant d'au moins deux ans. Walker, prends contact avec Vicky et procure-toi tout ce qu'elle a sur cette femme. Redding, je veux que tu regardes de nouveau le film de l'enterrement de Lisa MacAdam, cette fois pour chercher une berline grise.

A présent, ils prenaient tous fébrilement des notes.

— Ethan, poursuivit Ferguson en tapotant le rapport du légiste, il faut trouver l'endroit où il découpe les filles.

Ethan eut une poussée d'adrénaline. Enfin, une tâche intéressante.

— D'après le légiste, notre tueur serait particulièrement doué pour découper les cadavres.

Il jeta un coup d'œil circulaire autour de la table.

— Personne ici n'a envie de passer sur le billard ?

— Walker veut se faire refaire les seins, ricana Lamond en tâtant les pectoraux de son voisin.

Walker pratiquait la musculation et ne cessait de vanter ses pectoraux.

— Pas question, protesta-t-il. Les femmes apprécient ma poitrine telle qu'elle est.

Il banda ses muscles et jeta à Lamond un regard noir.

— Et toi ? Tu n'aurais pas besoin qu'on raccorde quelques neurones de ton cerveau ?

— Vous aurez droit tous les deux à une lobotomie, si vous n'arrêtez pas immédiatement vos pitreries.

Tout le monde se mit à rire. Il fallait bien plaisanter un peu pour détendre l'atmosphère.

— Ethan, c'est une bonne idée, approuva Ferguson. Tu vas aller à l'hôpital et prendre contact avec les chirurgiens. Lamond, quand tu en auras terminé avec le labo, tu le rejoindras.

Ethan rangea son carnet de notes dans sa poche, en s'efforçant de dissimuler son excitation.

Il avait hâte de rencontrer les chirurgiens de l'hôpital. Sous leurs blouses vertes, ces messieurs cachaient parfois de drôles de manies.

38

Vendredi 16 mai, 8 heures

Elle courut très bien, ce matin-là.

Après la nuit blanche qu'elle venait de passer, elle s'était attendue à caler au milieu de son trajet habituel, mais son corps, au contraire, débordait d'énergie. La prochaine fois qu'elle verrait Finn, elle le remercierait pour la décharge d'adrénaline. Quand elle rentra avec Alaska, il s'affala au pied du lit. Il ne bougea que lorsqu'elle l'appela pour manger.

Elle enfila son tailleur préféré, celui qui lui avait coûté si cher. La dernière fois qu'elle l'avait porté, c'était le jour où Randall lui avait confié Marian MacAdam et John Lyons l'affaire TransTissue. Elle se souvint de sa joie…

Elle avait été bien naïve.

Lyons avait cherché à l'utiliser. Il avait cru qu'une jeune avocate en période d'essai ferait tout pour lui plaire, et surtout qu'elle n'oserait pas creuser les dessous de cette affaire louche.

Lyons n'était pas clair. Il cachait quelque chose.

Et elle avait bien l'intention de trouver quoi, même si cela signifiait risquer sa place à LMB.

Epuisé et repu, Alaska somnolait sur le lit. Elle le

caressa doucement en guise d'au revoir, et il remua mollement la queue en réponse.

Elle ferma soigneusement la porte à clé en sortant et conduisit lentement jusqu'à son bureau. Le brouillard était épais, mais on sentait tout de même la présence du soleil, qui ne tarderait pas à percer.

Elle s'était garée dans le parking à niveaux et marchait d'un pas décidé vers l'ascenseur, quand une idée la traversa. Et si Bob Duggan n'avait pas exigé qu'on lui retire le dossier ? Si John Lyons lui avait menti ?

Bon sang… Que de « peut-être »… Elle regarda son reflet dans le miroir de l'ascenseur. Assez de doutes. Peu importait ce que mijotait Lyons, il ne s'en tirerait pas comme ça.

Elle avait passé les quinze dernières années à remettre sa vie sur pied, elle ne permettrait à personne de la lui gâcher.

Il était temps de s'asseoir devant un ordinateur et de chercher ce que Lyons avait pu laisser derrière lui.

Le Dr Marilla Olsen serra la main d'Ethan d'une poigne ferme.

— Inspecteur Drake, inspecteur Lamond, suivez-moi, je vous prie.

Elle les guida à travers l'un des longs couloirs de GH2, puis poussa une porte identique aux autres, celle de son bureau.

Ethan et Lamond prirent place dans les deux fauteuils verts disposés face à elle. Ethan remarqua les nombreuses récompenses et les diplômes accrochés au mur — vert lui aussi. Sur le bureau, il y avait une photo encadrée montrant deux souriantes petites filles, l'une portant des lunettes et l'autre une queue-de-cheval très haute retenue par un élastique rouge. La plus âgée des deux avait de grands yeux ronds et écarquillés, comme sa mère.

Il songea avec nostalgie qu'il aurait bien voulu choyer deux petites filles comme celles-ci. Il avait espéré avoir, avec Kate, un petit Drake qui l'aurait empêché de dormir, mais la vie en avait décidé autrement.

Il détourna son regard de la photo.

Le Dr Olsen avait croisé ses mains devant elle. Elle ne portait pas d'alliance, ni aucun autre bijou, d'ailleurs, ce qui était probablement dû à la nature de son travail. Pour manier les foreuses et les scies chirurgicales, on ne s'encombrait pas de fanfreluches.

— Que puis-je faire pour vous, inspecteurs ? demanda-t-elle.

Sa voix était froide, autant que son regard. La police n'était jamais bien accueillie, à l'hôpital, et le Dr Olsen, chef de service de la chirurgie crânienne, s'était fait prier pour les recevoir. Il était certain que la direction de l'hôpital lui avait fait la leçon sur ce qu'elle pouvait ou ne pouvait pas dire. Elle les fixait maintenant avec une expression qui montrait qu'elle n'était pas disposée à leur faciliter la tâche.

— Merci de nous avoir reçus si rapidement..., commença Ethan.

Il ne voulait pas l'intimider. Plutôt l'amadouer. Elle chercherait sûrement à protéger ses collègues. Mieux valait ne pas la brusquer.

— Notre présence est en rapport avec l'enquête concernant les récents meurtres dont vous avez sûrement entendu parler.

Elle haussa légèrement les sourcils.

— Vous voulez parler de la fille du juge ?

— Oui.

Elle encaissa la nouvelle sans broncher. Il en conclut qu'elle n'était pas du genre à se laisser aisément démonter.

— Et comment votre enquête vous a-t-elle mené à l'hôpital ?

— Certains détails propres à la scène du crime semblent indiquer que le tueur a une certaine pratique en chirurgie.

— Je vois.

Il n'attendit pas d'autres commentaires — il avait déjà compris qu'il n'y en aurait pas —, et alla droit au but.

— Avez-vous pris récemment des sanctions contre certains de vos chirurgiens ?

Les mains du médecin tressaillirent légèrement.

— Comme vous le savez, inspecteur, les sanctions que nous prenons doivent rester strictement confidentielles. Je n'ai pas la liberté de répondre à cette question.

Lamond remua sur son siège. Ils s'étaient attendus à une réponse de ce genre, tout en espérant que la gravité des meurtres inciterait le Dr Olsen à se montrer plus coulante vis-à-vis du règlement.

— Docteur Olsen, nous en sommes à la troisième victime. Trois jeunes filles démembrées, ça vous dit quelque chose ?

Elle soutint son regard, mais il vit passer dans ses yeux une lueur d'incertitude. Il se pencha vers elle.

— Nous devons arrêter ce type avant qu'il n'en tue une quatrième.

— Je comprends, murmura-t-elle tandis que ses doigts se crispaient. Mais vous aussi, vous devez comprendre que je ne peux pas prendre sur moi de divulguer des informations confidentielles.

Elle se leva et fit le tour de son bureau.

— Je suis désolée, ajouta-t-elle.

— Les circonstances sont exceptionnelles, insista

Ethan. Un tueur se promène dans la nature et nous ignorons de quoi il est capable.

— Désolée, inspecteur, répéta-t-elle d'un ton glacial.

Elle se dirigea vers la porte.

— J'aurais voulu pouvoir vous aider, croyez-le.

Ethan fit tout de même une dernière tentative.

— Votre travail, c'est de sauver des vies, docteur. Eh bien, c'est exactement ce que je m'efforce de faire en ce moment : sauver des vies. Nous jouons dans la même équipe.

Elle secoua la tête.

— Pas tout à fait dans la même équipe, corrigea-t-elle. Et il se trouve que j'ai le devoir de protéger mon personnel.

Elle leur ouvrit la porte.

— Au revoir, messieurs, dit-elle fermement.

Ethan regarda de manière insistante du côté de la photographie des deux petites filles.

— Moi, j'ai le devoir de protéger les citoyens, déclara-t-il.

Elle avait compris le message, mais elle ne réagit pas. Il n'insista pas et se leva.

— Voici ma carte, dit-il. Au cas où vous changeriez d'avis.

Elle acquiesça d'un bref hochement de tête.

— Bonne chance, inspecteurs, murmura-t-elle en prenant la carte.

Puis elle referma le battant derrière eux.

— Merde, murmura Ethan.

Il était déçu. Il avait espéré qu'elle céderait.

— Elle sait quelque chose, commenta posément Lamond.

— Oui, mais elle refuse de nous le dire.

Ils retraversèrent en silence le long couloir et s'arrêtèrent pour prendre un café au Tim Hortons du hall d'entrée — deux doubles qui ne leur inspirèrent aucune idée géniale. Ils se résolurent donc à prendre l'ascenseur pour descendre au parking.

Ethan vida son gobelet et le lança dans une poubelle.

— Je crois que nous allons devoir accepter de partir de la base, murmura Ethan.

— Tu veux dire d'ici ? demanda Lamond en jetant un regard autour de lui.

Ethan le remercia d'un sourire pour la plaisanterie. Lamond faisait de son mieux pour lui remonter le moral.

— Un chirurgien ne pourrait pas démembrer un cadavre dans un hôpital, n'est-ce pas ? Il y a trop de passage.

Lamond le regarda fixement.

— Ouais. Tu as raison. Donc tu penses qu'il fait ça où ? Dans son garage ?

— Peut-être.

Il attendit qu'ils soient installés dans la voiture pour poursuivre.

— Ou peut-être qu'il les emmène là où personne ne s'étonnera qu'on démembre des corps.

Ils échangèrent un regard entendu et Lamond laissa échapper un gémissement.

— Allez, courage ! lui dit Ethan en lui donnant une tape dans le dos. Et cette fois, tâche de ne pas vomir.

Elle cherchait depuis plusieurs heures, mais elle n'avait toujours abouti à rien.

Elle avait espéré trouver le nom de John Lyons parmi la liste des actionnaires de TransTissue. La manière dont il avait traité le dossier sentait le conflit d'intérêts, elle n'en démordait pas.

Mais une fois la page chargée, elle s'était rendu compte qu'on ne pouvait pas faire apparaître cette liste. Rien, donc, du côté de TransTissue. Elle se mordilla la lèvre inférieure.

Où chercher ?

Dans l'affaire américaine c'était le fournisseur qui avait été jugé coupable de négligence.

Bien sûr ! Il fallait s'intéresser à BioMediSol, le fournisseur de TransTissue.

Elle tapa donc « BioMediSol » dans le moteur de recherche du site. Les résultats mirent quelques minutes à apparaître. Elle s'était attendue à ce qu'il s'agisse d'une société avec des locaux et un siège basé à Toronto, ou aux Etats-Unis.

Mais on ne mentionnait qu'une adresse postale, ainsi que l'adresse du président et unique membre de cette société, Craig Peters, qui habitait sur Church Street, à Halifax.

Elle imprima la page. Church Street se trouvait dans un quartier de vieilles maisons victoriennes, un peu comme la sienne, au sud de la ville. Ce n'était pas très loin de chez elle.

Craig Peters ne conservait tout de même pas des parties de corps humains chez lui… Elle imagina le sang gouttant des plafonds… Mais quelle horreur !

Du calme, s'ordonna-t-elle.

Tout cela était sans doute parfaitement légal et organisé. Mais il n'y avait qu'un seul moyen de s'en assurer.

Elle attrapa son sac.

39

— Inspecteur Drake ?

Ethan reconnut la voix du Dr Olsen. Son cœur s'arrêta, puis repartit à vitesse accélérée.

— Oui.

— Je n'ai qu'une minute, aussi ne me demandez pas de répéter ce que je vais vous dire.

Il se trouvait par chance à son bureau, avec de quoi noter à portée de main.

— Je n'étais pas supposée vous parler, mais je n'arrête pas de penser à ces pauvres gamines…

Il attendit en silence.

— Nous allons suspendre l'un de nos chirurgiens pour raison médicale.

— Son nom ?

— Dr Mazerski. M.A.Z.E.R.S.K.I. Il est spécialiste en neurochirurgie.

Ethan marqua un temps de pause. Un neurochirurgien… Ils recherchaient plutôt un orthopédiste.

— Et pourquoi le suspendre ? demanda-t-il.

— Il a eu des comportements incohérents dans le service. Nous allons réclamer une expertise psychiatrique.

Le pouls d'Ethan s'accéléra.

— Il faut que nous l'interrogions, ainsi que les membres de son équipe.

— J'en ai déjà beaucoup trop dit, répondit vivement le médecin. Ne comptez pas sur moi pour la suite, inspecteur.

Ethan voulut protester, mais trop tard, elle avait raccroché.

Church Street était dans un quartier de maisons victoriennes décorées de bardeaux, de moulures et de balcons, dont certaines étaient si délabrées qu'elles paraissaient s'appuyer les unes sur les autres pour tenir debout.

Kate s'arrêta sur le trottoir pour scruter celle où vivait Peter Craig. Elle n'était pas très grande, et divisée en appartements. Sa façade décrépite la surprit. Elle vérifia l'adresse. Non, elle ne s'était pas trompée. Le directeur d'une société fournissant des tissus humains habitait ce taudis ? Etrange.

Elle grimpa l'escalier et chercha l'appartement numéro quatre, celui de Peter Craig. Il n'y avait pas de numéro quatre.

Elle redescendit et vérifia une nouvelle fois le papier qu'elle avait imprimé. Oui, c'était bien l'appartement numéro quatre, à cette adresse.

Elle scruta de nouveau la façade et remarqua une petite pancarte avec le chiffre quatre et une flèche, qu'elle suivit, en empruntant une étroite allée réservée probablement autrefois aux attelages, mais dans laquelle une voiture pouvait tout de même passer. Cette allée contournait la maison et la mena jusqu'à un parking vide.

Au premier étage, de ce côté, il y avait trois balcons encombrés de bouteilles de bière, de barbecues, de meubles de jardin en plastique. Un vieux drapeau aux couleurs de la Nouvelle-Ecosse flottait mollement, accroché à une rambarde.

Sous le balcon au drapeau, elle remarqua une porte et vit, en s'approchant, que le numéro quatre y était inscrit.

Elle inspira et prit le temps de répéter son rôle. Elle avait l'intention de se faire passer pour une journaliste. L'idée n'était pas très originale, mais c'était tout ce qui lui était venu à l'esprit durant le trajet de sept minutes qui l'avait amenée ici. Son estomac se noua. Tout cela pouvait lui coûter cher : en tant qu'avocate, elle risquait tout simplement de se faire rayer du barreau.

Mais si TransTissue continue à mettre sur le marché des produits contaminés, c'est la santé de centaines de gens qui sera en jeu, songea-t-elle pour se donner du courage.

Elle leva le poing et frappa à la porte.

Pas de réponse.

Elle frappa de nouveau.

Toujours pas de réponse.

Elle frappa plus fort.

Rien.

Il y avait bien une petite fenêtre, mais les rideaux étaient baissés et on ne pouvait pas voir à l'intérieur.

Elle recula et leva les yeux. Pas de mouvement non plus du côté des appartements à l'étage. Ils paraissaient vides.

Comme si tout le monde s'était enfui.

Elle eut soudain la chair de poule et s'empressa de faire demi-tour pour rejoindre le devant de la maison.

Tu es ridicule, se dit-elle. *Les appartements doivent être loués par des étudiants qui sont en cours à cette heure-ci, voilà tout.*

Mais elle ne ralentit qu'après avoir atteint la rue. Une voiture passa devant elle, avec le conducteur qui chantonnait. Un chat traversa en courant le porche de la maison et disparut à l'intérieur, dans le couloir sombre de l'escalier.

Elle remonta dans sa voiture et mit le moteur en marche. Le fait de tenir un volant la détendit un peu. Elle prit South Street, en direction de l'ancienne gare. Puis elle se gara pour réfléchir tranquillement.

Elle venait d'avoir une idée pour se procurer l'adresse de BioMediSol.

Elle prit son téléphone et réserva deux salles de conférences à l'hôtel Marley, pour le lendemain. Elle hésita une seconde quand on lui demanda à quel nom. Le premier qui lui vint à l'esprit fut celui du chirurgien attaqué par Brad Gallivant dans l'affaire TransTissue.

Non seulement je me mouille dans des manœuvres pas claire, mais en plus j'utilise le nom de quelqu'un que j'étais censée défendre. J'aggrave mon cas vis-à-vis du barreau…

Elle prit un risque en réglant avec sa carte, mais elle n'avait pas le choix. Elle espéra que personne, chez BioMediSol, ne penserait à vérifier.

Puis elle appela BioMediSol, tout en se maudissant d'avoir fui la maison de Craig Peter. Elle aurait bien voulu savoir si ça sonnait là-bas en ce moment.

On décrocha. Elle se raidit aussitôt.

— Bonjour, ici BioMediSol, fit une voix de femme.

Kate se racla la gorge.

— Bonjour, ici l'Institut national de chirurgie, dit-elle.

Il y eut un petit temps de latence.

— Je ne crois pas vous connaître, répondit poliment la femme.

Ils étaient méfiants, chez BioMediSol.

— Nous assurons une session de cours pour l'Université de médecine et de chirurgie.

Elle avait un peu de répondant grâce aux quelques recherches qu'elle avait effectuées pour monter le dossier

TransTissue. Elle espéra que cela suffirait à donner le change.

— Nous travaillons pour la plupart des grands hôpitaux d'Amérique du Nord.

— Mais vous ne vous êtes jamais adressés à nous pour une livraison de tissus, fit remarquer la femme.

Elle paraissait méfiante, mais tentée.

— Il est vrai que nous passons plutôt par l'école de médecine, mais nous avons eu récemment des problèmes de stockage.

Elle se racla de nouveau la gorge.

— Or, il se trouve que nous devons assurer un cours après-demain et que nous n'avons plus d'acc...

Elle s'arrêta à temps. Elle avait failli dire « accessoires ». Bon sang... Quel était le terme employé par les médecins ? Vite...

— Nous n'avons plus de membres. Votre société nous a été recommandée par le service d'orthopédie de GH2.

— Je vois, dit la femme d'une voix plus détendue. Et que puis-je faire pour vous, docteur... ?

— Dr Tupper.

Sir Charles Tupper était un grand homme, ancien ministre de la Nouvelle-Ecosse, et elle espéra qu'il ne se retournerait pas dans sa tombe.

— Il me faudrait huit paires de bras d'ici demain soir.

— Demain soir ? demanda la femme d'un ton incrédule. Je suis désolée, docteur Tupper, je crains que ce ne soit pas possible.

— Vous êtes sûre que vous n'avez aucun moyen de vous les procurer ? Nous serions prêts à payer un extra.

La femme hésita.

— Je peux vous promettre sept paires, mais pour la huitième, je ne sais pas. Je vais voir ce que je peux faire.

Kate regarda rêveusement ses mains, se demandant

comment BioMediSol espérait se procurer la paire manquante.

— Où dois-je les faire livrer ? demanda la femme.

— Nous avons réservé une salle de conférences à l'hôtel Marley.

— Très bien. Vous serez livrée demain à 20 heures. Le paiement se fait au moment de la livraison, par chèque certifié.

— Quel est le tarif ?

— Cinq cents par paire.

— Très bien. Qui s'occupe de la livraison ?

Kate retint sa respiration, espérant que la femme ne s'étonnerait pas de la question.

— Nous passons toujours par InstantExpress.

— Merci. Je guetterai l'arrivée du livreur.

— C'est un plaisir de traiter avec vous, docteur Tupper.

Ethan ralentit, tandis que Lamond laissait échapper un long sifflement.

— Pas mal, dis donc...

— A quoi tu t'attendais ? Ce type est neurochirurgien.

Ethan sortit de la voiture. Cette rue était l'une de ses préférées. Le Dr Mazerksi avait de la chance, de vivre dans un si beau quartier.

La longue avenue suivait la courbe du Northwest Arm et l'eau bleue dansait derrière les grandes et gracieuses demeures. Mais ce qui attira son attention, ce fut la rampe de bateau que l'on apercevait à quelques centaines de mètres. La rampe où l'on avait retrouvé Krissie Burns.

Construite dans le style Cape Cod avec des bardeaux bleus et des moulures crème, la maison du Dr Mazerski était à la fois cossue et chaleureuse. Ils remontèrent l'allée bordée de tulipes jaunes et orange. Ethan ne put s'empêcher de songer à Kate, qui lui avait avoué aimer les tulipes parce qu'elles lui redonnaient espoir. Il n'avait jamais compris ce qu'elle voulait dire par là.

Lamond appuya sur la sonnette et un son aigu résonna à l'intérieur de la maison. Au bout de quelques minutes, la porte s'ouvrit sur une femme qui les fixa d'un air inexpressif. Un tout petit bébé, si jeune qu'il était encore recroquevillé comme un bouton de fleur, dormait sur son épaule. La femme avait des yeux d'un bleu profond et la peau claire. Elle portait des vêtements de sport très moulants qui lui allaient comme un gant, mais ses cheveux étaient négligemment tirés en queue-de-cheval, elle avait les yeux rouges et gonflés, quelques traces de renvois sur les manches.

— Madame Mazerski ? demanda Ethan.

— Je suis le Dr Clare, sa femme.

Elle s'exprimait d'une voix douce, mais ferme.

— Et vous ?

— Inspecteur Drake, de la police de Halifax. Et voici mon partenaire, l'inspecteur Lamond.

Ethan entendit des bruits de pas précipités à l'intérieur et tenta de scruter l'entrée par-dessus l'épaule de la femme. Un petit garçon apparut, un train dans la main, et vint se placer près de sa mère, en sentinelle, en fixant Ethan de ses yeux sombres.

— Nous voudrions parler au Dr Mike Mazerski, reprit Ethan.

Le Dr Clare se raidit et posa une main protectrice sur la tête hirsute de son fils.

— Il n'est pas là.

— Sauriez-vous nous dire où nous pourrions le trouver ? insista Ethan, dont le regard était irrésistiblement attiré par le jeune garçon.

Celui-ci venait de fourrer le train dans sa bouche et

le suçait avec application, tout en continuant à fixer les visiteurs.

— Est-ce que mon mari a des ennuis ? demanda le Dr Clare, tandis que son regard passait d'Ethan à Lamond. Il n'est pas responsable de ce qui s'est passé l'autre jour en salle d'opération. Il était déjà malade.

— Nous voudrions seulement lui poser quelques questions, répondit Ethan d'un ton rassurant.

— Vous arrivez trop tard, messieurs, dit-elle.

Son visage se durcit, mais son menton trembla.

— Il a été hospitalisé ce matin.

Le petit garçon jeta un regard inquiet du côté de sa mère et s'agrippa à sa jambe.

Le Dr Clare s'essuya discrètement les yeux du revers de sa manche.

— Je suis désolée, murmura-t-elle. D'habitude, je ne suis pas comme ça.

Elle désigna le bébé du menton.

— C'est hormonal, ajouta-t-elle.

— Pourquoi votre mari est-il à l'hôpital ? demanda Ethan.

La main de la femme se posa doucement sur la nuque fragile du bébé.

— Il est en train de perdre la raison, répondit-elle d'une voix rauque d'angoisse.

Le bébé se mit soudain à hurler.

40

Mercredi 16 mai, 12 heures

— InstantExpress, ne quittez pas, je vous prie, fit une voix d'homme.

Kate attendit, en tambourinant sur le volant.

— Que puis-je faire pour vous ? reprit la voix.

Le pauvre paraissait stressé, il était probablement submergé d'appels.

— Ici, Becky, de BioMediSol. Je voudrais confirmer que vous passerez bien chercher un colis vendredi, à 14 heures.

— Une seconde, je regarde…

Kate l'entendit tourner des pages.

— Nous avons noté jeudi, à 20 heures.

Elle soupira de frustration.

— Je ne sais pas qui vous a demandé ça, mais c'est vendredi, qu'il faudrait passer.

— Très bien, madame, je rectifie.

— Tant que vous y êtes, vous voulez bien vérifier que vous avez la bonne adresse ?

— 1266 Spicer Drive.

Un frisson d'excitation secoua Kate.

— C'est bien ça. A vendredi.

Elle raccrocha.

1266 Spicer Drive.

Elle connaissait cette adresse.

BioMediSol se trouvait dans la maison funéraire de madame Keane.

Et soudain, elle comprit tout.

Elle comprit pourquoi Anna Keane avait tant insisté pour obtenir le corps de Muriel, et aussi pourquoi John Lyons proposait un arrangement aux plaignants de l'affaire TransTissue.

Tout en regardant par la vitre de sa portière, elle se mit à réfléchir à la manière dont le trafic était organisé. Tout était parfaitement pensé et réfléchi.

Anna Keane recrutait la matière première en incitant ses clients à faire don de leur corps « à la science ». BioMediSol se servait et fournissait les hôpitaux, ainsi que TransTissue, et sans doute d'autres sociétés. La loi canadienne interdisait la vente d'organes et de tissus, mais elle autorisait ceux qui les préparaient à facturer une indemnité de fonctionnement. La demande était si importante que personne ne cherchait à pinailler sur le montant de cette indemnité.

Kate fouilla dans son sac pour en sortir le formulaire d'acceptation qu'Enid avait dérobé à la maison funéraire. Il était clairement spécifié que le corps serait utilisé pour des recherches menées par le Dr Ronald Gill, chirurgien neurologue. BioMediSol n'était pas mentionné.

Est-ce que BioMediSol utilisait les parties de corps humains dont le Dr Gill ne se servait pas ?

Ou bien, plus pervers, le Dr Gill n'était-il qu'un homme de paille ?

Kate mit son moteur en marche.

Il était temps de rendre visite à ce Dr Gill.

Ethan montra son badge et celui de Lamond à l'infirmière qui se trouvait derrière le comptoir de la réception.

— Nous venons parler au Dr Mazerski, dit-il.

Une lueur de panique passa dans les yeux de la femme.

— Il va falloir demander une autorisation au médecin chef. Vous ne pouvez pas le voir comme ça.

Ethan n'avait aucune envie de perdre son temps à remplir des formulaires pour réclamer des autorisations. Ils étaient à deux doigts d'identifier le tueur. Il ne laisserait personne se mettre entre eux et lui.

— Nous voulons interroger le Dr Mazerski et je vous prie de m'indiquer le numéro de sa chambre, répondit-il sèchement.

La femme jeta autour d'elle des regards éperdus pour réclamer de l'aide. Un infirmier approcha en fermant d'un coup sec un dossier de graphiques. Il se plaça derrière elle et fit saillir ses biceps sous sa blouse. Il était grand et baraqué, avec le crâne rasé.

— Il n'est pas en état de répondre à vos questions, dit-il. Pourquoi tenez-vous tant à le voir ?

Ethan lui jeta un regard hautain.

— Nous devons lui parler, et non pas le voir, dans le cadre d'une enquête criminelle.

L'infirmier décrocha un téléphone.

— Je vais faire descendre le Dr Roberts. Le chef du service de neurologie.

— Parfait, dit Ethan.

Lamond le regarda d'un air surpris. Ils savaient tous deux que si l'administration s'en mêlait, leurs chances de voir le Dr Mazerski seraient réduites à néant. Ethan consulta la pendule derrière l'épaule de l'infirmier.

— C'est l'heure des visites. Le Dr Roberts nous trouvera dans la chambre du Dr Mazerski.

Il rangea son badge.

— Viens, Lamond.

Ils s'engagèrent dans le couloir d'un pas vif, en ignorant le vent de panique qu'ils laissaient derrière eux à la réception. Les infirmiers allaient se plaindre à leurs supérieurs, lesquels se plaindraient à leur tour au sergent Robbins. Ethan ne s'en inquiéta pas. Le sergent Robbins en avait vu d'autres, et il saurait aplanir la situation.

En tant que médecin, le Dr Mazerski avait sûrement droit à un traitement de faveur; Ethan supposa qu'on l'avait placé dans une chambre proche de la salle de garde, pour que les infirmières puissent aisément le surveiller. Il s'arrêta devant la première qu'il trouva. Elle était légèrement entrouverte.

Ethan frappa doucement, mais n'obtenant pas de réponse, il poussa le battant. Il s'agissait bien d'une chambre, meublée d'un lit, d'une table de nuit et d'un fauteuil. Les stores étaient baissés. Il distingua, à travers la pénombre, une forme dans le lit.

— Docteur Mazerski ? murmura-t-il.

Pas de réponse.

Il s'approcha lentement et, maintenant que ses yeux s'accoutumaient à la pénombre, il voyait nettement un homme, sous les draps, parfaitement immobile.

Et qui regardait droit devant lui.

— Docteur Mazerski ?

L'homme ne tourna même pas la tête.

Sa rigidité avait quelque chose d'anormal. Ethan s'approcha encore.

Non seulement il ne bougeait pas, mais il ne battait pas des paupières.

Ethan se demanda si on lui avait administré un sédatif. Comme il portait un bracelet d'hôpital au poignet, il eut l'idée de vérifier son identité. Il n'avait pas intérêt à se tromper de chambre, s'il ne voulait pas aggraver son cas vis-à-vis de l'administration de l'hôpital.

Il se pencha vers le bracelet.

L'homme fut secoué d'un spasme. Ethan fit un bond en arrière. Lamond ricana.

— La ferme, grogna Ethan.

Il attendit que son cœur ralentisse un peu et se pencha de nouveau sur le bracelet. *Mazerski, Michael Bodgan.* Il contempla les longs doigts fins de l'homme — et ses ongles un peu trop longs pour un chirurgien —, se demandant s'il avait devant lui les mains d'un assassin ou celles d'un homme qui sauvait des vies tous les jours.

L'un n'empêchait pas l'autre.

Ses yeux se posèrent ensuite sur le visage du médecin. Il avait un peu plus de quarante ans. Ses cheveux ondulés grisonnaient et commençaient à se raréfier au niveau du front. Il avait des yeux noirs et profondément enfoncés sous d'épais sourcils. Il était maigre, presque décharné. Ethan songea aux joues rondes et douces des enfants de Mazerski et son cœur se serra.

Puis il se reprit. Si cet homme était le tueur qu'ils recherchaient, il ne méritait pas sa pitié.

Le Dr Mazerski n'avait toujours pas bougé et continuait à fixer un point sur le mur, droit devant lui. Ethan passa une main devant ses yeux. Cette fois, Mazerki battit des paupières.

Ethan recommença la manœuvre et jura tout bas. Bon sang ! Ils n'obtiendraient rien de lui, dans cet état.

— Nous avons un visiteur, murmura Lamond.

Ethan remarqua qu'il n'osait pas parler à voix haute, sans doute à cause de l'atmosphère étrange qui régnait dans la pièce, comme s'ils s'étaient trouvés dans un espace suspendu entre deux mondes.

— Inspecteurs !

Une femme en blouse verte était campée dans l'embrasure de la porte. Elle fusilla Lamond du regard, puis Ethan penché sur Mazerski, et vint se planter près du lit.

Ethan lut son nom sur le badge épinglé à sa blouse.

— Docteur Lachlan, je suis l'inspecteur Drake, de la brigade criminelle.

Elle jeta un rapide regard au visage figé du Dr Mazerski, puis se tourna vers Ethan.

— Que venez-vous faire ici ? demanda-t-elle.

— J'ai des questions à poser au Dr Mazerski.

Elle le fixa droit dans les yeux. Ce devait être une battante, le genre à se défoncer pour arriver toujours première. D'après son allure et l'énergie qu'elle dégageait, il aurait volontiers parié qu'elle avait joué au basket dans sa jeunesse. Ses cheveux châtain clair étaient tirés en arrière et quelques mèches retombaient sur sa mâchoire carrée. Il la trouva sèche et masculine.

— Docteur Lachlan, nous soupçonnons le Dr Mazerski d'être impliqué dans une affaire d'homicide.

— Quoi ?

Elle ricana.

— Vous faites erreur, croyez-moi.

— Ça m'étonnerait, rétorqua-t-il.

Il désigna le lit du menton.

— Qu'est-ce que vous lui avez donné ?

Elle inclina la tête en affichant un petit sourire.

— Je ne peux pas vous répondre sans l'autorisation de sa femme.

Elle jeta un coup d'œil à sa montre.

— Laquelle ne devrait pas tarder à arriver, je vous rassure.

Ethan croisa les bras. Le Dr Clare ne se monterait pas tout de suite, il le savait déjà. Ils avaient eu avec elle une fin de conversation surréaliste, par-dessus les cris de son bébé. Il avait détourné le regard quand il avait remarqué que ses seins commençaient à couler.

— Quant à lui, reprit le Dr Lachlan, vous n'en tirerez rien. Il est atteint de la maladie de Creutzfeldt-Jakob et son état est déjà très avancé.

Ethan ne voulait pas attendre que le Dr Clare ait fini d'allaiter son bébé pour avoir des réponses.

— Ecoutez, docteur, l'affaire est urgente.

Elle le fixa pendant quelques secondes et dut lire la détermination dans son regard, car elle céda.

— Je vais appeler sa femme pour lui demander l'autorisation de répondre à vos questions. Mais je n'aurai pas beaucoup de temps à vous accorder. Je suis de garde, je passais quelques minutes pour voir Mike.

Elle posa sur le malade un regard étonnamment doux dont Ethan ne l'aurait pas crue capable, et sortit de la pièce à grands pas.

Lamond reprit sa place près de la porte, pour surveiller le couloir.

Le Dr Mazerski poussa un gémissement et se redressa, assis sur son lit.

— Lamond, appela doucement Ethan.

Lamond se retourna et parut surpris de trouver Mazerski assis, qui regardait toujours droit devant lui. Il avait agrippé les draps et remuait la bouche.

Puis, brusquement, il fut secoué de spasmes.

Ethan eut juste le temps de le rattraper pour l'empêcher de tomber. Il allongea sur le lit son corps toujours secoué de spasmes.

— Merde, Lamond, va chercher un médecin !

— Lâchez-le tout de suite ! cria le Dr Lachlan, qui revenait dans la chambre.

Ethan obéit. Il était aussi essoufflé que s'il avait couru un marathon.

— Si on le touche, les convulsions ne vont pas s'arrêter, expliqua plus calmement Lachlan.

Ethan reprit sa respiration.

— Vous avez eu le Dr Clare ? demanda-t-il.

— Oui. Elle est d'accord pour que je vous parle.

Ethan dévisagea le Dr Lachlan. Il était évident qu'elle avait l'intention de défendre son collègue.

— C'est lui que je voudrais interroger, grommela-t-il. Il faudrait que vous cessiez de le droguer pendant quelques heures.

— Il n'a pris aucun médicament, répondit le Dr Lachlan d'une voix morne. Son état est dû à la maladie.

Ethan jeta un regard incrédule du côté du chirurgien, de nouveau immobile.

— Vous plaisantez ?

— Non, je vous ai dit qu'il était atteint de la maladie de Creutzfeldt-Jakob, une dégénérescence du système nerveux causée par l'accumulation d'un prion et…

— D'un quoi ?

Ethan regretta de s'être plus intéressé au système nerveux des filles qu'à celui des grenouilles, quand il était au lycée. Il était absolument inculte en biologie.

— Une protéine qui mute. Mais on ne sait pas pourquoi.

Lamond laissa échapper un long sifflement.

— Et ça s'attrape comment ?

Le Dr Lachlan croisa les bras.

— Ça peut-être héréditaire. Ou spontané. Ou être causé par une infection.

— Comme le virus HIV ?

Le Dr Lachlan secoua la tête.

— Non. Il ne s'agit pas d'une affection sexuellement transmissible. En général, ce n'est pas considéré comme contagieux par le sang non plus. Le plus souvent la protéine mute spontanément dans le cerveau. On a répertorié des cas où la maladie a été transmise par la consommation de vaches malades. On ne sait pas trop, en vérité.

— Et dans le cas du Dr Mazerski ?

— Difficile à dire. Il s'agit peut-être d'une forme héréditaire. Il a pu aussi être en contact avec des prions en opérant un patient et être contaminé à ce moment-là.

— Vous devez bien savoir si l'un des patients qu'il a opérés est malade, fit remarquer Ethan. De plus, vous disiez que ce n'était pas considéré comme contagieux.

— Je ne pense pas que ce soit un patient qui lui ait transmis la maladie, mais plutôt le matériel manipulé pendant l'opération. Je pense au matériel de transplantation prélevé sur des cadavres et utilisé pour cicatriser certains tissus autour du cerveau.

Elle secoua la tête.

— La plupart des chirurgiens n'utilisent plus de tissus provenant de cadavres, mais Mike trouvait que ça donnait de bons résultats dans certains cas.

— Et ce sont ces tissus qui l'auraient contaminé ?

— C'est mon point de vue, en tout cas.

Ethan observa le Dr Lachlan. Il réfléchissait.

— Mais ces tissus, ils ne sont pas analysés, avant d'être utilisés ?

— En principe, oui. Les gens qui nous les fournissent prétendent appliquer des procédures de vérification très strictes, mais je ne suis pas certaine qu'ils disent la vérité.

— On pourrait donc attraper la maladie de Creutzfeldt-Jakob simplement en touchant des tissus infectés ? insista Ethan.

Elle secoua la tête.

— Bien sûr que non. Mais il y a dix-huit mois, le scalpel de Mike a glissé pendant une opération et il s'est blessé. Il venait justement de découper un tissu qui devait servir de pansement. Son scalpel devait être couvert de prions.

Elle posa un regard attristé sur Mazerski.

— Et voilà dans quel état il est…

— Et la personne sur laquelle il a posé le pansement ? Est-ce qu'elle a déclaré la maladie, lui aussi ?

— Nous n'en savons rien, répondit Lachlan. Nous cherchons à retrouver sa trace. Et nous allons aussi contacter la société qui nous a fourni ce matériel.

Ethan regarda le visage figé du Dr Mazerski. Quel gâchis ! Mais il n'oubliait tout de même pas un fait important : il s'était passé dix-huit mois entre le moment où le médecin avait été infecté et celui où il avait déclaré les symptômes. En dix-huit mois, Mazerski avait pu tuer pas mal de jeunes filles.

— Est-ce qu'il a des moments de lucidité ? demanda-t-il.

Le Dr Lachlan secoua la tête.

— Non. Ses symptômes progressent très rapidement. Cela peut arriver, dans ce type de transmission, mais le moins qu'on puisse dire, c'est qu'il a développé une forme particulièrement sévère de la maladie.

Elle se tut, puis se racla la gorge.

— Je ne pense pas que vous ayez l'occasion de l'entendre s'exprimer avec cohérence. Il est déjà en train de perdre la vue.

Ethan contempla le Dr Mazerski d'un air désespéré. Bon sang… Ils avaient été si près du but ! Ils arrivaient une semaine trop tard. Le Dr Mazerski ne leur apprendrait rien, à présent. Ils allaient devoir enquêter auprès de sa famille, de ses amis, de l'hôpital.

Il se tourna vers le Dr Lachlan.

— Avez-vous travaillé avec le Dr Mazerski durant les deux dernières semaines ?

Elle le regarda droit dans les yeux.

— Nous avons eu six gardes ensemble… Samedi, lundi, mercredi, vendredi, dimanche, jeudi, et aussi vendredi, le jour où il a perdu les pédales en pleine salle d'opération.

— La semaine dernière, le lundi, c'était le jour ou la nuit ?

— La nuit.

Lamond se tourna vers eux. C'était dans la nuit de lundi à mardi que Lisa avait été tuée.

— Vous ne l'avez pas quitté de la nuit ?

— Il faudrait que je vérifie, mais je crois me souvenir que non. Nous avons opéré ensemble à 21 h 45, et nous avons terminé à 2 h 50. Ensuite nous avons enchaîné. On peut dire que nous ne nous sommes pas quittés.

Son pager sonna à ce moment. Elle jeta un coup d'œil au numéro et jura.

— Moi qui croyais en avoir terminé pour cette nuit ! murmura-t-elle en souriant.

La pendule murale indiquait à peine plus de midi, et Ethan comprit qu'il s'agissait sans doute d'un échantillon de l'humour de la maison.

Elle jeta un dernier regard au Dr Mazerski.

— Je dois me dépêcher, dit-elle en traversant la pièce. Nous sommes à court de personnel.

Son pager sonna de nouveau et elle accéléra le pas.

— Je vais me procurer les comptes rendus d'opérations, dit Lamond en la regardant s'éloigner.

Ethan le rejoignit.

— J'ai l'impression qu'elle dit la vérité et que le Dr Mazerski n'est pas notre tueur, soupira-t-il.

Mazerski n'était qu'un pauvre homme qui laisserait derrière lui une veuve ravagée par le chagrin et deux enfants en bas âge.

Ethan songea que le Dr Clare était une femme

courageuse. Il l'avait lu dans son regard. Un regard de survivante. Un regard de battante. Un regard qui lui rappelait celui de Kate.

Ils sortirent en silence dans le parking.

— Bon sang, je croyais qu'on tenait le bon bout ! soupira Lamond tout en se glissant sur le siège. Mais nous étions sur une mauvaise piste. Je suis déçu…

Ethan but une gorgée de son café froid.

— A qui le dis-tu…

Lui aussi se sentait horriblement déçu et angoissé. Il reposa son café. Le tueur était toujours en liberté et l'enquête piétinait. Ils avaient sûrement loupé quelque chose. Ce type avait forcément laissé une trace derrière lui.

Il se gratta le menton et sa barbe lui piqua les doigts. Il avait besoin de se raser et de dormir. Mais ça attendrait.

— Nous n'étions pas sur la mauvaise piste, murmura-t-il. Nous nous sommes simplement trompés de gibier.

41

Jeudi 17 mai, 13 heures

Le Dr Gill n'avait pas le profil d'un homme de paille. Il était tout au contraire une figure importante de l'université Hollis. Kate parcourut de nouveau sa biographie sur le site de l'université. Il avait obtenu de nombreuses récompenses pour ses recherches, et se trouvait sur la liste des candidats sélectionnés pour un poste doté d'un budget d'un million de dollars. On citait également un article qui le présentait comme nobélisable.

Ce type était un chercheur reconnu, pas un délinquant. Kate se demanda quelle place il tenait dans les activités de BioMediSol, et s'il n'était pas tout simplement utilisé.

Elle le saurait dans quelques heures.

En attendant, elle allait travailler sur les dossiers insipides qu'on lui avait confiés, histoire de donner le change. Il fallait que John Lyons pense qu'elle était rentrée dans le rang et qu'elle faisait ce qu'on attendait d'elle.

Elle glissa sous son trieur le papier sur lequel elle avait noté l'adresse du Dr Gill.

Randall Barrett traversait d'un bon pas l'étage des employés. Il se dirigeait vers le bureau de Kate.

Depuis qu'ils s'étaient croisés dans l'ascenseur, il ne cessait de penser au regard de reproche qu'elle avait posé sur lui. Elle avait compris, pour les notes. Elle savait qui les lui avait dérobées.

Et en conséquence, elle devait se sentir trahie.

Il s'arrêta sur le pas de sa porte. Elle lui tournait le dos et se penchait en avant; il avait donc vue sur son charmant postérieur en forme de cœur, joliment moulé dans sa jupe.

Il détourna le regard.

Apparemment, elle était en train de boucler son porte-documents. Il consulta sa montre. Il n'était pourtant que 15 h 05. Un peu tôt, pour quitter le bureau. Il est vrai que son casier s'était grandement allégé, depuis qu'elle n'avait plus à s'occuper de MacAdam ni de TransTissue.

— Je peux vous déranger cinq minutes ? demanda-t-il.

Elle tressaillit en entendant sa voix, puis se redressa et se retourna pour lui faire face.

— Je vous en prie, répondit-elle.

Elle ne chercha pas à lui dissimuler le fait qu'elle avait l'intention de partir et posa tranquillement ses clés de voiture sur son bureau, bien en évidence, tout en le défiant du regard.

— Entrez.

Il referma la porte derrière lui et prit un fauteuil, tandis qu'elle s'asseyait à regret.

— Je suis au courant, pour TransTissue, dit-il.

Une légère rougeur colora la peau diaphane du visage de Kate, mais elle haussa les épaules.

— Oui, John leur a conseillé un compromis.

Il la dévisagea. Elle le dévisagea aussi.

— Il m'a dit que vous aviez fait du très bon travail, dit-il.

Elle lui répondit par une grimace.

— Ravie de l'entendre, murmura-t-elle, tout en continuant à le fixer intensément.

On aurait dit qu'elle tentait de lui faire comprendre quelque chose. Il avait presque l'impression de voir ses lèvres remuer.

Elle devait se sentir horriblement frustrée de ne pas être allée au bout de l'affaire TransTissue.

— Vous aurez d'autres dossiers intéressants, Kate. Et ceux-là, vous les plaiderez.

— Oui, je sais, répondit-elle.

— Je ferai en sorte qu'on vous en confie un dans les semaines à venir, assura-t-il.

Elle eut un sourire contrit, presque forcé.

— Merci.

Il était évident qu'elle avait hâte qu'il s'en aille.

Mais il ne voulait pas que leurs relations en restent sur cette note désagréable. Elle devait comprendre qu'elle pouvait lui faire confiance, en dépit de ce qu'il avait fait.

— Vous ne vous êtes pas trompée, dit-il en se penchant vers elle.

A sa grande surprise, cette déclaration parut la laisser indifférente. Elle était visiblement préoccupée, et son regard glissa sur un morceau de papier qui dépassait de sous son trieur. Lui cachait-elle quelque chose ?

— A quoi faites-vous allusion ? demanda-t-elle enfin.

Cette réponse avait quelque chose de vexant. Elle sous-entendait qu'elle avait plus d'une raison de ne pas s'être trompée. Mais il ne put s'empêcher d'admirer son courage. Elle n'hésitait pas à lui tenir tête.

Il se racla la gorge avant de parler.

— C'est bien moi qui ai pris vos notes.

— Je sais, dit-elle.

Ces deux mots traduisaient ce que ses yeux ne

cessaient de lui crier depuis tout à l'heure. Elle lui en voulait terriblement.

— Je suis désolé, Kate, murmura-t-il.

L'expression de surprise qui passa subrepticement sur son visage le blessa plus que tout. Visiblement, elle ne l'avait pas cru capable d'avouer. Et encore moins de s'excuser.

— Je n'ai pas eu le choix, ajouta-t-il.

Elle croisa les bras.

— C'est la juge Carson qui vous y a contraint ?

— Je ne peux pas répondre, dit-il.

Il ne voulait pas rejeter la faute sur Hope.

— Vous allez me les rendre ? demanda-t-elle en le défiant du regard.

— Non, répondit-il doucement. Je les ai détruites.

— Bien entendu, murmura-t-elle d'un ton amer.

— Vous n'avez pas à vous inquiéter. Personne ne les a lues.

— Je vois.

Elle baissa les yeux, et il eut l'impression qu'elle se détendait un peu. Qu'elle comprenait.

Mais quand elle le regarda de nouveau, il vit qu'il s'était trompé. Elle était furieuse, au contraire.

— Et vous croyez que ça règle le problème ? Vous volez mes notes, vous ne me dites pas pourquoi, et ensuite, vous m'assurez que vous ne les avez montrées à personne !

Elle se leva et posa ses mains à plat sur le bureau. Ses seins se soulevaient et s'abaissaient sous son chemisier de soie.

— Pourquoi devrais-je vous croire ?

Il dut faire un effort pour détacher son regard de sa poitrine. Elle s'en aperçut et eut une moue de mépris.

Il se sentit rougir. Mais pourquoi se comportait-il comme un gamin, en sa présence ? Elle avait largement dix ans de moins que lui. Il se leva lui aussi, et croisa les bras.

— Pourquoi ne me croiriez-vous pas ? rétorqua-t-il.

— Parce que vous êtes venu fouiller dans mes dossiers et dérober des papiers dans mon bureau, Randall ! Et ensuite, j'ai dû me justif...

Elle s'arrêta net et, soudain, il comprit. Elle aurait eu besoin de ces notes. C'était pour cela qu'elle était tellement furieuse.

— C'est vrai, concéda-t-il tout en soutenant son regard. Mais vous n'aviez plus besoin de ce dossier, n'est-ce pas, Kate ? Vous ne pouviez pas en faire quoi que ce soit. Vous n'aviez pas le droit de divulguer les notes prises au cours d'un entretien avec un client, je vous le rappelle.

Ses jolies pommettes prirent une teinte rosée, tandis qu'elle le fixait d'un air furieux et coupable à la fois.

Il avait donc vu juste.

— C'est exact, dit-elle. Elles devaient rester dans mon bureau et, justement, vous les avez prises.

— Je les ai prises pour les détruire. Je n'avais pas l'intention de les montrer.

Tout en parlant, il réfléchissait. Il ne voyait qu'une seule personne dans l'entourage de Kate capable de la persuader de céder ses notes. Une seule personne susceptible de s'intéresser à l'affaire MacAdam. Une seule personne prête à piétiner l'éthique professionnelle s'il s'agissait de confirmer des soupçons.

Ethan Drake.

— Est-ce que votre ancien fiancé, par hasard, aurait demandé à jeter un œil sur ces notes ?

Elle croisa les bras et prit un air buté. Mais la rougeur qui colorait ses joues en disait long.

— Vous avez dû être très déçue en découvrant que je vous avais prise de vitesse, commenta-t-il sobrement.

Il éprouvait maintenant un plaisir pervers à exciter sa colère. Elle avait envisagé de transgresser les règles de déontologie pour aider Ethan Drake. Avait-elle seulement songé qu'Ethan n'aurait pas hésité à la sacrifier à sa vision tordue de la justice ?

— J'ai sauvé votre peau, Kate, assura-t-il. Vous croyez qu'Ethan aurait choisi de vous protéger, s'il avait trouvé quelque chose d'intéressant dans ces notes ?

Elle se figea.

— J'ai sauvé votre peau, répéta-t-il.

Il voulait l'obliger à l'admettre.

— Comme je l'ai sauvée quand les services sociaux ont voulu enquêter sur vous.

— Et qu'attendez-vous en remerciement ?

Elle était si furieuse qu'elle en tremblait.

— Que je vous baise les pieds ?

Une vision d'elle à genoux devant lui, avec ses cheveux retombant sur ses épaules nues, le traversa brusquement. Chaque fois qu'elle excitait sa colère, elle éveillait aussi son désir. Il secoua la tête pour chasser cette délicieuse image qui lui donnait envie de se jeter sur elle, de la prendre par les épaules, de plonger vers sa bouche, dans sa bouche, de se pencher par-dessus le bureau pour saisir à pleines mains ces fesses en forme de cœur, de…

Il serra les poings. Cela faisait bien longtemps qu'il n'avait pas ressenti un désir aussi violent. Il était temps qu'il prenne ses distances.

— Ne comptez plus sur moi pour quoi que ce soit, dit-il.

Il se leva et ouvrit la porte.

— Et en ce qui concerne LMB, vous n'avez plus droit à l'erreur, Kate. Tâchez de ne pas l'oublier.

Elle attrapa son porte-documents et sortit quelques minutes après lui. Ses doigts tremblaient tant qu'elle eut du mal à ouvrir la porte.

Le salaud !

L'immonde salaud !

Elle appuya sur le bouton d'appel de l'ascenseur. Quand la porte coulissa, elle retint son souffle. S'il était là… Elle se voyait déjà se jetant sur lui et lui bourrant le torse de coups de poing, pour tout ce qu'il avait dit, pour sa lâcheté, pour le mépris qu'il lui avait manifesté, pour l'avoir trahie.

L'ascenseur était vide. Elle sélectionna son étage de parking, puis s'adossa au miroir en fermant les yeux.

Elle avait été surprise de voir apparaître Randall dans son bureau — juste au moment où elle s'apprêtait à sortir pour rendre visite au Dr Gill. Elle espéra qu'il ne s'était douté de rien…

Elle le soupçonnait vaguement d'avoir été envoyé en mission par Lyons, pour savoir où elle en était à propos de TransTissue.

Tout de même… Quelle bassesse ! Elle n'en revenait toujours pas. Après avoir avoué le vol de ses notes, il avait eu le culot de retourner la situation, l'accusant d'avoir eu *l'intention* de violer la déontologie de leur profession.

Et le pire, c'était qu'il avait probablement raison.

Elle avait foncé tête baissée dans le piège tendu par Ethan et accepté de lui confier ses notes, sans se demander une seule seconde ce qui se passerait s'il y découvrait une information dont il serait contraint de révéler la source. Aurait-il renoncé à un élément susceptible de faire avancer son enquête ? Sûrement pas.

Le vol de Randall Barrett l'avait donc bel et bien sauvée de la catastrophe.

Et ça la mettait en rage plus que tout le reste.

Elle ne voulait pas qu'on la sauve. Ou, plutôt, elle ne voulait pas commettre des erreurs qui obligeaient quelqu'un à intervenir en sa faveur. Et surtout pas si ce quelqu'un était Randall Barrett.

Elle ne voulait rien devoir à Randall Barrett.

Le prix à payer était beaucoup trop élevé. Cela pouvait lui coûter sa carrière.

Et il n'y avait pas que ça… Elle avait parfois l'impression que Barrett lui faisait du plat. Et malheureusement, elle n'y était pas insensible.

Cet homme-là avait trop de pouvoir sur elle.

C'était à la fois effrayant et humiliant.

Elle monta dans sa voiture et sortit du parking, le plus vite possible, pour s'éloigner de LMB et de Randall Barrett.

Randall était l'un des meilleurs avocats de la ville. S'il trempait dans les magouilles de TransTissue — après tout, n'était-ce pas lui qui avait autorisé John Lyons à lui confier l'affaire ? —, il devait se douter qu'elle ne lâcherait pas le morceau aussi aisément.

Et il n'avait pas tort.

— Craig !

Craig leva les yeux du plateau qu'il transportait. Le Dr Gill lui barrait le chemin.

— Il faut que ça s'arrête, Craig. Maintenant.

— T… trop t… tard, répondit Craig en souriant.

— Il n'est jamais trop tard, Craig, insista le Dr Gill d'une voix doucereuse. La police n'a pas de preuves. Personne ne saura jamais.

— Vous n'av… vez pas à… à me d… d… dicter ma con… duite, docteur K., rétorqua Craig.

Il savait que le Dr Gill détestait ce surnom. Chaque

fois qu'il l'entendait, il devenait blême. Blême de culpabilité et de honte.

Le Dr Gill tressaillit et sa tête tressauta en reculant, comme celle d'un oiseau — une sorte de tic prodigieusement agaçant. Craig eut envie de rire. Ce qu'il pouvait être ridicule... Craig remarqua que ses mains tremblaient. Il faisait trembler le grand Dr K. !

— Je t'en supplie, Craig, insista-t-il d'une voix rauque. Ne recommence plus.

Craig se sentit soudain submergé par une vague de pouvoir qui réchauffa agréablement son corps. Le vénérable docteur était en train de faire dans son froc, pas de doute.

Il sourit.

— Vous ne s... songiez p... pas à vous en pl... plaindre, jusque-là, dit-il en s'adossant au comptoir. Vous ét... tiez ravi que je v... vous apporte d... discrètement des m... membres.

— Non, murmura le Dr Gill, c'est faux.

— Ce qui v... vous dé... dérange, c'est que je les l... laisse dehors, pas vrai, docteur Kill ?

La lueur de culpabilité qui brilla dans les yeux du Dr K. confirma à Craig qu'il avait vu juste.

Au début, il s'était contenté de disséquer les corps fournis par Anna Keane. Puis il avait ressenti le besoin d'un contact avec des corps en vie.

Ensuite, il avait voulu que les gens sachent : il avait cessé de confier les bustes au crematorium d'Anna, et s'était arrangé pour que les flics les trouvent.

— Mais pourquoi ? gémit le Dr Gill, avec l'air de quelqu'un qui a peur d'entendre la réponse à sa question.

— Ça m... me re... regarde.

Il n'avait pas l'intention de justifier ses actes devant cet homme. Ce minable. Ce gringalet. Le Dr Gill n'avait aucune idée de l'effet que ça faisait, de contempler la terreur de ces filles qui vous suppliaient en pleurant.

Des points blancs apparurent à la périphérie de sa vision, à gauche — de petites taches d'écume qui sautaient librement d'avant en arrière.

Il secoua la tête. Ça lui arrivait de plus en plus souvent. Chaque fois que le désir de tuer le surprenait comme une urgence.

— Il faut arrêter, reprit la voix suppliante du Dr Gill. Elles sont si jeunes…

Le corps de Craig se tendit comme un arc. Il pouvait à peine respirer. Il sentit ses yeux rouler vers le haut. L'arc se brisa. Ses membres tressautèrent.

Il déglutit.

— Trop t… tard, dit-il.

Il lâcha le plateau sur le comptoir et bouscula le Dr Gill. Il avait hâte de rentrer chez lui. Il attendrait que la nuit tombe. La nuit, les prostituées vendaient leur corps.

Elles ignoraient qu'avec lui, c'était la dernière fois.

Kate gara sa voiture dans une rue adjacente à celle de l'université Hollis. Elle se sentait un peu plus calme et s'obligea à entrer lentement dans l'immeuble de brique du département des sciences, celui qui abritait le laboratoire du Dr Gill. En parcourant les couloirs, l'odeur du linoléum lui rappela son vieux lycée. C'était étrange comme une odeur pouvait réveiller un souvenir enfoui depuis longtemps… Un sentiment familier de solitude l'envahit. Elle se souvint qu'elle avait appris à faire mine de ne pas remarquer les silences lourds de sens et les regards en coin de ses camarades. Elle s'attendit presque à voir des groupes d'adolescents agglutinés autour des casiers.

Elle fit l'effort de se redresser, et avança dans le

couloir du rez-de-chaussée, en vérifiant les plaques sur les portes. Elle faillit heurter un jeune homme blond qui marchait en sens inverse. Il était pâle et son visage était couvert de sueur.

Elle avait déjà vu ce type.

A l'enterrement de Lisa.

L'homme en costume, celui qui s'était précipité vers elle.

— Excusez-moi, dit-elle.

Il posa sur elle un regard vague. Il ne l'avait manifestement pas reconnue.

Il s'éloigna sans un mot. Puis il s'arrêta net et se retourna lentement, pour la dévisager.

Le ventre de Kate se noua et elle se remit à avancer. Une porte s'ouvrit un peu plus loin. Un homme âgé portant une blouse de laboratoire et un plateau chargé de vases à bec sortit dans le couloir.

L'homme blond prit la direction de l'ascenseur et y entra. Kate soupira de soulagement et se remit à avancer.

Ce type était vraiment bizarre. Il dégageait quelque chose de malsain.

Le laboratoire du Dr Gill se trouvait tout au bout du couloir. Elle frappa à la porte, tout en collant son visage à la vitre ménagée dans le battant. Un homme, long et mince, se trouvait au fond de la pièce et sursauta en entendant frapper. Puis il fit volte-face. Elle fut surprise de son air paniqué. Il se reprit en la voyant et vint ouvrir, tout en bloquant le passage pour l'empêcher d'entrer.

Kate dut lever la tête pour rencontrer ses yeux bleus, très clairs, cachés derrière des lunettes non cerclées.

— Docteur Gill ?

— Oui, dit-il en la dévisageant.

Elle lui tendit la main.

— Bonjour, je m'appelle Kate Lange.

— Que puis-je pour vous ? demanda-t-il.

Il avait les joues rouges et de petites perles de sueur couvraient son front.

— C'est ma tante qui m'envoie pour me renseigner. Elle souhaiterait léguer son corps à votre département de recherche. Elle est trop malade pour se déplacer.

— Oh…, dit-il en penchant vers elle son nez pointu.

Elle ne put s'empêcher de penser à un héron.

— Elle est très intéressée par vos travaux et elle voudrait en savoir un peu plus.

Elle espérait que la flatterie l'amadouerait et qu'il l'inviterait à entrer, mais il resta planté en travers du seuil.

— Pour dire les choses rapidement, mademoiselle Lange, mon but est de régénérer les nerfs en les obligeant à suivre leur chemin initial, répondit-il sèchement.

— Un nerf endommagé peut donc repousser ? demanda-t-elle en fronçant les sourcils, avec l'air de quelqu'un qui se passionne pour le sujet.

— Oui. Prenons par exemple un nerf écrasé lors d'un accident de voiture. Il va repousser spontanément, mais d'un millimètre par mois, et, en général, il n'empruntera pas le même chemin que la première fois.

Sa main restait crispée sur la poignée de la porte, comme s'il se tenait prêt à la refermer sur elle.

— Avec mon procédé, la personne accidentée pourrait retrouver l'usage d'une main en quelques semaines, ajouta-t-il d'un ton passionné.

Il croyait à son travail, pas de doute. Kate se demanda jusqu'où il serait capable d'aller pour mener à bien ses recherches. Elle revit Enid aidant sa sœur à enfiler son manteau. *N'oubliez pas de lui rappeler qu'il n'a pas le droit de manipuler de braves gens qui n'ont rien demandé, même si c'est pour sauver l'humanité.*

— Vous utilisez donc des cadavres pour mener vos recherches ?

Elle avait failli dire « vos expériences », mais elle s'était retenue à temps. Le mot avait trop de connotations désagréables.

— Oui.

— Mais vous ne vous servez pas de tout, n'est-ce pas ?

— Pourquoi me posez-vous cette question ? demanda-t-il d'un air méfiant.

— Ma tante veut savoir. Vous comprenez…

— Nous n'avons besoin que des membres, répondit-il sèchement.

— Et que devient le reste ?

Il rajusta ses lunettes.

— Le reste est incinéré.

— Par qui ?

Il la dévisagea intensément. Elle comprit qu'il était partagé entre le désir de répondre, parce qu'il avait besoin de matériaux pour ses recherches et ne voulait pas perdre une candidate, et celui de l'envoyer promener parce que ses questions le dérangeaient.

Elle lui adressa un petit sourire d'excuse.

— Ma tante est un peu maniaque…, soupira-t-elle en haussant les épaules. Elle ne veut pas que ses restes soient confiés à n'importe quelle maison funéraire.

— Nous nous adressons à la maison Keane, dit-il.

Elle sourit.

— C'est parfait. Elle sera ravie.

La main du Dr Gill tressaillit sur le bouton de porte.

— Vous voudrez bien m'excuser, mademoiselle Lange, mais j'ai du travail…

— Bien sûr, je comprends.

Elle tenta de jeter un coup d'œil au labo par-dessus son épaule, mais, comme il ne bougeait pas, elle put seulement voir qu'il n'y avait personne d'autre que lui.

— Au revoir, dit-il poliment.

Mais son regard impatient n'avait rien de poli.

— Au revoir.

Une fois dehors, elle inspira longuement l'air frais et humide. Le ciel était à présent gris et épais.

Cet entretien avait fait monter son angoisse d'un cran. Elle avait un nœud à l'estomac.

Le Dr Gill disait probablement la vérité quand il affirmait confier les torses à la maison funéraire Keane, qui les incinérait. Excepté qu'Anna Keane ne les brûlait peut-être pas tout de suite.

Anna Keane était une femme d'affaires avisée, qui cherchait à asseoir la réputation de sa maison funéraire en participant à un programme de recherche. Certes…

Mais elle volait les corps pour vendre des tissus humains…

Kate en était persuadée, mais elle ne pouvait rien avancer sans preuves. Et des preuves, elle n'en avait pas. Il lui fallait donc en trouver.

Elle frissonna.

La forme que pouvait prendre une preuve, dans une maison funéraire, ne lui disait rien qui vaille. Malheureusement, elle n'avait pas le choix.

Elle démarra.

42

Jeudi 17 mai, 14 h 55

C'était un coup de poker, mais ça valait tout de même le coup d'essayer. Quand Shonda avait mentionné le blond qui s'occupait des chiens, Ethan s'était souvenu avoir croisé dans Point Pleasant un type blond tenant en laisse un groupe de chiens.

A 14 h 55, il se garait dans le parking du parc. La mer était calme, ce jour-là. Un cargo entrait dans le port. Ethan s'acheta un esquimau et s'appuya au mur de la guérite des boissons et des glaces. De là, il avait vue sur les arrivées.

Cinquante minutes plus tard, sa patience fut récompensée. Une grande camionnette noire entra dans le parking. Sur les portes figurait l'appellation Doggie Do, avec des empreintes de pattes dans les deux O. La petite vitre teintée de la partie arrière était ouverte, sans doute pour laisser respirer les chiens. Ethan remarqua tout de suite que le véhicule pouvait parfaitement servir à transporter un cadavre.

Un jeune homme blond descendit de la camionnette. Il alla ouvrir aux chiens qui sortirent un par un et attendirent sagement qu'il attache leur laisse. Puis le jeune homme donna le signal du départ et les chiens se mirent en route, remuant la queue.

Cinq chiens, tous différents… L'un d'eux, un husky blanc, attira l'attention d'Ethan. Il ressemblait à celui de Kate.

Ethan rejoignit la petite troupe.

— Ils sont beaux, vos chiens, commenta-t-il.

Le jeune homme se tourna vers lui. Ethan lui trouva un visage ouvert et chaleureux.

— Oui. Et ils sont sympas.

— Ils sont tous à vous ?

Le jeune homme secoua la tête. Il était jeune, entre vingt et trente ans, plus près de la vingtaine que de la trentaine. Jusque-là, il correspondait au profil de Brown.

— Non. Je les promène. C'est mon boulot.

Ethan sortit son badge.

— Je suis l'inspecteur Ethan Drake, dit-il. J'ai quelques questions à vous poser dans le cadre d'une enquête pour homicide.

Le jeune homme le regarda fixement.

— C'est une plaisanterie ?

— Pas vraiment, non. Je voudrais voir vos papiers d'identité.

Le jeune homme fouilla d'une main dans la poche arrière de son jean, tout en tenant les laisses de l'autre. Le husky chercha à profiter de la situation et se mit à tirer sur la sienne.

— Assis, Alaska ! ordonna le jeune homme d'une voix rauque.

Alaska… Il s'agissait donc vraiment du chien de Kate. Kate connaissait cet homme. Est-ce qu'il possédait une clé de sa maison ?

Le jeune homme avait sorti son portefeuille, qu'il ouvrit pour montrer à Ethan son permis de conduire.

— C'est au sujet de Lisa MacAdam ? demanda-t-il.

— Oui, répondit Ethan tout en lisant le permis.

Finn Scott. Une adresse dans les quartiers sud de Halifax.

Il lui rendit le permis. Malheureusement, il ne pouvait pas arrêter ce Finn sans un mandat. Il ne lui restait plus qu'à le convaincre de le suivre jusqu'au poste de police.

Finn Scott se remit à avancer, précédé par sa meute. Trois des chiens marchaient en tête — Alaska, un rottweiler et un grand danois —, tandis qu'un teckel et un ridicule westie portant un nœud bleu ciel sur le crâne traînaient en arrière pour renifler les buissons.

— Ecoutez, monsieur Scott, nous pensons que vous pouvez nous aider dans notre enquête.

Finn Scott haussa les épaules.

— Je ne sais pas grand-chose, mais si je peux me rendre utile...

Il s'arrêta. Le westie et le teckel venaient d'emmêler leurs laisses à un gros buisson.

— Ici, Monsieur Big, dit-il.

Ethan le regarda de travers, puis il comprit qu'il s'adressait au teckel.

— Vous pourriez tenir ça une seconde ? demanda Finn en lui tendant les laisses des trois gros chiens.

— Bien sûr, répondit Ethan.

Ceux-ci ne parurent pas se formaliser de ce changement de main et l'ignorèrent superbement.

Finn se pencha pour démêler les laisses du teckel et du westie.

— Merde, murmura-t-il en se blessant aux branches sèches du buisson.

Il s'était légèrement égratigné le bras. Ethan fixait les quelques gouttes de sang qui y perlaient, comme hypnotisé.

— Tenez, dit-il en lui proposant un mouchoir en papier.

Les trois gros chiens commençaient à s'impatienter et à tirer sur leurs laisses.

— Pas la peine, répondit Finn d'un ton surpris. Ce n'est vraiment rien.

Ethan remit le mouchoir dans sa poche sans un mot. Il avait espéré le récupérer une fois que Finn aurait épongé son sang. Pour leur fichier ADN.

Soudain, son bras fut violemment tiré en avant, au point qu'il eut l'impression qu'on le lui arrachait. Retrouvant sans doute les instincts de sa race, Alaska s'était élancé, comme s'il se trouvait attelé à un traîneau. Les deux autres chiens avaient suivi.

— Seigneur ! s'exclama Ethan.

Il avait le choix entre courir avec la meute, ou avoir l'épaule démise. Il tenta tout de même de tirer sur les laisses.

— Assis ! Assis !

Mais les chiens avaient repéré un écureuil qui traversait la pelouse en direction d'un grand pin, et les ordres d'un inconnu ne pesaient pas lourd contre leur instinct de chasseurs.

— Arrêtez ! hurla de nouveau Ethan. Saloperie de chiens ! ajouta-t-il en marmonnant.

Finn le rejoignit en courant, avec le teckel et le westie qui galopaient aussi vite que le permettaient leurs petites pattes.

— Alaska ! Brutus ! Marvin ! appela-t-il tout en prenant les laisses des mains d'Ethan.

Ce fut comme s'il avait prononcé une formule magique. Alaska ralentit aussitôt et tourna la tête vers lui. Brutus et Marvin l'imitèrent. Ils avaient la langue pendante et remuaient la queue. Ils avaient l'air satisfaits de leur prestation. Ils trottinèrent jusqu'à Finn et s'assirent tranquillement. Brutus, le grand danois, tenta de fourrer son museau entre les jambes d'Ethan, qui le repoussa d'un air dégoûté. Le husky l'ignora, mais Ethan crut voir briller une lueur ironique dans ses yeux bleus.

Le westie vint se placer près du husky et inclina la tête tout en le fixant. Mais celui-là aussi, se fichait de lui, ma parole ! Son joli nœud était couvert de boue, et Ethan ne put s'empêcher de s'en réjouir.

Il se tourna vers Finn.

— J'aimerais que vous me suiviez, dit-il d'une voix plus sèche qu'il n'aurait voulu. Tout de suite, si possible.

— Tout de suite ? s'étonna Finn. Et qu'est-ce que je fais des chiens ?

Les chiens appuyèrent cette protestation d'un regard indigné.

Ethan eut envie de lui répondre qu'il n'avait qu'à les jeter dans le port, mais il se força à sourire.

— Vous n'aurez qu'à les déposer chez eux en passant.

Et si la portière arrière s'ouvrait par accident dans un tournant et que le grand husky se sauvait en courant, ce ne serait la faute de personne.

Finn haussa les épaules.

— D'accord. Après tout, ils ont eu un bout de promenade. Venez, les gars.

Il fit demi-tour, avec les chiens. Ethan les conduisit vers sa voiture et ouvrit la portière arrière.

— Faites-les monter, dit-il à Finn.

Il se sentait de plus en plus impatient. Il voulait avoir ce Scott à sa disposition. Tout de suite. Ce type était peut-être le tueur, et il n'allait pas le lâcher à cause de quelques clébards.

— Ça serait plus pratique dans ma camionnette, fit remarquer Finn en fixant le siège immaculé de la berline d'Ethan.

— Je vous raccompagnerai jusqu'à votre camionnette quand nous en aurons terminé, assura-t-il.

Pas question d'aller à la police dans la camionnette de Finn. Plus personne ne devait toucher à ce véhicule.

— Entendu, acquiesça Finn. Montez, les chiens.

Les cinq chiens étaient assis. Quatre se levèrent. Alaska se coucha et entreprit de lécher ses pattes avant.

— Alaska ! ordonna Finn. Monte là-dedans.

Alaska changea de patte et se lécha avec encore plus d'application, entre les griffes.

Bon sang ! Ethan en avait assez. Ce chien allait voir qui était le maître.

Il se pencha vers lui.

Alaska gronda.

Puis il se leva d'un bond et sauta dans la voiture, tout en remuant sa queue, qui gifla Ethan au passage. Ethan se redressa, luttant contre le désir d'étrangler ce chien de ses mains.

— A toi, Marvin, poursuivit Finn.

Le rottweiller obéit. Finn déposa Monsieur Big sur le siège.

— A toi, Brutus.

Le grand danois fixa d'un œil sceptique le siège arrière. Alaska en occupait la moitié, le rottweiler l'autre moitié. Monsieur Big était coincé au milieu.

Finn attrapa le grand danois par le collier et le fit monter de force.

— Tassez-vous un peu, là-dedans.

Ils durent se tasser, en effet, parce que le grand danois parvint à faire tenir son volumineux corps à l'intérieur. Finn referma doucement la portière, après l'avoir condamnée.

— Je vais devoir prendre Twinkles avec moi, annonça Finn sur un ton d'excuse.

— Pas de problème, marmonna Ethan.

Quand il s'installa derrière le volant, ça puait déjà l'haleine de chien dans l'habitacle. Il fit descendre sa vitre en retenant un soupir, tandis que Finn et Twinkles prenaient place sur le siège du passager.

Il démarra sans un mot, sur les chapeaux de roues.

Une odeur pestilentielle pénétra soudain ses narines.

— C'est Brutus, expliqua Finn d'un air gêné. Il a l'estomac fragile, il ne digère pas bien.

Il lorgna du côté du compteur de vitesse.

— Vous devriez peut-être ralentir…

Puis il se tourna vers Brutus et lui flatta le museau.

— Il lui arrive de vomir et je ne voudrais pas que…

Le westie posa ses pattes sur le tableau de bord pour regarder devant, à travers le pare-brise. Ethan espéra qu'il ne croiserait pas de voiture de patrouille. Si on le voyait traverser la ville avec ce chien à nœud comme partenaire, il serait la risée de toute la police.

Ethan déposa Brutus en premier.

Chaque fois que Finn sortait de la voiture pour raccompagner un chien chez lui, Ethan le suivait. Il ne voulait pas lui laisser l'occasion de passer un coup de fil. Quand ils arrivèrent chez Kate, il fut soulagé de constater qu'elle n'était pas là. Cela lui fit un drôle d'effet d'entrer dans sa maison, de voir sa veste sur une chaise, un panier de linge sale dans l'escalier ; il ne put s'empêcher de remarquer une petite culotte en dentelle qui dépassait de dessous un chemisier et se plaça devant, pour que Finn ne puisse pas la voir. Son suspect n'avait pas à reluquer la lingerie de Kate. Mais bon sang, pourquoi lui avoir confié des clés ?

Il savait bien pourquoi, mais ça le rendait tout de même jaloux.

Finn alla directement dans la cuisine pour remplir

la gamelle d'eau d'Alaska. Il prenait un peu trop ses aises... Ethan se demanda brusquement s'il ne faisait que promener le chien.

Il était un peu jeune, mais très séduisant. Ethan le regarda sortir de la cuisine. Après tout... Peut-être consolait-il Kate ? A supposer qu'elle ait besoin d'être consolée...

Il tenta de chasser de son esprit la vision d'une Kate penchée sur le torse de ce beau jeune homme blond, en train de lui embrasser la poitrine.

Mieux valait se concentrer sur la manière de coincer le blond et réfléchir au moyen de procéder avec lui. L'amadouer. Vérifier son alibi. Se procurer la liste de ses clients pour les interroger.

Finn referma soigneusement à clé la porte de Kate après leur départ et ils rejoignirent la voiture. La puanteur de Brutus était toujours à la limite du supportable. Ethan faisait descendre sa vitre, quand il surprit l'expression ahurie de Finn qui regardait du côté du siège arrière.

Il se tourna pour regarder lui aussi et, du coin de l'œil, il vit quelque chose de long et de marron sur le siège.

— Seigneur !

Il s'éjecta littéralement de la voiture et alla ouvrir la portière arrière.

Un étron frais était posé sur une touffe de poils.

— Désolé, inspecteur, dit Finn, qui intervenait déjà, la main dans un sac en plastique, pour ramasser l'objet du délit.

Ethan crut voir qu'il retenait tout de même un sourire.

— Alaska n'a pas eu le temps, dans le parc, expliqua-t-il en faisant un nœud au sachet.

La voiture demeura malodorante pendant tout le reste du trajet.

Après s'être débarrassé du cadeau d'Alaska — cadeau

qu'Ethan interpréta comme la marque du mépris qu'il inspirait à ce chien —, Ethan conduisit Finn dans la salle d'interrogatoire, celle qui n'avait pas de table. Il décida de se montrer amical et de mettre Finn en confiance.

— Ce chien est un révolté, on dirait, commenta-t-il en souriant.

Finn hésita.

— Euh… un peu, c'est vrai. Il est épuisant, ça c'est sûr.

Puis l'interrogatoire commença.

Il ne fallut à Ethan que quelques questions pour comprendre qu'il avait fait fausse route. Finn Scott avait un alibi en béton pour le meurtre de Lisa, mais aussi pour celui de Sarah. Il travaillait dans un bar du centre-ville, et tout le monde avait pu le voir derrière le comptoir entre 21 heures et 3 heures du matin.

— Mais qu'est-ce qui vous a pris d'interroger Shonda Bryant ? demanda Ethan.

Il avait un poids sur le cœur, tellement il se sentait déçu.

— J'aimais beaucoup Lisa, répondit Finn. C'était une chouette fille. Elle ne méritait pas de mourir comme ça.

— Ça ne me dit pas pourquoi vous êtes allé interroger Shonda.

Finn lui lança un regard de reproche.

— J'avais l'impression que la police n'avait pas fait tout ce qu'il fallait.

Ethan pinça la bouche. Encore un petit malin qui croyait faire mieux que la police !

— Vous rendez-vous compte que vos interventions auraient pu compromettre notre enquête ?

Finn haussa les épaules.

— Shonda savait que j'étais un ami de Lisa. Je me suis dit qu'elle se confierait plus volontiers à moi qu'à un policier.

Il regarda Ethan droit dans les yeux.

— J'avais l'intention de vous faire part de tout ce qu'elle m'aurait dit. Mais ce qu'elle m'a dit, justement, c'est qu'elle avait déjà tout dit à la police.

Il avait l'air un peu honteux, tout de même.

Ethan soupira.

— Vous auriez pu faire de gros dégâts.

— Pour ce que ça aurait changé, franchement..., protesta Finn.

Il croisa les bras.

— Lisa mérite justice, inspecteur. Je veux que ce salaud paye pour ce qu'il lui a fait.

Ethan le dévisagea. Au fond, ce petit gars lui avait fait du bien. Il se sentait heureux à l'idée que quelqu'un s'était intéressé à Lisa de son vivant.

— Ça va peut-être vous étonner, monsieur Scott, mais moi aussi, je veux qu'il paye.

43

Jeudi 17 mai, 16 heures

— Anna, une femme nommée Kate Lange sort de mon labo. Elle m'a demandé ce que je faisais des torses. Le nom te dit quelque chose ?

Anna Keane ferma les yeux et sa main se crispa sur l'appareil. Kate Lange ? Pourquoi diable était-elle allée fouiner dans le labo de Ron ?

— Qu'est-ce que tu lui as répondu ? soupira-t-elle.

— Qu'ils étaient incinérés.

— Tu ne lui as pas dit que c'était chez moi, au moins ?

— Je n'ai pas eu le choix, Anna. Elle voulait absolument savoir où et elle insistait. Ç'aurait été louche de refuser de répondre.

Anna Keane se frotta les tempes. Tout allait mal, en ce moment. D'abord Craig, maintenant Lange. Elle avait l'impression d'être devant une construction de dominos. Quand le premier tombait, il entraînait tous les autres. Mais elle n'avait pas l'intention de se laisser entraîner. Elle avait travaillé dur pour faire de la vieille maison O'Brien une entreprise moderne. Et elle méritait de récolter les fruits de son travail.

Proposer à ses clients de donner leur corps pour la recherche était un prolongement naturel de ses fonctions de directrice de maison funéraire. Prélever les tissus des morts pour soigner ceux des vivants était un juste retour des choses. Un acte qui bouclait la boucle, en permettant aux morts de participer au cycle éternel de la vie.

Tout cela avait mal tourné, mais ce n'était pas sa faute.

Comment aurait-elle pu se douter qu'un chercheur renommé comme le Pr Gill — un homme qui promettait des miracles — utiliserait un assassin comme assistant ? Il lui avait envoyé Craig Peters pour démembrer les cadavres, et Craig avait accompli un véritable travail d'artiste. Ce qu'elle faisait des corps, il ne s'y était pas intéressé. Peu lui importait qu'elle vende des tissus à des sociétés fabriquant du matériel médical. John Lyons avait décidé de nommer Craig président de leur toute nouvelle société, parce qu'il leur fallait un prête-nom. Avec ce choix, il s'assurait aussi que Craig ne dénoncerait pas leur petit trafic.

Puis Craig avait commencé à se montrer à des heures indues, et Anna à remarquer que la salle d'embaumement avait été utilisée pendant la nuit. Elle avait trouvé dans le congélateur des parties de corps qui ne figuraient sur aucun registre.

Elle avait voulu renvoyer Craig, mais John Lyons l'en avait empêchée. Il craignait le scandale et lui avait assuré qu'ils finiraient tous les deux en prison pour trafic de tissus humains, si Craig les dénonçait pour se venger. Ron non plus n'avait pas eu envie d'ébruiter l'affaire, de peur que le comité d'éthique de l'université ne lui retire son laboratoire de recherche, ce qui aurait détruit sa carrière.

Et elle les avait écoutés. Elle avait été bien naïve.

— Qu'est-ce qu'on va faire ? gémit Ron d'une voix angoissée. Kate Lange se doute sûrement de quelque chose.

Il baissa la voix.

— Et les épisodes ataxiques de Craig sont de plus en plus fréquents.

Anna Keane en eut la chair de poule. Le Dr Gill lui faisait peur, mais Craig la terrorisait. Il fallait qu'elle se calme. Elle avait besoin de toutes ses facultés pour régler le problème.

— Tu as une idée de ce qui les déclenche ? demanda-t-elle.

— Au début, je pensais à un désordre neurologique, mais maintenant, je me demande s'il ne s'agirait pas plutôt d'une maladie.

Elle se raidit.

— Une maladie ? Quel genre de maladie ?

— La maladie de Creutzfeldt-Jakob, répondit-il tout bas.

Elle crut l'entendre soupirer à l'autre bout du fil.

— Il a des problèmes de coordination musculaire, des moments de dépression, des épisodes d'aphasie. Bref, un ensemble de symptômes qui me font soupçonner le pire.

— C'est une maladie mortelle ?

Elle retint son souffle. Si seulement ç'avait pu être aussi simple…

— Oui, répondit Ron.

Elle ne put s'empêcher de sourire. De soulagement.

— Nous aussi, Anna, nous sommes peut-être atteints, murmura Ron.

La main d'Anna Keane se crispa sur le combiné.

— Quoi ? Mais qu'est-ce que tu racontes ?

— En réfléchissant sur la manière dont il avait pu l'attraper, j'ai fini par conclure que c'était probablement en démembrant un cadavre.

Il marqua un temps de pause.

— Et si je ne me trompe pas, nous avons tous les deux manipulé les corps que Craig démembre.

Anna Keane commençait à comprendre. Le combiné du téléphone glissa de sa main moite. Elle changea de main.

— Est-ce que tu t'es coupée avec un instrument ayant servi à découper un corps ? demanda Ron.

— Non.

— Dans ce cas, tu n'as rien à craindre.

Elle soupira de soulagement. Elle se sentait soudain toute molle.

Ron se racla la gorge.

— Moi, par contre…

— Tu ne pourrais pas faire un test, pour savoir si tu es infecté ?

— Non, il n'y a pas de test, et la maladie peut rester silencieuse pendant des années.

Elle soupira de nouveau, mais cette fois, ce n'était pas de soulagement.

— Je suis désolée, Ron…

Elle mentait. Elle avait hâte que ce cauchemar se termine. Elle avait voulu aider la science et elle s'était laissé entraîner dans une aventure sordide par un chercheur sans scrupule et par son assistant, ex-chirurgien et psychopathe.

Il était temps qu'elle limite les dégâts.

En commençant par maîtriser ce tueur en série à qui ils avaient donné asile dans leurs locaux.

— Tu penses qu'il est encore capable de faire le boulot correctement ? demanda-t-elle.

— Oui. La maladie n'a pas suffisamment évolué pour l'empêcher de travailler. Mais j'ai peur qu'il ne commette des imprudences et que la police ne retrouve sa piste.

— Piste qui les mènerait jusqu'à nous, j'ai compris.

Elle entendit le sang battre à ses oreilles.

— Exactement.

Le bouton d'une ligne extérieure se mit à clignoter. Elle

ne pouvait pas se permettre de l'ignorer. Il lui manquait encore des membres pour sa prochaine livraison, elle ne l'avait pas oublié.

— J'ai un appel, il faut que je te laisse, dit-elle à Ron. Je vais appeler John, il saura quoi faire à propos de Kate Lange.

Elle raccrocha et appuya sur le bouton pour prendre l'appel entrant.

— Maison funéraire Keane.

C'était la morgue. Un de ses amis. On la prévenait qu'il y avait un corps pour elle. Un sans domicile fixe qu'elle pouvait venir chercher quand elle voulait.

Bon sang... Un dieu veillait sur elle, aujourd'hui. On lui servait sur un plateau les membres qui lui manquaient pour boucler sa livraison. Si seulement le dieu avait pu l'inspirer, au sujet de Ron Gill et de Craig Peters !

Elle consulta sa montre. Il était 16 h 28 ; elle avait tout juste le temps de réceptionner le corps et de prévenir Craig pour qu'il vienne le préparer. Elle attrapa son sac et se dirigea vers la zone de chargement.

Les voitures roulaient au pas sur Brunswick Street. Kate tapota nerveusement son volant.

Si elle ne se trompait pas, Anna Keane était à la tête d'un trafic de tissus humains. Des centaines, voire des milliers de personnes, risquaient d'être infectées.

Aurait-elle le courage de sacrifier sa carrière pour tenter de mettre fin à ce scandale ?

Si on la surprenait en train d'entrer par effraction dans cette maison funéraire, elle pouvait dire adieu à la voie rapide pour la magistrature, adieu à son droit d'exercer, adieu à son salaire. Et sans salaire, elle perdrait sa maison. Et si on l'envoyait en prison, elle perdrait aussi Alaska.

Elle songea aux yeux bleus de son husky, à sa truffe qu'il fourrait dans le creux de sa main, aux coups de langue qu'il lui donnait le matin pour la réveiller, à sa fourrure si douce qui avait le don de l'apaiser quand elle la caressait.

Elle serra les dents. Il était le seul être auquel elle tenait. Le seul.

Qui s'occuperait de lui, s'il lui arrivait quelque chose ?

Des larmes lui brûlèrent les yeux. Elle battit des paupières pour les chasser.

Mais Anna Keane pouvait dévaster la vie de centaines de personnes. Il fallait absolument l'arrêter.

D'un autre côté, elle ne voulait pas finir en prison, comme son père, après avoir si durement lutté pour prouver qu'elle n'était pas comme lui.

Elle s'agrippa au volant.

Il suffisait de ne pas se faire prendre.

C'était plus facile à dire qu'à faire. Pour commencer, elle ne savait pas comment procéder pour entrer par effraction dans un bâtiment. Elle ne savait même pas ce qu'elle devait chercher à l'intérieur.

Mais quand elle arriva dans le quartier résidentiel qui abritait la maison funéraire, elle avait échafaudé un plan. Pour l'instant, elle allait discrètement faire le tour, histoire de trouver un moyen d'entrer. Elle reviendrait cette nuit, avec un outil pour forcer les portes. Elle chercherait des dossiers prouvant qu'Anna Keane fournissait BioMediSol. Tout cela semblait parfait, mais pas très inventif, et sans doute un peu trop optimiste.

Ce qui était normal, après tout. Elle était avocate, pas détective privé.

Elle se gara le long d'un trottoir, sous un arbre, évitant le grand parking, à l'arrière de la maison funéraire, qui était presque vide. Tout au bout du parking, elle remarqua des poubelles alignées.

Sur l'un des côtés du bâtiment, on avait rajouté une construction plus basse, avec une haute cheminée. Apparemment, le crematorium, là où finissaient les bustes du Dr Gill. Elle remarqua un peu plus loin un corbillard ouvert, qui attendait visiblement son chargement, garé devant la porte de service. Avec ses portières ouvertes, le noir véhicule ressemblait à un scarabée qui aurait déployé ses ailes.

Anne Keane sortit par la porte de service en poussant une civière. Kate se tassa sur son siège, pour ne pas être vue, tout en la suivant des yeux. Anna Keane chargea adroitement la civière dans le corbillard, puis alla fermer à clé la porte de service. Elle claqua ensuite les portières du corbillard et se glissa derrière le volant. Apparemment, elle était pressée.

Le moteur démarra, la voiture fit quelques mètres, puis s'arrêta. Anna Keane en descendit, le téléphone collé à l'oreille, et retourna pour ouvrir de nouveau la porte de service. Elle se servit de son épaule pour la pousser et disparut à l'intérieur.

Kate resta quelques minutes figée sur son siège.

Puis elle se mit à réfléchir.

On venait de lui ouvrir les portes de la maison funéraire.

Elle ne pouvait pas laisser passer une si belle occasion.

44

Jeudi 17 mai, 17 heures

Elle sortit de sa voiture et traversa en courant le parking, aussi vite que le lui permettaient sa jupe étroite et ses talons. Elle fit un arrêt derrière les poubelles pour reprendre son souffle. Elle avait mis les pieds dans une flaque, et l'eau entrait dans ses chaussures. Elle préféra ne pas songer aux substances que contenait cette eau croupie près de la poubelle.

Elle regarda la porte ouverte par laquelle Anna Keane avait disparu depuis environ deux minutes. C'était le moment d'y aller. Elle longea le mur de brique et se rapprocha de la porte, tout en tendant l'oreille pour guetter le martèlement des pas d'Anna, mais elle n'entendit que son pouls qui battait à ses oreilles.

Elle se trouvait maintenant à quelques centimètres de la porte. Prenant une grande inspiration, elle se glissa à l'intérieur.

— J'ai compris, fit la voix d'Anna. Oui, je te prépare les factures. Ne t'inquiète pas, je m'en occupe.

Kate chercha frénétiquement du regard un endroit où se cacher. Il y avait une porte, tout au bout du large couloir. Elle fonça dans sa direction en priant pour qu'elle ne soit pas fermée à clé, et agrippa la poignée, qui tourna silencieusement dans sa main. Puis elle se jeta à l'intérieur de la pièce sur laquelle s'ouvrait la porte et referma derrière elle.

Elle se trouvait dans la pénombre. *Il fait aussi noir que dans un cercueil...* Elle se dépêcha de chasser cette idée de son esprit et colla son oreille au battant.

— Nous en parlerons plus tard, fit de nouveau la voix d'Anna Keane.

Elle paraissait essoufflée et accéléra le pas en passant.

— Pour l'instant, je dois aller chercher le corps. Il faut que je te laisse.

Ensuite, Kate l'entendit refermer la porte donnant sur l'extérieur. Elle poussa un soupir de soulagement. Apparemment, Anna Keane n'avait pas enclenché de système d'alarme. Elle n'avait donc pas à s'inquiéter des détecteurs de mouvement.

Ses mains cherchèrent à tâtons un interrupteur qu'elle ne tarda pas à trouver. Les néons du plafond s'allumèrent tous en même temps. Elle porta sa main à sa bouche pour étouffer un cri.

La pièce était remplie de cercueils. Une véritable exposition. Des petits, des grands, certains noirs, d'autres couleur bois, des blancs, avec ou sans fioritures.

Elle prit une grande inspiration. Elle se trouvait dans une maison funéraire : rien d'étonnant à ce qu'elle tombe sur des cercueils. Elle devait plutôt s'estimer heureuse qu'ils ne soient pas occupés.

Elle éteignit la lumière et ouvrit la porte. Un rapide coup d'œil dans le couloir lui confirma qu'il était vide. Elle le traversa et s'arrêta.

Elle n'entendait rien. Il n'y avait personne.

Du moins, pas à cet étage.

Il n'était pas loin de 17 heures et elle n'avait pas vu de voiture sur le parking; il y avait donc de fortes chances pour qu'elle soit seule dans le bâtiment. En revanche, Anna Keane n'allait pas tarder à revenir avec son corbillard chargé.

Kate accéléra le pas et, pour la deuxième fois de la journée, une odeur réveilla un vieux souvenir. Une odeur de formol, avec un vague relent de pourriture. Celle de sa sœur allongée dans son cercueil.

Elle s'arrêta net, la gorge nouée. L'odeur provenait d'une pièce dont la porte était ouverte. Elle entra lentement. Il y faisait sombre, et il n'y avait pas de fenêtres.

De nouveau, les ténèbres se refermèrent sur elle, apportant avec eux d'autres souvenirs, sa honte et son désespoir d'adolescente, le sentiment de vide qui l'avait envahie quand elle avait compris qu'elle ne pouvait plus compter que sur elle-même, sa joie quand elle avait obtenu son diplôme, quand elle avait été reçue au barreau, quand on lui avait proposé une place à LMB, quand Alaska venait le soir l'accueillir sur le pas de la porte…

Arrête. Reprends-toi.

Elle regretta d'être entrée dans cette maison funéraire, et songea qu'elle ferait bien d'en sortir tant qu'il était encore temps. Avant d'être surprise par quelqu'un. Ce qui ne manquerait pas de se produire, elle en eut soudain le pressentiment.

Elle avait travaillé dur pour en arriver où elle était, et elle ne pouvait pas tout gâcher sur un coup de tête. Elle trouverait un autre moyen de coincer BioMediSol.

Mais elle ne put s'empêcher de regarder en direction de la table de métal qu'elle croyait discerner dans la pénombre, et la curiosité l'emporta sur la raison.

Elle alluma.

Il s'agissait d'une table en aluminium, lisse et propre, une table d'embaumement. Un réservoir était disposé à côté, avec un épais tube rose soigneusement enroulé autour de lui.

Elle songea aux cadavres qu'on avait allongés ici, pour les rendre présentables, pour que leurs proches puissent se pencher sur eux et leur dire adieu.

Etait-ce sur cette même table que les corps du Dr Gill étaient démembrés ?

Et si cela était arrivé à sa sœur ?

Son cœur se mit à cogner dans sa poitrine.

Elle avait cru qu'elle était là pour protéger les victimes potentielles de TransTissue et de BioMediSol. Elle se rendait compte, à présent, qu'elle avait surtout songé à protéger les morts.

La science avait besoin de cadavres pour progresser, mais cela ne lui donnait pas le droit de disposer d'un corps sans autorisation. Kate songea qu'elle devait se battre pour tous ceux qui avaient fait confiance à Anna Keane et dont les tissus avaient été vendus au plus offrant, sans qu'ils l'aient désiré.

Elle fit lentement le tour de la pièce. Ses talons, qui claquaient sur le sol carrelé, résonnaient comme des coups de marteau. Sur l'un des murs, une étagère était chargée de bouteilles roses et vertes contenant un produit désinfectant. Elle ne vit pas d'armoires à dossiers. Elle ne se souvenait pas non plus en avoir remarqué dans le bureau d'Anna Keane. Où cette femme rangeait-elle ses dossiers ?

Puis son regard fut attiré par un bouton rouge sur un panneau, près d'un interrupteur. Elle se dirigea vers le panneau et remarqua, en s'approchant, une porte d'ascenseur qu'on ne distinguait pas depuis l'autre bout de la pièce. Elle n'aurait su dire pourquoi, mais elle eut la certitude que cet ascenseur si discret ne pouvait que mener aux bureaux de BioMediSol.

Elle appela l'ascenseur, et la porte coulissa. Elle entra dans la cabine avec l'effrayante sensation de se jeter dans la gueule du loup, mais elle surmonta son angoisse et appuya sur l'unique bouton de la cabine, qui se mit aussitôt à monter.

L'ascenseur s'arrêta à l'étage. En sortant, Kate se retrouva une fois de plus dans le noir et demeura quelques secondes interdite, à respirer l'odeur nauséabonde qui pénétrait ses narines.

Elle dut de nouveau chercher la lumière à tâtons et soupira de soulagement quand la pièce s'éclaira. Les vitres de l'unique fenêtre lui renvoyaient son reflet. La lumière devait être visible de l'extérieur. Elle avait intérêt à se dépêcher.

Elle balaya la pièce du regard. Celle-ci était petite et avait probablement tenu lieu de bureau en d'autres temps. On l'avait transformée, depuis, en salle d'embaumement. Elle était équipée comme la salle du dessous, sans le comptoir, avec juste une table, un évier, une petite armoire à dossiers et trois congélateurs collés les uns aux autres.

Elle se précipita vers l'armoire à dossiers et l'ouvrit.

Les registres de BioMediSol !

Elle sortit les trois premiers registres, qui tenaient visiblement le compte des ventes de jambes.

Il ne lui restait plus qu'à comparer les numéros qui les identifiaient à ceux des éléments entreposés dans les congélateurs. Les noms des personnes étaient sûrement encore mentionnés sur certains. Il suffirait donc de les relever et de contacter les familles, qui porteraient plainte si elles n'avaient pas donné leur consentement.

Elle se tourna vers les congélateurs et prit une profonde inspiration.

Elle eut la chair de poule en ouvrant le premier et

découvrit, interloquée, de longs rubans jaunâtres, sous plastique, négligemment entassés. Puis elle comprit qu'il s'agissait de cordons spinaux, étiquetés avec un numéro et un nom.

Elle rabattit le couvercle et passa au suivant. Ce qu'elle vit lui arracha un cri étouffé. Des yeux. Deux douzaines de paires de globes oculaires qui la contemplaient fixement. Elle se dépêcha de refermer.

Elle sentait couler le long de ses flancs une sueur à l'odeur entêtante, celle d'un animal traqué. Elle espéra qu'elle trouverait les jambes dans le dernier congélateur. Des jambes, c'était plus supportable que des yeux.

Elle souleva lentement le couvercle.

Le congélateur était si plein qu'un pied en jaillit. On aurait dit qu'il venait de pousser le couvercle.

Elle fit un bond en arrière.

Elle aurait pu jurer que ce pied avait bougé...

Elle essuya la sueur qui dégoulinait sur son front. Elle avait hâte d'en finir et de sortir de là.

Mais il fallait tout de même qu'elle vérifie que les numéros d'identification du registre correspondaient bien aux jambes. Elle commença par le pied facétieux. Non. Rien ne lui correspondait.

BioMediSol avait peut-être déjà vendu les membres répertoriés sur ce registre.

Elle plongeait la main dans le congélateur pour attraper une autre étiquette, quand une cheville attira son attention. Une cheville tatouée d'un colibri voletant près d'un chèvrefeuille. Les couleurs étaient passées et se distinguaient à peine sur la peau foncée, mais on voyait qu'il avait été rouge et orange.

Elle le regarda fixement.

Un colibri.

Un oiseau qui plante son bec dans les fleurs. Il était très beau. Orange et rouge.

Le tatouage de Vangie Wright…

Sur l'étiquette, on avait inscrit « Mary Littler », nom qui convenait parfaitement à ce pied si petit qu'on aurait dit un pied d'enfant. Mais aucun enfant ne portait de tatouage à la cheville. Kate se pencha pour mieux détailler le dessin. Les branches du chèvrefeuille s'entrelaçaient pour former deux lettres. Elle en eut le souffle coupé. Il s'agissait d'un V et d'un W.

Elle lâcha le couvercle et retourna vers l'armoire. Il lui fallait le dossier de Vangie Wright/Mary Littler.

Le moteur du corbillard ronronna sous la fenêtre. Puis il se tut. Quelques secondes plus tard, une porte claquait au rez-de-chaussée.

45

Jeudi 17 mai, 18 heures

Les doigts de Kate glissèrent sur la poignée du tiroir de l'armoire à dossiers.

Reste calme. Tu as encore le temps.

Elle ouvrit le tiroir. Des étiquettes séparaient les dossiers classés par numéros et regroupés par centaines. Elle chercha fébrilement le numéro 1429 A. Il était bien là. Au nom de Mary Littler.

Elle sortit les formulaires qui l'intéressaient et les glissa dans sa ceinture. Puis elle fila vers l'ascenseur, éteignit les lampes et appuya sur le bouton d'appel.

Elle allait entrer dans la cabine, quand il lui vint à l'esprit qu'Anna Keane avait pu voir la lumière depuis l'extérieur et qu'elle l'attendrait peut-être en bas, dans l'autre chambre d'embaumement.

Ses jambes flageolèrent aussitôt. Jusque-là, elle avait seulement craint pour sa carrière, mais avec ce qu'elle venait de découvrir — la jambe de Mary Littler/Vangie Wright —, elle voyait désormais la directrice de la maison funéraire d'un tout autre œil.

Anna Keane avait-elle tué Vangie Wright ?

Son cœur s'arrêta de battre, puis repartit à toute allure.

Pas de panique.

Elle inspira profondément et ôta ses chaussures. Puis elle les prit à la main et s'éloigna de l'ascenseur sur la pointe des pieds, consciente que la vibration de ses pas pouvait être perceptible depuis la pièce du dessous.

Elle franchit une porte et se retrouva dans une sorte d'entrepôt encombré de cartons et d'outils. Elle avisa tout de suite un escalier.

Elle descendit sans bruit et aboutit dans une petite cuisine qui devait servir au personnel, équipée d'une table, de chaises, d'un micro-ondes, d'un réfrigérateur. La pièce n'était que faiblement éclairée, mais cela suffisait pour y voir, surtout après la pénombre de l'étage.

La cuisine donnait dans un couloir dont le sol était recouvert d'un épais tapis à motifs. En passant, elle reconnut la chapelle, éclairée d'une veilleuse. Puis, sur sa droite, une salle de réception privée. Encore quelques mètres et elle passerait devant le bureau d'Anna. Après quoi, elle serait libre.

Le bureau d'Anna Keane était éclairé. Kate s'arrêta pour tendre l'oreille. Aucun bruit n'en sortait. Elle se remit à avancer.

Une porte claqua bruyamment et la fit sursauter. Elle n'aurait pas su dire si le bruit était venu de l'arrière ou de l'avant du bâtiment.

Elle prit une profonde inspiration et fonça vers la sortie, mais quand elle voulut tourner la poignée de la porte, celle-ci résista.

Elle trouva le loquet qui débloquait la porte, lequel glissa sans résister, juste au moment où ses chaussures qu'elle avait coincées sous son bras pour la manœuvre tombaient avec un bruit sourd.

Seigneur !

Elle les ramassa et poussa le battant.

Elle eut conscience de l'air humide qui lui fouettait le visage, puis referma la porte et fonça.

Dehors, il pleuvait. La pluie trempait déjà ses cheveux. Elle enfila ses chaussures et se dépêcha de rejoindre le trottoir. Une voiture passa à sa hauteur. Puis une autre. Elle poussa un soupir de soulagement. Anna Keane ne pouvait plus rien contre elle. Pas avec tous ces témoins.

Elle tourna à droite, passa sous les arbres et regagna sa voiture depuis l'autre côté de la rue. Elle ouvrit les portières et se glissa sur le siège du conducteur.

Elle allait démarrer quand une berline gris métallisé passa devant elle pour entrer dans le parking de la maison funéraire et se garer à côté du corbillard. Un homme en sortit. Elle ne vit que sa silhouette. Il était grand et habillé de vêtements sombres. Elle aurait volontiers parié qu'il s'agissait de Craig Peters, le président de BioMediSol. Il venait probablement vérifier que la commande qu'elle avait passée était prête. Il disparut à l'intérieur.

Elle se mit à trembler. Quand elle était entrée dans la maison funéraire pour la fouiller, elle n'avait pas pensé un seul instant que sa fausse commande obligerait le personnel de BioMediSol à être là. Elle avait failli tomber dans son propre piège…

Elle démarra et roula jusque chez elle, en frissonnant tout au long du trajet. Elle eut du mal à ouvrir sa porte. Alaska bondit en la voyant entrer. Elle enfouit son visage dans sa fourrure. Il demeura près d'elle, sans bouger, jusqu'à ce qu'elle cesse de trembler.

Elle sortit de sa ceinture les formulaires qu'elle venait de voler. D'après ce qui y était consigné, Mary Littler était morte dans un accident de voiture.

Elle se laissa tomber sur le sol. Devait-elle prévenir la police ? Le formulaire mentionnait un faux nom, ce qui pouvait suffire à confondre Anna Keane.

Puis elle se prit à douter.

Après tout, la jambe qu'elle avait vue n'était peut-être pas celle de Vangie Wright. Des tas de gens portaient le même tatouage. Sauf qu'il y avait les initiales, qu'elle avait cru reconnaître. Mais même si c'était bien la jambe de Vangie, celle-ci avait pu mourir dans un accident, après tout. Et son vrai nom était peut-être Mary Littler. Les prostituées utilisaient souvent un pseudonyme pour travailler.

Une seule personne pouvait la renseigner.

D'après Shonda, Vangie avait une sœur.

46

Vendredi 18 mai, 16 heures

— Randall, vous avez CreditAngels sur la deux, dit Virginia, laissant percer un soupçon d'étonnement à travers le ton lisse et professionnel qui la caractérisait.

CreditAngels était un organisme de prêt qui accordait les crédits que les banques refusaient, à des taux scandaleux, bien entendu. Encore des salauds qui plumaient les pauvres gens ! Randall lutta contre le violent ressentiment qui l'envahissait, chaque fois qu'il pensait à la demande de réévaluation de pension alimentaire que l'avocat de son ex-femme lui avait fait parvenir, quelques jours plus tôt.

Il appuya sur le bouton qui connectait la ligne deux.

— Randall Barrett, dit-il.

— Monsieur Barrett, ici Ashley Dickson, de CreditAngels.

Le ton était sec et froid, haché, détaché.

— Oui, madame Dickson, que puis-je pour vous ? demanda-t-il en prenant sa voix la plus aimable.

Quelqu'un s'était peut-être retourné contre eux, et ils avaient besoin d'une assistance juridique.

— Vous êtes bien le directeur de Lyons-McGrath-Barrett, n'est-ce pas ?

Randall n'appréciait décidément pas le ton sur lequel

elle s'adressait à lui. On aurait dit qu'elle partait à la chasse à l'homme. Il fronça les sourcils.

— Oui. Puis-je savoir ce que vous me voulez ?

— Nous appelons pour réclamer des remboursements concernant un prêt de 182.000 dollars, lequel inclut 57.000 dollars d'intérêt. Cela fait plusieurs mois que vous n'avez pas payé.

Ces sociétés avaient le chic pour réclamer de l'argent juste avant le week-end. Il eut une pensée émue pour le Barrett auquel cette femme croyait s'adresser.

— Vous devez vous tromper de Barrett, dit-il. Je n'ai pas contracté de prêt chez vous.

— Mais votre société, oui.

— Ma société non plus, je peux vous l'assurer. Nous contractons des emprunts auprès de notre banque, ajouta-t-il avec un brin de condescendance.

— Monsieur Barrett, reprit la voix d'Ashley Dickson. J'ai sous les yeux votre signature au bas d'un document qui désigne LMB comme le garant du prêt de la société BioMediSol.

Elle paraissait tout à fait sûre d'elle.

— Je n'ai jamais entendu parler de BioMediSol, protesta-t-il.

Mais il allait se renseigner. Au plus vite.

— Et je n'ai sûrement pas signé la caution de ce prêt, madame. J'ai bien peur que vous n'ayez été victime d'une fraude.

Non seulement on ne sélectionnait pas les clients, chez CreditAngels, mais on ne prenait pas la peine de vérifier leur identité. C'était un peu fort.

— Je ne pense pas, monsieur Barrett. Le co-signataire de ce document est John Lyons, votre associé.

Randall en eut le ventre noué. Et soudain, il comprit. John Lyons… N'étant plus le capitaine, il coulait le navire.

— Nous voulons notre argent, monsieur Barrett. Et à partir de demain, vous paierez aussi des pénalités de retard pour les échéances qui n'ont pas été honorées en temps et en heure.

Il n'en doutait pas. CreditAngels ne se gênerait pas pour les saigner à blanc.

— Je vais me renseigner et je vous rappelle, répondit-il posément. Pourriez-vous, en attendant, me faxer une copie du document ?

— Ce sera fait. Je vous rappelle lundi matin.

Ainsi, John avait falsifié sa signature pour obtenir un prêt. Bien entendu, c'était facile à prouver devant un tribunal, mais le fait que John ait commis un faux impliquant la société était des plus inquiétants. Maintenant qu'il y réfléchissait, il avait plusieurs fois remarqué chez lui des comportements bizarres. Récemment, il avait même pris ses distances avec Kate, sa petite protégée. Randall s'en était réjoui, pensant que John avait enfin compris qui était le maître chez LMB.

Il s'était lourdement trompé. John l'avait roulé.

Il décrocha son téléphone.

— Virginia, il me faut tous les dossiers traités par John au cours des deux dernières années. Et d'urgence.

— Entendu.

— Est-ce que Kate Lange m'a rappelé ?

— Non.

Se pouvait-il qu'elle soit mêlée à cette magouille ?

Quelque chose lui disait que non.

Puis un soupçon le traversa, qui le glaça jusqu'au sang. John avait peut-être tout combiné avec Kate avant de l'engager. Elle aurait été la complice parfaite. Désespérée de croupir dans un petit cabinet… Les dents longues… Prête à tout pour réussir. Comble de l'habileté, John avait feint de s'intéresser à elle en tant que femme — sachant que cela le gênerait, mais sans se douter à quel point —, pour détourner ses soupçons. Ces deux-là marchaient ensemble. Ils avaient cherché à escroquer LMB.

Il vit passer les yeux ambre de Kate, ces yeux qui plongeaient si profondément en lui sans rien révéler. Chaque fois qu'il les regardait, il avait l'impression de voir son reflet dans un lac qui lui renvoyait ses défauts, mais dont le fond demeurait opaque.

Ce matin, il lui avait laissé un message, mais elle ne prenait pas la peine de lui répondre. Pour qui se prenait-elle ?

Elle allait le payer cher.

Vendredi 18 mai, 16 heures

— Quelqu'un s'amuse avec nous, fit remarquer Anna.

Elle essayait de ne pas paniquer, mais John sentit à sa voix qu'elle n'en menait pas large.

— Qu'est-ce que tu veux dire ?

— Une femme a passé une fausse commande au nom d'un institut de chirurgie.

— Merde ! s'exclama John d'un ton incrédule.

— Elle s'est présentée comme le Dr Tupper. Je ne me suis doutée de rien. Mais le livreur ne s'est pas présenté, et j'ai appris que quelqu'un avait appelé pour modifier le jour de la livraison. Là, je me suis renseignée et j'ai découvert que son institut n'existait pas. Et ce n'est pas tout…

Sa voix monta d'un cran dans les aigus.

— Je crois que quelqu'un a volé des dossiers BioMediSol, hier soir.

— Qu'est-ce que tu racontes ? s'exclama John.

— Et Kate Lange, ton employée, est allée au labo du Dr Gill pour lui poser de drôles de questions.

— Tu crois que c'est elle qui est derrière tout ça ?

— Je ne vois pas qui d'autre, rétorqua Anna.

Elle marqua un temps de pause.

— Ce que je ne comprends pas, c'est ce qui la motive.

— Moi je comprends, répondit doucement John. Je crois qu'elle sait tout, Anna.

— Tu en es sûr ? Tu m'avais dit que personne ne se douterait de rien tant que Craig serait le président.

— Il n'y avait aucun lien officiel entre la maison Keane et BioMediSol. Je ne pouvais pas prévoir qu'on tomberait sur une fouineuse.

Et encore moins prévoir que cette fouineuse serait Kate Lange. Il l'avait choisie pour l'affaire TransTissue parce qu'il la savait inexpérimentée et prête à tout pour être définitivement embauchée.

Il avait commis une lourde erreur.

— Il faut faire quelque chose…, gémit Anna.

Cette fois, elle ne cherchait plus à cacher qu'elle était paniquée.

— Tout va mal, reprit-elle. Craig est de plus en plus étrange et Ron pense qu'il est atteint d'une maladie du cerveau. Nous aurions dû l'arrêter tant qu'il en était encore temps.

John ferma les yeux.

— Anna, nous n'aurions pas pu, dit-il sèchement.

— Mais quand il a commencé à apporter des cadavres de prostituées, nous…

— C'est un psychopathe. Pourquoi crois-tu qu'ils l'ont viré de l'école de médecine ? Le seul moyen de l'arrêter aurait été de le livrer à la police, et tu sais bien qu'on ne pouvait pas.

— *Tu* ne pouvais pas, corrigea-t-elle. Tu ne pouvais

pas parce que tu avais perdu un peu trop souvent au black-jack.

— Ne sois pas ridicule ! Si nous avions appelé les flics, ils se seraient intéressés à BioMediSol et ils se seraient aperçus que nous n'avions pas que des corps « consentants », si je puis dire.

Elle laissa échapper un soupir de frustration.

— Qu'est-ce qu'on va faire ? demanda-t-elle.

— Je m'occupe de Kate, et toi de Craig.

— De Craig ? Non. Il me fait peur. John, Craig est un malade. Un assassin.

— Anna, tu dois prendre les choses calmement.

— Comment veux-tu que je prenne les choses calmement ? demanda-t-elle d'un ton hystérique. Craig est capable de tout ! Nous pourrions être ses prochaines victimes.

Elle avait raison. Il fallait d'urgence se débarrasser de lui.

— Débrouille-toi pour le faire monter dans la salle d'embaumement et fais-lui une piqûre de sédatif. Ensuite, brûle-le dans le crématorium.

Il s'adossa à son fauteuil.

— Tu vois, c'est simple.

Elle soupira.

— Très bien. Mais je ne le ferai pas seule. Je veux que tu viennes. Il est dangereux.

— Parfait. Dis-lui d'être là à 20 heures.

47

Le brouillard flirtait avec les Narrows. Il s'élevait en volutes vers la mince bande d'eau. Encore quelques minutes et il envelopperait le pont reliant Halifax et Darmouth.

Kate alluma ses phares et prit la sortie de Windmill Road, un quartier bordé de modestes maisons et d'immeubles de brique. On y trouvait surtout des employés, des mères célibataires, des retraités peu argentés. Ce n'était pas vraiment un quartier défavorisé, mais la criminalité y augmentait à un rythme inquiétant. Ces derniers temps, les agressions et les meurtres s'y étaient multipliés.

L'immeuble où vivait Claudine, la sœur de Vangie Wright, se trouvait sur une hauteur qui dominait la mer, ce qui lui avait valu le nom évocateur de « Appartements Blue Waters ». Pas très original, mais tout de même bien choisi pour la vue.

Kate gara sa voiture et se dirigea vers l'entrée. Elle tapa le code de l'Interphone et attendit que Claudine lui ouvre.

Elle avait eu une chance folle de la trouver. Après son éprouvante visite à la maison funéraire, elle avait appelé Shonda en priant pour que celle-ci ne soit pas complètement défoncée. Mais Shonda n'avait pas répondu.

Elle avait passé une nuit agitée, à se demander comment

Craig Peters et Anna Keane avaient réagi, en apprenant qu'on leur avait passé une fausse commande. Le compte à rebours avait débuté pour elle à partir du moment où le livreur ne s'était pas présenté, et elle le savait.

Elle espérait simplement qu'Anna Keane n'avait pas remarqué que quelqu'un avait fouillé dans les dossiers de BioMediSol.

Sinon, le compte à rebours allait tourner deux fois plus vite.

Elle avait passé la matinée à la bibliothèque de LMB, en feignant de s'absorber comme d'habitude dans son travail. A l'heure du déjeuner, sa secrétaire lui avait tendu un message émanant de Randall. Il avait appelé très tôt le matin, lui avait-elle dit.

Elle avait hésité. Que lui voulait Randall ? Savait-il qu'elle s'était introduite par effraction dans la maison funéraire ? S'il le savait, cela signifiait qu'Anna Keane le lui avait dit, et donc qu'il marchait avec John Lyons.

Ce qui paraissait tout de même peu vraisemblable, vu la rivalité qui opposait les deux hommes.

Elle secoua la tête. Non, Randall n'avait sans doute rien à voir avec BioMediSol ou TransTissue, mais elle ne lui faisait pas confiance pour autant. De plus, il avait le don de la deviner. Mieux valait, en conséquence, ne pas lui parler, vu tout ce qu'elle avait à cacher en ce moment.

Elle s'était donc abstenue de l'appeler.

En revanche, elle avait tenté de joindre Shonda à intervalles réguliers, avec une angoisse grandissante car elle n'obtenait que sa messagerie vocale.

Mais à 14 h 39, Shonda avait fini par décrocher. Elle s'était montrée méfiante et ne lui avait répondu que du bout des lèvres, mais elle avait tout de même confirmé que Vangie avait une sœur, prénommée Claudine, laquelle, d'après ce dont elle se souvenait, vivait à Dartmouth.

Le numéro de Claudine, Kate l'avait tout simplement trouvé dans l'annuaire. Quelle ironie, après tous les risques qu'elle avait pris dans la maison funéraire...

Vendredi 18 mai, 17 h 10

Assis derrière le volant, John Lyons observait la maison de Kate. Le quartier n'était pas désagréable, mais la vieille bâtisse aurait mérité quelques travaux. Celui qui l'achèterait allait devoir investir pas mal d'argent pour la rénover.

De temps en temps, son regard se dirigeait vers la fenêtre du salon. Le chien de Kate s'était posté derrière une vitre et John avait l'impression qu'il regardait droit dans sa direction, comme s'il avait deviné qu'il attendait sa maîtresse.

Pourquoi cette petite écervelée ne s'était-elle pas contentée d'oublier le dossier TransTissue, comme il le lui avait demandé ? Avec les capacités qui étaient les siennes, elle aurait pu faire une belle carrière chez LMB.

Mais à présent, c'était exclu.

Il jeta un coup d'œil à l'horloge du tableau de bord. Kate avait quitté le bureau une heure et demie plus tôt. Elle aurait dû être rentrée depuis longtemps. Qu'est-ce qu'elle trafiquait encore ?

Il ne pouvait tout de même pas rester des heures garé le long de ce trottoir. Il allait finir par se faire remarquer. Pour une fois, il regretta d'avoir une voiture de luxe qui attirait les regards.

Son portable sonna. Il ne put s'empêcher de sursauter. Il était décidément sur les nerfs, ces temps-ci.

C'était probablement sa femme, Lorraine, qui voulait savoir s'ils allaient au casino ce soir, comme prévu.

Il devait lui donner le change. Et aussi lui fournir une explication plausible pour son retard. Il inspira avant de décrocher.

— Allô ?

— Lyons ?

Son cœur bondit.

— Barrett ?

— Il faut qu'on se voie. Tout de suite. Dans combien de temps pouvez-vous être au bureau ?

A la voix de Barrett, il comprit qu'il était cuit. Quelqu'un de CreditAngels avait dû contacter LMB. Il avait pourtant cru les calmer avec l'acompte qu'il leur avait versé. Apparemment, ça n'avait pas suffi.

Barrett n'avait pas à lui donner d'ordres, et il aurait préféré l'envoyer au diable. Pourtant, il fallait bien qu'il se déplace pour éteindre au plus vite l'incendie.

Avant que Barrett ne découvre le pot aux roses.

D'un autre côté, il devait aussi s'occuper d'urgence de Kate pour l'empêcher d'aller tout raconter à Barrett.

Il ne mit que quelques secondes à prendre sa décision. D'abord, attendre Kate, qui n'en avait sûrement plus pour longtemps. Ensuite, affronter Barrett.

— Je serai là dès que possible, répondit-il calmement.

Vendredi 18 mai, 17 h 10

Un son aigu annonça que la porte était ouverte, et Kate entra dans le hall des appartements Blue Waters. Elle prit un petit ascenseur qui la mena au premier étage. Il flottait une délicieuse odeur de bacon frit. Un bébé pleurait quelque part.

Elle frappa au numéro 214, et la porte s'ouvrit presque

aussitôt sur une petite femme à la peau couleur de biscuit. Derrière elle, Kate entendit le son d'une télévision.

— Madame Wright ? demanda-t-elle.

— Oui.

Elle était très menue, avec une expression apeurée qui évoquait celle d'un faon prêt à fuir.

— Je suis Kate Lange, dit Kate en lui tendant la main. Merci d'avoir accepté de me recevoir.

— Qui c'est, maman ?

Une petite fille au crâne couvert de nattes africaines passa la tête entre les jambes de Claudine. Ses yeux bruns fixaient Kate avec une lueur de curiosité. Kate n'avait pas vraiment l'habitude des enfants, mais elle ne lui donna pas plus de six ans.

— Bonjour, je m'appelle Kate, dit-elle à la petite.

— Et moi, je m'appelle Tania, répondit l'enfant.

— Tania, va surveiller ton frère, ordonna Claudine. Je dois parler avec cette dame.

Kate se demanda comment une enfant si jeune pouvait surveiller son frère.

— Mais j'ai pas envie, protesta Tania.

Claudine lui jeta un regard d'avertissement.

— Obéis et c'est tout, Tania.

Tania repartit en boudant, tout en lorgnant du côté de Kate, qui lui répondit par un sourire d'encouragement. Elle se souvint qu'elle-même se faisait parfois prier pour s'occuper de sa petite sœur.

Claudine ouvrit le battant.

— Entrez, dit-elle.

L'appartement était exigu et très modestement meublé, mais propre et lumineux. Tania grimpa sur un vieux canapé en velours et murmura à l'oreille d'un petit garçon qui faisait bien deux fois sa taille.

Claudine leur jeta un regard sévère, puis se tourna vers Kate.

— Nous pouvons aller là-bas, pour parler plus tranquillement, dit-elle en désignant une table et des chaises près du coin-cuisine. Vous voulez du café ?

Kate sourit.

— Oui, merci. Avec plaisir.

Claudine remplit deux tasses et les apporta sur un plateau qu'elle avait déjà préparé, sans doute en prévision de l'arrivée de Kate, avec un petit pichet de lait, un sucrier et une assiette de biscuits.

— Merci, dit Kate.

Elle sucra son café, y ajouta quelques gouttes de lait, et but une gorgée.

Claudine vint s'asseoir près d'elle et referma ses mains fines sur sa tasse.

— Vous vouliez me poser des questions au sujet de Vangie ? demanda-t-elle à voix basse.

— Oui. Pour commencer, je voudrais savoir s'il lui arrivait d'utiliser le nom de Mary Littler ?

Claudine secoua la tête.

— Pas que je sache, non.

— Avait-elle un colibri tatoué sur la cheville ?

— Oui. Elle s'était fait faire ce tatouage quand elle avait dix-sept ans. Mais pourquoi me parlez-vous du tatouage de Vangie ? Vous l'avez vue ?

Elle dévisagea Kate d'un air angoissé et, soudain, Kate ne douta plus de la culpabilité d'Anna Keane.

Elle déglutit péniblement. Durant le trajet qui l'avait amenée ici, elle avait préparé de belles phrases pour expliquer la situation à Claudine, mais à présent, elle avait la gorge nouée. Elle ne se sentait pas capable de lui annoncer que le cadavre de sa sœur avait été découpé en morceaux pour être vendu.

— Je crois qu'elle est morte, dit-elle seulement.

Claudine baissa le nez vers son café.

— Je le savais.

Elle releva la tête pour regarder Kate droit dans les yeux.

— Elle était très malade.

— Malade ? Qu'est-ce qu'elle avait ?

Claudine sortit une lettre de sa poche.

— Un truc bizarre. Kratz-Jakob, un truc comme ça... Tenez, lisez.

Kate déplia la lettre. Elle provenait du Département de santé publique de la Nouvelle-Ecosse, comme l'indiquait le logo en tête.

— J'ai reçu ça peu après la disparition de Vangie.

— C'est à vous qu'on l'a envoyée ?

— Vangie était introuvable et je suis sa plus proche famille.

Kate posa son café et lut le texte de la lettre.

« Chère madame Wright,

» Il a récemment été porté à la connaissance du Département de santé publique que vous avez reçu des hormones d'un donneur ayant récemment développé la maladie de Creutzfeldt-Jakob. Vous devez vous présenter de toute urgence à l'adresse indiquée ci-dessous. »

Kate reposa lentement la lettre.

— Est-ce que Vangie savait qu'elle courait le risque de développer la maladie de Creutzfeldt-Jakob ?

Claudine secoua la tête.

— Non. Mais je suis à peu près persuadée qu'elle en était atteinte. Je l'ai vue une semaine avant sa disparition et elle avait un comportement bizarre. Elle était restée plusieurs mois sans me rendre visite, alors j'ai pensé que c'était parce qu'elle avait abusé du crack. Je me suis disputée avec elle. Elle est partie en claquant la porte. C'est la police qui m'a prévenue de sa disparition. L'une de ses amies avait pris la peine de la signaler.

Elle vida sa tasse de café. Ses yeux exprimaient une tristesse infinie.

— Quand j'ai reçu cette lettre, j'ai appelé le Département de santé publique, et quelqu'un m'a décrit les symptômes de la maladie.

— Elle l'aurait donc attrapée en prenant des hormones de croissance ?

— Oui. Elle était très petite. Un peu comme…

Elle désigna du menton l'endroit où Tania était assise.

— Dans la famille, nous ne sommes pas très grands, mais Vangie était vraiment minuscule. Les médecins lui avaient prescrit des piqûres d'hormones de croissance quand elle avait huit ans, pour l'aider à grandir.

Et avec ces piqûres, on lui avait inoculé la maladie de Creutzfeldt-Jakob. Kate était atterrée. Si la jambe qu'elle avait vue dans le congélateur de la maison funéraire était bien celle de Vangie, comme elle le pensait, cela signifiait que d'autres parties de son corps avaient été distribuées par BioMediSol. Elle avait donc elle-même transmis la maladie. A combien de personnes ?

— Elle est vraiment morte ? demanda Claudine.

Ses yeux de biche sondèrent ceux de Kate.

— J'en ai bien peur.

— Au fond de moi, je le savais, mais j'espérais tout de même…

Elle baissa de nouveau le nez vers sa tasse.

— J'espérais qu'elle était en cure de désintoxication et qu'elle réapparaîtrait un beau jour. Ça lui était déjà arrivé.

Des larmes brillèrent dans ses yeux. L'une d'elles coula sur sa joue.

— Elle était ma grande sœur. Ma demi-sœur, en fait. Avant d'être complètement paumée, elle m'a beaucoup aidée. Elle m'envoyait de l'argent. C'est elle qui m'a trouvé du travail.

Elle jeta un regard éperdu autour d'elle.

— Sans elle, je n'en serais pas là. Et moi, quand j'ai voulu l'aider…

Elle s'essuya la joue du revers de la main.

— J'ai vraiment essayé, mais elle a refusé de m'écouter. Son crack… Il n'y avait plus que ça. Quand je l'appelais, elle me raccrochait au nez…

— Vous avez essayé, murmura Kate.

— J'ai essayé, mais ça n'a servi à rien. Elle est morte, à présent.

Cette fois, il y avait de la colère dans les yeux de Claudine. Kate comprit qu'elle était écrasée de culpabilité. Un sentiment qu'elle ne comprenait que trop bien…

— Vous avez fait de votre mieux, dit-elle.

Claudine détourna le regard vers la fenêtre. Vers le brouillard qui montait des eaux.

— Peut-être…

— Elle ne voulait sans doute pas être sauvée, insista Kate d'une voix douce.

Elle songea à Imogen, à sa colère quand elle l'avait surprise sur le porche en train de se préparer une ligne de coke.

« Je ne veux pas m'en aller, avait-elle protesté. Cesse de m'enquiquiner. Je suis assez grande pour savoir ce que je fais.

— Assez grande pour sniffer de la coke, tu veux dire ? »

Imogen avait d'abord baissé les yeux, honteuse, puis elle s'était rebiffée.

« Et après ? Ça me plaît et ça ne fait de mal à personne. »

Elle était repartie en courant vers la rue, pour rejoindre

ses amis, ceux qui prenaient de la coke. Kate l'avait regardée s'éloigner, partagée entre la peur et la colère. Sa petite sœur l'avait repoussée, elle ne voulait plus d'elle. Elle ne voulait plus de sa protection.

Puis elle était allée la chercher et l'avait obligée à la suivre en menaçant d'appeler la police si elle refusait.

« Je te hais, je te hais ! » lui avait hurlé Imogen dans la voiture, au moment où elle démarrait.

Kate en avait eu le cœur broyé, et Imogen avait dû se rendre compte qu'elle avait passé les bornes, car elle s'était réfugiée dans un silence maussade.

Puis elle avait de nouveau explosé.

« J'en ai besoin, Katie ! Essaye de comprendre. Et n'en parle pas à maman, je t'en supplie… »

Cet aveu avait achevé de désespérer Kate. Elle avait brusquement compris pourquoi sa sœur lui faisait des cachotteries, depuis quelque temps. Ce n'était pas la première fois qu'Imogen se droguait.

« Tu n'as pas besoin de ça, Genie, tu te trompes, avait-elle rétorqué d'un ton fervent. Tu n'es pas seule au monde. Je serai toujours là pour toi.

— Ce n'est pas la même chose. Tu ne m'empêcheras pas de recommencer. »

Cette fois, c'était Kate qui avait explosé. Sa sœur la trahissait, elle se trahissait, elle jouait avec le feu et elle allait se brûler.

« Si tu recommences, j'en parle à maman. »

Kate sursauta. Quelque chose de chaud lui brûlait la main. Elle tremblait si fort qu'elle avait renversé son café sur sa manche. Il coulait en deux rigoles bien distinctes sur son poignet.

Elle reposa sa tasse pour s'essuyer. Claudine, qui s'était levée pour aller chercher la cafetière, revenait vers la table.

Kate songea qu'il était temps qu'elle parte. Avant que Claudine ne lui réclame des détails. Mieux valait qu'elle ne sache pas ce qui était arrivé au corps de sa sœur — ce corps ravagé par la drogue et la maladie de son vivant, et par un fou après sa mort.

Elle se leva.

— Vous pourriez me confier cette lettre, le temps que je fasse une photocopie ? demanda-t-elle.

— Oui, répondit Claudine tout en jetant un regard sceptique du côté de la lettre.

Kate se dirigea vers la porte. A présent, elle avait le document qu'il lui fallait. Vangie n'était pas morte dans un accident de voiture, et sa sœur n'avait pas autorisé BioMediSol à disposer de son corps pour la science.

Mais de quoi était morte Vangie ? D'overdose ou de la maladie de Creutzfeldt-Jakob ?

Elle est montée dans une voiture avec un type et on ne l'a plus jamais revue...

Il lui était peut-être arrivé quelque chose, ce soir-là. Kate devait absolument convaincre Ethan de s'intéresser à son cas.

— La police va sans doute vous contacter, dit-elle à Claudine.

— Ils m'ont déjà contactée, mais ils n'ont rien fait.

— Tu pars, Kate ? demanda Tania depuis le canapé.

Son petit frère regardait aussi du côté de Kate, mais sans dire un mot. Il avait visiblement l'habitude de laisser sa sœur parler aux adultes.

— Oui, répondit-elle. J'ai été ravie de vous rencontrer, ajouta-t-elle en se tournant vers Claudine. Vos enfants sont adorables.

Claudine retint un petit sourire qui dissimulait mal sa fierté.

— Ça va, je n'ai pas à me plaindre, dit-elle.

— Prenez soin de vous, murmura Kate en s'éloignant.

Elle regagna sa voiture. Elle avait trouvé chez Claudine ce qu'elle était venue chercher.

Et pas seulement.

La sonnerie de son téléphone portable la fit sursauter.

— Allô ? dit-elle d'une voix rauque.

— Kate, c'est Randall, lança une voix impatiente.

Elle se racla la gorge.

— Vous allez bien ? demanda-t-il aussitôt.

Elle fut tentée de lui répondre que non, qu'elle n'allait pas bien du tout. A travers le témoignage de Claudine, elle venait de comprendre que sa sœur l'avait abandonnée pour se réfugier dans la drogue. Elle savait maintenant d'où venait cet affreux sentiment de solitude qui la tenaillait depuis quinze ans.

Elle s'efforça de respirer calmement. Elle n'allait pas craquer devant son patron — encore moins devant un homme qui l'avait volée d'une main, tout en lui offrant du réconfort de l'autre. Il ne devait pas savoir qu'elle avait le cœur à vif.

Elle devait se reprendre. Se battre.

Se battre pour elle-même, mais aussi pour Claudine et pour toutes les victimes de BioMediSol. Et pour mener à bien son combat, elle ne devait en parler à personne. Randall risquait de lui mettre les bâtons dans les roues.

— Je vais bien, répondit-elle d'un ton détaché.

Il marqua un léger temps de pause.

— On vous a transmis mon message ? demanda-t-il.

— Oui.

— Pourquoi ne m'avez-vous pas appelé ?

— Je n'en voyais pas l'intérêt, rétorqua-t-elle sèchement.

La phrase était sortie sans qu'elle l'ait voulu, mais elle ne la regretta pas.

Il y eut de nouveau un silence. Randall accusait manifestement le coup, et elle ne put s'empêcher d'éprouver un sentiment de triomphe. Il était peu probable qu'on ose souvent s'adresser à lui sur ce ton.

— Que voulez-vous dire par là ? demanda-t-il enfin.

N'y était-elle pas allée un peu fort ? Après tout, son but était de le tenir à distance, pas de le blesser.

— Je suis désolée, j'aurais tout de même dû vous rappeler, reprit-elle. Je vous expliquerai plus tard pourq…

— Vous allez me l'expliquer dans mon bureau, coupa-t-il sèchement. Je vous y attends. Maintenant.

Il ne manquait plus que ça.

— Je ne peux pas venir maintenant, protesta-t-elle. J'ai un problème urgent à régler.

— Je vous ai donné un ordre, Kate, déclara-t-il d'un ton glacial. Venez tout de suite, ou ce ne sera plus la peine de venir du tout.

Elle voulut protester, mais il avait raccroché.

Elle jeta rageusement le téléphone sur le siège du passager.

— Qu'il aille au diable ! s'exclama-t-elle.

Mais en vérité, elle était surtout furieuse contre elle-même.

Elle prenait la direction du nouveau pont, tout en réfléchissant à ce qu'elle allait faire, quand elle vit briller devant elle des gyrophares de police. Au niveau du poste de péage, des voitures faisaient demi-tour. Au loin, elle distingua une interruption dans le trafic qui signalait probablement un accident.

Bon sang…

Elle bifurqua avant d'arriver au péage. Il ne lui restait plus qu'à passer par le vieux pont.

Elle se sentait sur le point d'exploser. Elle aurait voulu éviter Randall avant d'avoir présenté l'affaire BioMediSol à la police, mais son coup de fil venait de lui rappeler quelque chose.

Elle traversa le pont et quitta Hollis Street pour se diriger vers Lower Water Street. Le bel immeuble dans lequel se trouvaient les locaux de LMB n'était plus qu'à cinq minutes.

L'affaire BioMediSol allait inévitablement éclabousser TransTissue. Elle devait prévenir son employeur que l'un de ses clients aurait bientôt des problèmes.

Elle n'avait pas le choix.

48

Vendredi 18 mai, 17 h 50

Kate Lange n'était toujours pas rentrée chez elle. Mais où pouvait-elle bien être ?

John Lyons avait décidé qu'il ne pouvait plus l'attendre. Il roulait maintenant vers LMB, en sens inverse des embouteillages du vendredi.

Il essayait de croire qu'il ne risquait rien à affronter Randall, mais une sueur glacée coulait dans son dos. Est-ce que Barrett s'était aperçu qu'il avait effectué des retraits sur les comptes de certains clients ? Il les avait déjà remboursés, avec le prêt effectué pour BioMediSol. BioMediSol n'avait pas besoin d'argent — leurs frais de fonctionnement étant réduits au minimum grâce à l'utilisation des locaux d'Anna — mais il avait convaincu celle-ci qu'ils devaient investir. Vu qu'Anna ne demandait qu'à développer ses activités, elle avait accepté.

Mais le prêt, il ne parvenait pas à le rembourser. La somme lui avait servi à acheter des biens immobiliers qu'il avait espéré revendre plus cher à court terme. Et il avait été gourmand... Un peu comme un enfant devant un étalage de bonbons. Ensuite, le marché s'était effondré. On connaissait la suite. Les banques réclamaient leur argent. Et lui, il ne pouvait pas payer.

Il se gara dans le parking et prit l'ascenseur jusqu'au deuxième étage de LMB. En sortant dans le hall, il ne put s'empêcher de penser que c'était lui qui avait édifié cette entreprise. Il se souvint du jour où ils avaient emménagé dans ces locaux. Juste au-dessus de l'eau. Les deux derniers étages d'un bel immeuble. Les plus prestigieux. Avec une vue magnifique sur les îles Georges et le port. Il les avait équipés comme il convenait à une société de leur niveau : avec des meubles design, de qualité, une moquette épaisse, des box luxueux pour les secrétaires, une bibliothèque.

Il avait lui-même sélectionné les œuvres d'art qui ornaient les murs. Durant dix ans, il avait patiemment rassemblé une véritable collection, avec le plaisir de soutenir de jeunes artistes pleins de talent dont le travail prendrait de la valeur au fil des ans.

Aujourd'hui, tout ce qu'il avait bâti au prix de tant d'efforts menaçait de s'effondrer. Sa place dans cette société était tout ce qui lui restait.

Il était au bord du gouffre. Pour de bon.

Il entra d'un pas assuré dans le bureau de Barrett. Il avait toujours détesté le décor moderne et dépouillé dans lequel ce crétin se complaisait. Des angles. Des matériaux froids et durs. Barrett avait délibérément ignoré l'esthétique choisie par lui pour la société.

En l'entendant entrer, Barrett fit pivoter son fauteuil vers lui. Son visage exprimait la surprise.

— Je commençais à croire que vous ne viendriez pas, dit-il.

Il s'efforçait de paraître calme, mais il bouillait manifestement de colère contenue.

John comprit qu'il avait intérêt à jouer serré. Il se laissa tomber dans un fauteuil en cuir et en métal — si ingénieusement conçu qu'on ne devinait pas les coutures du siège et du dossier —, tout en s'efforçant de conserver un visage de marbre. Il n'allait pas céder à ce salaud un millimètre de son territoire.

— Vous vouliez aborder un sujet important, je suppose, dit-il.

Il n'y avait qu'un moyen de mener cet entretien. En se montrant agressif.

— J'ai reçu aujourd'hui un appel d'un organisme de prêt, déclara posément Barrett. CreditAngels, ça vous dit quelque chose ?

John voulut s'adosser, mais avec ce fauteuil biscornu, c'était quasiment impossible.

— Oui, pourquoi ?

— Ils réclament le remboursement immédiat d'un prêt. Un prêt que vous avez signé au nom de la société. C'est-à-dire en faisant un faux, pour appeler les choses par leur nom.

Il s'exprimait d'un ton détaché. Il aurait pu être en train de commenter un parcours de golf.

John ne jugea pas utile de mentir. Barrett avait sans doute déjà eu le document en main.

— Je rembourserai la société. Avec intérêts.

— Je l'espère bien, répliqua Barrett avec un petit ricanement. La question que je me pose est la suivante : y a-t-il d'autres prêts dont je n'aurais pas eu connaissance ?

— Non, répondit John en regardant Barrett droit dans les yeux. Il n'y a que celui-là. J'étais à court de liquidités et...

Il prit un ton enflammé.

— C'était une superbe occasion. Je n'ai pas pu la laisser passer. L'industrie des tissus humains est en pleine expansion. Je serai en mesure de rembourser LMB dans six mois.

— Je me suis un peu renseigné sur BioMediSol et j'ai

appris qu'elle fournissait TransTissue, poursuivit posément Barrett. Du coup, je me demande si, en conseillant à TransTissue un arrangement plutôt qu'un procès, vous ne pensiez pas surtout aux intérêts de BioMediSol.

John sursauta, et son dos heurta le cadre en métal du dossier de son fauteuil. Il jura intérieurement.

— Non ! protesta-t-il. Bien sûr que non. Jamais je n'aurais fait une chose pareille.

Barrett parut sceptique.

— Ne vous moquez pas de moi, Lyons. Je veux le dossier TransTissue sur mon bureau dès demain matin.

Le lendemain était un samedi. John lutta pour ne pas s'énerver. Randall avait du culot de lui donner des ordres, comme s'il n'était qu'un petit clerc. Il s'efforça néanmoins de conserver un ton neutre.

— Randall, je pratique ce métier depuis vingt-trois ans, et j'ai toujours conseillé mes clients uniquement en fonction de leurs intérêts.

Cela lui faisait mal de penser que sa carrière était maintenant entre les mains de ce damné Barrett. Depuis que Barrett avait été embauché chez LMB, il n'avait cessé de chercher à saboter son pouvoir. Il avait réussi à lui ravir le fauteuil de directeur, l'année précédente — et cela, John n'arrivait pas à l'encaisser.

Il éprouva soudain un plaisir pervers à l'idée que ce petit salaud se rongeait en ce moment les sangs à cause du prêt.

— Je reconnais que j'ai eu tort, pour le prêt, dit-il. Mais je peux rembourser. Je rédigerai un échéancier ce soir.

— Je m'occupe de l'échéancier, répliqua sèchement Barrett. Mais ce qui me tracasse, c'est TransTissue, Lyons. Si vous avez exposé notre société à une accusation de conflit d'intérêts, peu m'importe que vous remboursiez le prêt. Parce que ce qui nous coûtera le plus cher, ce sera de nous défendre contre TransTissue s'ils nous attaquent. Et je ne parle même pas de l'image de LMB...

John se força à soutenir le regard de Barrett. Il ne voulait pas qu'il puisse lire sur son visage qu'il avait mis le doigt sur son point faible. Parce que si Barrett découvrait qu'il avait fait passer l'intérêt de BioMediSol avant celui d'un client, il déciderait de vérifier tous ses clients et s'apercevrait qu'il avait pioché dans pas mal de comptes.

Et dans ce cas, il serait non seulement mis à la porte de LMB, mais aussi suspendu, voire rayé du barreau. Sa réputation serait définitivement ruinée. Et il n'aurait plus aucun moyen de gagner l'argent dont il avait besoin pour rembourser les dettes accumulées qui se balançaient au-dessus de lui comme une épée de Damoclès.

Barrett posa ses mains bien à plat devant lui.

— Je vais réclamer une réunion de crise demain, à 14 heures, avec l'ensemble de nos associés. J'attends de vous, à cette occasion, un compte rendu détaillé de la situation. N'essayez pas de nous dissimuler quoi que ce soit, Lyons. Ça ne ferait qu'aggraver votre cas.

Vingt-trois ans de pratique avaient appris à Lyons qu'il ne fallait jamais montrer à un adversaire qu'il vous tenait à la gorge.

— Je n'ai absolument rien à cacher, affirma-t-il en se levant.

Puis il tourna les talons et quitta le bureau de Randall. Son front était couvert de sueur et il l'essuya du revers de la main, d'un geste impatient.

Il se dirigea vers le hall d'entrée et prit l'ascenseur. Mais au lieu d'appuyer sur le bouton pour aller au garage, il s'arrêta à l'étage du dessous, celui des subalternes, et remonta par l'escalier, vers son bureau, qui se trouvait heureusement à l'opposé de celui de Barrett.

Une fois dans son bureau, il ne perdit pas de temps. Il prit une mallette et vida son armoire à dossiers, tout en tendant l'oreille pour guetter des bruits de pas.

Mais le couloir demeura silencieux.

Il transpirait tellement, à présent, que sa chemise lui collait à la peau. Il avait apporté son manteau, qu'il posa sur son bras pour dissimuler la mallette qu'il transportait. Puis il sortit en refermant la porte à clé derrière lui. Histoire de faire croire à Barrett que les dossiers importants se trouvaient là, pendant que lui serait en train de les passer au broyeur de son domicile.

Il regagna l'escalier sur la pointe des pieds, pour rependre le même chemin en sens inverse. Maintenant qu'il avait les documents, il respirait un peu mieux.

Restait à s'occuper de Kate.

Il venait justement de songer à un plan particulièrement ingénieux, qui lui permettrait de faire d'une pierre deux coups.

Kate allait être la prochaine victime de celui que la presse avait surnommé « Le boucher ».

Et quand Craig se serait occupé d'elle, il s'occuperait de Craig avec Anna et le brûlerait dans le crematorium. Anna n'allait pas être ravie de ce changement de programme, car elle avait hâte de se débarrasser de Craig. Mais cela pouvait attendre quelques heures : le temps que Craig ait démembré le corps de Kate et qu'il y ait apposé sa signature.

Ensuite, adieu Craig ! Et sans regrets. Cela ferait un tueur en série de moins sur la terre.

Il n'y aurait plus qu'à déposer quelque part ce qui resterait du corps de Kate pour que les flics le trouvent. Ce n'était pas un problème, et il se sentait capable de s'en occuper.

Quand on annoncerait à la radio que Kate Lange était

la nouvelle victime du « boucher », ça sèmerait une belle pagaille à LMB. Barrett serait contraint de reporter son assemblée générale. Et quand celle-ci aurait enfin lieu, leurs associés seraient ébranlés par la mort de Kate. Il se faisait fort de les amadouer. Il leur avait longtemps servi de modèle, ce qui lui donnait encore un peu d'ascendant sur eux. Il plaiderait le stress, invoquerait les dépenses somptuaires de son épouse. Et il ne faisait guère de doute qu'ils passeraient l'éponge.

Mais pour cela, il fallait qu'ils ne soient au courant de rien, ni pour TransTissue ni pour l'argent emprunté directement sur les comptes des clients.

Cette fois, il prit l'ascenseur pour descendre au parking et fila droit vers sa voiture — sa belle voiture de luxe, symbole de sa réussite sociale, qui ne l'avait jamais déçu.

Il était en train d'ouvrit le coffre pour y déposer sa mallette quand il entendit une voiture arriver.

Il se figea.

La voiture alla se garer dans un coin reculé, à l'opposé de l'ascenseur.

Il attendit, tout en surveillant du coin de l'œil.

Son cœur fit un bond.

Kate.

Mais qu'est-ce qu'elle venait faire ici à une heure pareille ?

Il eut soudain envie de rire en songeant que Barrett l'avait probablement convoquée pour l'interroger au sujet de TransTissue, et que c'était donc grâce à lui qu'il allait la coincer.

Quelle ironie...

Elle sortit de sa voiture.

Il prit le démonte-pneu et le colla discrètement à la jambe de son pantalon.

— Kate ! appela-t-il.

49

Vendredi 18 mai, 18 h 20

La voix de John fit sursauter Kate. Le parking était sombre, et il lui fallut quelques secondes pour distinguer sa silhouette adossée à sa voiture.

— John ? Bonsoir…

Elle lui adressa un vague signe de la main et se détourna du côté de l'ascenseur. Son cœur battait furieusement. Il était vraiment la dernière personne qu'elle avait envie de croiser. Elle ne savait pas encore quels liens il entretenait avec BioMediSol, mais ces liens existaient, elle l'aurait juré. Et cela signifiait qu'il trempait dans une affaire franchement sordide.

— Kate ! lança-t-il, avançant vers elle à grands pas. Attendez !

Elle s'arrêta.

— J'ai un rendez-vous, John, répondit-elle en se forçant à sourire. Je suis pressée.

— Il faut que je vous parle avant Randall, insista-t-il.

Il s'était arrêté, les bras le long du corps, tout près du coffre d'une belle voiture. Celle de Randall.

— Je n'en vois pas l'utilité, répliqua-t-elle sèchement.

— Kate ! murmura-t-il sur un ton de reproche. Ne le

prenez pas comme ça. Je veux vous aider à avancer sur la voie de la réussite.

— M'aider ? s'exclama-t-elle.

Une immense colère se déversa en elle, comme un torrent, emportant sur son passage son chagrin et sa culpabilité. Il prétendait l'aider alors qu'il avait piétiné sa confiance, trahi des morts, mis en danger la santé des clients de TransTissue !

— Je crois que vous feriez mieux de vous occuper de vous-même, ajouta-t-elle d'un ton amer.

A la seconde même où les mots sortaient de sa bouche, elle sut qu'elle avait commis une erreur.

A présent, il la regardait fixement, avec une expression indéchiffrable qui lui glaça le sang.

— Que voulez-vous dire par là ? demanda-t-il enfin, d'une voix étrangement calme.

Elle sentit se dresser les poils de ses bras.

— Rien.

Le regard de John se durcit.

— Si vous êtes aussi maligne que vous le croyez, vous ne direz rien à Randall, déclara-t-il d'un ton menaçant.

C'était la première fois que Kate le voyait abandonner sa courtoisie légendaire. Elle se sentit en danger.

— Vous avez un secret, Kate, n'est-ce pas ? Un secret que vous ne voudriez pas voir ébruiter parmi les juristes…

— Je ne vois pas à quoi vous faites allusion, murmura-t-elle.

Elle voulait l'inciter à parler, l'écouter encore, pour qu'il se dévoile. Mais son corps lui conseillait la fuite. Elle avait envie de prendre ses jambes à son cou. Elle fit un pas en arrière.

— Je dois vraiment y aller, dit-elle.

Il sourit.

— Je ne dirai à personne que vous êtes entrée dans une maison funéraire pour voler des dossiers…

Elle en avait assez entendu, cette fois. Cette phrase était un aveu. Il était le complice d'Anna Keane.

Elle représentait une menace pour lui, et il avait toutes les raisons de vouloir la faire taire.

— J'ignore de quoi vous parlez, John, protesta-t-elle.

Il sourit de nouveau.

— Inutile de mentir, Kate. Nous savons tous les deux de quoi il retourne. Voilà donc ce que je vous propose : votre silence contre le mien. Si vous dites un seul mot, c'en est fini de votre carrière.

Il ignorait qu'elle avait déjà pris sa décision et renoncé à sa carrière.

Il s'adossa à la voiture de Randall et se mit à tapoter un objet métallique contre le pare-choc.

Elle baissa les yeux et ce qu'elle vit acheva de la terroriser : il tenait à la main un démonte-pneu, avec lequel il rayait lentement et posément la carrosserie de la voiture.

— Je ne vous retiens pas, reprit-il. Je suppose que Randall vous attend.

Elle déglutit péniblement.

— Ne comptez pas sur moi pour me taire ! lança-t-elle.

Puis elle rassembla toute son énergie et fonça vers la rampe menant à l'escalier. Il se lança aussitôt à sa poursuite.

Elle entendit quelque chose tomber de sa poche. Derrière elle, les pas de John résonnaient, étonnamment légers et incroyablement rapides.

Elle atteignait la porte donnant sur l'escalier quand un souffle rauque résonna à ses oreilles.

Celui de John.

Il était tout proche. Elle ne se retourna pas et attrapa la poignée de la porte en tirant de toutes ses forces. La porte s'ouvrit. Elle voulut s'élancer en avant, mais elle trébucha contre les marches humides.

La main de John la rattrapa.

Ses yeux tombèrent sur le démonte-pneu et, en dépit de sa peur, elle eut le réflexe de dégager son bras.

Elle entendit le sifflement de l'air causé par son brusque mouvement, et un sanglot étouffé s'échappa de sa gorge.

Non…

Le démonte-pneu s'abattit sur son crâne.

Ensuite, tout devint noir.

50

Vendredi 18 mai, 18 h 47

La douleur la traversait par vagues. Une douleur atroce et lancinante, insupportable, qui lui fit regretter le gouffre sombre du néant.

Elle tenta d'ouvrir les yeux, mais ses paupières lui parurent si lourdes qu'elle en eut le vertige. Elle referma les yeux. Elle ne se sentait pas la force de lutter.

— Elle revient à elle…

Elle reconnut la voix de John et la panique la submergea. Où était-elle ? Que lui était-il arrivé ?

De nouveau, elle voulut ouvrir les yeux et, de nouveau, le vertige l'obligea à les refermer.

Elle inspira profondément. Une odeur forte pénétra ses narines. Elle la reconnut aussitôt. *Imogen.*

Elle eut la nausée.

— Dépêche-toi, dit une voix de femme pressante. C'est prêt ?

— Tiens, répondit John. Je te laisse faire. Je ne suis pas doué pour ces trucs-là.

— Je m'en serais doutée, ironisa la femme d'un ton méprisant.

Kate avait le nom de cette femme sur le bout de la

langue. Dieu, que sa bouche était sèche... Elle aurait donné n'importe quoi pour un verre d'eau.

On lui prit le bras pour retrousser sa manche. Elle reconnut une main de femme. Douce et efficace.

— Il faut que j'appelle ma femme, dit soudain John. Sinon, elle risque de s'inquiéter.

Les doigts de la femme se crispèrent sur le bras de Kate.

— Non, tu restes avec moi. Il va arriver, et je ne me sens pas capable de l'affronter seule.

— Ne t'inquiète pas, je serai de retour avant qu'il arrive.

— John!

La voix de la femme trahissait une intense panique.

— Je t'en prie, ne me laisse pas...

Il y eut un temps de silence, puis John répondit, de cette voix doucereuse qui n'augurait rien de bon :

— Je t'ai dit que je serai de retour avant lui, voyons.

La femme n'eut pas le temps de répondre; la porte claquait déjà.

Un air frais balaya le bras nu de Kate. La femme passa un lien au-dessus de son coude et serra.

Des doigts humides de sueur tâtèrent le pli de son coude. Elle voulut retirer son bras, mais il refusa de lui obéir. Elle ouvrit les yeux, pour regarder. Les lampes dansèrent. Elle lutta contre le vertige.

Une aiguille glissait lentement dans sa veine. Anna avait l'habitude, et ça se voyait. *Anna. La voix d'Anna...*

Kate gémit. Puis elle se sentit partir.

Non.

Résiste.

Elle ne sentait plus la douleur. Ni son corps.

Elle se laissa sombrer.

Vendredi 18 mai, 19 h 16

Il n'arrivait pas à y croire.

Elle avait osé lui poser un lapin !

Randall vérifia une fois de plus sa montre. Cela faisait plus d'une heure qu'il avait appelé Kate.

Bon sang… Il se passa la main sur le visage. Il avait eu tort de lui adresser un ultimatum. Il aurait mieux fait de la prendre par la douceur. Elle était furieuse, et elle voulait lui montrer qu'elle n'était pas à ses ordres. Elle ne viendrait pas.

Furieuse ? Non… Elle lui avait plutôt paru au bord des larmes. Elle prenait peut-être tout simplement son temps pour ne pas arriver avec les yeux gonflés. C'était bien son style. Elle allait venir. Elle franchirait la porte en lui lançant un regard de défi et en marmonnant une vague excuse pour son retard.

Du moins, c'est ce qu'il espérait.

Car si elle ne venait pas, cela ne pouvait signifier qu'une chose.

Qu'elle était la complice de John.

Vendredi 18 mai, 19 h 20

— Ethan, il faut que tu viennes tout de suite nous rejoindre dans la salle de réunion, dit Ferguson.

Sa voix était fébrile.

— Le labo vient de m'appeler, ajouta-t-elle.

— On arrive dans cinq minutes, répondit-il.

Il lança son portable sur les genoux de Lamond, puis, après un rapide coup d'œil dans son rétroviseur, il fit demi-tour.

— Le labo a appelé à propos de la victime numéro trois, expliqua-t-il à Lamond.

Ethan avait passé la journée à interroger des chirurgiens, Lamond à écluser les dossiers de la morgue. Mais ils n'avaient rien trouvé.

Il ne leur fallut que trois minutes pour arriver au bureau. Quand ils entrèrent dans la salle de réunion, ils furent surpris de l'agitation qui y régnait. Ethan eut une poussée d'adrénaline. Enfin ! Ils tenaient une piste !

Comme à son habitude, Ferguson se tenait debout à une extrémité de la grande table. Les autres s'étaient assis. En les voyant arriver, Ferguson se racla la gorge.

— Le tueur a enfin laissé échapper quelque chose, annonça Ferguson avec des yeux brillants d'excitation. Le labo a trouvé des traces d'une substance sur le corps de la troisième victime.

— Du sperme, je suppose ? demanda Lamond.

— Non. Du liquide d'embaumement.

51

Vendredi 18 mai, 19 h 24

Il poussa la porte de la salle d'embaumement et respira l'odeur avec délices. Il se sentait chez lui. Mieux que chez lui.

Il traversa la pièce en direction de la porte de l'ascenseur qui était déjà ouverte, comme pour l'inviter à entrer, ce qu'il interpréta comme un bon présage.

Il était un peu en avance, mais il ne pouvait plus attendre.

Anna l'avait appelé pour un « extra », avec cette voix chargée d'angoisse et de peur qu'il avait hâte d'entendre de nouveau. Il aimait sentir qu'il avait barre sur elle.

Il lui avait naturellement répondu qu'il était ravi et qu'il serait là à l'heure.

L'ascenseur s'arrêta à l'étage. Il savait qu'il trouverait Anna de l'autre côté de la porte. Ses muscles se crispèrent de plaisir anticipé. Des points blancs s'agitèrent devant ses yeux. La porte coulissa. Mais quand il voulut sortir, ses genoux refusèrent de plier. Bon sang ! Il ne comprenait pas ce qui lui arrivait, et, surtout, ce n'était pas le moment de flancher, avec ce besoin qui le tenaillait. Il rassembla toute sa volonté et parvint à quitter l'ascenseur d'un pas chancelant.

Anna sursauta et se retourna.

Ses muscles se détendirent, comme s'ils devenaient soudain liquides, et le besoin inonda son cerveau.

Quand ses yeux rencontrèrent ceux d'Anna, elle eut ce regard paniqué qui l'excitait plus que tout.

— Tu es en avance, bredouilla-t-elle en reculant.

Vendredi 18 mai, 19 h 27

Randall tambourinait sur son bureau tout en regardant du côté de la fenêtre. Il apercevait d'un côté le port de Halifax, et de l'autre le fort. Les deux places fortes de la ville. La marine et l'armée de terre. Une vue tout à fait appropriée, vraiment…

Il songea à John Lyons, qui avait tenu à garder le bureau avec vue sur le port, comme un gamin qui s'accroche à un jouet.

Ce qu'il pouvait être infantile…

Il ne l'avait pas cru une seconde, quand il avait affirmé qu'il n'avait rien d'autre à se reprocher que le prêt. John avait d'autres squelettes dans son placard, squelettes qui risquaient d'entraîner tout le monde dans leur danse macabre.

Il jeta de nouveau un coup d'œil à sa montre.

Il avait assez attendu : Kate ne viendrait plus. Il lui avait accordé le bénéfice du doute et elle n'avait pas su en profiter. Lundi matin, elle aurait intérêt à répondre à ses questions.

Il prit l'ascenseur et appuya sur le bouton P2.

Le parking était quasiment vide, à cette heure-là. Il se dirigea vers sa voiture, une longue Jaguar type E dont la simple vue le mettait de bonne humeur.

Il ne put s'empêcher de sourire en la voyant. Elle était tellement agréable à conduire…

Mais son sourire se figea quand il aperçut la voiture garée à quelques places de la sienne.

On aurait dit celle de Kate.

Il s'en approcha et alla coller son nez à la vitre d'une portière. Le siège arrière était tapissé de poils blancs. Des poils de chien. Il s'agissait donc bien de la voiture de Kate.

Il sortit son téléphone et composa son numéro.

Une sonnerie résonna quelque part, dans un coin du parking. Il en eut la chair de poule.

Le cœur battant, il grimpa la rampe d'accès en courant. La sonnerie se rapprocha, mais Kate n'était toujours pas en vue.

Il s'arrêta, interdit, et balaya du regard le parking.

Un objet argenté brillait sur le béton. Il courut dans cette direction. La sonnerie continuait. Elle lui parut soudain affreusement lugubre.

Il ramassa le portable et fonça aussitôt vers l'ascenseur.

Kate était donc venue jusqu'ici, sans doute pour le rejoindre. Et ensuite ? Où était-elle passée ?

Elle avait traversé le parking… Elle avait perdu son portable. N'était-elle pas dans son bureau, en ce moment, en train de faire disparaître les éléments compromettants du dossier TransTissue ?

Quand l'ascenseur arriva, il plongea à l'intérieur de la cabine. Tandis que défilaient les étages, les battements de son cœur montaient en intensité. Il traversa le couloir au pas de course. Tout était calme et silencieux. La désertion des employés, le vendredi en fin de journée, l'avait toujours exaspéré. Ils n'avaient donc pas de travail, ces fainéants ?

Puis une odeur de café brûlé lui heurta les narines. Quelqu'un avait oublié la cafetière sur son socle.

Son cœur fit un bond dans sa poitrine. Si Kate avait été là, elle serait venue éteindre cette cafetière. L'odeur était insoutenable.

Il poussa la porte de son bureau.

Elle n'était pas là !

Tout était bien rangé. Les dossiers soigneusement alignés sur son bureau. Il ne vit ni sa veste ni son porte-documents.

Mais qu'est-ce qui avait bien pu lui arriver ?

Il vit passer devant ses yeux l'image d'une Kate ensanglantée, la peau couleur de cire.

Une peur atroce le submergea, et il comprit soudain qu'il ne supportait pas l'idée qu'il lui soit arrivé quelque chose.

Il inspira lentement. Il devait se calmer. Réfléchir. Elle s'était trouvée dans le parking, mais au lieu de monter par l'ascenseur, elle s'était enfuie du côté de la rampe. Qu'est-ce qui l'avait fait fuir ?

John !

Elle avait dû rencontrer John.

John était désespéré, aux abois. Il l'avait senti, quelques instants plus tôt, et il avait tout fait pour le pousser à bout, pour le fragiliser, pour qu'il craque devant l'assemblée générale.

Il l'avait appelé pour lui demander de venir s'expliquer, mais comme il n'arrivait pas, il s'était impatienté et il avait convoqué Kate. Il n'avait pas réfléchi une seconde au fait que John pouvait croiser Kate dans le parking.

Quel crétin il faisait… Dire qu'il avait cru que Kate lui avait posé un lapin et qu'elle se fichait de lui !

C'était John, bien sûr, qui l'avait empêchée de monter.

Parce qu'il n'avait aucune envie qu'elle révèle ce qu'elle savait sur l'affaire TransTissue.

Il avait au contraire toutes les raisons du monde de vouloir la faire taire.

52

Vendredi 18 mai, 17 h 27

Quand Kate reprit conscience, la douleur avait pratiquement disparu. Elle était plongée dans une semi-léthargie, ses membres étaient incroyablement lourds, et elle avait froid.

Elle sentait contre son dos une surface glacée et métallique.

Elle frissonna.

Elle était nue.

Elle s'obligea à ouvrir les yeux. Une lampe était braquée sur elle et ce fut comme si on lui envoyait de l'électricité dans le cerveau. Elle ferma les paupières.

Ce fut à ce moment-là qu'elle remarqua l'odeur. Une odeur exécrable.

Une odeur de mort et de pourriture.

Et elle comprit où elle se trouvait.

Dans le musée des horreurs d'Anna Keane, allongée sur une table d'embaumement. Elle voulut remuer les mains et se rendit compte qu'elles étaient attachées. Ses chevilles étaient liées également, et une sangle qui lui comprimait la taille la maintenait sur la table. La panique enfla en elle.

— Craig ? fit la voix d'Anna.

Le pouls de Kate s'accéléra. *Craig.* Anna s'adressait sûrement à Craig Peters, le directeur de BioMediSol. L'homme qui avait signé le formulaire autorisant le démembrement de Vangie Wright/Mary Littler.

Elle entendit un marmonnement en réponse.

— Reviens dans une demi-heure, proposa Anna.

Silence.

Il y eut un coup sourd, puis un gémissement étouffé. Que se passait-il ? Il fallait qu'elle sache. Elle détourna légèrement la tête pour se protéger de la lumière et s'obligea une fois de plus à ouvrir les yeux.

Deux silhouettes floues s'agitaient dans son champ de vision. Ils se battaient ?

Elle plissa les yeux. Il y avait un homme. Il titubait, comme s'il avait du mal à tenir debout. Il cherchait à coincer Anna contre l'un des congélateurs.

— Seigneur ! protesta Anna. Lâche-moi !

Elle le repoussa violemment et il tomba en arrière, sur la table où elle était allongée. Elle tressaillit.

Et là, elle aperçut son visage.

L'homme blond.

Celui qui s'était précipité vers elle à l'enterrement de Lisa.

Celui qu'elle avait croisé dans le couloir de l'université, près du laboratoire du Dr Gill.

Ainsi, Craig Peters, c'était lui.

— Craig, il y a une fille allongée derrière toi qui attend que tu t'occupes d'elle, murmura Anna d'une voix déformée par la peur.

Craig Peters était toujours effondré sur la table. Son corps lui écrasait les jambes.

— C'est t… toi que je… veux, bredouilla-t-il.

Anna Keane recula et buta contre un congélateur. Craig avança vers elle, et il y eut un fracas métallique quand il balaya de son bras un plateau chargé d'instruments posé près de la table. Kate fut traversée par la pensée que ces instruments étaient destinés à la faire entrer dans les congélateurs d'Anna Keane. Les instruments volèrent dans la pièce. Une douleur aiguë transperça la cuisse de Kate. Quelque chose de pointu venait de s'y ficher. Elle entrouvrit les yeux pour regarder et aperçut le manche d'un scalpel.

— Mais non, Craig..., implora Anna. Tu n'as pas besoin de moi, tu as cette femme, là, qui t'attend...

Elle était morte de peur. Elle ne cherchait même plus à le cacher, à présent.

— N'aie p... pas peur, tu ne sen... tiras rien..., insista Craig en haletant. C'est promis.

Il se comportait de manière étrange, et surtout, il avait une curieuse façon de bouger, raide, saccadée, comme s'il interprétait le rôle de la créature de Frankenstein. Il était grotesque, mais son regard ôtait toute envie de se moquer de lui.

Anna Keane profita de sa maladresse pour lui échapper et s'enfuir de la salle d'embaumement. Craig Peters la suivit comme un automate.

Kate se retrouva seule. Mais pour combien de temps ? Le vainqueur de l'affrontement Keane-Peters reviendrait pour se charger d'elle, elle n'en doutait pas.

Elle entendit des cartons qui s'écroulaient dans la pièce à côté, puis un affreux remue-ménage... Le scalpel planté dans sa cuisse la brûlait atrocement.

Elle plia alors les genoux. Une violente douleur vrilla ses quadriceps. Ses mains tentèrent de saisir le manche du scalpel.

Mais il était trop loin.

Elle parvint à ramener ses genoux sur sa poitrine et se félicita mentalement d'avoir couru tous les jours pour entretenir sa musculature. Ses cuisses tremblaient, mais elle parvint à conserver la position.

Elle sentait maintenant du sang chaud sur ses doigts. Elle n'était pas loin du scalpel.

Un cri étouffé lui parvint. Un cri désespéré et furieux. Apparemment, Anna Keane perdait la bataille.

— Non, Craig, non..., supplia Anna.

Kate ferma les yeux et tâcha d'oublier Anna pour se concentrer uniquement sur ce qui importait, là, tout de suite. *Le scalpel*. Elle l'avait en main. Elle tira, mais il résista. Puis elle tira de nouveau et cette fois il vint, avec un bruit de succion.

Le sang gicla sur ses mains, chaud et abondant. Elle s'efforça d'ignorer sa douleur à la cuisse et laissa retomber ses jambes. Elle avait la tête qui tournait.

Concentre-toi sur la zone rouge.

Il lui fallut quelques secondes pour se rendre compte que la zone rouge était une flaque de son propre sang.

Elle plia les coudes et éleva ses poignets ligotés à hauteur de ses yeux, prit le scalpel à la bouche, referma ses dents sur le manche. Il lui restait maintenant à scier ses liens, en les frottant à la lame.

Le nœud passait et repassait devant dans son champ de vision, au rythme de son mouvement. La sueur lui dégoulinait dans les yeux.

Bon sang... Elle en avait pour des heures...

Elle changea de tactique et enfonça la pointe du scalpel dans le nœud. Il se défit un peu.

Oui !

Elle ne bougeait plus les poignets, à présent, mais la tête, d'avant en arrière. Elle avait le vertige. Son visage était maintenant couvert de sueur.

A côté, il y eut un bruit sourd. Sans doute une pile de cartons qui s'écroulait. Anna Keane n'avait pas encore tout à fait rendu les armes, mais elle ne résisterait plus longtemps.

Les liens lâchèrent. Kate avait les mains libres. Elle tâtonna pour détacher la sangle qui la retenait et prit appui sur la table pour s'asseoir.

Des points blancs et lumineux dansèrent devant ses yeux. Elle se sentit vaciller.

Non ! Non !

Elle attendit quelques secondes que les points blancs s'estompent, et se baissa lentement vers ses chevilles. Cette fois, il ne lui fallut que quelques secondes pour venir à bout des liens — secondes durant lesquelles elle n'entendit plus rien.

Que se passait-il à côté ?

Le souffle rauque et triomphant de Craig Peters ne tarda pas à la renseigner.

Le vainqueur, c'était lui.

53

Vendredi 18 mai, 19 h 38

Randall ferma les yeux, s'exhortant à la réflexion. Où pouvait-elle bien être ?

Il n'en avait pas la moindre idée.

Il décrocha son téléphone et appela la sécurité de l'immeuble.

— Passez-moi la police, demanda-t-il.

Dès qu'il obtint le standard, il demanda l'inspecteur Drake et attendit, debout derrière son bureau, de l'avoir au bout du fil. Jamais il n'aurait cru se trouver en position de quémander de l'aide à celui qui avait envoyé son plus vieil ami en prison.

Il se demanda, au passage, pourquoi Kate et l'inspecteur s'étaient séparés. Il espérait, en tout cas, que cela n'empêcherait pas celui-ci de prendre son appel au sérieux.

— Inspecteur Drake.

— Drake, c'est Randall Barrett.

— Oui, dit Drake d'une voix réticente.

— Kate a disparu.

Cette déclaration produisit l'effet escompté. Drake abandonna tout de suite le ton hostile qu'il avait adopté.

— Quoi ?

— Je crois qu'on l'a enlevée.

— Il y a combien de temps ? demanda Drake.

Il fonctionnait avec ses réflexes de flic, mais Randall décela tout de même dans sa voix une angoisse qui n'avait rien de professionnel.

Il jeta un coup d'œil au petit réveil de Kate — un vieux réveil qui aurait eu pas mal de choses à raconter, mais qui, pour le moment, lui disait surtout que chaque minute comptait.

— Il y a environ une heure.

— Vous savez qui l'a enlevée ?

— Je pense que c'est John Lyons.

— Il est dangereux ?

Randall eut la vision des cheveux argentés de John, de son air doucereux, du regard de bête traquée qu'il n'avait pu lui dissimuler.

— Il n'a rien à perdre, murmura-t-il.

— Pourquoi aurait-il kidnappé Kate, selon vous ?

— Il a signé un prêt pour une société vendant des parties de corps humains à l'un de nos clients, et pour ça, il a utilisé LMB comme garant en imitant ma signature.

Il soupira.

— Kate a travaillé pour ce client, et je crois qu'il voudrait l'empêcher de dire ce qu'elle sait.

— Le nom de la société qui vend des parties de corps humains ?

— BioMediSol.

— Qui dirige cette société ?

— Un certain Craig Peters. Il y a aussi une femme, Anna Keane.

Le nom d'Anna Keane n'apparaissait pas dans les statuts de la société, mais elle avait été cosignataire du prêt. Pourquoi Drake perdait-il du temps avec ces questions secondaires ? Il ne se rendait donc pas compte qu'ils avaient intérêt à faire très vite ?

— Anna Keane, de la maison funéraire Keane ? demanda Drake.

— Oui.

— Putain !

Apparemment, Drake venait de comprendre quelque chose, mais Randall ne voyait pas de quoi il s'agissait.

— Le fluide d'embaumement provient de la maison funéraire Keane ! s'écria Drake. Il faut y aller tout de suite !

Puis Randall n'entendit plus rien. Drake avait raccroché.

Une sueur glacée se mit à couler dans son dos. Il se leva et sortit en courant du bureau.

54

Vendredi 18 mai, 19 h 38

Elle prit le scalpel entre ses dents, pour conserver les mains libres, et posa ses pieds au sol. Il était glacé. Chaud et glissant là où son sang avait coulé. La pièce se mit à tourner. Elle avança une main qui rencontra la paroi stable et rassurante d'un congélateur.

Va-t'en ! Sors de là tout de suite ! Prends l'ascenseur !

A travers le vacarme de son pouls qui battait à ses oreilles, elle crut distinguer un gémissement.

Tout en s'appuyant aux congélateurs, elle avança vers l'ascenseur. Il n'était qu'à quelques mètres. Quelques pas.

Tu peux y arriver, fit une voix dans son crâne.

La voix d'Imogen.

Une douce chaleur se répandit dans sa poitrine, puis se communiqua à ses membres. Elle parvint à s'écarter des congélateurs, vers l'ascenseur. *Le bouton.* Elle s'élança contre le bouton d'appel. L'effort l'avait épuisée et elle se laissa glisser contre le mur, devant la porte, prête à se propulser à l'intérieur dès qu'elle s'ouvrirait.

L'ascenseur arriva et la porte coulissa lentement. Chaque seconde était une année de sa vie. Elle la vit défiler avec une clarté effrayante. Quinze longues années depuis la mort d'Imogen. Quinze années de désespoir à essayer de retrouver la joie de vivre. Et la paix.

La porte était ouverte.

Vite !

Le sang coulait de sa jambe.

Craig Peters entra en titubant dans la pièce.

Il se jeta aussitôt sur elle.

Elle prit le scalpel dans une main, tout en appuyant de l'autre sur le bouton d'appel, pour empêcher l'ascenseur de partir.

Il la saisit à la gorge et la souleva de terre, la plaquant au mur. Elle sentait maintenant le bouton d'appel contre son dos. La porte se referma, puis s'ouvrit. Puis l'ascenseur protesta avec une sonnerie d'alarme.

— Tu verras, ça ne fait pas mal, marmonna-t-il.

Les yeux de Craig plongeaient dans les siens, mais elle avait l'impression qu'il ne la voyait pas. Un rictus déformait sa bouche. De la salive débordait aux commissures de ses lèvres.

Mais la main qui serrait sa gorge se crispait de plus en plus. Des points lumineux explosèrent devant ses yeux.

Elle entendit encore la porte. Les points devinrent noirs, reliés entre eux par des arcs électriques roses et jaunes.

Il était en train de l'étouffer. Elle allait finir comme Vangie Wright.

Il haletait, et tout son corps était étrangement rigide, mais il continuait à la serrer. Elle sentait le sang et son cerveau pousser contre sa boîte crânienne.

Empêche-le ! Empêche-le de faire une victime de plus, Katie !

Je ne peux pas !

Si, tu le peux ! Tu dois l'arrêter. Il doit cesser de faire du mal. Tu n'aurais pas voulu qu'on me fasse du mal.

Je n'ai pas su te protéger.

Si, Katie. C'est moi qui ne voulais plus...

La voix disparut dans un murmure. La main autour de sa gorge serrait toujours, dure comme du fer.

Le scalpel! Mais elle ne le sentait plus. Elle avait le bras trop engourdi.

Fais-le! Ne le laisse pas gagner la partie!

Elle ne sut pas comment, mais elle éleva le bras et plongea le scalpel dans la poitrine de Craig Peters. Il la fixa, toujours sans la voir. Elle retira son bras. Le scalpel vint avec un bruit mouillé.

Et la main de Craig tenait toujours bon.

A l'intérieur de son crâne, elle sentit son cerveau prêt à exploser.

Elle plongea de nouveau le scalpel. Plus fort et plus loin, cette fois.

Craig Peters ouvrit une bouche ronde et un gargouillis en sortit. Elle aurait voulu frapper encore, mais elle était trop faible et ses doigts lâchèrent le manche du scalpel.

Elle plongea son regard dans le regard vide et fixe de Craig. C'était fini. Elle ne respirait plus.

Elle allait partir. Rejoindre Imogen. Elle se revit avec Imogen, quand elles jouaient à retenir leur respiration sous l'eau. *Un, deux, trois, quatre...*

La main de Craig fut secouée d'un spasme, puis elle lâcha. Kate glissa le long du mur et s'affala sur le sol.

Cours, maintenant, cours...

Mais elle ne pouvait pas courir. Ses poumons réclamaient de l'air. Rien d'autre ne comptait. Elle demeura allongée, à respirer bruyamment.

Craig allait se jeter sur elle. Tant pis...

Mais il ne se jeta pas sur elle. Il tomba en avant. Sa tête heurta le carrelage et le scalpel qui était resté planté dans son torse s'enfonça un peu plus.

Il avait les yeux ouverts. Et plus fixes encore que tout à l'heure.

Elle le regarda, incapable de bouger, capable seulement d'inspirer cet air frais qui pénétrait ses poumons, en les brûlant, mais aussi en attisant l'étincelle de vie qui lui restait. Quand sa tête cessa de bourdonner, elle se rendit compte que le signal d'alarme de l'ascenseur ne résonnait plus. La porte allait se refermer…

Elle coulissait déjà.

Non !

Craig Peters ne bougeait plus. Le sang qui coulait à flots de son torse commençait à former une flaque autour de lui.

Elle roula sur elle-même pour se hisser à quatre pattes, se leva, écrasa sa paume contre le bouton d'appel.

Dès que la porte s'ouvrit, elle se jeta dans la cabine et tendit le bras, sans se préoccuper de la douleur lancinante qui lui vrillait le crâne et l'empêchait d'y voir clair. Ses doigts cherchèrent à tâtons l'unique bouton. Elle l'actionna, puis laissa retomber sa main et ferma les yeux.

Reste éveillée. Tu ne peux pas lâcher maintenant. John Lyons t'attend peut-être en bas.

Elle se força à ouvrir les yeux.

Elle devait tenir le coup jusqu'à ce qu'elle soit sortie de là.

L'ascenseur tressauta doucement en atteignant le rez-de-chaussée. La porte s'ouvrit. Elle avança prudemment la tête. Personne dans la salle d'embaumement.

Elle fut si soulagée que ses jambes en tremblèrent. Elle sortit de la cabine en titubant. Une rangée d'étagères attira son attention. Des blouses y étaient empilées, soigneusement pliées. Elle en prit une, la déplia, poussa ses bras à l'intérieur des manches. Comme elle ne pouvait pas l'attacher, elle en prit une deuxième pour se couvrir le dos. Le fait de se sentir habillée lui redonna des forces. Elle eut l'impression d'avoir fait un pas de plus vers la vie et la liberté.

Elle se dirigea vers la porte donnant sur le couloir. Le bâtiment était silencieux. Quelle heure pouvait-il bien être ? Elle ne savait pas combien de temps elle était restée inconsciente... Elle se glissa silencieusement dans le couloir en s'appuyant au mur. Sa jambe droite était de plus en plus lourde, comme si elle se remplissait d'eau.

Dépêche-toi !

John Lyons ne devait pas être loin.

Elle devait faire un effort surhumain pour mettre un pied devant l'autre. Les points lumineux s'étaient retranchés à la périphérie de sa vision, mais ils l'aveuglaient toujours. Elle ne voyait pas la couleur des murs. Il y avait des ombres partout.

Son cœur battait trop vite. Il la suppliait d'avancer, tout en criant grâce. Elle aperçut enfin le dernier coude du couloir. Est-ce que John l'attendait derrière, avec son démonte-pneu ?

Elle continua à avancer, lentement, en traînant la jambe.

Prépare-toi à courir.

Mais sa jambe le lui interdisait.

Une nouvelle vague de peur lui noua le ventre.

Elle se colla au mur et écouta.

Ce souffle rauque qu'elle entendait, était-ce le sien ou celui de John ?

Une minute s'écoula.

Une autre.

Sa jambe était en train de s'ankyloser. Si elle ne bougeait pas maintenant, elle ne bougerait plus.

A trois.

Un, deux, trois...

55

Vendredi 18 mai, 19 h 49

Elle fonça, courbée en deux, avec l'intention de planter sa tête dans le ventre de John. Ainsi, avec un peu de chance, le démonte-pneu l'atteindrait dans le dos, pas sur le crâne.

Il n'y avait pas de John et elle tomba en avant, emportée par son élan.

Elle se releva, s'agrippant au mur, et jeta autour d'elle un regard de bête traquée.

Elle tenta de percer les ombres qui l'entouraient. Les points lumineux se rassemblèrent, puis se séparèrent. Elle se frotta les tempes.

John n'était pas là. Il n'y avait personne dans ce couloir.

Elle devait sortir. Tout de suite. Avant de s'évanouir.

Ses forces l'abandonnaient, comme une poignée de sable qui glisse entre les doigts.

Mais elle ne voulait pas mourir ici. *Non!* Pas dans cette maison funéraire.

Devant elle se dressaient des portes donnant sur l'extérieur. Les portes de l'aire de chargement, celles qu'elle avait empruntées l'autre fois pour entrer.

Elle les poussa de toutes ses forces et elles s'ouvrirent sans résistance. Elle sentit les pans humides de sang de ses blouses battre contre ses mollets. Sur le seuil, elle trébucha et tomba à genoux.

Elle était à l'air libre.

Elle était libre.

Elle se releva.

Les points lumineux dansaient maintenant une furieuse sarabande devant ses yeux. Elle dut s'appuyer au mur pour ne pas tomber.

Tu ne peux pas rester là. Tu y es presque. Avance.

Elle fit un premier pas chancelant. Un deuxième. Avec la sensation de déplacer le corps de quelqu'un d'autre. Pas le sien. Le gravier lui piqua la plante des pieds. Quelque chose de chaud coula sur ses jambes. Son sang. La blessure de sa cuisse continuait à saigner.

Non !

Elle venait d'apercevoir la silhouette d'un homme, là-bas, près d'un arbre. Il avait une tignasse argentée…

Les points lumineux se mirent à tourbillonner.

Pas maintenant ! Non ! Pas maintenant !

Elle sentit ses bras heurter le sol. Puis ce fut son visage.

Ensuite un trou noir avala les points lumineux.

56

Vendredi 18 mai, 19 h 53

Ethan freina si brusquement que sa voiture dérapa et faillit emboutir celle de Ferguson qui le suivait. Son œil venait de repérer une forme verte allongée à terre, à peine éclairée par les réverbères de la rue. Il tourna le volant et entra dans le parking en montant sur le trottoir.

La forme verte se précisa.

Son cœur se mit à cogner. C'était Kate. Et elle baignait dans une mare de sang.

Il sauta hors de sa voiture et courut comme il n'avait jamais couru de sa vie. Autour de lui, des sirènes hurlaient, des freins et des pneus crissaient. Les voitures de patrouille arrivaient dans le parking de la maison funéraire Keane.

Kate était allongée face contre terre, les bras repliés sous elle. Sa blouse médicale était imbibée de sang. Elle avait les jambes nues. Elle paraissait si vulnérable qu'il fut tenté de la prendre dans ses bras et de la serrer contre lui.

Mais il se retint. Parce que si elle était… Si elle était morte, il ne devait pas la toucher pour ne pas risquer d'abîmer des preuves.

Il se laissa tomber à genoux et posa une main sur son cou pour chercher son pouls.

Elle n'avait plus de pouls.

Il pressa plus fort. Chercha un peu plus bas. Un peu plus haut.

Mais rien ne battait sous ses doigts.

Ferguson le rejoignit et s'agenouilla de l'autre côté du corps de Kate. Il sentit son regard sur lui, mais il préféra garder les yeux baissés. Il n'aurait pas pu supporter sa compassion.

Il sentit des larmes lui brûler les paupières. Il l'avait rejetée. Il n'avait pas su lui pardonner.

Et maintenant elle était morte.

Une ambulance s'arrêta près d'eux. Des infirmiers en sortirent, tirant une civière. Ferguson s'écarta. Mais Ethan ne bougea pas.

Les infirmiers s'agenouillèrent à la place laissée par Ferguson. Ethan ôta à regret sa main du cou encore tiède de Kate. Bientôt, sa peau serait glacée, et elle ne serait plus qu'une victime d'homicide. Une de plus. On parlerait de la cause de sa mort, de ses blessures, de ses derniers instants — sans se préoccuper de tous les instants qui l'avaient inéluctablement menée à cette fin, de toutes les petites choses de la vie qui l'avaient conduite à la mort.

Ethan recula. Il ne voulait pas regarder les infirmiers s'activer au-dessus de Kate pour la ranimer. Il préférait ne pas espérer. C'était suffisamment douloureux comme ça.

Il se détourna et regarda la scène qui se déroulait sur le parking. Elle lui parut soudain irréelle. Des voitures bloquaient les entrées de la maison funéraire. Des hommes se ruaient à l'intérieur, revolver au poing.

Mais c'était trop tard. Trop tard pour sauver Kate. Il n'avait pas su la sauver, elle qui s'était tant battue pour avoir droit à une vie comme tout le monde.

Il ne le comprenait que maintenant. Il regrettait de ne pas l'avoir compris plus tôt.

Elle n'avait cessé de lutter pour prouver qu'elle valait mieux que son passé.

Il se tourna vers les infirmiers et attendit.

— Elle fait une crise de tachycardie et elle est en hypotension, mais elle respire, dit l'un d'eux.

Le pouls d'Ethan se mit à battre à ses tympans.

— Elle est vivante, confirma l'infirmier.

Ethan laissa couler ses larmes et ferma les yeux. Puis il se reprit et saisit la main de Kate.

— Je ne trouvais pas son pouls, murmura-t-il.

Les doigts de Kate étaient mous dans sa paume. Il aurait voulu ne plus jamais les lâcher.

— Sa pression sanguine était trop basse, expliqua le deuxième infirmier, qui posait un garrot sur la cuisse de Kate. Elle a perdu beaucoup de sang, elle souffre d'un traumatisme crânien et d'une méchante fracture au bras. Elle n'est pas encore tirée d'affaire.

Son partenaire vérifia encore le pouls et le souffle de Kate.

— Réaction oculaire aux stimuli sonores, réponses musculaires réflexes présentes.

Il planta une aiguille dans le bras de Kate.

Ethan lui prit l'autre main. Elle était tiède.

Les infirmiers la soulevèrent doucement pour la placer sur la civière. Ethan les suivit jusqu'à l'ambulance et ne lâcha la main de Kate qu'au dernier moment. L'ambulance démarra en faisant hurler ses sirènes, juste au moment où le portable d'Ethan sonnait.

Il le tira de sa poche.

— Inspecteur Drake ? C'est Randall Barrett.

— Qui vous a donné ce numéro ? demanda-t-il sèchement. Seuls mes collègues le connaissent.

Et Kate…

Maintenant qu'il était rassuré sur le sort de Kate, il en

voulait à ceux qui l'avaient mise en danger. Et Randall Barrett était le premier sur sa liste.

— Vous avez retrouvé Kate ? demanda Barrett d'une voix angoissée.

— Elle est blessée, mais en vie. On vient de la transporter à l'hôpital.

— Et Lyons ?

— Les hommes sont entrés dans la maison funéraire. Je suppose que nous serons bientôt fixés au sujet de Lyons.

— Je suis tout près, et vos hommes ne veulent pas me laisser passer. Vous pouvez leur dire que je veux vous rejoindre ?

— Vous n'avez rien à faire ici, Barrett. Ce n'est pas la place d'un civil. Si John Lyons n'est pas à l'intérieur, je vous le ferai savoir. Mais vous ne devez plus avoir de contacts directs avec lui.

— Je n'en avais pas l'intention, je ne suis pas stupide, protesta Barrett. Je voulais simplement vous aider.

Ethan eut un sourire amer. Randall Barrett… Fidèle à lui-même… Quand comprendrait-il donc qu'il n'allait pas lui apprendre à mener une enquête de police ?

— Je dois raccrocher, dit-il. Je vous tiendrai au courant.

Quand il gèlerait en enfer.

57

Samedi 19 mai, 20 heures

Il faisait déjà nuit quand Ethan arriva à l'hôpital. Il espéra que la boutique de cadeaux serait toujours ouverte.

Hélas ! elle était fermée. Pas de fleurs pour Kate ce soir. Demain, pour se rattraper, il lui ferait porter une centaine de tulipes, ses fleurs préférées. Il songea au Dr Clare et aux tulipes de son jardin, qui marquaient l'arrivée du printemps et du renouveau. Mais pour elle, ce printemps serait une saison de deuil. Son mari n'en avait plus que pour quelques semaines. Plus tard, ses enfants ne se souviendraient sans doute pas de lui.

Il se dépêcha de prendre un ascenseur et appuya sur le bouton du service de chirurgie orthopédique. Il glissa une main dans sa poche de veste et hésita. *Oh ! et puis zut !* Il éteignit son portable. Il avait bien le droit, pour une fois.

Il était toujours sous le choc de ce qu'ils avaient découvert sur le compte de TransTissue. Tout cela grâce à Kate… Il eut honte en songeant que son attitude vis-à-vis d'elle l'avait poussée à se débrouiller seule, au mépris de sa sécurité.

Il s'arrêta devant la salle de garde. Cette fois, on ne fit pas de difficulté pour lui communiquer le numéro qu'il réclamait, celui de la chambre de Kate. Il avança dans le couloir, le cœur battant à l'idée de la voir bientôt. De la serrer dans ses bras, peut-être...

La porte était entrouverte, mais il n'entendit pas de bruit. Il frappa doucement.

— Entrez, dit-elle d'une voix endormie.

Elle était allongée. Sur sa table de nuit, il remarqua un énorme bouquet de lys et de roses.

En le voyant, elle ouvrit de grands yeux. Elle n'avait pas fière mine, avec son œil au beurre noir, sa joue tuméfiée, son bandage autour du crâne. Un appareil enregistrait son rythme cardiaque. Un tuyau relié à une machine sortait de son nez. Son bras cassé était plâtré et des doigts boudinés à la peau grisâtre dépassaient du plâtre.

Le cœur d'Ethan se serra en la voyant.

— Kate..., murmura-t-il en prenant sa main valide dans la sienne.

Elle avait la peau chaude et douce. Il la caressa tendrement de son pouce.

— Comment te sens-tu ? demanda-t-il.

— Horrible, répondit-elle.

Elle ébaucha un sourire et le cœur d'Ethan se gonfla de gratitude.

— Tu es belle.

Son sourire s'élargit, d'un seul côté.

— Menteur !

— Si, insista-t-il d'une voix rauque. Tu es belle.

Le sourire s'effaça.

— Kate...

Il avait tant de choses à lui dire...

Je ne t'en veux pas de ne m'avoir rien dit à propos de ta sœur. Tu avais raison. Je t'aurais jugée coupable. Mais j'ai changé. Je vois les choses différemment, à présent.

Il lui pressa tendrement la main. Les mots qu'il avait préparés ne voulaient pas sortir de sa bouche.

— Je suis désolé, dit-il seulement.

— Moi aussi, répondit-elle.

— Tu m'as manqué.

Elle le dévisagea avec des yeux voilés par les médicaments, mais pénétrants. Inquiets. Suppliants.

Il en eut le cœur serré.

Elle avait passé sa vie à se démener pour être comprise.

Il inspira profondément.

— Je t'aime, murmura-t-il en lui écrasant les doigts.

Elle se mit à pleurer en silence, sans le quitter des yeux, puis elle se détourna.

— Kate, je t'en prie, regarde-moi.

Elle revint vers lui, lentement. Une larme roulait sur sa joue et il fut tenté de l'essuyer, mais le regard triste et résigné qu'elle lui lança l'en dissuada.

— Je sais que j'aurais pu choisir un meilleur moment pour te parler, mais…

Elle était complètement sonnée par les opiacés qu'on lui avait administrés, et lui-même n'avait pas dormi depuis des jours, mais il voulait qu'elle sache ce qu'il ressentait. Et surtout, il voulait le lui dire avant qu'elle ne l'en empêche.

— Nous avons toujours eu des problèmes pour trouver le bon moment, n'est-ce pas ? acheva-t-il avec un pauvre sourire.

— En effet, Ethan. Nous n'avons jamais su nous rencontrer et ça n'a pas changé.

Le cœur d'Ethan protesta. Si, les choses avaient changé. Lui-même avait changé.

— Quand je t'ai vue sur ce parking…

— Non, coupa-t-elle. Ne dis rien.

Elle lui pressa la main, faiblement, parce qu'elle était

sans force, mais il sentit tout ce qu'il y avait de détermination dans ce geste.

La veille, il l'avait crue morte. Mais elle avait survécu. Tel le phénix renaissant de ses cendres. Il ne pouvait pas la perdre une deuxième fois. Il avait tiré les leçons de ses erreurs.

— Ethan… Je t'aimerai toujours…

De nouveau, une larme lui échappa et roula sur sa joue. Il voulut poser un doigt sur ses lèvres pour l'empêcher de prononcer les mots qu'il devinait déjà. Puis il se rendit compte qu'il était trop tard. Beaucoup trop tard.

— … mais je crois que nous ne sommes pas faits pour vivre ensemble.

Elle ferma les yeux, comme si c'était devenu brusquement trop douloureux de le regarder.

Il comprit qu'il n'y avait rien à faire. Qu'elle avait pris sa décision. Qu'elle ne voulait plus souffrir à cause de lui. Il se pencha et lui embrassa tendrement le front.

— J'ai commis avec toi des erreurs que je ne cesserai de regretter, murmura-t-il. Je suis désolé.

— Moi aussi, répondit-elle dans un souffle.

Après le départ d'Ethan, elle cessa de lutter contre les larmes.

Qu'avait-elle fait ?

Elle avait laissé Ethan partir. Parce qu'il le fallait.

Ils étaient trop différents. Ils seraient allés droit à la catastrophe.

Elle le savait. Elle le sentait. Et pourtant, elle ne put s'empêcher de sonder son cœur. Une dernière fois.

Sa blessure était là. Et, avec elle, la douleur. Tapie et silencieuse. Attendant d'être sollicitée. Il n'y avait pas de haine, pas de révolte. Juste le chagrin d'avoir été séparée d'un être qu'elle avait aimé.

Elle s'y connaissait, en blessures. Celle-ci était en voie de cicatrisation.

Les larmes coulaient sur ses lèvres, tièdes et salées, étrangement réconfortantes.

Le sommeil l'appelait. Elle se laissa emporter.

58

Vendredi 25 mai, 9 heures

En plus d'un corps exposé dans une salle et qui attendait la visite de sa famille, l'équipe qui était intervenue à la maison funéraire avait découvert les cadavres d'Anna Keane et de Craig Peters.

John Lyons ne fut retrouvé que le lendemain, dans le port de Halifax. Il avait sauté du pont.

L'un des employés d'Anna identifia le corps de Craig Peters comme celui de l'homme qui « démembrait » les corps. Sa voiture, une berline Chrysler gris métallisé, était garée dans le parking, et on put établir que les fibres retrouvées sur les corps des victimes provenaient bien de ses sièges. Les experts commencèrent leur long travail : collecter des preuves provenant de la maison funéraire, de la voiture de Craig, de son appartement, et du laboratoire du Dr Gill.

— C'était donc dans une salle d'embaumement qu'il découpait ses victimes, commenta Lamond avec un soupçon d'ironie dans la voix. Une idée de génie, vraiment.

— En effet, c'était une idée de génie, approuva Ethan. Une pièce stérile, régulièrement désinfectée et nettoyée… Il n'aurait pas pu trouver mieux.

— C'est sûr. Et il avait même un chouette frigo pour conserver ses trophées !

Ils n'avaient pas encore tout vérifié, mais Ethan était certain qu'une partie des éléments rangés dans les congélateurs appartenaient à leurs victimes.

Pas étonnant qu'ils aient eu du mal à trouver des indices.

— Vangie Wright était probablement atteinte de la maladie de Creutzfeldt-Jakob, annonça Ferguson en entrant dans la pièce. Les services de santé publique en avaient averti sa sœur.

— Seigneur..., murmura Lamond.

— Ils essayent de retrouver la trace des tissus prélevés dans son cerveau pour effectuer une biopsie. L'hôpital GH2 pense en posséder encore quelques échantillons.

Ethan secoua la tête.

— Bon sang, quelle histoire... Et cette maladie, elle l'avait attrapée comment ?

Ferguson jeta un coup d'œil au rapport qu'elle tenait à la main.

— Au cours d'injections d'hormones de croissance, quand elle était enfant.

Lamond siffla entre ses dents.

— Vous pensez que c'est elle qui a contaminé le Dr Mazerski ? Il allait chez les putes ?

Ethan lui tapota l'épaule. Ça faisait du bien de pouvoir plaisanter de nouveau.

— Tu as vraiment les idées mal placées, mon pote, ricana-t-il. Ça t'a déformé l'esprit, toutes ces années à la brigade des mœurs ! On t'a dit que ce n'était pas une maladie transmissible sexuellement. Si le Dr Mazerski n'a pas développé la maladie spontanément, ce qui n'est pas à exclure, c'est en opérant qu'il a été contaminé.

Ferguson tourna quelques pages du rapport.

— Bon sang ! s'exclama-t-elle. La biopsie du cerveau de Craig a révélé qu'il était lui aussi porteur de la maladie.

— C'est lui qui a démembré Vangie Wright. J'ai vu les factures qu'il a signées pour BioMediSol. Il a dû être contaminé en manipulant des tissus.

— Tous les tueurs ne peuvent pas se vanter de facturer leurs services quand ils commettent un meurtre, commenta Lamond en secouant la tête.

— Ouais, approuva Walker. C'était complètement dingue, tout ça. Aussi dingue que lui.

— Il a été interne en chirurgie, intervint Brown. C'était un élève brillant et il avait même intégré un programme de recherches. Et puis, brusquement, il s'est fait virer.

— Sans blague..., commenta Lamond en levant les yeux au ciel. En tout cas, on sait maintenant pourquoi il était si habile de ses petites mains. Pourquoi est-ce qu'ils n'ont plus voulu de lui ?

— Il aurait eu des problèmes de comportement, mais je n'en sais pas plus. C'était il y a deux ans. Ensuite, il est venu s'installer à Halifax et le Dr Gill l'a engagé pour démembrer les corps fournis par BioMedisol. Je pense que c'est ça qui a réveillé sa folie meurtrière. Il a tué Vangie Wright peu de temps après.

Brown balaya du regard les hommes assis autour de la table et une rougeur d'excitation lui monta au visage.

— Son frère a été porté disparu il y a cinq ou six ans. Il va falloir ouvrir une enquête... Le service concerné s'en occupe.

— C'est effrayant, ce dont est capable un psychopathe, soupira Lamond. On a même retrouvé des membres dans le coffrage de sa baignoire, chez lui.

— Ce qui est encore plus effrayant qu'un psychopathe, c'est un psychopathe atteint de la maladie de

Creutzfeldt-Jakob, parce que ça donne un psychopathe psychotique, fit remarquer Ethan.

— Vous croyez que le Dr Gill pourrait être infecté, lui aussi ? demanda Lamond. Il a manipulé les bras de Vangie pour ses recherches.

Ils avaient trouvé des documents qui le prouvaient. Le Dr Gill et BioMediSol consignaient tout et archivaient tout. Comme les médecins nazis des camps de concentration. Au nom de la science…

— Il va falloir le mettre au courant, pour Vangie, approuva Ethan en échangeant avec lui un regard entendu. Ce salaud va passer le reste de sa vie avec la peur de développer la maladie et, au fond, ce n'est que justice. Elle peut mettre des années à se manifester, comme ç'a été le cas pour Vangie Wright. Ou comme ça pourrait l'être pour tous ceux que ses tissus ont contaminés. Il va passer son temps à analyser son comportement pour voir s'il ne présente pas de symptômes.

Il soupira.

— Il faut se dépêcher de l'emmener devant une cour avant qu'il ne développe la maladie.

— Comment va le neurochirurgien ? demanda Ferguson.

Ethan secoua la tête.

— Il est à l'article de la mort.

— Quel gâchis…, grommela-t-elle. Et la patiente qui a reçu des tissus de Vangie ?

— Elle est prévenue du risque. Malheureusement, on ne peut pas effectuer de tests de son vivant. Elle aussi est condamnée à attendre. Et à espérer. Je suppose qu'elle est morte de trouille. Le Dr Lachlan pense qu'il y a d'autres patients dans le même cas et qu'il faudrait les retrouver.

Tous ces gens qui risquaient de mourir parce qu'une société avait voulu augmenter ses profits… Et les autorités laissaient les pourvoyeurs de tissus effectuer eux-mêmes les contrôles sanitaires... Ethan espéra que l'affaire tirerait la sonnette d'alarme. S'il ne prenait pas très vite conscience du problème, le gouvernement n'allait pas tarder à se retrouver avec quelques procès sur le dos.

59

Dix jours plus tard

On frappa discrètement, puis Liz passa sa tête à la porte.

— Kate..., dit-elle avec un sourire hésitant.

Kate leva les yeux de son courrier. Liz se montrait extrêmement délicate et attentionnée avec elle. C'était un peu déroutant, mais pas vraiment surprenant. Depuis l'affaire TransTissue-BioMediSol, Kate Lange était la coqueluche de la Nouvelle-Ecosse.

— M. Barrett veut vous voir.

— Ah ! Merci, Liz.

— Et bienvenue, murmura Liz avant de refermer doucement la porte derrière elle.

Kate songea qu'elle aurait du mal à s'habituer à la nouvelle Liz et elle eut une pensée émue pour l'ancienne — plus sèche et plus froide, mais si discrète.

Ainsi, Randall demandait à la voir. Tant mieux. Elle avait repris le travail ce matin et elle était ravie qu'il la convoque. Elle voulait mettre les choses au point entre eux. Plus de regards ambigus. Ils devaient en rester à des rapports strictement professionnels. Il fallait que ce soit clair, une fois pour toutes.

Et elle allait aussi lui rappeler pourquoi on l'avait embauché à LMB.

Elle ouvrit son poudrier compact. Autant avoir l'air combatif. Pas question que sa mine suscite la pitié.

Elle posa le poudrier en équilibre sur son plâtre — cela demandait un peu d'entraînement, mais tout demandait de l'entraînement, quand on avait un bras dans le plâtre : se doucher, se sécher, s'habiller, se préparer à manger. Elle fit la grimace en apercevant son visage dans le miroir du poudrier. Elle avait une tête épouvantable et n'avait pas besoin que ce miroir le lui rappelle. Sa photo faisait la première page de tous les journaux du pays.

La presse la lâcherait quand elle aurait autre chose à se mettre sous la dent, mais pour l'instant, c'était toujours Kate Lange et l'affaire du « boucher » qui tenaient le devant de la scène. Le lyrisme des journalistes se déchaînait : *Une avocate aux prises avec les failles de la loi... Les bourreaux meurent aussi...*

Depuis qu'elle était sortie de l'hôpital, son téléphone n'arrêtait pas de sonner. On ne cessait de lui réclamer des interviews. Dès qu'un nouvel élément de l'affaire était divulgué, une horde de journalistes l'attendait devant chez elle pour recueillir ses commentaires.

Et des éléments, il y en avait eu pas mal... On savait maintenant tout des dessous de ce trafic de tissus. L'usine de TransTissue était pour le moment fermée, et la police fouillait les locaux pour retrouver les parties de corps humains des victimes de Craig et des clients de la maison funéraire dont Anna s'était approprié le corps. TransTissue était maintenant sur la sellette pour ne pas avoir effectué les vérifications nécessaires sur les tissus qu'on lui fournissait. Les banques de tissus se sentaient visées et cherchaient à restaurer leur image de marque. Kate avait signé une carte de donneur pour les y aider.

Elle avait pris le temps de réfléchir : les dons d'organes et de tissus sauvaient des vies humaines tous les jours, et il n'aurait pas fallu que leur travail soit entaché par les exactions d'une seule société.

Le gouvernement avait retiré à l'université de Hollis le budget d'un million de dollars qui lui avait été alloué pour les recherches du Dr Gill — des sources ayant permis d'établir que le conseil d'administration avait déjà fermé les yeux une fois sur les procédés douteux du médecin, dans l'espoir de partager avec lui la gloire d'un prix Nobel.

Le Dr Gill avait craqué. Il était sous antidépresseurs et on l'avait remis en liberté sous caution. Il risquait une peine de cinq ans de prison.

Kate sortit de son bureau et, cette fois, quand elle traversa le long couloir, elle eut droit au salut de tous ceux qui la voyaient passer. Elle sentit qu'elle faisait enfin partie d'une équipe. Ses collègues se montraient chaleureux avec elle, ils étaient heureux qu'elle soit revenue. Elle n'accordait pas beaucoup de valeur à leurs soudaines démonstrations d'amitié, mais elle décida qu'elle pouvait tout de même leur accorder le bénéfice du doute. Après tout, on ne savait jamais, elle finirait peut-être par apprécier vraiment ces gens, à la longue.

Pour rejoindre le bureau de Randall, elle prit l'ascenseur, plutôt que l'escalier. Elle n'était pas encore tout à fait remise : le coup de démonte-pneu qu'elle avait reçu sur la tête lui avait causé une commotion cérébrale, et les points de suture de sa cuisse la faisaient encore souffrir.

Mais elle n'avait pas voulu rester une heure de plus chez elle à tourner en rond. Alaska était un agréable compagnon, mais la conversation d'un chien restait tout de même très limitée. Durant sa semaine de convalescence, Enid et Muriel lui avaient rendu visite tous les jours, lui apportant des petits plats mijotés et des biscuits — à croire qu'elles faisaient tout pour qu'elle prenne des kilos avant de pouvoir courir de nouveau.

Finn avait été précieux. Il s'était occupé d'Alaska, y compris durant son séjour à l'hôpital.

Elle s'était sentie entourée et soutenue.

Et surtout, elle s'était sorti Ethan de la tête. Le quitter lui avait demandé un effort surhumain. Quand il était venu la voir, à l'hôpital, elle s'était d'abord réjouie de sa visite. Puis elle avait brusquement compris que c'était fini, qu'on ne pouvait pas revenir en arrière. On ne pouvait jamais revenir en arrière. Ils avaient tout gâché. Elle, parce qu'elle lui avait caché son passé. Lui, parce qu'il n'avait pas été capable de l'accepter telle qu'elle était.

Elle s'arrêta quelques secondes devant la porte de Randall. Elle se sentait émue. Elle espéra qu'il ne lui demanderait pas de parler de John Lyons, ni de ce qui s'était passé dans le parking. Elle avait dû faire une déposition à la police, qui lui avait valu de revivre ces moments atroces.

Prendre brusquement conscience que quelqu'un en voulait à votre vie.

Et qu'il n'y avait pas moyen de fuir.

Sentir une barre de fer s'abattre sur votre crâne. La douleur. Le trou noir. La silhouette de John qu'elle avait cru apercevoir avant de s'évanouir sur le parking. La voix de sa sœur qu'elle avait cru entendre.

Sans doute avait-elle déliré sous l'effet des produits que lui avait injectés Anna.

Et il y avait autre chose… Elle n'en avait parlé qu'avec le médecin de l'hôpital. Quand elle avait poignardé Craig, il l'avait arrosée de son sang, sur sa blessure à la cuisse…

Une bouffée d'angoisse la submergea.

Elle craignait de développer un jour la maladie de Creutzfeldt-Jakob.

Du calme. Souviens-toi de ce que t'a dit le médecin.

Elle ne risquait pas de l'oublier. Il était venu dans sa chambre d'hôpital pour l'informer des résultats de la biopsie du cerveau de Craig, mais il l'avait rassurée : les probabilités de contamination par le sang étaient quasiment nulles.

Mais elle ne cessait de penser à Craig. A son regard fixe. A ses gestes saccadés. A son visage déformé par les spasmes musculaires.

Tu cours plus de risques d'être renversée par un bus que de développer cette maladie.

Elle inspira profondément et frappa à la porte de Randall.

— Entrez, dit-il.

Elle poussa le battant et entra. Le décor épuré l'apaisa instantanément. Elle avait été pendant des années attirée par l'esthétique victorienne, mais cette atmosphère moderne, si sobre, commençait à lui plaire.

Randall se leva pour venir à sa rencontre.

— Kate !

Il la prit tendrement par le coude pour l'entraîner à l'intérieur. Sa main était ferme. Elle ne put s'empêcher de déglutir. Dès qu'il s'approchait d'elle, son pouls s'accélérait, elle n'y pouvait rien.

Elle se dégagea doucement de son emprise et s'installa dans un de ses fauteuils à la forme si astucieuse.

— Comment vous sentez-vous ? demanda-t-il.

Elle n'avait pas envie d'entrer dans les détails. Il était son patron, et elle avait décidé de conserver ses distances. Elle eut un bref sourire.

— Mieux. Merci.

Il retourna s'installer derrière son bureau et la dévisagea avec attention.

— Vous avez pris une sacrée raclée, commenta-t-il sobrement.

Son regard était clair et direct. Elle n'y décela aucune pitié.

Elle se sentit fondre.

Non, pas question…

Elle détourna les yeux.

— Oui, murmura-t-elle.

— Kate…

Quelque chose dans sa voix la contraignit à le regarder.

— Je me suis fait un sang d'encre…

Ainsi, elle n'avait pas rêvé. C'était bien lui qui était entré dans sa chambre d'hôpital. Il faisait sombre, elle était assommée par les cachets, elle avait entendu des pas. Dans sa demi-conscience, elle avait craint qu'il ne s'agisse de John. Elle avait poussé un gémissement et sa main avait cherché le bouton d'appel.

— Kate…, avait murmuré une voix d'homme. Ce n'est que moi… Tout va bien…

La voix lui avait paru familière. Elle avait été surprise par la tendresse retenue qu'elle exprimait. Une main avait hésité au-dessus de son front, puis lui avait caressé les cheveux.

Et l'inconnu était parti…

Plus tard, quand elle s'était réveillée, elle s'était persuadée qu'elle avait rêvé. Que le bouquet de lys et de roses près de son lit avait été apporté par un livreur pendant qu'on l'opérait.

— Merci pour les fleurs, dit-elle. Elles étaient très belles.

— Ça m'a fait plaisir, répondit-il.

Elle détourna le regard, le cœur battant.

— J'ai cru comprendre que c'était vous qui aviez prévenu Ethan, dit-elle en tâchant de prendre une voix détachée.

Il acquiesça.

Elle mesura à quel point il avait dû lui en coûter d'appeler Ethan à l'aide.

— Merci, murmura-t-elle.

Il se passa la main dans les cheveux.

— Je me sentais coupable de vous avoir placée dans cette situation, répondit-il.

Sur son lit d'hôpital, elle avait eu le temps de réfléchir à tous ces événements. Randall n'avait jamais trempé dans les combines de TransTissue, et ç'avait été un soulagement pour elle de l'apprendre. Mais il avait cherché à l'utiliser pour faire tomber John, et elle avait du mal à le lui pardonner.

— Je n'ai pas pensé une seule seconde que vous risquiez de le croiser dans le parking, dit-il en la sondant du regard. Je vous le jure.

— Mais vous avez tout de même insisté pour me voir sur-le-champ.

— Je venais d'apprendre que John avait des intérêts financiers dans BioMediSol. Je savais par ailleurs qu'il avait proposé un arrangement à TransTissue pour éviter le procès. Je voulais m'assurer que vous n'étiez pas impliquée, vous aussi.

Il se pencha en avant.

— Quand je vous ai appelée, je croyais que John ne viendrait plus. Sinon, je ne vous aurais pas convoquée.

Elle le dévisagea. Il cherchait à lui faire comprendre qu'il n'avait pas voulu la mettre en danger.

Il réclamait son pardon, et elle aurait bien voulu le lui accorder, mais lui pardonner explicitement aurait été avouer une intimité dont elle voulait se défaire.

Elle se contenta donc de hausser les épaules — ce qui lui arracha une grimace de douleur.

— J'en savais trop. J'étais devenue une menace.

A son grand soulagement, il n'insista pas.

— Comment avez-vous compris, pour BioMediSol ? John vous avait pourtant retiré l'affaire…

— Oui, répondit-elle en s'adossant à son fauteuil. Et c'est justement ce qui m'a fait douter de sa probité. J'ai donc fait quelques recherches. Je me suis inspirée d'une affaire identique arrivée aux Etats-Unis… De plus, je savais, par une autre source, qu'Anna Keane forçait la main de certains clients pour obtenir des dons de tissus et d'organes.

Elle préféra ne pas mentionner le fait qu'elle était entrée dans la maison funéraire pour fouiller les dossiers BioMediSol. Elle l'avait avoué à la police et leur avait également montré la lettre du Département de santé publique. L'inspecteur Ferguson aurait pu la poursuivre pour obstruction à une enquête criminelle, mais elle avait décidé de s'abstenir, tout en lui faisant comprendre qu'on la couvrait pour cette fois, mais qu'elle n'avait pas intérêt à recommencer. Elle s'était demandé, au passage, si Ethan n'était pas intervenu en sa faveur.

Le regard de Randall ne la quittait pas, et elle regretta de ne pouvoir lire dans ses pensées. Il était encore son employeur et elle avait enfreint quelques lois…

Mais il ne pouvait se permettre de la licencier. Les activités frauduleuses et le suicide de John Lyons avaient terni l'image de LMB, et il avait besoin de redorer son blason.

Il s'en rendait parfaitement compte.

Elle attendit.

Randall se racla la gorge.

— Kate, vous êtes une femme intègre... Votre souci de la vérité est un exemple pour tout le monde.

Une lueur d'admiration brilla dans ses yeux.

— Je sais que vous attendez depuis longtemps de travailler dans le service des contentieux civils.

— J'avais été engagée pour cela, rappela-t-elle.

— Quand vous serez un peu remise, nous en reparlerons, promit-il.

Il se leva, toujours en la fixant avec insistance, et elle ne put s'empêcher de rougir.

— Bon retour parmi nous, murmura-t-il avec chaleur.

Il posa sur elle un regard plein de tendresse et elle ne put s'empêcher d'en être émue.

Tu devais lui résister...

Si elle voulait continuer à travailler — et elle le voulait, surtout après ce qu'elle venait d'entendre —, elle allait devoir apprendre à affronter calmement le trop séduisant Randall Barrett.

Jusque-là, les difficultés de la vie n'avaient fait que la rendre plus forte. Ses blessures — les anciennes et les récentes — étaient en voie de cicatrisation. Elle était prête à mordre la vie à pleines dents.

Elle n'avait plus envie de se cacher. Elle n'avait plus peur de ce qui la menaçait. Plus peur de Randall Barrett.

Elle se sentait prête à aller au bout de ses rêves les plus fous.

Elle allait enfin obtenir des dossiers intéressants, et cela la rendait folle de joie et de reconnaissance. Mais ces quelques jours passés chez elle dans la solitude lui avaient rappelé l'importance d'autres valeurs. La présence de son chien... L'amitié d'Enid et de Muriel... Elle n'était plus disposée, à présent, à tout sacrifier à sa carrière. Elle espéra que Randall le comprendrait.

Et s'il ne le comprenait pas, elle avait déjà des idées.

De nombreuses personnes s'apprêtaient à attaquer TransTissue. Les cabinets d'avocats allaient avoir du travail. Elle en connaissait déjà plusieurs où ses compétences seraient appréciées.

Quand elle rentra chez elle, Alaska vint l'accueillir, comme tous les soirs.

Elle attrapa une pomme au passage et alla s'installer avec lui sur les marches du porche. Le soleil la réchauffait. Alaska leva le museau pour humer la brise. Une odeur puissante et pleine de promesses s'élevait de la terre. De petites pointes d'un vert vif sortaient du sol, audacieuses, sûres de leur place. Il lui fallait s'occuper d'acheter de l'engrais et d'éliminer les herbes folles. Elle inviterait Enid et Muriel à prendre le thé, et Muriel jouerait à faire couler la terre entre ses doigts.

Le printemps s'installait tardivement à Halifax, mais maintenant qu'il était là, elle avait l'intention d'en profiter.

NOTE DE L'AUTRICE

Tourmentée s'inspire librement d'un scandale lié à un trafic de tissus humains qui a éclaté aux Etats-Unis, mais possédait des ramifications jusqu'au Canada. Cela ne m'empêche pas de militer pour les dons d'organes et de tissus qui sauvent tant de vies humaines. Mon mari et moi, nous possédons une carte de donneur et nous encourageons nos enfants à suivre notre exemple.

REMERCIEMENTS

Je remercie de tout cœur ceux qui ont donné de leur temps pour partager avec moi leurs compétences :

L'agent Jeff Car, chargé de communication, l'inspecteur Curtis Pyke, expert scientifique, le sergent Jeff Clarke, de la criminelle, tous membres de la police de Halifax, qui m'ont patiemment expliqué les procédures de police.

Le Dr Martin Bullock, docteur en médecine, qui m'a aidée à comprendre la démarche des experts médicaux.

Madame Cindy Burchell, qui a partagé avec moi ses connaissances en matière d'analyse sanguine.

Mme Judith Ferguson, licenciée en droit, qui m'a renseignée, de manière tout à fait improvisée, sur les rouages des services de protection de l'enfance, tandis que nous attendions la fin de l'entraînement de football de nos enfants respectifs.

Si j'ai commis des erreurs dans ce livre, j'en suis la seule responsable.

Je tiens également à remercier toute l'équipe de MIRA Books pour le dur travail qu'elle a fourni, avec une mention spéciale pour Valérie Gray, ma directrice de collection, dont l'enthousiasme et le soutien ont contribué à faire de ce livre une formidable expérience pour moi.

Je remercie mon agent, Emily Sylvan Kim, pour ses encouragements, ses judicieux avis et son travail.

Ecrire est un acte de foi, et je remercie aussi les amis qui m'ont entourée :

Kelly Boyce, ma talentueuse associée et critique, qui partage ma passion pour l'écriture.

Les auteures Julianne MacLean, Cathryn Fox et Stella

MacLean, que j'ai de la chance de compter parmi mes mentors et amies.

Les membres de *Romance Writers of Atlantic Canada*, sans qui le chemin aurait été plus long et plus ardu.

Mon père et ma sœur, toujours présents, en toutes circonstances.

Mon frère et meilleur ami, qui a le don de me faire rire.

Ma compagne de voyage et meilleure amie, ma conseillère en tout, Linda Brooks.

Et en dernier dans cette liste, mais pas dans mon cœur, je remercie Dan, Julia, Katrina et Peaches. Ceux qui partagent ma vie et que ça n'empêche pas de m'aimer.

Retrouvez en mai
dans votre collection

INTRIGUES

Virna DePaul

L'étau du mal

Lorsque le corps d'une jeune femme est découvert, l'agent spécial Liam McKenzie comprend tout de suite qu'il va devoir s'attaquer à une affaire complexe. Et quand, quelques jours plus tard, une photographe de renom, Natalie Jones, est agressée non loin de la scène de crime, il est aussitôt convaincu qu'il existe un lien entre les deux affaires. Qu'a-t-elle vu pour que le tueur en vienne à sortir de sa cachette ? Afin d'élucider ce meurtre, et pour protéger la jeune femme, Liam va non seulement devoir donner le meilleur de lui-même, mais aussi résister au désir fou que cette dernière lui a inspiré au premier regard. Car il ne peut se laisser distraire : chaque jour qui passe, le danger se rapproche d'elle…

Brenda Novak

Que nul n'entre ici

Douze meurtres perpétrés en pleine nuit. Douze clandestins, abattus froidement et laissés à l'endroit même où ils sont tombés… Sophia, chef de police à Bordertown, a bien du mal à gérer l'agitation qui s'est emparée de cette petite ville de l'Arizona depuis une dizaine de jours. Qui peut bien se livrer à des crimes aussi gratuits ? Un rancher sans scrupule, qui craint pour sa propriété ? Un citoyen trop zélé, qui a décidé de rendre lui-même la justice ? Sophia ne peut également s'empêcher de soupçonner Taylor, un policier douteux qui lui voue une rancune féroce depuis qu'elle a obtenu le poste qu'il convoitait. Et si, sous couvert de crimes de haine, cette affaire était bien plus personnelle qu'il n'y paraît ?